낙원의 이론

THEORY OF
PARADISE

VOL. 1

낙원의 이론 1

ⓒ정선우 2019

초판1쇄 인쇄	2019년 7월 1일
초판6쇄 발행	2024년 2월 20일
지은이	정선우
펴낸이	박대일
편집	이문영 · 임유리 · 박지해 · 이지영 · 김하랑 · 임지원
교정	박준용
마케팅	임유미 · 백소연
표지디자인	이매진
내지디자인	박현주
펴낸곳	파란미디어
출판등록	2004년 9월 14일 제313−2004−00214호
주소	03992 서울시 마포구 동교로23길 14 국제빌딩 6층
전화	02.3141.5589 영업부 070.4616.2012 편집부
팩스	02.6499.5589
전자우편	paranbook@gmail.com
카페	http://cafe.naver.com/paranmedia
인스타그램	@paranmedia
ISBN	978−89−6371−666−4(04810)
	978−89−6371−665−7(전4권)

VOL. 1

낙원의
이론

THEORY OF PARADISE

정선우 장편소설

파란

차
례

001. 폭우

비가 칼처럼 쏟아졌다.

— 정윤환. 1구역부터 12구역. 전원 사살. 제5유적지 개발 보고서 포함 기밀문서 다량 확보.

왼쪽 귀에 부착한 인터컴에서 흘러나오는 목소리는 폭우 속에서도 선명했다.

— 소연주. 오염 방어벽부터 네 번째 철책. 전원 사살. 제4유적지 반란군 간부 명단 확보.

— 박민준. 13구역부터 27구역. 전원 사살. 12-A지구로 통하는 전기 차단.

— 강지원. 본부 및 연구소…….

그 뒤로도 보고가 이어졌으나 김서혁은 석연찮았다. 파견한 부하는 모두 열 명. 보고도 열 개가 들어와야 할 터. 그런데 아홉뿐이다. 천천히 기억을 되짚었다. 23-F지구로 보낸 최성욱의 보고가 아직이다. 23-F지구는 제3유적지에서도 변두리. 기껏해야 피라미가 전부고 그마저도 이미 죽은 목숨일 터. 확인 사살만 하면 될 텐데 왜 이렇게 늦는…….

팟, 팟, 팟. 저만치서 무언가가 공중으로 세차게 튀었다가 착지하고 다시 튀어 오르는 소리가 났다. 순식간에 지척까지 다가들었다. 김서혁은 위를 올려다보았다. 반쯤 허물어졌지만 여전히 높다란 건물 꼭대기로부터 누군가 뛰어내린다 싶더니 곧 메다 꽂히듯 바닥으로 착지했다. 김서혁의 바로 옆이었다. 충격으로 도로 면이 박살 나며 빗물과 아스팔트 조각이 사정없이 튀어 올랐다.

폭우 속에서 남자가 굽혔던 몸을 느리게 펴며 일어섰다. 정윤환이었다. 빛의 속도로 이동하던 방금과는 정반대로, 비에 흠뻑 젖은 머리카락을 쓸어 올리고 우의의 후드를 뒤집어쓰는 품이 막 잠에서 깬 것처럼 굼떴다.

"임무 완료했습니다, 대장."

정윤환이 우의를 살짝 젖혀 보이자 제복 깃에 매달린 작은 메모리가 반짝였다.

"수집한 데이터입니다. 지금 드려요?"

"대기해."

정윤환은 묵례하고 물러섰다. 그의 군화가 바닥을 부주의하게 디디면서 아스팔트 파편이 튀어 올라 김서혁의 망토 끝을 스치고 지나갔다. 평소의 정윤환이라면 절대 없을 실수였다.

태도는 오만해도 실력은 정교했으니. 김서혁은 반사적으로 정윤환의 낯을 살폈다. 그러나 정윤환이 어린아이처럼 손등으로 눈가를 비비고 있어 표정을 읽기 힘들었다. 다만 턱 끝의 생채기만 선명했다. 김서혁은 이번에는 정말로 놀랐다. 그는 정윤환이 다친 모습을 여태 단 한 번도 본 적이 없었다.

"부상 있나? 작더라도 보고해."

정윤환은 어깨를 굳히더니 고개를 들었다. 그가 씩 웃어 보였다.

"부상이요? 제가요? 대장도 참, 무슨 그런 섭섭한 말씀을……."

"턱."

김서혁의 지적에 정윤환이 장갑 낀 손끝으로 제 턱을 더듬었다. 어린 장난기만 줄줄 흐르던 낯에 그제야 당혹감이 스쳤다. 정윤환이 어색하게 말했다.

"어디 스쳤나 보네. 저도 미처 몰랐네요."

정윤환은 김서혁의 시선을 비스듬히 피하고 있었다. 아까까지만 해도 내가 제 상사인지 동기인지 헷갈릴 정도로 천연덕스레 잘만 쳐다보더니.

"체면이 말이 아닌데. 이거 티 많이 나나요?"

하등 쓸모없는 질문에 김서혁은 대답하지 않았다. 대신 정윤환의 전신을 다시금 날카로이 뜯어보았다. 폭우 속에서도 여전히 화려한 이목구비. 예민한 턱 끝에서 우수수 떨어지는 빗물. 그렇게 당부해도 제대로 갖춰 입는 법이 없어 중요한 상징이 죄 빠져 단출한 제복. 그 위로 몸에 딱 맞는 코트와 우의. 귀찮다는 이유로 손목 단추를 잠그지도 않은 장갑. 아예 단추가 떨어져 나간 셔츠 소매. 늘 그렇듯 서너 칸이 빈 약물 케이스. 핏기가 덜 빠진 총. 꽉 조인 군화 끈.

평소와 다른 점은 없었다. 잠깐, 눈가가 조금 붉은 것 같기도……

매서운 인기척이 느껴졌다.

김서혁은 다시 앞을 보았다. 소연주, 박민준, 강지원을 비롯해서 여덟 명의 부하가 속속 복귀하고 있었다. 소연주가 곧장 다가와 말했다.

"대장, 최성욱 보고가 늦습니다. 계속 통신을 시도했는데 응답도 없고, 지금 바로 가 봐야 할 것 같은……"

그때였다. 모두의 인터컴에서 삐 소리가 났다. 최성욱의 보고가 이어지리라는 예상과 달리 차가운 기계 음성이 귓전을 때렸다.

— C-3과의 통신이 강제 종료됩니다.

김서혁은 반사적으로 홀스터에서 총을 뽑았다. 단단히 틀어쥐었다. 검게 빛나는 총신에 000 세 자리 붉은 숫자가 떠오르더니 상승했다. 동조율은 087에서 멈추었다. 김서혁은 총을 그대로 자신의 다리에 겨눠 번갈아 두 방을 쏘았다. 오른발을 가볍게 들었다가 아스팔트 바닥 위로 내리 그었다. 힘을 거의 주지 않았는데도 도로가 무시무시하게 할퀴어졌다. 온을 맞은 다리가 저릿저릿했다.

"23-F지구!"

연합군 제복 위로 검은 우의를 입은 열 명은 순식간에 바닥을 박차고 수직으로 날아올랐다. 건물과 건물의 꼭대기, 그 사이를 위태롭게 잇는 케이블 따위를 밟아 내며 그들은 맹수처럼 앞으로 쭉쭉 나아갔다.

가공할 만한 속도로 질주하면서도 김서혁은 계속해서 최성욱과의 통신을 시도했다. 모두 실패. 인터컴이 사용자와 분리되었거나, 사용자의 심장박동이 멈췄거나. 전자든 후자든, 최성욱을 상대로 그런 짐작을 해야 하는 상황 자체가 낯설었다. 김서혁은 함대에 연락해 23-F지구로 구급선을 요청했다.

철골만 앙상하게 남은 빌딩을 밟고 튀어 올라 고가도로에 착지했다. 23-F지구. 고가도로 한가운데 최성욱이 새끼 짐승처럼 웅크리고 있었다. 피가 쏟아지는 한쪽 얼굴을 붙잡은 채 덜덜 떨고 있는 것을 보니 목숨이 끊어진 건 아니었다. 김서혁이 그를 살피려 몸을 낮추었을 때였다. 무릎에 물컹한 것이 닿았다. 무심코 아래를 내려다본 순간 왜 통신이 끊어졌는지 깨달았다. 인터컴이 부착된 귀 한쪽이 아스팔트 바닥에 나뒹굴고 있었다. 끊어진 인공 신경 가닥들이 피 웅덩이에서 파드닥댔다.

김서혁은 최성욱의 검은 우의를 젖혔다. 두 다리가 부러져 있었다. 소연주가 다가와 귀가 날아간 최성욱의 한쪽 얼굴을 압박했다.

"이게 대체……."

"대장."

최성욱이 질린 낯으로 김서혁의 팔을 틀어쥐었다. 단순히 부상의 고통 때문이 아니라, 귀신이라도 본 것 같은 얼굴이었다.

"미, 믿기 힘드시겠지만, 대장도 소, 소, 소문 들으셨지요? 10대 후반, 어린애⋯⋯."

목이 쉬어 있었다.

"뭐?"

"며, 몇 달 전부터 괴상한, 괴상한 소문이 돌지 않았습니까. 흰 칼날 프로젝트. 반란군 놈들이 웬 어린애 하나를 살인병기로 키우고 있다는 소문 말입니다. 동조율이, 동조율이 100에 달한다는⋯⋯."

최성욱의 동공이 크게 벌어졌다.

"봤습니다⋯⋯. 제가, 봤어요. 총신에 100이 찍혀 있는 걸 제가 봤다고요!"

김서혁은 자신의 귀를 의심했다.

몇 달 전, 그런 소문이 돌았던 건 사실이다. 하지만 금방 사라졌다. 입에 올리기에는 말하는 이가 되레 민망하고, 가만히 듣기에는 듣는 이의 상식 수준을 얕보는 것처럼 느껴질 만큼 비현실적인 낭설이었다.

반란군이 가능성이 엿보이는 어린애를 사로잡아 다듬어 전투력을 최대한까지 끌어올린 후, 인격을 삭제시키고 신체엔 명령체계를 삽입해서 지휘부가 원하는 대로 조종한다는 소문이었다. 하지만 기계 삽입은 도시연합에서도 쉬이 건드리기 어려운, 이론으로만 존재하는 금단의 영역이었다. 도시연합보다 기술력이 떨어지는 반란군이 시도한다는 것은 상상조차 어려웠다.

"대장! 제발, 정말입니다! 반란군 제복을 입지도 않았고 고난도 운용도 없었지만, 동조율이 분명히 100이었다고요! 분명히!"

김서혁은 눈가를 찡그렸다.

"페이크?"

"아닙니다! 가짜 동조율이 아니에요! 그런 속도에, 그런 출력에, 그 무엇보다 제가 당했잖습니까. 제가, 이렇게요! 그놈은 분명 여기서 제일 가까운 제5도시로 도주할 겁니다. 그런 괴물이 도시로 들어가기라도 하면……. 젠장! 어서 가서 붙잡아야 한다고요! 지금 당장!"

최성욱이 관제탑 쪽을 가리키며 죽어라 악을 써 댔다.

"대장도 생각해 보세요! 나이는 많아 봤자 10대 후반이고, 동조율은 100에……."

목소리를 쥐어짜는 최성욱의 턱에서 피 섞인 빗물이 후드득 떨어졌다.

"……이건 그 소문이 사실이라고 인정할 수밖에 없어요! 우리가 오늘 제3유적지를 습격해서 반란군을 죄다 몰살할 동안, 살인병기가 탈출해서 도망치고 있는 상황 아닙니까!"

김서혁은 몸을 일으켰다.

그는 최성욱의 말을 전부 신뢰하지는 못했으나 확실히 이상하긴 했다. 반란군이라면 왜 목이 아닌 귀를 뜯었으며, 반란군이 아니라면 왜 다리를 부러뜨려 추격을 막았는가. 어쨌든 뒤가 구린 것만은 분명했다. 게다가 다른 누구도 아닌 도시연합 정예군 최성욱을 무력화시키고 도주했다. 확인할 필요가 있었다.

"소연주, 장현철. 여기 남아 최성욱을 구급선에 이송시키고 모함에 합류해. 나머진 나와 함께 적을 수색한다."

김서혁을 선두로, 그들은 즉시 땅을 박차고 솟구쳤다. 방향은 최성욱이 지목한 관제탑. 폭우가 전신을 갈겼다. 김서혁이 외쳤다.

"정윤환! 추적선!"

전봇대 꼭대기를 박차고 앞으로 튀어 나가던 정윤환이 허리에서 총을 뽑아 전방을 겨누었다. 캉! 총구가 튀어 올랐다. 흰 섬광이 새카만 어둠을 콱 찢어발기며 뻗어 나갔다.

"추적 걸었습니다!"

정윤환이 총을 홀스터에 꽂았다. 흰 섬광이 관제탑 너머 한 방향을 가리켰다. 풀려난 맹수처럼 달리던 그들에게 가이드라인이 생긴 셈이다. 적이 누구든 다 잡은 거나 마찬가지라고 김서혁은 생각했다. 하지만 정윤환은 생각이 다른 것 같았다. 앞서거니 뒤서거니 달리는 와중에 그가 폭우를 뚫고 고함을 질렀다.

"대장! 이 속도로는 안 돼요! 표적이, 미친 듯이 빨라! 이러다 놓칩니다!"

놓쳐? 우리가? 강화된 허벅지가 뻐근했다. 김서혁은 이를 악문 채 지시했다.

"박민준! 속도!"

박민준이 총을 뽑아 아래를 향해 쏘았다. 몇 초 뒤, 옅은 푸른색을 띤 거대한 원판이 대지로부터 빠르게 부상하더니 그들의 몸을 그대로 통과하고 사라졌다. 김서혁의 왼쪽 손목에 채워진 얇은 금속 링 이프가 진동하더니 빛을 쏘아 올렸다. 빛은 김서혁의 왼쪽 눈가 앞에서 한 뼘가량의 반투명한 홀로그램 스크린으로 펼쳐졌다. 김서혁은 스크린에서 박민준의 푸른 서명을 확인했다. 달리는 속도가 현저히 높아지면서 이제 서로 간의 육성 대화는 불가능했다. 김서혁은 인터컴에 집중했다. 정윤환의 외침이 선명했다.

— 표적이 방향을 틀고 있습니다, 관제탑 기준 1시 방향…….

정윤환이 유지하고 있는 추적선이 한층 더 환하게 빛을 뿜었다. 그 끝에, 굉장히 안정적인 자세로 폐허 사이사이를 도약하는 인영이 보였다. 김서혁이 즉시 총을 겨냥했다. 캉! 총구가 튀며, 적이 막 디딤돌 삼아 도약했던 전봇대가 콱 비틀렸다. 그대로 총을 쥔 오른손을 강하게 위로 치켰다. 저 멀리서 전봇대가 땅에서 콰드득 뽑혀 나오는 것이 똑똑히 보였다. 총을 강하게 휘둘렀다. 그 각도 그대로, 전봇대가 전선을 주렁주렁 매단 채 적이 막 착지한 건물 옥상으로 콱 메다꽂혔다. 전선이 살아 있는 뱀처럼 꿈틀거리며 적의 다리를 휘감았다. 아니, 휘감으려고 했다.

— 피했어?

인터컴에서 박민준의 얼빠진 목소리가 들렸다.

적이 가뿐한 몸놀림으로 근처 건물 벽을 박차는 것이 보였다. 김서혁이 조준해서 수족처럼 휘두른 전선들은 그로부터 한참 아래, 애꿏은 안테나에 휘감겨 있었다. 김서혁은 숨을 누르며 다시 총을 들었다. 다른 표적을 설정했다. 도로에 뒤집어져 있는 거대한 덤프트럭이 제격으로 보였다. 캉! 덤프트럭에 온이 박히며 세차게 꿈틀했다. 김서혁이 총을 쥔 손을 수직으로 들어 올렸다가 가로로 세차게 휘둘렀다. 덤프트럭이 적이 막 착지하려는 고층건물에 그대로 돌진했다. 이미 반쯤 무너진 고층건물을 통째로 무너뜨려, 적이 추락할 시 포획할 생각이었다. 하지만 간발의 차이로, 적이 고층건물이 아닌 덤프트럭 그 자체를 밟고 공중으로 솟구쳤다. 시원하고 깨끗했다. 모든 동작에 낭비라고는 전혀 없었다.

"포위 사격!"

속으로 욕을 뱉으며 김서혁이 외쳤다. 정윤환과 박민준을 뺀 나머지가 일사불란하게 이동하며 사격했다. 몇몇은 허공에 거대한 덫을 깔고 지척의 빌딩을 무너뜨려 적의 퇴로를 위협적으로 막아섰다. 몇몇은 적이 위치한 바로 아래 지면을 사격했다. 대지로부터 거대한 손 네 개가 솟구쳐 올라 적을 덮쳤다. 적은 가공할 만한 속도로 세 번째 손까지는 수월하게 피했으나, 네 번째 손까지는 미처 피할 겨를이 없는지 드디어 홀스터에서 총을 뽑았다. 김서혁은 그 작은 손에, 그 까만 총신에 주목했다. 김서혁의 안구가 움직이는 방향을 수집한 이프가 스크린을 통해 적의 오른손을 확대하여 보여 주었다.

총을 잡은 모양이 딱 봐도 초보였다. 쏟아지는 장대비에 새파랗게 얼어붙은 손이 서툴게 총을 더듬어 방아쇠에 손가락 하나를 거는 게 똑똑히 보였다. 적은 심지어 총을 들어 어딘가를 겨누지도 않았다. 들고 있는 그대로 방아쇠만 잡아당겼다. 신중

한 조준도, 계산의 여유도 없었다. 총신의 붉은 숫자 세 자리가 오르락내리락 미친 듯이 날뛰었다.

탕! 적의 총구로부터 푸른 섬광이 튀었다.

그것은 네 번째 손을 갈가리 찢는 것도 모자라, 사위를 두른 나머지 세 개의 손 모두를 파괴했다. 그 여파로 뒤편에서 적을 노리고 있던 트레일러 또한 그대로 폭발해 가루가 되었다.

감각을 의심하는 사이 김서혁은 중심을 잃었다. 주위에 단단하게 배치했던 온들이 삽시간에 무너져 흩어지고 있었다. 발을 헛디뎌 추락하기 직전에, 김서혁은 재빠르게 사격하여 간신히 철골 위로 발을 디디고 섰다.

— ……뭐야? 저 자식 지금 한 발 쏜 거 아니었어?

— 미친. 수천 발 같은 한 발이던데.

— 전체가 흔들렸어. 공간 전체가…….

— 최성욱이 동조율 100 어쩌고 한 거 진짜 아냐?

— 술 취했냐? 동조율 100이 어딨어? 촉진제를 수천 개 빨아도 그 수치는 못 나와!

— 그럼 저건 뭔데?

"조용!"

김서혁은 눈도 깜빡이지 않고 적을 노려보았다. 이쪽은 현재 여덟. 그중 동조율 80을 넘기는 자는 김서혁 자신을 포함해 고작 셋. 그중 하나인 정윤환은 이미 추적선을 유지하고 있다. 대상에게 추적선을 걸었다가 해제하면 다시 걸기 힘들다. 적이 바보가 아닌 이상 두 번은 안 걸린다.

추적선을 포기하고 시야에 있을 때 한 방에 포획할 것인가. 아니면 만약을 위해 추적선을 유지할 것인가.

"정윤환, 추적선 빼."

결단은 빨랐다. 지금 눈앞에 있는 자에게 단순 공격은 씨알도 안 먹힌다. 이곳 지리를 훤히 꿰뚫은 대담한 도주에, 치가 떨릴 정도로 사격이 깨끗했다. 눈앞의 적이 마음먹고 반격을 시도한다면 되레 이쪽에서 사상자가 나올 수도 있다는 직감이 기분 나쁜 농담처럼 등골을 타고 미끄러졌다.

— 네? 웬만하면 그냥 두는 게…….

"정윤환, 이선규, 나. 이렇게 셋이서 연합 사격한다. 나머진 뒤로 빠져."

— 그러다 놓치면…….

"각자 위치로!"

흰 추적선이 뚝 끊기듯 사라졌다. 다음 순간, 동조율 80 아래인 다섯이 완만하게 뒤로 처졌다. 김서혁의 디스플레이에 떠 있는 박민준의 서명 아래로 네 개의 서명이 푸르게 추가되었다. 전투에서 빠지는 대신 서포트하여 공격진의 속도와 타격률을 높여 줄 터였다. 곧 정윤환과 이선규의 붉은 서명도 디스플레이에 떴다. 연합 사격을 위한 링크였다.

적을 바짝 포위하는 것은 순식간이었다. 추격 인원은 셋으로 줄었지만 눈에 띄게 빨라진 이쪽을 경계하며 적이 방향을 크게 틀었다.

김서혁의 총이 적을 겨누었다. 정윤환과 이선규도 같은 지점을 사격하리라는 것은, 링크되어 좌표를 공유하는 이상 굳이 확인할 필요도 없었다. 인터컴에 잡히는 호흡들이 긴장으로 팽팽했다. 김서혁이 속으로 타이밍을 맞췄다. 셋, 둘, 하나! 세 개의 총이 동시에 불을 뿜었다.

카앙! 굉음이 터지며 적의 지척에서 세 개의 불꽃이 맞붙었다. 쩍 하고 얼어붙는 소리가 뒤를 잇고, 수십 개의 빛 덩굴이 거미줄 퍼지듯 뒤엉키며 폭발했다. 적은 크게 도약하여 그 중심에서 벗어나려 했으나 이미 늦었다. 빛 덩굴이 적을 거칠게 덮치고, 그대로 건물 옥상으로 사정없이 메다꽂았다. 적이 놓친 총이 날개 꺾인 까마귀처럼 추락했다.

됐어. 잡았다. 김서혁은 저도 모르게 안도하다가 그런 자신에게 놀랐다. 신경이 비늘처럼 일어서 진정될 줄 몰랐다.

— 이야. 연합 사격은 실전에서 처음 써 보는데, 이거 참. 우리 제법 손발이 잘 맞네요. 앞으로 자주 씁시다. 비주얼 한번 끝내주네…….

"정윤환, 인터컴에 대고 휘파람 불지 말라고 했지. 이선규, 속박은 네가 유지해. 링크, 서포트, 전부 해제한다."

김서혁은 디스플레이에서 모두의 서명이 사라지는 것을 확인하고 총을 홀스터에 꽂았다.

이선규가 능숙하게 요령을 발휘했다. 빛 덩굴이 훅 줄어드는가 싶더니 적을 휘감아 단단히 포박했다.

김서혁이 가장 먼저 착지했다. 그 뒤로 여섯이 화살처럼 날아와 포로 주위를 두르며 봉쇄했다. 여전히 기세 좋게 쏟아지는 폭우 속에서 그들은 형형한 눈빛으로 사로잡은 먹잇감을 응시했다.

정신없이 방어와 도주를 겸하던 장본인치곤 추격한 쪽이 화가 치밀 정도로 말끔했다. 비에 쫄딱 젖어 있었지만 떨고 있지 않았고, 포박당했음에도 호흡이 지독히 안정적이었다.

"타인 동조율 측정 가능한 사람 있나?"

"제 총에 깔려 있습니다."

박민준이 홀스터에서 총을 뽑았다. 김서혁이 손을 내밀어 그것을 받았다. 꼼짝도 못하고 있는 포로의 팔뚝에 총구를 대고 꽉 눌렀다. 콰득, 하고 총구가 옷 아래 살갗을 파고들었다. 포로의 어깨가 흠칫 떨렸다. 피 빠는 소리가 났다.

총신에 붉게 빛나는 숫자 세 자리가 떠올랐다. 000부터 천천히 상승했다. 030이 되었을 때까지만 해도 동요하는 이는 아무도 없었다. 하지만 050을 넘고 070에 다다르자 모두의 얼굴에 긴장이 어렸다. 085. 090. 097. 거기서 동조율은 잠깐 주춤했다. 갑자기 003까지 확 떨어졌다.

"그럼 그렇지."

누군가 뇌까렸다. 그때였다. 돌연 총이 덜걱거렸다. 붉은 숫자가 식별하지도 못할 만큼 날뛰었다. 이윽고 삑, 하고 측정이 완료되었을 때 김서혁은 제 눈을 의심했다.

100. 측정기가 감당할 수 있는 동조율 최대 수치였다.

그들은 잠깐 침묵했다. 폭우가 지면을 때리는 소리만 요란했다. 이선규가 멍하니 중얼거렸다.

"날씨가 이래서 총이 미쳤나?"

비 오는 날 총이 고장 난다는 이야기는 들어 본 적도 없었지만 아무도 그 말을 걸고넘어지지 않았다. 그 어떤 헛소리를 지껄이더라도 동조율 100보다는 말이 될 것 같았다.

정윤환이 입술을 짓씹다가 고개를 홱 돌려 박민준을 보았다.

"이런 수치는 불가능해. 박민준, 프로그램 제대로 된 거 맞아? 어디서 호환도 안 되는 구버전 깔아 온 거 아냐?"

"내 총 못 믿겠으면 네 팔뚝에라도 꽂아 보든가."

박민준이 신경질적으로 대꾸했다. 개중에 성질 급한 누군가가 자신의 동조율을 측정해 보겠다고 앞으로 나섰으나 김서혁은 총을 건네주지 않았다. 대신 그는 총의 측정을 리셋시키고 자신의 팔뚝에 직접 내리눌렀다. 수치가 상승하다가 어느 지점에서 딱 멈추었다. 087. 김서혁 본인의 동조율이자, 현 도시연합군 최고 수치였다.

확인 사살. 김서혁은 총을 박민준에게 던져 주었다. 이제 함부로 입을 여는 이는 없었다. 누군가는 잡아먹을 듯, 누군가는 흥미롭게, 누군가는 경악하여, 다만 포로를 응시했다.

김서혁은 자신의 총을 뽑고 한쪽 무릎을 꿇어앉았다. 그가 총구로 포로의 관자놀이를 지그시 내리눌렀다.

"이곳 제3유적지는 반란군의 본부다. 반란군에 협조할 뜻이 없는 시민이라면 다른 유적지로 이주하라고 다섯 시간 전부터 세 차례에 걸쳐 경고했다. 그런데도 여태 남아 있었던 것. 우리 도시연합군을 공격한 것. 지금 당장 사살해도 충분할 정도로 네 죄가 중하다는 것 알고 있나?"

포로는 대답이 없었다. 이선규가 유지하고 있는 팽팽한 푸른 포박 때문에 포로는 비로 들끓는 바닥에 꼼짝없이 이마를 붙이고 있었다. 젖어 달라붙은 머리칼 아래 이어지는 뺨과 턱의 선이 퍽 앳되었다. 김서혁은 겨누고 있던 총구를 미끄러뜨려 포로의 낯을 뒤덮은 머리칼을 걸어 올렸다.

누군가 탄식했다.

"허. 애잖아."

김서혁도 놀라 말을 잃었다. 입을 꾹 다문 채 눈을 내리깔고 바닥만 노려보고 있는 포로는 고작해야 10대 후반, 많아도 스물은 넘지 않아 보였다.

"난민보호법에 의하면, 시민권이 없는 자라도 동조자로 자각하는 즉시 도시연합 측으로 자진 신고하고 동조율 측정을 받아야 한다. 그리고 나는 해마다 그 수치를 보고받고 있지. 하지만 동조율이 100으로 측정된 자가 있다는 보고는 받은 기억이 없다. 만약 네가 고의로 여태 동조율 측정을 받지 않았다면 그 또한 합당한 처벌을 받아야 할 것이다. 아직 머리에 피도 안 마른 주제에 죄를 떼로 몰고 다니는군."

김서혁은 포로의 관자놀이로 총구를 옮겼다.

"대답해. 왜 동조율 측정도 받지 않고 반란군 본부에 있는 거지?"

겨눈 총구에 힘을 더했다.

"반란군에게 사로잡혀 살인병기로 키워지고 있다는 동조율

100이 네놈인가?"

포로는 여전히 대답이 없었다. 김서혁의 눈짓에, 이선규가 줄곧 겨누고 있던 총을 빠르게 내쳤다. 총은 그저 허공을 잠깐 스쳤을 뿐이지만, 그와 동시에 포로는 포박 줄에 의해 잠깐 일으켜 세워지는 듯하다가 그대로 바닥으로 메다 꽂혔다. 어딘가 부러지는 소리가 났다. 포로가 천천히 고개를 들더니 김서혁을 똑바로 마주 보았다. 살기 가득한 동공에 분노는 있으나 복종은 없었다.

찰나 김서혁은 몸을 바짝 굳혔다. 남보다 한 테 더 둘린 새까만 동공. 10대 후반. 동조율 100. 고난도 운용 불가. 속도나 출력 등 기본기 정점. 비정상적으로 안정적인 호흡. 그리고 여태까지 단 한마디 말도 하지 않았다는 점.

같다. 그 말도 안 되는 괴상한 소문과 같다. 너무나 정확하게 일치해서 소름이 돋았다.

충격받은 이는 비단 김서혁만은 아니었다.

"하. 저 새끼 눈 좀 봐라. 동공이……, 저렇게 소름 끼치게 커져 있으면…….."

"맙소사, 그럼 그 소문이 진짜야? 살인병기 어쩌고 그게 사실이야?"

"개새끼들, 어린애 하나 잡아다가 이 무슨 미친 짓거리…….."

"야, 이선규! 정신 빼지 마! 이 자식 풀리면 우리 다 끝장이니까!"

"지금 죽일까? 죽여? 죽인다?"

"대장 지시 좀 기다려!"

"어떡할까요, 대장?"

"대장?"

어느새 전원 총을 겨누고 있었다. 김서혁이 눈만 깜빡여도 포로를 벌집으로 만들 기세였다. 그 긴장을 꾹 눌러 접듯 김서혁이 천천히 분명하게 말했다.

"강지원, 너 그때 기계 삽입 프로젝트 구상했다고 했지. 그 검토 보고서 일부가 반란군에게 넘어갔다고 들었다."

"대장, 그 프로젝트는 이런 괴물을 만드는 게 아니라 상이군 인의 재활을 목적으로 했습니다. 게다가 제대로 착수도 못 하고 무기한 유보되었습니다."

"유능했던 군인을 유능한 무기로 바꾸는 프로젝트였다. 이론 상 가능했지만, 가족 동의와 도덕적 정당성을 얻는 데 실패한 것이고."

강지원은 대답하지 않았다.

"매뉴얼은 있었을 거 아닌가."

"인간에게 기계를 삽입할 경우 대부분은 침식 후 사망합니다. 짧게는 한두 시간, 길게는 며칠 만에. 그러나 도시연합이 주의하라고 한 독극물 몇 가지를 일정 비율로 섞어 정맥에 주사하면, 침식의 과정이 변질합니다. 가장 먼저 동공 확장, 언어 기능 마비, 절대적인 호흡의 안정, 무감정의 단계를 거칩니다. 마지막으로 기계가 신체를 완전히 장악하게 되면 심장이 멈춥니다. 이때부터는 산 것도 죽은 것도 아닌 상태로 머물게 됩니다."

"자네가 보기에 지금 이 상태는 어떤가."

강지원이 무표정하게 포로를 내려다보았다.

"기계가 삽입되었으나 미완성이라 판단됩니다."

"근거는?"

"이곳 제3유적지의 반란군은 단 한 놈도 남겨 두지 않고 아군이 전부 소탕했습니다. 가능한 범위 내에 살인병기를 조종할 만한 자는 남아 있지 않습니다. 고로 살인병기의 자체 판단에 의해 저희로부터 도주하고 있었다는 결론이 납니다. 더불어 최성욱을 죽이지 않았습니다. 살인병기 본인에게 불리함에도 굳이 목격자를 살려 두었으니, 생존 본능뿐 아니라 인격도 남아 있음을 의미합니다. 그리고 애초에 살인병기로 완성되면 자의로 움직이는 것 자체가 불가합니다. 기관총은 혼자 걸어 다니지 못합니다."

"이의 제기합니다. 전부 다 죽였다고 확신할 수는 없습니다. 어디 쥐새끼라도 하나 남아서 이 괴물을 조종하고 있을지 누가 압니까? 포박 풀고 날뛰기 전에 이쪽에서 먼저……."

정윤환이 이를 갈아붙였다. 시선도 총구도 정확히 포로의 미간을 향한 채였다. 김서혁이 왼손을 들어 저지했다.

"정윤환, 우리 도시연합이 여태 살인병기를 만들지 못한 이유가 뭐지?"

정윤환이 눈을 찡그렸다.

"이론상으로는 가능하지만 기술이 워낙 까다롭고……, 무엇보다 윤리적으로 문제가 되기 때문입니다. 살아 있는 인간을 대상으로 한다는 것 자체가 이미……."

"하지만 강력하다. 그에는 이의가 없지?"

"그야……. 네? 설마 이걸 데려가겠다는 건 아니시죠?"

"압도적인 전력이다. 마다할 이유가 있나. 우리 도시연합이 세간의 눈 때문에 할 수 없었던 비인간적인 행위를 반란군이 대신 뼈 빠지게 해서 우리 코앞에 갖다 바친 셈이 되는군."

"대장! 지금 무슨 소릴 하는 겁니까? 반란군은 무조건 즉결 처분……."

"정확히 표현해. 반란군이 아니라 반란군의 살인병기다. 전리품을 가지는 게 뭐가 나쁘지."

"이딴 걸 데리고 귀함했다간 징계 처분입니다!"

"구제할 가능성이 없다면 즉살이 맞다. 하지만 아직 인간이라면, 반란군에게 붙잡혀 희생당한 민간인이 아닌가. 그것도 동조율이 100에 달하는 민간인. 이런 인재를 즉살한다? 아까운 걸 넘어 막대한 손해다."

정윤환이 얼굴을 일그러뜨렸다. 김서혁은 다시 포로를 응시했다.

"강지원, 아까 이놈은 최성욱의 두 다리를 부러뜨리고 인터컴이 붙은 한쪽 귀만 잘라 낸 뒤 도주했다. 원격으로 조종하는 자가 살인병기에게 그런 정교한 지시를 내리는 것이 가능한가?"

"거의 불가합니다. 살인병기는 강력하지만, 그 명령 체계는 지극히 단순합니다. 개에게 도둑을 물어 죽이라고는 할 수 있지만, 도둑의 다리를 부러뜨리고 귀를 자른 후 도망치라고 가르치기는 어렵습니다. 같은 이치입니다."

강지원이 조심스럽게 덧붙였다.

"하지만 대장, 인간에게 기계를 삽입해서 살인병기로 만든 사례는 여태 전무합니다. 제가 알고 있는 건 그냥 이론일 뿐입니다. 만약 만들면 어떨까 하는 그런 탁상공론 말입니다. 그러니까 제 말은, 변수가 있을 수 있다는 말입니다. 상부로 데려가면 필히 골칫거리가 될 것이며, 그 책임은 우리가 져야 합니다. 즉살하자는 정윤환의 제안에 저 역시 찬성입니다. 미완성이라고 안전하다는 뜻은 아닙니다."

"무감정한 살인병기치곤 너무 대놓고 화를 내는데."

김서혁이 턱짓으로 포로의 눈을 가리켰다. 비정상적으로 둥그렇게 열린 동공이 새까맸다. 폭우가 지면을 때리며 일으킨 뿌연 물안개 속에서도 짐승처럼 번들거리고 있었다. 감정이 없기는커녕 분노에 점령당한 것 같았다.

"하지만……."

강지원이 주저했다.

"이선규, 속박 제대로 유지해. 내가 확인한다."

김서혁은 겨누고 있던 총을 내렸다. 여차하면 포로를 쏴 죽이고 대장을 보호하겠다는 듯, 뒤에서 정윤환이 성큼 다가붙었다. 김서혁은 망설임 없이 포로의 손목을 잡았다.

죽여야 할 괴물인지, 괴물이 되다 만 보물인지 눈으로는 알 수 없었다.

비를 오래 맞아 차가워진 손가락은 무뎌, 맥을 느낄 수 없었

다. 손목은 포기하고, 김서혁은 포로의 멱살을 잡아당겨 그 가
슴팍에 귀를 대었다. 다른 쪽 귀는 틀어막고 숨을 멈추었다. 온
몸을 꽉 채우던 빗소리가 한결 수그러들었다. 그러자 들렸다.

바다에서 막 건져 올린 것처럼 세차게, 심장이 뛰고 있었다.

002. 페어

"어, 재희 선배다!"

"선배, 재희 선배! 안녕하세요!"

"선배, 그동안 어디 다녀오셨어요? 하루 이틀도 아니고 보름이나 안 보여서 다들 진짜 걱정했어요. 무슨 일 생기신 건 아니죠?"

"야, 일은 무슨. 말이 되는 소릴 해라. 선배, 제가 그동안 온 감전 필기 싹 다 해 놨거든요. 천천히 보시고 주세요."

미처 대답하기도 전에 눈앞으로 도톰한 노트가 쑥 다가왔다. '온의 감염과 전이, 4학년, 설계부, 최수연.' 노트 겉에 쓰인 글씨가 정성스러웠다.

서재희는 환하게 웃었다.

"마음만 받을게. 고마워."

온의 감염과 전이는 필기가 까다롭기로 소문난 과목이었다.

쉬는 시간 한번 주지 않고 서너 시간 연달아 교수의 열정이 몰아치는 그 수업이 끝나고 나면, 급하게 필기를 따라잡느라 손가락 마디마디가 다 얼얼할 지경이었다. 특히나 교수의 필체는 최악이었고 칠판 위로 내리갈겨지는 그림은 한 폭의 정밀화를 방불케 하여, 깨끗한 정리본이 등장하기라도 하면 학생들 사이에서 높은 가치로 거래되곤 했다. 그러니 이렇게 아무런 대가 없이 노트를 빌려 주는 것은 대단한 호의의 표현이었다.

"그때 선배가 저 도와주셨잖아요. 그 보답이라 생각하고 받아 주세요. 깨끗하게 안 보셔도 돼요. 그냥 편하게 보세요. 복사하셔도 괜찮아요."

서재희는 잠시 기억을 헤집었다. 파견부에 속해 있는지라, 불특정 다수의 학생을 공평하게 돌보는 것이 다반사였고 그중 하나겠지 싶었다. 재차 거절했다.

"정말 괜찮아."

"선배……."

"수업 시작하겠다. 어서 들어가."

서재희는 손을 내밀어 최수연이 꿋꿋하게 내밀고 있는 노트를 부드럽게 잡아 내리눌렀다. 일부러 손끝을 살짝 미끄러뜨렸다. 서재희와 손이 스치자마자 최수연이 화들짝 놀라 노트를 껴안으며 움츠러들더니 허둥지둥 인사를 하고 제 친구 무리로 가버렸다. 흘러내린 머리칼 사이로 귓바퀴가 새빨갛게 달아오른 게 보였다.

최수연의 빈자리를, 서재희와 대화할 기회를 호시탐탐 노리던 다른 학생들이 냉큼 몰려와 메웠다. 서재희는 주위로 빼곡하게 모여선 학생들과 꼬박꼬박 눈을 맞추며 인사를 마무리한 뒤에야 한시름 돌릴 수 있었다. 막 계단을 올라갈 때였다.

"재희?"

돌아보니 차예원이었다. 그녀는 계단 초입에 서서 턱을 치켜들고 계단 중간의 서재희를 올려다보고 있었다. 그 시선은 아래로 드리워진 듯 묘했다. 어디서든 내려다보는 시선은, 그녀가 타고난 수많은 것 중 하나였다. 차예원이 계단을 올라와 서재희 앞을 가로막았다. 잘 손질되어 가지런한 속눈썹을 드리우며 그녀가 말했다.

"이야, 보름 만에 보네."

차예원이 웃으며 이어 말했다.

"가면 간다, 오면 왔다 말을 해 줘야지. 걱정하잖아. 안 그래?"

계단 옆 창에서 폭포수처럼 쏟아지는 햇살을 머금은 차예원은 그대로 녹아서 없어질 것처럼 비현실적이었다. 서재희는 잠깐 시선을 비껴 가까이에 아무도 없다는 것을 확인한 뒤 미소를 싹 지우고 차예원을 다시 보았다. 부드럽게 말했다.

"네가 보냈잖아."

차예원이 고개를 갸웃하더니 물었다.

"무슨 근거로 나를 매도해?"

"네가 네 아버지한테 시킨 거 아냐? 나 말 안 들으니까 고생 좀 하게 사해로 보내라고? 덕분에 잘 다녀왔어. 그런데 이제 용심장박동 측정은 너무 닳아빠진 소재 아닌가? 날 오래 부리려거든 명분 업데이트하는 수고 정도는 해 줄래. 너무 쉬워서 한숨이 나와."

"너무 쉬웠다고? 팀전에 강한 네가 홀로 사해에 나가 용 심장박동을 측정하는 게?"

서재희는 난간을 잡았다. 한 계단 위에 서 있던 차예원이 와락 서재희의 뒤통수를 잡아 끌어당겼기 때문이다. 차예원이 서재희의 귓가로 고개를 기울였다. 서재희는 자신의 가슴팍으로 후드득 쏟아지는 노란 빛깔이 햇살인지 햇살을 머금은 차예원의 머리칼인지, 한 올이라도 자신을 비껴갔으면 바랐다. 차예원이 서재희의 목덜미에 코를 묻더니 깊이 숨을 들이마셨다. 그녀가 낮게 속삭였다.

"피 냄새나 빼고 거짓말해."

서재희는 차예원을 계단 아래로 밀어 버리고 싶은 충동을 간신히 참았다. 몇 발짝 물러난 차예원이 재밌어 죽겠다고 허리를 꺾고 웃어 대는 동안, 서재희는 목덜미를 문질렀다. 그러다가 침착하게 뱉었다.

"사적인 자리에서 장난치지 말라고 몇 번을 말……."

아래층에서 인기척이 들리자 서재희는 바로 입을 다물었다. 계단 난간 너머로 내려다보니 2학년을 뜻하는 레몬색 배지를 단 몇몇 학생들이 시끄럽게 떠들며 복도로 들어오고 있었다. 지나쳐 가기를 기다렸지만, 그들은 서재희와 차예원의 대화가 들릴 정도의 거리에서 멈추어 섰다. 각자 손에 든 시험지를 펼치며 와자하게 떠드는 걸 보니 꽤 오래 머무를 것 같았다. 화제를 돌려야 할 필요를 느끼며 서재희는 매끈하게 미소 지었다.

"나 없는 동안 뭐 별일은 없고?"

언제 그리 싸늘했냐는 듯 서재희의 물음은 예의 바르고 부드러웠다. '그렇게 표정 싹 바꿔 대면 근육이 놀라지 않냐.'고 차예원이 중얼거렸지만, 서재희는 단정한 눈매만 유지했다. 이내 차예원이 심드렁하게 대답했다.

"특례입학생."

"뭐?"

잘못 들었나 했다. 서재희의 반응에 차예원이 씩 웃었다.

"특례입학생."

"장난치지 말라고 했다."

복도의 학생들이 듣지 못하도록 서재희가 잇새로 낮게 말했다.

"진짜야. 지난주에 들어왔어. 너 없을 때."

도시연합 중앙학교에는 몇 가지 불문율이 있었는데, 그중 하나는 다음과 같았다.

특례입학생은 없을수록 좋다.

시민이라면, 여덟 살이 되는 해에 의무적으로 동조율 측정을 받는다. 동조자로 판명된 아이들은 본인이 거주하는 도시의 기초학교에 입학하여 7년, 응용학교에 진학하여 6년을 수학한다. 대다수의 평범한 동조자들은 스물한 살에 응용학교를 졸업하여 사회로 배출되었으나, 그간 온갖 테스트와 모의 전투를 통해 걸러진 실력 있는 아이들은 제1도시에 있는 이곳 도시연합 중앙학교로 모여들었다. 그들은 대체로 5년 만에 졸업하며, 그 뒤로 촉망받는 미래가 기다리고 있었다. 지극히 보편적인 루트다. 예외는 드물었다.

도시연합 중앙학교 설립 이래, 특례입학생은 세 명 있었다.

첫 번째. 김지안. 동조율 32. 타격 48%, 설계 52%.

그녀는 제8도시의 슬럼가에서 태어났다. 살뜰한 부모가 없어 그녀의 인적 사항은 미처 시에 등록되지 못했다. 김지안은 동조자로서의 재능을 생계형 범죄에 발휘하다가 경찰에 붙잡히면서 스물두 살이 되어서야 생애 처음으로 동조율 측정을 받게 되었다. 도시연합은 동조자에게 언제나 관대했다. 그들은 김지안을 체계적인 교육 시설로 집어넣고 어떻게든 쓸 만한 시민으로 만들어 보고자 했다. 김지안은 정규교육을 받은 적이 없어 오히려 자유자재로 변칙을 구사함을 인정받아, 도시연합 중앙학교의 까다로운 문턱을 넘었다. 학교생활은 쉽지 않았다. 김지안은 오만한 학교에, 학생들은 그녀의 천한 출신에, 서로 예민하게 굴었다. 학교에서 애써 덮고 학생들은 쉬쉬하는 여러 사건 이후에, 그녀는 바람이 많이 부는 어느 날, 파견 수업에서 홀로 낙오되어 실종되었다.

두 번째. 이성재. 동조율 21. 타격 71%, 설계 29%.

그는 평범한 성적으로 제6도시의 응용학교를 졸업하고 용 연구소에 취직했다. 3년을 평탄히 근무하던 이성재는, 돌연 연구소를 그만두고 도시연합 중앙학교에 원서를 넣었다. 동조자로서 특별한 자질이 없음에도 불구하고, 당시 교장은 비밀리에 이성재의 특례입학을 허가했다. 이성재는 입학한 지 보름도 안 되어, 학교 용 부화장에 불을 지르고 현장에서 미처 빠져나오지 못해 사망했다. 교장은 이성재의 사망이 아니라 용의 훼손에 대한 책임을 지고 사퇴했다. 그 유명한 상아탑 방화 사건이다.

세 번째. 정윤환. 동조율 82. 타격 35%, 설계 65%.

그는 자고 있을 때도 머리가 팽팽 돌아간다는, 뼛속부터 타고난 설계자였다. 모든 면에서 뛰어났지만, 특히 창의적이다 못해 경이로운 순발력은, 기초학교 재학 내내 검증되고 또 검증되었다. 굳이 정규교육 과정을 다 마칠 필요도 없었다. 응용학교 5학년 2학기가 되자마자, 졸업도 하지 않은 열아홉 살짜리 정윤환을 도시연합군에서 낚아챘고, 즉시 정예군으로 발탁되어 김서혁 밑으로 들어갔다. 그리고 7년 후, '나 좀 쉬게 해달라.'는 폭탄선언과 함께 도시연합 중앙학교로 입학했다. 정윤환이 앞선 두 명과 다른 점은, 멀쩡히 살아서 현재 3학년에 재학 중이라는 점이었다. 그래서 그 둘보다 평이 낫냐고 묻는다면, 그건 또 아니었다. 밥 먹듯 교칙을 어기고 강의실에 코빼기도 안 비치는 주제에, 심지어 모든 필기시험을 귀찮다는 이유로 치르지 않고도, 모의 전투만으로 최상위 랭킹을 유지한다는 점에서 학생들의 진정한 공포의 대상이었다.

그리고 지금, 네 번째가 들어왔다고. 정윤환 하나도 벅찬데. 네 번째가.

"살인병기. 도시연합 정예군이 반란군 본부 털다가 발견했잖아. 5년 전인가. 우리 응용학교 6학년 때니까."

기억을 뒤지고 말고 할 것도 없었다. 아직도 섬뜩했다. 동조율 100의, 기계가 삽입되었으나 심장이 뛰는 어린 여자애. 이미 침식이 많이 진행되어 위험하니 안락사하자, 재원이니 거액을 들여서라도 치료하자, 언론이 들끓었었다. 지금도 소강상태는 아니었다.

"유은우? 도시연합군에서 군인으로 뛰고 있잖아."

"엄밀히 말해 군인은 아니지. 무기지."

사실이었다. 유은우는 시민권도 없고 인권도 없었다.

삽입된 기계를 제거하고 침식이 완전히 치료되어 멀쩡한 인간으로 돌아왔음에도, 유은우는 시민등록번호를 받는 대신, 김서혁의 전리품으로 등록되어 군에 속하게 되었다. 도시연합 측에서는, 아직 발견되지 않았으나 혹여 위험한 부작용이 생길 경우 군에서 통제하기 위함이라고 발표했다. 속내는 뻔했다. 거액의 치료비를 들여 투자했으니, 그 이상을 뽑아내겠다는 얄팍한 속셈. 인간이라면 자유의사를 존중해야겠지만 무기라면 부리기 편했다.

그렇게 유은우를 탐하던 군이었는데, 왜 갑자기 학교로 보냈단 말인가.

"입학하자마자 난리도 아니었어. 김서혁 적이 많잖아."

김서혁은 가시관령을 개정했다.

가시관령은 가장 높은 비상명령이었다. 가시관령이 발발하면 도시연합군 총사령관과 그 휘하 직속 정예군은 가시관령이 해제될 때까지 민간인 신분이 되며, 군의 지휘권은 도시연합으로 넘어갔다. 쿠데타를 예방한다는 명목으로 도시연합 초기에 제정된 법이었으나, 김서혁은 총사령관으로 부임하자마자 의원들을 매수해서 가시관령 발발 시 군 수뇌부 직위해제 조항 삭제 안을 통과시켰다.

도시연합에서 군부를 독립시키며 제 활동 범위를 확대하는 것도 모자라, 미래에 쿠데타를 일으키겠다고 선포한 거나 다름없는 김서혁에게 적이 없으면 그게 이상했다. 그런 김서혁이 아직도 많은 시민에게 지지를 받는 것은, 난민을 비교적 잘 보호함과 동시에 반란군을 압도적으로 제압하며 시민에게 필수적인 안정감을 주기 때문이었다. 김서혁은 심지어 전 총사령관이며 현 교장인 임유현이 해내지 못한 공적을 이루었다. 김서혁은 총사령관 부임 전, 반란군 본부를 격파함으로써 도시연합의 사해 진출을 확대했다.

"자기 부모가 김서혁한테 물먹었다고, 애들이 그 울분을 고스란히 유은우한테 풀더라고. 어차피 괴롭히다가 유은우 죽어도 살인은 아니잖아. 군 기물 파손이지."

서재희는 차분히 물었다.

"죽었어?"

"그게……."

차예원은 말을 다 잇지 못하고 눈을 가늘게 떴다. 서재희도 신경이 예민해졌다. 그들은 1층과 2층을 잇는 계단 한가운데 서 있었는데, 위로는 난간으로 보호된 2층 복도가 이어져 있고, 아래로는 1층 복도가 있었다. 둘은 약속이나 한 듯 동시에 고개를 들어 2층을 올려다보았다.

"피 냄새."

차예원이 미간을 찡그렸다. 피비린내가 한층 진해졌다. 서재희는 주의 깊게 숨을 들이마셨다. 신경이 비늘처럼 일어섰다.

"사람 피는 아니야. 짐승 피."

아마도 실험실에서 연구 재료로 쓰기 위해 운반하는 거라 짐작되었다. 불안은 사그라졌으나 서재희는 여전히 몸의 긴장을 풀지 못했다. 피비린내 하나만으로 맹수처럼 전투태세에 들어간 서재희를 앞에 두고 차예원이 혀를 찼다.

그때였다.

난간 밖으로 무언가가 다친 새처럼 혹 하고 수직으로 스쳐 떨어졌다. 꽤 묵직한 것이었는지 1층 대리석 바닥에 부딪히며 둔탁한 소리가 크게 났다. 서재희와 차예원은 놀라 아래를 내려다보았다.

"젠장, 어느 새끼야! 다칠 뻔했잖아!"

1층에서 시험지를 들고 모여 있던 2학년 중 한 명이 바닥에 내동댕이쳐진 것을 집어 들며 버럭 소리 질렀다. 그것은 마구 헤어진 갈색 덩어리처럼 보였는데, 눈을 가늘게 뜨고 자세히 보니 너덜너덜해져서 형체도 알아보기 힘든 책이었다. 1층 복도에 선 2학년 대여섯 명의 시선과 계단 중간에 선 서재희의 시선이 딱 마주쳤다. 2학년들이 흠칫 놀랐다.

"재희 선배?"

"어어, 예원 선배도. 안녕하세요!"

"이거 선배가 떨어뜨리셨어요? 저희는 그것도 모르고…….
거기 계세요. 제가 가져다 드릴게요."

책을 집어 든 2학년 하나가 허둥지둥 계단을 올라오려고 했
다. 갑자기 무리 중 한 명이 잽싸게 튀어나오더니 그 2학년의
팔을 급히 잡아당겼다.

"야, 멍청아! 그거 선배들 거 아냐. 그 새끼 거잖아!"

"……어?"

2학년들이 책을 중심으로 우르르 모여들었다. 팔락팔락 거
칠게 책장 넘기는 소리가 서재희와 차예원 귀에까지 들렸다.

"진짜네. 뭐야, 이게 왜 여기 있어? 사물함에 도로 넣어 났
다며?"

"누구야? 그때 책 넣으러 갔던 사람이?"

"나야. 분명히 다시 넣었는데……."

대화가 멎었다. 그리고 2학년들이 하나둘 고개를 들었다. 서
재희와 차예원도 그 시선을 따라갔다.

2층에 누군가 있었다. 양팔을 난간에 올리고 그 위에 턱을
가벼이 얹은 여학생이었다. 학교 문장이 새겨진 다홍색 배지를
교복 겉옷에 단 것을 보니 1학년이었다. 미처 얼굴을 살피기도
전에 1학년의 팔꿈치 옆으로 시선이 흘렀다. 난간에 아슬아슬
하게 걸쳐진 양동이를 발견한 순간, 피비린내의 근원지임을 깨
달았다. 서재희는 황급히 뒤로 물러섰다. 차예원도 눈치 빠르
게 따라 뒷걸음질 쳤다. 그와 동시에, 2층의 1학년이 손을 뻗어
양동이를 밀었다. 안에 들어 있던 피가 폭포처럼 쏟아지며 양

동이가 1층 복도를 향해 세차게 떨어졌다.

"으아! 이게 뭐야!"

"야, 이 개새끼야! 당장 내려와! 저 미친 새끼가!"

"이거 피잖아! 저게 돌았나, 진짜!"

양동이가 1층 대리석 바닥과 부딪혀 구르는 깡깡거리는 소음, 흘러넘치는 역한 피비린내, 사방으로 어지럽게 튄 붉은 피. 2학년들의 비명이 범벅되어 순식간에 시야가 어지러웠다. 서재희는 점점이 튄 피를 밟지 않도록 조심하며 다시 난간으로 다가가 아래를 내려다보았다. 1층에 모여 있던 2학년들은 고스란히 피 칠갑을 하고 고래고래 고함을 질러 대고 있었다. 그 아수라장을 보면서도 2층의 1학년은 여유로운 표정으로 말이 없었다. 2학년 중 한 명이 바닥에 뒹구는 양동이를 사납게 걸어차며 외쳤다.

"미친년이, 진짜!"

굳이 2층으로 올라갈 필요도 없었다. 2학년이 홀스터에서 총을 빼 들어 위로 겨냥했다. 검게 빛나는 총신에 000 붉은 숫자가 떠올라 023까지 올라갔다.

차예원이 상황 정리에 나섰다.

"너 뭐 하냐? 우리 앞에서 전쟁놀이라도 한판 하시려고?"

장난치듯 가벼운 어조였지만 말 마디마디가 싸늘했다. 2학년들의 기세가 주춤 수그러들었다. 차예원이 날카롭게 말했다.

"내려라. 벌점 바가지로 먹이고 퇴학시켜 버리기 전에."

"하, 하지만 선배! 저 새끼도!"

2학년이 총을 겨눈 채 발악하듯 2층을 가리켰다. 모두의 시선이 그대로 위로 올라붙었다. 서재희는 저도 모르게 얼빠진 소리를 냈다.

"……어?"

1학년은 어느새 총을 빼 들고 1층을 겨냥하고 있었다. 간이 부어 배 밖으로 튀어나왔는지, 선배들 앞에서 배짱 좋게 무기를 겨누는 그 품이 아주 당당했다. 하지만 서재희가 놀란 것은 그 때문만이 아니었다.

"동조율……."

1학년이 단단히 움켜잡은 총이 매끄럽게 빛났다. 그 총신 위로 붉게 깜박이는 동조율은 가히 믿기 힘든 수치였다. 아까 양동이를 걷어찰 때만 해도, 2학년이 총을 뽑을 때만 해도 1학년은 총에 손도 대지 않았다. 분명히 1층의 2학년보다 늦게 총을 잡았음에도 그 동조율은 무시무시했다. 072. 저렇게 빨리 온과 동조할 수 있을 리가 없는데. 서재희가 경악하는 사이, 1학년의 동조율은 더욱 껑충 뛰어 무려 100을 찍었다.

"유은우?"

군에서 욕심낼 만했다. 군이 그 수많은 인권단체의 비난을 감수하며, 멀쩡히 회복된 인간을 억지로 전리품으로 등록하는 만행을 저지를 만큼, 압도적으로 유혹적이었다.

"1학년, 거둬."

차예원이 조용히 말했다. 유은우는 총을 겨눈 그 자세 그대로, 이쪽으로 고개를 돌리기는커녕 시선도 주지 않고 대답했다.

"죄송합니다만, 선배. 먼저 겨눈 건 저쪽입니다. 저쪽이 내리면 저도 내리겠습니다."

"책을 던지고 피를 쏟은 건 네가 먼저다."

"저쪽이 먼저 제 책을 더럽혔습니다."

차예원이 눈을 가늘게 떴다.

"거둬. 거기 2학년 너도 마찬가지야. 승인받은 상황 외에 학생끼리 무기를 겨누는 건 금지다. 저녁 먹고 학생회실로 오도록. 너희 전부 다."

2학년이 이를 부득 갈며 천천히 총을 내렸다. 총신의 동조율이 빠르게 떨어져 000을 기록하고 불이 꺼졌다. 그러자 유은우도 깔끔한 동작으로 총을 거두었다. 2학년들은 힐끔힐끔 서재희와 차예원의 눈치를 보면서도 저마다 한마디씩 뱉었다.

"정신 나간 새끼, 고작 책 하나 망가뜨렸다고 이렇게까지 해? 선배들한테 감사해라. 선배들만 아니었음 네놈 따위 갈기갈기 찢겨 죽고도 남았어, 알아? 인권도 없는 주제에 목숨 아까운 줄 모르고."

"아, 이 피 냄새. 누가 사해 출신 아니랄까 봐 하는 짓이 아주……."

"그만해. 선배들 보고 있잖아. 기숙사 가서 옷이나 갈아입자."

"넌 이 상황에서 분통 터지지도 않냐? 유은우 저 새끼 낯짝을 보라고. 저게 지금 씨발, 반성하는 눈빛이냐고!"

"야, 나 눈에 피 들어간 거 같아……."

"분명히 선배들 있는 거 보고 다 계산해서 이딴 짓 하는 거라니까. 쥐새끼 같은 놈, 너도 조만간이다. 네깟 게 버텨 봤자 얼마나 더 오래 붙어 있을 것 같아? 여긴 너 하나 끼고도는 김서혁도 없어."

분을 못 이기는 2학년들에 반해, 유은우는 지극히 여유로워 보였다. 분노나 수치심은커녕 오히려 제 나이에 맞는 장난기와 자유분방함만 꼭 찰랑찰랑 넘치기 직전까지 고여 있었다. 욕설이 벽을 타고 왕왕 울릴 지경이 되자 차예원이 인상을 썼다. 서재희가 제지할 필요성을 느끼고 한마디 하려는데 유은우가 먼저 툭 뱉었다.

"배고플 때 사람 죽여서 먹냐고 물으셨죠?"

2학년들이 멈칫 입을 다물자 유은우가 손가락을 뻗어 아래 어딘가를 가리켰다. 피를 흠뻑 먹은 채 바닥을 뒹굴고 있는 책이었다.

"거기 쓰여 있던데."

짧은 말마디에 웃음기가 있었다.

"반란군은, 순진한 선배님들이 생각하는 것과는 좀 달라요. 배가 고프지 않아도 사람을 죽이거든요."

유은우는 여전히 웃고 있었지만, 눈은 차고 단단했다. 피비린내가 호흡에 농밀하게 섞여 들어 서재희는 욕지기가 치밀어 올랐다.

"군에서 퇴출당한 데다 인권도 없는 제가 아주 우스워 보이나 본데, 잃을 게 없는 사람이 제일 무서운 거 아시죠? 선배님들이야 고상한 신분에 흠집 날까 싶어 사물함에 있는 책 몰래 꺼내서 낙서질이나 겨우 한다지만 전 경우가 다르잖아요. 장난질도 적당히 상대 봐 가면서 하시죠. 한 번만 더 저 건드리면 그때는 피 뒤집어쓰는 거로 안 끝납니다. 우리 어디 한번 더 럽게 놀아 보자는 제의로 받아들이고 제 출신 방식대로 상대해 드리죠."

유은우가 말을 맺음과 동시에 난간 밖으로 크게 발길질을 했다. 단순히 겁만 주는 장난이었으나 아래층 2학년들은 화들짝 놀라 후다닥 뒷걸음질 쳤다. 바닥이 피로 미끄러워 2학년 하나가 휘청거리다 뒤로 넘어졌다. 어떤 2학년은 또 위에서 피 양동이라도 떨어질까 싶어 얼른 머리를 팔로 감쌌다. 그대로 잔뜩 움츠러든 그들은 이내 아무 일도 일어나지 않자 그제야 2층을 노려보았다. 하지만 유은우는 이미 가고 없는지라 2학년들의 분노는 애꿎은 허공으로만 흩어졌다.

"아까 죽었냐고 물었지? 보다시피 멀쩡하게 살아 있어. 너무 팔팔해서 도리어 다른 애들을 죽일 판이야."

차예원이 턱짓으로 아래를 가리켰다. 2학년들이 피를 뒤집어쓴 교복 겉옷을 벗어 들거나 팔뚝으로 얼굴에 묻은 피를 닦아 내느라 분주했다. 2층에 있던 유은우는 이미 사라지고 없었지만, 그녀가 선전포고하듯 들이부은 피는 눈이 아프도록 붉게 선명했다. 순식간에 터진 이 모든 상황은, 서재희가 납득할 수 있는 한계를 뛰어넘고 있었다.

도시연합 중앙학교에서 군에서 퇴출당한 살인병기가 자신을 향한 괴롭힘에 반발하여 선배를 향해 피를 양동이로 붓는다.

간결하게 정리해 봐도 이해가 더뎠다. 그 뒤에 덧붙여 보았다. 아주 잠깐 만에 동조율 100. 숨이 잘 쉬어지지 않았다.

결코 어울릴 수 없다고 생각했던 단어들만 골라 이어지고 있었다. 언제부터 세상이 이리 뒤죽박죽이던가. 내가 보름간 학교를 비운 사이, 세상의 모든 이치가 한 뼘 휘돌기라도 한 걸까.

문득 옆을 돌아보니 차예원은 물끄러미 위를 보고 있었다. 유은우가 기대어 서 있던 2층 난간이었다.

"나 좀 죽여 줘. 제발. 이제 그만……."

허억. 유은우는 가슴을 움켜쥐며 깨어났다. 전신이 땀으로 흥건했다. 비척거리며 일어나 앉았다. 숨을 골랐다. 옆 침대에서 자고 있던 룸메이트가 잠꼬대하며 뒤척였다.

시계를 보았다. 새벽 4시.

학교에 들어온 후, 매일 밤 같은 꿈이었다. 모습은 보이지 않는다. 배경도 없었다. 치밀한 어둠 속에서, 성별도 가늠할 수 없는 목소리가 자꾸만 속삭여 왔다.

이제 그만 죽여 달라고. 부탁한다고. 너무나 간절하게.

이상했다. 평소 베개에 머리가 닿자마자 맹렬히 잠들어 도중에 깨는 일이 없던 유은우였다. 까다로이 잠자리를 가리는 편도 아니다. 누울 수만 있으면 어디서든 잤다. 군에 있을 땐 서서도 잤다. 화들짝 일어나서 꿈을 되짚는 일도 없었다. 애초에 꿈을 잘 안 꿨다.

똑같은 꿈을, 그것도 별로 유쾌하지도 않은 꿈을 매일 꾼다는 것이 묘했다. 게다가 이게 정말 꿈인지조차 의심스러웠다. 꿈을 꾼 뒤에는 이상한 냄새가 났기 때문이다.

오늘도 역시나. 유은우는 이불을 그러쥐어 코를 막았다. 비릿한 쇠 내음 같은 그것은, 아무리 생각해도 피 냄새였다. 꿈을 처음 꾼 날에는 피 냄새를 맡자마자 코피라도 흘린 줄 알았다. 그 뒤엔 이불을 들춰 월경인지 확인했다. 아무것도 없었다. 원인을 알 수 없는 냄새는 수 초간 머물다 사라지곤 했다.

학교랑 나랑 안 맞네. 유은우는 옆에 두었던 생수를 벌컥벌컥 들이켜며 그리 결론지었다. 안 맞아도 너무 안 맞는다. 어디 수맥이라도 흐르는지 꿈자리도 사납고 하나부터 열까지 마음에 드는 구석이라곤 한 톨도 찾아볼 수가 없었다.

특히 서재희는.

유은우가 도시연합 중앙학교에 입학한 뒤, 가장 많이 들은 이름은 서재희였다.

"야, 유은우 또 지랄한다. 서재희 어디 있어? 누가 재희 좀 불러와!"

"서재희만 오면 유은우 개망나니짓도 이제 끝나는 거지."

"네가 이딴 식으로 행동하는 걸 서재희가 가만히 두고 볼 것 같냐? 재희만 오면……."

개나 소나 무슨 일만 있으면 만능키처럼 서재희를 찾았다. 아니, 아무 일 없어도 찾았다.

"재희 선배 아직도 안 왔대? 아아, 선배 보고 싶다."

"너희 이번에 5학년 모의 전투 영상 봤어? 진짜 대박이야. 도서관에 예약 대출이 밀려 있어서 빌려 보진 못하고, 아까 휴게실에서 후배들이 보는 거 살짝 봤는데, 진짜 장난 아냐. 특히 재희 선배. 너무 멋있어서 소름 돋아."

"아일 섬유유연제 그거 재희 선배가 쓰는 거 아니라고 했지?"

"재희 선배랑 예원 선배 어제 전시회 갔다던데. 사진 올라왔더라."

이쯤 되자 유은우도 궁금해졌다. 서재희란 이름만 나오면 학생들 낯빛부터 달라지는 이유가 뭘까. 얼굴에 금칠이라도 하고 다니나 싶어서 학생회관 1층에 설치된 재학생 검색대에서 친히 검색도 해 봤다. 작고 네모난 증명사진 속 서재희. 세련된 미소의 서글서글한 인상, 그뿐 평범했다. 그럼에도 검색대 스크린 오른쪽 위로 '검색 순위 1위' 문구가 반짝거렸다.

배경이 화려한가 싶었으나, 그것도 아니었다. 의식이 돌아온 후로는 쭉 군에 붙들려 짬밥만 먹는 바람에 세상 물정 어두운 유은우가 보기에도, 서재희의 프로필은 평범하다 못해 간결했다. 게다가 제8도시 변두리, 경운기 탈탈탈 굴러가는 촌구석 출신이었다. 보나 마나 서재희가 도시연합 중앙학교에 합격하던 날 동네 어귀에 플래카드가 착 붙었을 테고, 4년이 지난 지금도 붙어 있을지 모를 그런 촌동네 말이다.

그럼 실력이 좋은 걸까. 동조율 72. 타격 25%, 설계 75%. 날고 기는 도시연합 중앙학교 학생들 사이에서 특출한 건 아니었다. 개인전 승률 58%를 보면 알 수 있듯.

이상하게 무난하네. 스크린을 끄려다가 뭔가 시선에 걸렸다. 팀전 승률 98%, 복귀율 100%. 다시 서재희의 증명사진을 보았다. 미소가 말끔했다.

"배지 줘."

학생회실. 차예원이 손을 내밀었다.

유은우는 얌전하게 교복 재킷에 달려 있던 학교 배지를 빼서, 착한 강아지가 주인한테 손 내밀 듯 차예원에게 건네주었다. 차예원은 그것을 받아 노트북에 끼웠다. 모니터에 유은우의 학생기록부가 뜨자, 차예원은 키보드를 두드려 벌점을 기록했다.

"실험실에 몰래 잠입했으니 마이너스 10점. 거기서 피 한 양동이 훔쳤으니 마이너스 10점. 그걸 복도에 뿌렸으니 마이너스 5점. 타 학생에게 무기를 겨누었으나 발포하지는 않았으니까, 음, 이건 경고."

입학한 지 일주일도 채 되지 않았는데, 기록부엔 빨간 벌점이 가득했다. 차예원이 배지를 돌려주며 사무적으로 말했다.

"벌점 누적되면 나중에 듣고 싶은 수업 못 들을 수도 있어. 알지? 만회하도록. 다음, 백일서. 배지."

유은우 옆으로 나란히 앉아 있던 2학년 백일서가 마지못해 배지를 내밀었다. '벌점 한 번도 받아 본 적 없는데.' 구시렁거리는 소리가 들렸으나 유은우는 무시하고 고개를 돌렸다. 그렇게 남의 책에다 왜 그딴 짓을 해.

"서류 이게 전부야?"

뒤쪽에서 서류철을 뒤적이던 서재희가 고개를 들며 물었다. '그게 다야.' 차예원이 대답했다. 서재희는 들고 있던 서류철을 한 번 더 빠르게 훑었다. 파라락 넘어가는 종잇장 사이로 군을 상징하는 매 모양 직인이 언뜻 스쳤다.

내 프로필. 군에서 학교로 보낸 기록. 유은우는 서재희가 자신의 신상을 샅샅이 살피는 것을 지켜보았다. 별 내용은 없을 터였다. 아직 졸업도 하지 않은 자들이 아무 데서나 펼쳐 볼 수 있는 그런 자료에 기밀을 넣을 리 없었다. 고작해야, 내 승패 기록, 전투 개요, 소속 경력 정도가 들어간 쪽이겠지.

유은우는 군에서 나오던 날을 기억했다. 김서혁에게 마지막 탄원을 하려고 갔을 때, 책상에 놓여 있었다. '전리품 폐기 처분 검토 보고서'가. 진짜란 그런 거였다.

서재희의 고개가 비스듬히 기울었다. 서류 어딘가에 확 꽂히기라도 한 모양인지, 깊게 집중하고 있었다. 증명사진으로 눈, 코, 입 하나하나 뜯어봤을 때는 잘생겼다고 생각하지 못했는데, 실제로 보니 자연스레 정돈된 보송한 머리칼, 깨끗한 피부, 여유를 두고 움직이는 동선으로, 바라보는 이의 시선을 자연스레 붙들었다. 공익광고에 나올 법한, 튀지 않되 딱 떨어지는 깔끔함이 있었다.

그러다 시선이 마주쳤다.

유은우가 도리어 놀랄 정도로, 서재희는 즉각 미소 지었다. 오랫동안 잘 길들인 반사 신경 같았다.

"그리고 유은우."

차예원이 불렀다.

"내일 오후에 테스트하자. 진즉에 해야 했는데. 뭐, 정 교수님은 출장 중이라 안 계시지만, 이제 재희 왔으니까 테스트실 열어도 되겠지."

공식적으로는 학생회장이며 비공식적으로는 도시연합장 차인호의 외동딸인 차예원마저, 교수의 빈자리에 서재희를 갖다 대고 있었다. 이건 뭐, 거의 독재 수준이었다. 차예원이 뒤를 돌아보며 물었다.

"재희 너 테스트실 조작할 수 있지?"

"응."

서재희가 고개를 끄덕였다. 다시 눈이 마주쳤다. 버릇처럼 깨끗하게 미소를 올리는 서재희가, 유은우는 도무지 적응되지 않았다. 그러다 문득 헛웃음이 났다. 이쪽은 폐기 처분 직전에 간신히 학교로 유배된 살인병기 출신이었다. 똥 묻은 개가 겨 묻은 개 나무란다고, 지극히 평범한 데다 학생들의 인기를 독차지하고 있는 허우대 멀쩡한 남자를 뭐 하러 경계한단 말인가.

정작 급한 건 따로 있었다.

"테스트는 어떻게 이뤄지나요?"

유은우의 물음에 차예원이 노트북을 닫으며 대답했다.

"동조율, 설계, 타격을 순서대로 따로따로 측정할 거야. 수준에 맞춰서 과목마다 반 배정하려고 그러는 거니까 부담 없이 하면 돼. 너무 노력할 것도 없어. 네 실력 그대로 보이는 게 좋아."

"······따로요?"

유은우의 낯이 핼쑥해졌다. 차예원이 고개를 갸웃했다.

"무슨 문제라도 있어?"

"아. 저는 모의 전투처럼 특정 미션이 주어지는 테스트라고 생각했어요. 정해진 시간 안에 얼마나 많이, 얼마나 빨리, 얼마나 정확하게 완수하는가. 이런 식으로······."

"여긴 학교야. 이제 막 입학한 신입생에게 그렇게 복잡한 미션은 주지 않아. 군처럼 빡빡하지 않으니까."

미치겠다. 예상은 했지만, 새삼 입이 말랐다. 옆에 있던 백일서가 이죽거렸다.

"동조율 높다고 그게 곧 실력은 아니지. 너야 뭐, 군에서 쫓겨날 정도면 알 만하다."

"김서혁 총사령관이 선배 부모하고 무슨 사이인지는 모르겠는데, 저한테 화풀이하는 것도 정도껏 하시죠."

유은우가 팔팔하게 되받아쳤다. 테스트 소리에 축 처져 있던 게 무색하도록 코웃음도 쳐 주었다. 백일서가 의자를 박차고 일어섰다.

"야! 너 진짜······."

"그만해."

차예원이 경고했다. 백일서는 선배 쪽으로 꾸벅 인사를 하고, 유은우를 노려본 뒤, 성큼성큼 학생회실을 나가 버렸다. 유은우는 그 뒤를 기세등등하게 뒤쫓으려고 했으나, 차예원이 딱딱한 목소리로 조금 더 있다가 나가라고 하는 바람에 도로 자리에 주저앉았다. 백일서가 나가고 5분이 지나서야, 차예원은 유은우에게 이제 그만 나가도 좋다고 했다.

그러나 유은우는 학생회실을 나오자마자 다시 백일서와 마주쳤다. 그는 분이 풀리지 않았는지 일부러 유은우가 나올 때까지 기다린 것 같았다. 백일서가 욕을 하며 삿대질을 하기에 유은우는 발로 그의 복부를 걷어찼다. 그 뒤로 미친 강아지처럼 엉겨 싸웠다. 차예원이 질색을 하며 나와서는 둘을 갈라놓았다. 백일서는 씩씩대며 마지못해 가 버렸다.

"둘 중 하나라도 얌전하면 안 되겠니?"

차예원이 쏘아붙이고는 학생회실로 들어갔다. 유은우는 더러워진 교복을 털다가 바닥에서 은색 카드를 발견했다. 백일서가 신용카드라도 떨어뜨리고 갔나 싶어서 주워 살폈다. 아무것도 표시되어 있지 않았다. 짐작이 가는 바가 있었으나 황당했다.

이거 설마 해제 카드인가?

유은우는 주위를 살피고는 근처 빈 강의실로 들어갔다. 창가에 서서 말간 햇빛에 카드를 천천히 비춰 보았다. 특정 각도에서 카드의 내부가 투명하게 드러났다. 자신이 아는 패턴이었다. 혀를 찼다.

해제 카드 맞네.

군에서도 쉬이 볼 수 없는 물건이었다. 김서혁의 집무실을 제 안방처럼 드나들던 유은우도 어쩌다 몇 번 본 게 전부였다. 도시연합에서는 해제 카드의 생산과 유통, 관리의 전반적인 사항을 철저히 감독했다.

왜 학생이 이런 걸 가지고 있지?

손에서 천천히 카드를 굴렸다.

제 아빠 지갑에서 몰래 빼 왔나?

백정명 의원이라면 해제 카드 하나쯤 소지하고 있다고 해서 놀랄 일도 아니었다. 사회적 위치가 높을수록 법은 비껴가기 쉬운 법이니까.

혀를 차며 카드를 주머니에 쑤셔 넣었다.

백일서에게 돌려줄 생각은 없었다. 후에 또 괴롭히면 약점으로 삼을 생각이었다. 카드를 소지하는 것만도 불법이니, 백일서 또한 공공연하게 카드를 찾으러 다닐 수 없을 터. 그가 곧 카드를 잃어버린 걸 깨닫고 실랑이하다가 떨어뜨렸다고 짐작하더라도, 감히 대놓고 물어보지도 못하고 속만 상하리라 생각하니 내심 우스웠다.

그대로 강의실을 나가려다가 홀스터에서 인터컴을 뽑아 귀에 꽂았다. 왼쪽 손목의 이프를 터치하자 공중으로 반투명한 스크린이 떠올랐다. 지난 통화 목록에서 김서혁을 눌렀다. 인터컴으로 신호음을 들으면서, 유은우는 근처 책상에 훌쩍 올라앉았다. 두 발이 공중에 떴다.

신호음은 길게 이어지기만 했다. 유은우는 차가운 책상에 올라앉은 채, 등으로 햇살을 받으면서 오래오래 기다렸다. 상대방이 전화를 받을 수 없다는 안내음이 이어지고 연결이 끊어졌다. 이프가 띄우던 스크린이 깨끗이 사라졌다.

유은우는 멍하니 이프를 어루만졌다. 윤이 나는 새것이었다. 채 길이 들지 않은.

일방적으로 군에서 퇴출을 통보받고, 얼떨떨한 심정으로 숙소에 갔을 때 이미 문턱에 캐리어가 놓여 있었다. 워낙 짐이 없기는 했지만, 그래도 아끼는 무엇 챙겨 갈 건 없냐고 묻는 말 한마디 없는 그 싸늘함에 유은우는 두 번 상처받았다. 군 기밀을 누설하지 않겠다는 빽빽한 각서를 쓰고, 군 정보가 묻었다는 이유로 이프를 압수당하고, 유일하게 소중히 여겨 왔던 총도 반납했다. 군의 흔적을 지울 수만 있다면 자신을 세탁기에 넣고 돌리기라도 할 기세였다. 그 정도 꼼꼼함을 보인 군이었지만, 그래도 유은우의 뇌 속에서 김서혁의 직통번호를 지우진 못했다.

하루에도 몇 번씩 전화 걸면 뭐 해. 안 받는데.

유은우 네가 직접 짐 챙기는 시간조차 아깝다는 듯 차갑게 놓여 있던 캐리어는, 학교에 와서 짐을 풀고야 알았지만 단출해도 너무 단출했다. 무채색의 사복 몇 벌. 급하게 대충 산 게 분명한 빳빳한 새 지갑. 평범한 사람들이라면 시민증이 들어갈 신분증 보관 칸에는 신용카드 하나만 달랑 들어 있었다. 카드를 빼서 뒤집으니, 자신의 지문을 인식한 카드가 사용 안내 홀로그램 영상을 뱉었다.

— ……수업에 필요한 비품 및 재료는 도시연합 중앙학교에

서 도시연합군으로 직접 청구하므로 유은우 개인이 구입할 수 없으며, 도시연합 중앙학교와 도시연합군 가맹점 외에서 카드를 사용할 시 최소 일주일 전에 도시연합군의 승인을 받아야 합니다. 또한 사해횡단철도를 이용할 시 최소 한 달 전에 목적지와 목적에 대해 밝히고 도시연합군의 승인을 받아야 하며, 학업 및 생계 외의 부적절한 곳에 지출되었다고 도시연합군에서 판단할 시에는 확인서 징구 및 카드 환수 조치될 수 있음을 알려 드리며……

군은 그렇게 유은우를 내쫓았다. 의식이 가물가물하던 3년의 치료가 끝난 후 2년 동안 인간 대접 좀 받게 해 달라며 그토록 충성을 바쳤는데, 실상 사용이 불가한 카드 하나가 퇴직금 전부였다.

유은우는 다시 이프를 켜고 이번엔 소연주를 선택했다. 기대는 희박했으나 도리가 없었다. 인터컴으로 신호음을 들었다. 이번에도 연결되지 못하고 끊어졌다.

유은우는 귀에서 인터컴을 뺐다. 흰 금속을 손 안에서 천천히 굴렸다. 김서혁의 목소리를 들을 수 없어, 그와 마지막으로 나누었던 대화만 쓰린 속을 찢고 흘러나왔다.

'위원회 결정에 따라야지. 너는 군에 적합하지 않다고 판단되었어. 학교에서 자질을 갖추어 정상적으로 졸업하면, 시민권을 받을 수 있다. 성적이 상위권이라면 당연히 군에도 들어올 수 있고.'

'졸업 못 하면? 내가 어떻게 학교를 졸업해? 못 한다는 거 대

장이 제일 잘 알잖아!'

'한 학기라도 유급되면 쓸모없다고 판단되어 폐기된다. 들었을 텐데.'

유은우는 눈을 꾹 감았다. 손아귀에 땀이 서렸다. 인터컴이 자꾸만 미끄러졌다.

'그건 내 실수가 아니라니까. 누가 혼동 설계를 걸었다고.'

'임무 수행 전에 시스템에서 확인한 바, 네 총은 아무 문제 없었어.'

'내부자 소행이야. 출동하고 나서 그 뒤에 누가 내 총에 혼동 설계를 건 거라고. 대장이 위원회랑 마찰 있고 나서 그런 일 자주 있었어. 마음에 안 드는 사람 물건에 몰래 해코지하듯이, 내가 그 대상이잖아. 당신 물건이니까!'

'혼동 설계는 기초학생도 쉽게 해제할 수 있어. 걸렸더라도 풀면 그만이야. 그런 것 하나 제대로 못 하는 군인이 군인이라 할 수 있나? 내부자 소행이든 아니든 네 실력 문제다.'

'누군가 설계만 제대로 짜 주면 난 그 안에서 확실히 움직일 수 있어. 모든 군인의 자질이 똑같아야 하는 건 아니야. 특화된 곳에서 제 역할을 다하면 되잖아. 당신이 늘 했던 말 아냐? 난 타격으로 승부해. 그깟 혼동 설계, 서포터가 방어막만 제대로 쳐 주면 해결되잖아.'

'그게 네 약점이야. 설계를 걸어 줄 누군가가 반드시 필요하다는 것. 적이 널 역이용할 수 있다는 것.'

'이러려고 거기서 날 구해 왔어? 군에서 굴려 보고 아니다 싶

으니까, 학교로 보내 깔끔하게 폐기 처분 시키려고?'

'네가 설계 난독증인 거 알았다면, 그때 즉살했다.'

인터컴이 미끄러졌다.

유은우는 책상에서 내려왔다. 허리를 굽혀 인터컴을 주우려다가 다리에 힘이 풀려 꼴사납게 주저앉고 말았다. 무릎을 꿇은 채 바닥에 떨어진 인터컴을 집어 들었다. 인터컴 위로 툭 물방울이 떨어졌다. 유은우는 그제야 자신이 울고 있음을 알았다.

"됐어. 울지 마."

단단히 중얼거렸다. 소매로 눈을 문질러 닦고, 인터컴에 묻은 눈물도 훔쳤다.

대장이 내 전화를 안 받는다면, 내가 직접 만나러 가면 돼.

다음 주 금요일, 제1도시 광장에서 시민의 날 기념식이 있었다. 김서혁도 당연히 참석할 것이다. 가서 말하면 돼. 다시 군으로 데려가 달라고……. 자존심은 무너진 지 오래였다. 그러나 군이 아니면 갈 곳이 없었다. 나를 거둬 준 사람. 나를 키워 준 부대. 버림받았다는 배신감은 접어 두고 무릎 꿇고 사정해서라도 예전 소속으로 돌아가 발붙일 수만 있다면…….

'네가 설계 난독증인 거 알았다면, 그때 즉살했다.'

뺨이 뜨거웠다. 눈물이 걷잡을 수 없이 흘러나와, 유은우는 쭈그리고 앉은 채 어찌할 바를 몰랐다. 허둥대며 소매로 자꾸 눈을 닦았다.

고기도 먹어 본 사람이 먹는다고, 우는 것도 어려웠다. 너무 어려웠다. 모든 것이. 노력하면 된다고, 그래서 늘 노력했는데.

군에서 떨어지는 임무란 임무는 전부 몸 사리지 않고 나섰다. 그렇게 다 맞추고 남은 시간에 설계 공부를 했다. 난독증으로 속이 울렁거려, 급하게 먹은 저녁을 다 게워 내면서도, 그렇게 하면 언젠가는 시민이 될 거라고.

그게 이렇게 어려운 건가.

"유은우."

유은우는 총소리를 들은 새끼 짐승처럼 놀라 벌떡 일어섰다. 숨을 삼켰다. 나 혼자 있었는데. 상대가 언제 들어왔는지 모를 일이었다. 우는 꼴 보였다고 생각하니 뒷덜미가 차게 식었다. 자신을 버린 군에서 훈련받은 대로, 유은우는 저도 모르게 오른손을 미끄러뜨렸다. 허벅지의 홀스터에 꽂힌 총을 더듬어 쥐었다.

눈물은 식었으나, 그 열기로 한껏 달아오른 심장이 쿵쿵 적막보다 귀를 메웠다.

증명사진으로, 또 학생회실에서 몇 번이나 보았던 서재희인데도 생경했다. 그러고 보니, 버릇처럼 그려내던 세련된 미소가 없었다.

감정을 깨끗이 걷어 낸 눈으로, 서재희가 말했다.

"나랑 페어 해."

오후의 긴 햇살이 빈 강의실을 비스듬히 가로질렀다. 아무

표정도 없는 서재희의 낯이 햇살에 서늘했다.

페어는 목숨을 공유한다는 약속. 페어를 맺은 상태에서 한쪽이 죽게 되면, 다른 한쪽도 죽는다.

페어의 유일한 장점은, 상대방에게 보호 설계를 지속해서 걸어 줄 수 있다는 데 있었다. 보통 타인이 걸어 주는 보호 설계의 지속력은 짧았다. 일종의 공격이라 인식하여 저항력이 생기기 때문이다. 하지만 페어를 맺게 되면 이야기가 달라진다. 페어 상대도 또 다른 나로 인식하게 되어, 상대방에게 보호 설계를 한 번만 걸어 놓아도 최소 몇 시간, 최대 며칠까지 지속되었다. 물론 보호 설계가 무적은 아니다. 보호 설계를 시전하는 자의 실력에 따라 그 방어력은 천차만별이었다.

유은우는 실제로 페어를 한 번도 보지 못했고, 앞으로도 볼일이 없을 거라 생각했다. 변수가 많은 군에서, 페어는 암묵적인 금기였다. 한 명 한 명 개개인이 완벽한 전투력을 지니고 있는 데다, 극도의 위험에 빈번이 노출되는 군인이 굳이 페어를 맺어 목숨이 묶일 이유가 없었다.

간혹 치기 어린 기초학교 학생들이 연애하다가 신뢰를 시험한답시고 페어를 맺는다는 말은 들었다. 물론 헤어지면 그날로 합의하에 페어를 해제하면 되겠지만, 그 전에 사고로 한쪽이 죽으면 다른 한쪽도 즉사이기에 위험한 장난이었다. 바로 몇 달 전엔 끔찍한 기사도 하나 나지 않았던가. 사귀면서 페어를 맺었는데, 한쪽이 이별을 고하며 페어 해제를 요청했더니, 실연에 낙심한 다른 한쪽이 자살하는 바람에 둘 다 죽게 된 사건이었다. 이후 페어를 법으로 금지하자는 주장과, 자유의지는 존중하자는 의견이 한동안 팽팽하게 맞붙었었다.

괜히 페어를 낭만적 미친 짓이라고 하는 게 아니다. 보호 설계는 그냥 필요할 때 본인이 걸면 되었다. 굳이 목숨이라는 큰 리스크를 걸고 남에게 받을 필요는 없었다.

하지만 유은우는 달랐다.

지독한 설계 난독증으로, 여태 한 번도 스스로 보호 설계를 성공한 적이 없었다. 군에서는 김서혁이라는 뒷배경으로 그나마 목숨만은 부지했지만, 이제 유은우가 믿을 수 있는 건 아무것도 없었다.

"내가 너한테 걸어 줄게. 보호 설계."

그런데 지금, 아무것도 부족한 것 없이 멀쩡한 서재희가 본인의 목숨을 자신과 공유하겠단다. 왜? 유은우는 열이 올랐던 눈가가 차게 식는 것을 느꼈다.

"군에서 다른 누구도 아니고 동조율 100짜리 전리품을 버렸다고 해서 이상하다고 생각했어. 멋대로 부리려고 인권도 주지 않아 놓고 이제 와서 학교로 내치다니."

서재희가 천천히 말했다. 그는 말하면서 제 생각을 정리하고, 유은우의 반응까지 동시에 살피는 것처럼 보였다.

"설상가상으로 서류를 보니 아귀가 안 맞아. 타격과 설계의 합도 어긋나고 수치도 과장되어 있고. 어딘가 공통으로 비어 있어. 조작된 기록인 거지. 그렇다면 이유는 단 하나. 네가 치명적인 약점을 지니고 있고 팀원이 그걸 메웠을 거야. 도저히 극복할 수 없어 학교로 버린 것이고. 설계 난독증이라고밖에 짐작이 안 가는데 내가 틀렸나?"

유은우는 대답하지 않았다. 유은우가 설계 난독증이라는 것은, 김서혁의 엄명 아래 군에서 1급기밀로 다루어졌다. 서재희가 본 자료는, 김서혁이 수없이 언론에 배포하던 그 자료였다. 2년간 그 누구도 의심을 품지 않던 자료를, 서재희는 방금 쓱 훑어보고 유은우 너 설계 난독증 아니냐고 확신하고 있었다.

"동조율 100에 설계 난독증이라. 특이케이스. 난독증에도 여러 종류가 있어. 종류에 상관없이 보통은 기초학교에서 이미 도태되지만. 넌 어떤 경우지?"

서재희는 유은우의 가치를 가늠하고 있었다. 그 익숙한 시선을, 유은우는 이를 악물며 똑바로 받아 내었다. 여전히 대답이 없는 유은우를 두고, 서재희가 가볍게 말했다.

"읽는 건 노력으로 극복했고, 구현은 전혀 안 되는 거 같던데."

유은우는 이번엔 정말 놀랐다. 김서혁은 유은우의 기록을 전반적으로 뜯어고쳤다. 그 누가 봐도 쉬이 납득하도록 꾸몄기 때문에, 서재희가 어찌 예민하게 유은우의 설계 난독증까지는 잡아낸다고 하더라도, 그리 섬세하게 짚을 줄은 몰랐다. 유은우는, 서재희가 제 기록을 자체 해석한 것이 아니라 혹여 어디선가 군으로부터 정보를 얻은 게 아닌가 슬슬 의심이 가기 시작했다.

"너는 군에서 실력 있는 동조자들만 보아 왔으니, 여기 학생들쯤은 다들 우습게 보일지 몰라도 조심하는 게 좋아. 힘이 있는 자가 미숙하다면 그것보다 위험한 게 없거든. 이번 학기만 해도 벌써 네 명이 죽어 나갔어. 사고니 실종이니 하는 태평한 뉴스 보도는 믿을 만한 게 못 돼."

유은우는 여전히 총을 꾹 쥐고 있었다. 아직 홀스터에서 뽑지는 않았다.

"김서혁은 적이 많아. 그 적의 자식들이 이 학교에 다녀. 지금껏 그래 왔듯이, 애들이 마음만 먹으면 너 하나쯤은 소리 소문 없이 죽일 수 있어. 지금 나도……."

서재희가 손으로 총 모양을 만들어 빵 하고 쏘는 시늉을 했다. 정확히 유은우의 미간을 향하고 있었다.

"……너한테 혼동 설계 하나 걸어 주고 공격 들어가면 너는 제대로 도망도 못 가고 골로 가겠지?"

유은우가 총을 틀어쥐고 있는 걸 보고도, 서재희는 전혀 경계하지 않았다. 그럴 만했다. 유은우가 설계 난독증임을 안 이상, 전투의 주도권은 이미 서재희에게 넘어갔다.

설계를 하지 못한다는 것은 온을 날것 그대로 쓸 수밖에 없다는 이야기다. 그야말로 단순한 타격만 가능했다. 잘 벼려 여러 갈래로 쓰거나 보호막으로 엷게 펼치는 등의 가장 기본적인 설계부터, 사람의 움직임을 제한하고 기계를 구동시키는 등의 까다로운 설계까지, 유은우는 온을 정제하는 그 무엇도 전혀 할 수가 없었다.

유은우가 할 수 있는 것은 오직 순수한 타격뿐이었다. 동조율이 100에 달하는데 설계로 조절을 못 하니 그 파괴력은 굉장하여, 오히려 치명적인 약점이 되었다. 지금 여기서 유은우가 서재희를 향해 총을 쏜다면, 학교가 날아갈 수도 있었다. 너도 죽고 나도 죽고 모두 다 죽는 의미 없는 짓이었다.

군에서 누군가가 설계를 짜 주면 그 위를 디디며 열심히 타격만 했던 유은우다. 지금은 달랐다. 이젠 혼자다. 군에서는 곳곳에 설치되어 있었던 그 흔한 CCTV가, 어찌 된 일인지 이곳 학교엔 단 한 개도 보이지 않았다. 누가 복도에서 유은우를 정말로 공격한다면, 사실 반격할 수 없었다. 홀로 다루기에, 유은우 본인의 동조율은 너무 높았다.

"내일 테스트하면, 네가 설계 난독증이라는 걸 학생들 전부가 알게 될 거야. 너 혼자 얼마나 버틸 수 있을까? 이틀? 사흘? 네가 그동안 저지르고 다닌 말썽을 생각하면 더 단축되지 않을까?"

서재희는 '오늘 날씨가 참 좋네.'라고 하듯 단조롭게 말했다.

"설계 난독증 주제에 그렇게 2학년들한테 대들고. 아까 벌점 기록 보니까 근 일주일 동안 사고를 쳐도 단단히 쳐 놨어. 애들이 진짜 널 공격하면 어쩔 셈이었어? 너 여기 죽으러 온 거야?"

그건 그랬다. 당당하게 행동하면서도 실은 속으로 식은땀이 났다. 여태 살아 있는 게 용했다. 특히 아까 피 양동이를 쏟았을 때는, 2학년이 정말로 자신에게 총을 겨누었다. 옆에 학생회장과 파견부장이 없는 상황이었다면, 유은우는 그냥 도망가야 했다. 그럼에도 유은우가 그 자잘한 괴롭힘에 일일이 응대했던 것에는 나름의 이유가 있었다.

유은우는 서재희를 마주하고 처음으로 입을 열었다.

"그렇게 해야 애들이 쉽게 안 보니까요. 다들 나랑 붙으면 질 거라고 생각하고 책에 낙서질이나 하는 거예요. 조금이라도 틈을 보였다면 바로 공격당했을지도 몰라요."

"배짱 좋네."

서재희가 유은우를 빤히 보았다. 설핏 웃음이 지나간 것 같기도 했다.

"그 허울 좋은 허세도 내일 테스트하고 나면 더 이상 못 써먹는 거 알지? 나랑 페어 하면 네 안전은 보장해 줄게. 네 평판도 올라갈걸. 나랑 페어 하는 것 자체만으로."

대단한 자신감이었다. 그 많은 학생의 신뢰를 대체 어떻게 얻어 냈을까. 인기 뒤엔 당연히 시기와 질투가 따라온다. 그런데 서재희를 이야기할 때의 학생들 태도는, 거의 맹목적인 존경에 가까웠다. 어디서 사이비 종교라도 들여와 퍼뜨린 게 아닐까 의심스러웠다.

"원하는 게 뭔가요?"

서재희가 유은우를 깊게 보았다. 유은우는 서재희의 시선이 자신의 동공 안으로 찔러 들어온다는 느낌을 받았다.

"네 기억."

"……네?"

"반란군에게 붙잡혀서 살인병기가 되기까지 겪었던 기억. 전부 나한테 보여 줘."

"제 기억은……."

없는데. 줄 기억이. 유은우는 그때 당시 일을 하나도 기억하지 못했다. 군이 유은우를 구출하여 가장 먼저 한 일이 기억 뒤지기였다. 침식 치료를 병행하며 무려 3년을 뒤졌다. 반란군이 어떻게 유은우를 살인병기로 만들었을까. 누구나 궁금해했다. 유은우가 기억 못 해도 저 밑바닥 무의식 어딘가 분명 있을 거라며 군에서 엄선한 최고의 전문가들이 달라붙어 뒤지고 또 뒤졌다. 그래도 결국 못 찾았다. 아무래도 그때 뇌가 시달려서 설계 난독증이 된 게 아닐까, 유은우는 꽤 의심했으나, 군에서는 설계 난독증이 선천성이라고만 했다.

하지만. 여기서 기억 같은 거 없다고 하면 서재희는 유은우에게 흥미를 잃을 터였다. 내일 테스트가 끝나면, 유은우는 정말로 살인의 타깃이 된다. 이제 학생들은, 유은우의 교복을 찢는 대신 목을 찢으려 들 것이다. 유은우는 서재희가 필요했다. 서재희도 유은우가 필요하다고 여기도록 만들어야 했다.

마음을 가다듬었다. 단어 선택을 신중히 했다. 마치 있는 것처럼. 주저하는 것처럼.

"그 기억은 군에서 이미 가져갔어요."

"군에서 그렇게 말했어, 아니면 그렇게 말하라고 시켰어? 가져갔다고? 네가 잘못 알고 있는 거겠지. 기억을 조작하는 건 불가능해. 오직 들어가서 보는 것만 가능하니까, 분명 남아 있어."

천만다행으로 서재희는 포기하지 않았다.

"네 무의식에 다 저장되어 있어. 넌 아무것도 안 해도 돼. 애써 기억하려고 하지도 말고. 내가 들어가서 직접 뒤질 거니까."

그 망할 군이랑 똑같은 말을 하고 있었다. 유은우는 총에서 손을 놓고 팔짱을 끼었다. 마치 고심하는 것처럼 고개를 푹 숙였다.

기억에 관련된 설계를 도시연합 허가 없이 시전하는 것은 불법이었다. 사생활 침해를 넘어선 인권 유린. 장기 매매와 비슷하게 처벌되었다. 서재희가 유은우의 기억을 뒤진다는 것은, 유은우의 모든 것을 보겠다는 이야기였다. 침식을 치료하고 최근 2년 동안 군에서 굴러다닌 기억이라고는, 남이 짠 설계를 따라가며 지겹게 타격만 했던 게 전부였다. 아, 도서관에서 설계 공부하다가 토한 나날도 있네. 군 기밀을 누설하지 않겠다고 서약한 것이 좀 걸리긴 했지만, 당장의 생사가 중요했다.

손해 볼 것 없는 장사. 있지도 않은 기억을 주겠다는 조건으로 서재희와 페어를 맺는다.

유은우는 고개를 들었다. 서재희가 자신을 똑바로 응시하고 있었다. 바로 수락하면 의심할지도 모른다. 기억은 민감한 주제다.

"설계로 남의 기억을 뒤지는 건 불법이에요."

"넌 인권이 없잖아. 군에서 네 기억을 뒤지는 건 합법이었어. 그리고 안 걸리면 그만이야. 어차피 나 설계 써서 남 기억 추출할 만한 실력도 못 돼. 난 다른 거로 할 거야."

"다른 거 뭐요?"

"온디딤."

유은우는 서재희를 빤히 보았다.

"온디딤은 도시연합에서 압수할 텐데. 빼돌렸어요?"

"빼돌린 것도, 사용하는 것도 나야. 넌 상관없어. 총으로 네 기억을 뒤지면 기록이 남아서 바로 걸리겠지만, 온디딤은 흔적도 없이 말끔해. 도시연합의 눈을 피할 수 있어."

서재희가 대답하면 할수록 유은우는 더 혼란스러워졌다. 서재희가 툭툭 내뱉는 모든 말이 생소했다.

유은우가 군에서 당했던 기억 발굴은 이런 식이 아니었다. 거대하고 정밀한 기계가 있었고 수많은 연구원이 있었다.

학교로 쫓겨난 것보다 더 심각한 피해를 입을 수도 있다는 공포가 스멀스멀 기어 올라왔다. 도시연합에서 동조자 발현 후 온디딤을 압수하고 전 시민에게 사용을 금지시킨 데에는 이유가 있었다. 온디딤은 까다롭고 위험했다. 사용하면 끝에 반드시 피를 봤다. 자신의 온디딤을 다루면 크고 작은 상처를 감수해야 했고, 타인의 온디딤을 다루면 생명을 담보로 걸어야 했다.

"다른 조건은 없을까요?"

서재희가 미간을 구겼다. 이 강의실에서 대화를 나눈 이래, 그가 처음으로 감정을 보였다. 짜증이었다.

"네가 그거 말고 나한테 줄 게 뭐가 있어."

그건 그랬다. 서재희는 다 가졌다. 다 가진 사람이 뭐 하러 내 기억까지 쓸어 가려는지 모르겠네. 자기도 살인병기 하나 만들어 보려고 그러는 걸까. 내 알 바 아니었다. 유은우는 이제 숙이고 들어갈 타이밍이라 판단했다. 죽는 것보다는 다치는 게 백번 나았다.

"정 그러시다면. 전 기억이 잘 안 나니까 알아서 보셔야 해요."

"페어 맺자. 조건 걸고."

서재희가 성큼성큼 다가왔다. 그는 능숙하게 유은우와 한 뼘 거리만 두고 마주 섰다. 서재희가 고개를 비스듬히 숙였다. 유은우는 이마에 서재희의 얕은 숨이 닿는 것을 느꼈다.

"페어 설계는 내가 할게. 너는 마지막에 서명만 해."

유은우가 고개를 끄덕이는 것을 확인하고, 서재희는 홀스터에서 총을 뽑았다. 동조율 수치가 상승했다. 본인의 최대치까지 올라가기를 기다리지 않고, 서재희는 그대로 바닥을 겨누었다.

캉. 총구가 튀었다.

비 오는 날 호수에 파문이 이는 것처럼, 강의실 바닥 위로 희게 빛나는 가느다란 동그라미들이 나타나 출렁이며 공명했다. 이어 서재희가 총을 쥔 손을 그림 그리듯 빠르게 그어 내렸다. 그에 따라 날카로운 직선들이 동그라미 위를 불규칙하게 내달렸다. 불꽃처럼 어지럽게 터져 나왔다가 사라지는 패턴 속에서 유은우는 수십 번 읽고 또 읽었던, 혹은 구역질을 참으며 어떻게든 구현해 보려고 애썼던 수많은 설계를 떠올렸다. 기초학교 저학년도 무리 없이 해낸다는 페어 설계조차, 유은우 스스로 하지 못해 서재희가 그리고 있었다.

서재희가 또박또박 말했다.

"서재희와 유은우는 지금 이 시각부터 페어를 맺는다. 두 사람이 합의하여 종료 시점을 말할 때까지. 페어가 유지되는 동안, 서재희는 유은우의 안전을 전적으로 책임진다. 유은우는 서재희에게 본인의 기억을 전부 개방한다."

서재희의 말 한마디 한마디가 흩어져 설계 어딘가에 불쑥 새겨졌다가 녹아들기를 반복했다. 유은우는 홀스터에서 총을 뽑았다. 서재희가 먼저 총을 설계 중앙에 겨누어 쏘았다. 서재희의 서명이 설계 위로 유려하게 새겨졌다.

유은우도 총을 뽑아 똑같이 했다. 유은우의 서명이 각인되자마자, 설계는 텔레비전 꺼지듯 툭 사라졌다.

페어 완료.

서재희는 곧바로 유은우에게서 몇 걸음 물러났다. 유은우는 왼쪽 손목에 찬 이프를 가동했다. 군을 떠난 이후로 쭉 비어 있던 스크린에 서재희 이름 석 자가 황금색으로 반짝이고 있었다.

서재희가 움직이는 기척이 느껴져 유은우는 고개를 들었다. 서재희가 유은우에게 총을 겨누고 있었다. 눈이 마주치자마자 서재희가 방아쇠를 당겼다. 탕. 유은우는 명치 부근에 둔탁한 충격을 느꼈다. 새파랗게 깨끗한 유리 장막 같은 것이 전신을 휙 감싸더니 사라졌다.

멎었던 숨을 몰아쉬며, 유은우는 이프를 확인했다. 서재희 밑으로 '3단계 보호 설계 가동 중' 한 줄이 추가되어 있었다.

유은우는 조금 놀랐다. 3단계면 꽤 상급이었다. 유은우야 보호 설계가 강하면 강할수록 좋았지만, 그걸 유지하는 서재희는 체력이 소모되었다. 그만큼 서재희가 학생들의 공격을 우려한다는 뜻으로 비쳤다. 유은우가 서재희와 이프를 번갈아 보자, 서재희가 덧붙였다.

"내 목숨도 중요하니까, 어이없이 계단에서 넘어져서 목 부러지거나 하지 마."

"선배도요."

서재희가 유은우를 향해 손을 내밀었다. 단정한 태도로 표정
은 없었다. 얼굴을 씻어 내기라도 한 것 같았다.

"앞으로 잘 부탁한다."

유은우도 손을 뻗어 서재희와 악수했다. 없는 기억 팔아서
두른 보호 설계가 켕겼지만, 인사는 술술 나왔다.

"잘 부탁드립니다."

만인에게 버릇처럼 미소를 올리던 서재희의 손은, 생기 없이
차고 건조했다.

오후 2시. 도시연합 중앙학교 학생 식당.

점심시간이 한참 지났지만 식당엔 여전히 사람이 많았다. 보
름이나 학교를 비웠던 서재희가 어제 돌아왔고, 오늘 아침에야
그의 권한으로 용 사육실을 개방했기 때문이다. '용의 사육과
교감' 수업을 듣는 모든 학생이 용 사육실 앞으로 길게 줄을 늘
어서는 장관이 펼쳐졌다. 자신이 담당하는 용에게 말린 무당벌
레를 먹이고, 보름 동안 밀린 교감일기를 쓰기 위해서였다. 점
심을 늦추고서라도 기어코 용에게 눈도장을 찍고 온 학생들 얼
굴엔 화색이 돌았고, 줄을 서서 기다리다가 배가 고파 죽을 것
같아 포기하고 식당으로 먼저 온 학생들은 알록달록한 말린 무

당벌레가 가득 든 봉지를 옆에 두고 막상 본인 식사는 먹는 둥 마는 둥 하고 있었다.

"사육실 열쇠 재희 선배가 가지고 있었어? 선배가 약초 온실 관리하는 건 알고 있었는데, 사육실까지……."

"너 몰랐냐? 최 교수가 재희 선배한테 넘긴 지가 언젠데."

"그랬어? 선배 없으면 학교가 아예 안 돌아갈 판이네. 내년에 선배 졸업하면 파견부장 자리엔 누가 앉는대?"

"누가 앉아도 고생길이지. 정윤환 그 미친놈 케어하는 것만도 벅찬데, 이젠 군에서 살인병기까지 학교로 내다 버리니……."

"쉿, 저기. 듣겠다."

유은우는 줄을 서서 기다리다가 제 차례가 되어 측정기 위에 올라섰다. 손잡이를 잡은 채 몸을 이완시키자마자 유은우의 건강상태를 고려한 빨간색 카드가 반쯤 튀어나왔다. 그것을 뽑아 배식함으로 갔다. 다섯 가지 색깔로 구분된 배식함 중 빨간 배식함에 빨간 카드를 집어넣자 투명한 문이 자동으로 활짝 열렸다. 유은우는 배식함에 손을 넣어 종이봉투를 꺼냈다. 가장 가까운 테이블에 앉아 봉투를 열고 포장된 음식들을 차근차근 꺼내 놓았다. 에너지 음료와 에너지 바, 영양제는 미뤄 두고 유은우는 먼저 비닐 팩을 뜯었다. 안에서 마른 곡물 가루가 고운 소리를 냈다. 유리병을 따서 추출액을 비닐 팩에 부은 뒤 입구를 봉하고 기다렸다. 부글부글 소리가 잦아들 때 팩을 열었다. 숟가락으로 내용물을 휘저어 김을 한소끔 내보내고, 천천히 퍼먹기 시작했다. 물에 여러 번 빤 양말 맛이 났다.

대다수 학생들은 건강한 심신으로 판정받아 초록색 배식함에서 매끼 식사를 수령한다. 지병이 있거나 피로하거나 알레르기가 있는 학생들이 간혹 다른 색깔 카드를 받는 반면, 유은우는 학교에 입학하고부터 쭉 빨간 카드만 튀어나왔다. 스트레스 완화용 식사로, 유은우의 상태가 좋지 않음을 방증했다.

"쟤 어제 백일서 패거리하고 한판 했다더라. 피를 양동이로 퍼부었대."

"백일서? 그 싸가지 2학년? 유은우한테 덤비는 애들 진짜 미친 거 아냐? 유은우 군인 출신이야. 김서혁 바로 밑에 있었다고. 동조율 100인 데다가 살인병기였던 애를 왜 건드려. 죽고 싶어 환장했나."

"근데 좀 이상하지 않냐? 보름 동안 애들 장난만 하고, 직접 총으로 싸우질 않잖아. 내가 보기엔 쟤 어디 하자 있는 것 같아."

"하자야 당연히 있겠지. 그러니까 군에서 버렸겠지. 그래도 웬만큼은 실력이 있으니까 그동안 군에서 뛴 거 아니야? 함부로 건들면 안 돼. 비명횡사하는 수가 있다고. 유은우 실력 좀 보고 싶다. 진짜 동조율이 100일까? 그게 계속 유지가 될지도 궁금하고……."

"야, 어제 총을 뽑긴 뽑았대. 총신에 100이 딱 찍혔는데 그때 재희 선배랑 예원 선배 있어서 싸우진 않았다고……."

"와, 진짜 100이래? 타격이랑 설계 비율이 어떻게 될까?"

"오늘 오후에 유은우 테스트한다는데, 수업 빠지고 보러 갈래? 재희 선배가 4시에 테스트실 예약해 놨던데. 테스트하면

윤과 나오겠지. 군에서 유은우 버린 이유가."

유은우는 깨끗이 비운 비닐 팩을 차곡차곡 접어 종이봉투에 집어넣었다. 에너지 바 봉지를 뜯어 절반을 베어 먹었다. 들쩍지근한 초콜릿과 딱딱한 알갱이가 입 안에 기분 나쁘게 들러붙었다. 스트레스가 완화되기는커녕 며칠만 더 이 식단을 유지하다가는 말라 죽을지도 모른다.

"근데 백일서, 진짜로 열 받았던데. 걔 완전 또라이잖아. 어젠 학생회 불려 가서 벌점도 먹고 왔대. 이러다 일내는 거 아닌지 몰라."

"뭐 어때. 유은우 죽여도 살인죄는 아니야. 특히 백일서는 자기 아빠 이름만 대면 뭔들 못 하겠어. 군에 기물손괴죄로 사유서 몇 장 제출하고 언론엔 사고사로 묻히겠지."

"하긴."

숨이 탁 막혔다. 유은우는 입 안의 에너지 바를 간신히 씹어 삼켰다. 음료를 따서 꿀꺽꿀꺽 들이켰다. 그래도 체한 것처럼 명치가 짓눌렸다. 평범한 식당. 평범한 점심시간. 자신만 홀로 살얼음판이라, 자꾸만 목이 메었다.

다른 학생들이 보지 못하도록 왼쪽 손목을 테이블 아래로 내렸다. 이프를 가동했다.

서재희. 3단계 보호 설계 가동 중.

황금색 글자가 또렷했다. 기억을 뒤지겠다는 서재희의 태도는 군을 상기시켜 역겨웠으나, 유은우 본인도 서재희를 이용하기 위해 거짓말을 했다. 어쩔 수 없었다고 백번 합리화해도, 다른 학생들의 시비에 휘말려 애꿎은 서재희까지 개죽음당하게 할 순 없었다. 책임이 있었다.

옆의 빈 의자에 내려놓은 가방 입구를 살짝 들춰 보았다. 하도 읽어 나달나달해진 책 세 권이 있었다. 《120가지 설계의 정석》. 《하루 설계 15분》. 《동조자를 빛나게 하는 핵심 설계》. 그리고 설계 난독증 치료 사례를 스크랩한 스프링 노트가 한 권.

'근성도 그 정도면 병이다. 포기해.'

군에서 못이 박히게 들었던 동료들의 혀 차는 소리. 빈정거림. 동정의 시선.

유은우는 왼쪽 손목을 들어 이프의 시계를 보았다. 2시가 넘었다. 테스트는 4시. 그래도 책 몇 페이지는 읽을 수 있을 것 같았다.

유은우는 영양제를 한 번에 입 안에 털어 넣었다. 자리를 정돈하고 일어섰을 때, 더 이상 다른 학생들의 수군거림은 들리지 않았다.

입학하고 보름 남짓, 테스트실을 조작할 수 있는 사람이 죄다 부재라는 이유로 유은우는 테스트를 받지 못했다. 등급이 매겨지지 않으니 당연히 시간표도 못 짰다. 강의 하나 듣지 못하고 다른 학생들에게 시비나 털리는 와중에, 유은우가 할 수 있는 것은 몇 가지 없었다. 수중에는 군에서 대충 꾸려 보낸 캐리어와 학교 본관에 비치되어 있던 입학 안내서뿐이었다. 아직 학생증조차 나오지 않아 도서관도 이용할 수 없었다.

군에서 짐짝 버리듯 내던진 유은우를 학교에서 어화둥둥 예뼈할 리 만무했다. 어쩌면 일찍 살해당할 것이라 여겨, 쓸데없이 이것저것 등록이니 안내니 수고로운 절차를 미루는 것은 아닐까, 속이 뒤틀렸다. 그나마 안전한 기숙사에 얌전히 처박혀 있는 것도 한 방법이었으나, 학생들의 적의를 잠깐 피할 수 있을 뿐이지 그 이상은 아니었다. 게다가 기숙사 4인실의 나머지 룸메이트 세 명은, 유은우를 노골적으로 어려워하거나 두려워하거나 무시했다.

유은우는 보름 동안 부지런히 움직였다. 아무도 가르쳐 주는 이가 없으니 발로 뛰어야 했다. 입학 안내서 제일 뒤쪽에 있는 학교 안내도를 펼쳐 들고 다람쥐처럼 학교 구석구석을 돌아다녔다. 직접 보고 건너 들은 것을 펜으로 꼼꼼히 기록했다. 학생들이 잘 다니지 않는 공간을 발견하면 보물을 찾은 것 같았다.

낮에는 학생들의 적의에 맨몸으로 맞서면서, 마치 자신은 아무것도 두려울 게 없다는 듯 행동했다. 총을 들고 본격적으로 싸우면 너희가 손해라는 식으로 당당한 태도를 가장했다. 새벽엔 몰래 기숙사를 빠져나와, 낮에 보아 둔 눈에 띄지 않는 공간으로 비집고 들어가 숨을 죽여 설계 공부를 했다.

진전은 없었다. 항상 그렇듯.

그래도 포기할 수 없었다.

설계 과목에서 낙제하지 않고 학교를 무사히 졸업하여 시민권을 획득하는 것. 혹은 김서혁에게 인정받아 다시 군으로 복귀하는 것. 이 방법 말고는 몰랐다. 알 수 없었다.

인권 단체를 찾아가니, 언론에 정보를 제공하니, 기억도 나지 않는 피붙이를 수소문하니, 인간으로 대우하지 않았던 군을 고발하니, 모두 사치였다.

어떻게 해야 살아남을 것인가. 어떻게 해야 설계 난독증을 극복할 것인가. 어떻게 해야 군으로 돌아갈 수 있을까. 그것만을 고민했다.

세상에는 아무리 노력해도 안 되는 일이 있다. 흔하게 나도는 그 말이 실로 두려워, 한때 집착처럼 자기계발서 글귀를 탐닉했던 때도 있었다. '간절히 바라면 이루어진다.' 주문처럼 외면서.

잽싸게 식사를 끝낸 뒤 가방을 메고 9호관으로 가는 길에도, 유은우는 있는지 없는지 모르는 신에게 애타게 기도했다. 테스트 때, 설계 한 가지라도 성공할 수 있도록 해 주세요. 그동안 노력했던 것, 한 번에 터지게 해 주세요. 이제 티핑포인트 찍을 때도 되지 않았나요. 제발. 제발.

9호관 2층에서 3층으로 올라가는 계단 밑 작은 창고는 '청소용품'이라고 붙어 있는 표지판이 무색하게도, 유은우가 여태 찾아낸 장소 중 최고로 은밀하고 쾌적했다. 계단 밑이라 천장은 비스듬했고, 정면엔 작은 창이 나 있어 햇살과 바람이 섞여 들어왔다. 창고라기엔 아까울 정도로 전망도 좋았다. 쓰지 않는 책상과 오래된 유리병 같은 것들이 한쪽에 차곡차곡 쌓여 있었다. 창 아래엔 낡은 의자 하나가 있었고, 그 위엔 깨끗한 모포도 개켜져 있었다. 누가 가끔 오는 건가 싶었으나 마주친 적은 없었다.

오늘도 아무도 없겠지. 유은우는 창고 문을 열어젖히고 안으로 한 발짝 들어갔다.

누군가 있었다. 창가에 남학생 하나가 의자에 앉아, 창틀에 오른팔을 올려 턱을 괸 채 창밖을 바라보고 있었다. 흰 교복 셔츠가 팽팽하게 당겨진 등 위로 햇살이 말갰다. 문이 열리는 인기척을 느꼈는지, 남학생이 고개를 돌려 뒤를 돌아보았다.

"뭐야."

남학생이 눈을 찡그리며 유은우를 보았다. 넥타이, 조끼, 재킷 등은 어디다 내다 팔았는지 달랑 교복 셔츠, 교복 바지, 스니커즈. 그 교복 셔츠마저도 소매를 대충 둘둘 걷어붙인 채였다. 셔츠 깃에는 청록색 3학년 배지가 용케 달려 있었다. 햇살을 먹어 옅은 갈색으로 보이는 머리칼은 정전기가 일어나 병아리 솜털처럼 부스스했다. 모든 것이 수채화처럼 물먹어 투명하게 아름다웠다. 다만 표정은 뭐 씹은 것같이 불량했다.

유은우는 뭐라 할 말을 잃었다. 사람치고 너무 예뻤다. 군에 서며 학교에서며 잘생긴 사람 한둘 보고 놀란 것도 아닌데 격이 달랐다. 서재희가 갈고닦아 만들어 낸 치밀한 정갈함이라면, 이 남학생은 얼굴에 재를 갖다 발라도 그 빛이 새어 나올 것 같았다.

유은우는 즉각 정신을 차렸다.

"죄송합니다. 사람 있는 줄 몰랐어요."

꾸벅 인사를 하고 바로 돌아섰다. 어깨에서 가방이 툭 떨어졌다. 속으로 혀를 차고는 얼른 가방을 주워 메며 일어섰다. 다시 문을 열고 나가려 손잡이를 잡았다.

"잠깐."

왼쪽 귓가로 목소리가 낮게 스몄다. 언제 다가왔는지, 남학생의 손이 유은우의 어깨 너머에서 훌쩍 뻗어 와 문을 눌러 다시 닫았다. 이어 달칵, 하고 문을 잠갔다.

위험. 온몸의 신경이 예민하게 돋았다. 다급히 문을 다시 열려고 했으나, 남학생이 유은우의 어깨를 잡아 돌려세웠다. 완력이 세서 저항할 틈도 없었다. 가방이 툭 떨어졌다. 남학생 얼굴이 지나치게 가까워 물러섰다. 문에 등이 부딪쳤다. 홀스터의 총을 쥐려고 뻗은 오른손은, 상대에게 거칠게 붙잡혀 제지당했다.

직후, 목덜미에 닿는 차가운 느낌. 총구다. 상대가 즉각 방아쇠를 당겼다. 피할 겨를도 없이, 몸이 바짝 움츠러들었다. 눈을 질끈 감았다.

캉!

차르륵, 유리 조각들이 쏟아지는 듯한 소리. 유은우는 황급히 고개를 들었다. 눈앞에서 서재희가 쳐 놓은 3단계 보호 설계가 파르르 떨고 있었다. 푸르게 투명한 막이 물결치며 차륵차륵 맑은 소리를 냈다.

"보호 설계? 어떻게……."

남학생이 신음하듯 중얼거렸다. 유은우의 손목을 잡고 있던 손아귀가 느슨해졌다. 그 틈을 놓치지 않고 유은우는 팔꿈치로 상대의 턱을 후려치려 했다. 간발의 차로 스쳤다. 상대가 유은우의 복부를 걷어찼다. 유은우는 무릎을 꺾으며 바닥으로 고꾸라졌다.

필사적으로 몸을 일으키다가, 상대가 똑바로 겨눈 총구에 전신이 얼어붙었다. 남학생이 반쯤 일어난 유은우의 눈높이에 맞춰 몸을 낮추며 한쪽 무릎을 꿇었다. 새까만 총구가 유은우의 턱을 들어 올렸다. 눈이 마주쳤다. 남학생이 중얼거렸다.

"돌겠다, 진짜."

누가 할 소릴. 유은우는 이를 악물었다. 무용지물임을 알면서도, 습관적으로 자신의 허벅지를 보았다. 홀스터에 총은 그대로 꽂혀 있었다.

"어딜 봐. 설계도 못 하면서."

등골이 서늘해 유은우는 남학생을 보았다. 그가 예쁘게 웃었다.

"이프 켜."

어떻게 알지. 아직 테스트하기도 전인데. 나한테 목숨까지 걸어 놓은 서재희가 미쳤다고 떠들어 대진 않았을 테고. 군 기밀을 알 정도로 대단한 인물이 학교에 있었던가? 아니면 방금 군에서 정식 발표라도 했나? 유은우는 설계 난독증이 있어서 학교로 퇴출했다고 언론에 보도라도 띄운 걸까? 내가 죽을 때까지 기다리는 게 지루해서?

남학생이 한숨을 푹 쉬었다.

"말을 너무 안 들어."

그가 유은우의 오른손을 잡아당기더니 유은우의 왼쪽 손목에 부착된 이프에 가져다 댔다. 유은우의 지문을 인식한 이프가 가동되었다.

서재희. 3단계 보호 설계 가동 중.

"……페어? 서재희?"

남학생의 눈이 커졌다. 유은우는 빠르게 홀스터에서 총을 뽑았다. 권총 손잡이로 상대의 머리통을 있는 힘껏 가격했다. 빡 소리가 났다. 남학생이 휘청하는 사이, 유은우는 몸을 일으켜 문손잡이를 잡았다. 힘껏 돌렸다. 탁, 하고 잠금 풀리는 느낌이 났다.

탕!

순간 유은우는 어마어마한 힘에 밀려 바닥으로 나동그라졌다. 차륵차륵 진동하는 보호 설계 너머로, 남학생이 가까이 다가오는 것이 보였다. 그가 유은우의 오른손을 걷어찼다. 그 발길질에 총을 놓쳤다. 금속이 바닥에 쓸리는 마찰음을 내며, 총은 훌쩍 멀어졌다.

"군에서 뭘 배운 거야? 무기는 절대 놓지 말라는 기본도 모르나?"

남학생이 가볍게 웃었다. 그러더니 다시 총을 겨누었다.

탕!

보호 설계에서 쩌억 소리가 났다. 균열. 더는 못 버틴다. 아무리 3단계라도 이렇게 연이은 타격을 견딜 순 없었다. 게다가 상대는 능수능란하게 온을 설계하고 있었다. 평범한 학생은 아니었다. 주변의 공기는 전혀 흐트러뜨리지 않고, 아주 밀도 있게 온을 집중적으로 설계하여 정말 총알처럼 빚은 뒤, 약간의 탄력만으로 마무리 타격을 가하고 있었다. 걸려도 하필. 유은우는 이를 악물었다. 몸을 일으키려 했으나 남학생이 유은우의 머리를 꽉 밟아 눌렀다. 바닥에 머리가 부딪쳤다. 아찔했다.

탕!

챙강, 잔잔한 물방울 같은 것들이 후드득 몸 위로 쏟아지고 쓸려 나가는 느낌이 났다. 보호 설계가 깨졌다. 아직 켜져 있는 이프에서 '3단계 보호 설계 가동 중' 문구가 사라졌다. 서재희 이름 석 자만 남았다. 남이 걸어 준 안전장치는 사라지고, 책임져야 할 남의 목숨만 덩그러니 붙어 있었다.

남학생이 유은우의 머리에서 발을 뗐다. 그가 여전히 총을 겨누고 있어, 유은우는 함부로 움직이지 못했다.

이제 믿을 건 하나뿐이었다. 저 미친놈이 서재희와 친분이 있을 것. 그럼 서재희의 목숨이 페어로 묶여 있다는 것을 안 이상, 자신을 죽이지는 못하리라 생각되었다. 그래, 반쯤 죽일 수는 있어도, 아주 죽일 수는 없을 것이다. 절대 정신을 잃지 않겠다고 다짐하며, 유은우는 전신을 긴장시켰다. 다시 한번 문의 위치를 확인했다.

"이게 뭐야."

남학생이 발로 유은우의 가방을 툭 건드렸다. 아까 떨어뜨린 가방에서 책이며 스프링 노트가 사정없이 쏟아져 나와 있었다. 남학생은 유은우에게 겨냥한 총을 유지하며, 스프링 노트를 집어 들었다. 저 망할 놈이. 당장 손 떼라고 외치고 싶었으나 처한 상황이 너무 암담했다. 남학생이 한쪽 손으로 스프링 노트를 휘리릭 넘겨 보는 동안, 유은우는 아주 천천히 일어섰다. 그에게 맞고 바닥에 부딪힌 부위마다 찌르르 아팠으나 참을 만했다. 눈을 굴렸다. 무기가 될 만한 게…….

"미치겠다. 네가 무슨 설계를 한다고 그러냐?"

남학생이 웃음을 터뜨렸다. 재미있는 농담이라도 들은 것처럼, 그는 정신없이 웃었다. 그러다 뚝 멈췄다.

"그때 널 죽였어야 했는데."

그가 조용히 중얼거렸다. 유은우는 그가 자신을 보고 있는지, 그 뒤 너머를 보고 있는지 알 수가 없었다. 언젠가의 기억이, 뇌리를 후려쳤다.

'아까워. 애가 좀 거칠어 다루기는 어려워도 정말 좋은 인재인데. 왜 갑자기 학교에 가겠다는 건지. 학교에서 배울 것도 없을 텐데. 일단 절차상으로는 문제가 없어서 수리하긴 했는데, 이유를 도통 모르겠단 말이야. 이왕 가는 거 또래 애들이랑 어울리면서 성격이나 고쳐 오면 좋겠네. 유은우 넌 기억도 안 나지? 널 처음 발견한 도시연합 정예군. 김서혁 직속 부하. 걔도 그중 한 명이거든. 걔가 널 죽이려고 하는 걸 김서혁 대장이 막았지.'

"정윤환."

유은우가 내뱉었다. 정윤환이 흠칫했다. 그러나 잠시였다. 그가 고개를 기울이며 화려하게 웃었다.

"와, 어떻게 알았어? 나 기억 못 할 줄 알았는데. 서재희한테

내 인상착의라도 들은 거야? 학교에서 제일 잘생긴 사람 조심하라고?"

진짜다. 정윤환. 동조율 82. 타격 35%, 설계 65%. 타고난 설계자. 김서혁과 대등하게 연합 사격할 수 있는 몇 안 되는 실력자.

유은우가 도시연합군에게 구출된 지 5년이 지났다. 초반 3년은 침식 치료와 기억 수색 작업으로 밤낮없이 연구원들에게 호되게 시달렸다. 그때의 기억은 드문드문하다. 의식이 막 돌아올 무렵, 정윤환이란 사람이 군에서 학교로 내려간다고 했다. 어찌나 다들 반복해서 정윤환에 대해 언급하던지 그때 제정신이 아니었던 유은우도 '정윤환 학교 간단다.'가 뇌리에 강제로 박혔을 정도였다. 그 후 2년은 군에서 개처럼 일하며 열심히 설계 공부를 하느라고, 까맣게 잊고 있었다. 학교에 특례입학자가 한 명 더 있다는 사실을.

"아니, 근데 왜 나한테……."

유은우는 어이가 없어 말문이 막혔다. 나한테 왜 이래. 학교 졸업하면 김서혁 팀으로 돌아갈 사람이 김서혁 전리품을 이렇게 막 대해도 되는 거야? 다른 학생들처럼 김서혁한테 원한이 있는 집안 자녀도 아니고, 나한테 왜 이래? 왜? 소속으로 따지자면 아군 아니야?

"설계 공부는 왜 해?"

"네?"

"설계 공부는 왜 하냐고. 너 설계 난독증이잖아. 왜 쓸데없는 수고를 하냐고. 읽는 건 겨우 하고 쓰는 건 아예 안 되잖아."

"……할 수 있어요, 노력하면."

"넌 안 돼."

유은우는 죽을지도 모른다는 두려움 뒤로 슬슬 화가 치미는 걸 느꼈다. 내가 왜 당신한테 되니 마니 말을 들어야 해. 내가 한다는데. 방법이 하나뿐이라 묵묵히 한다는데, 네가 왜.

"할 수 있어요."

"무슨 근거로?"

"선천성이 아니라면 분명히 다시 돌아올 수 있어요."

"연구원들이 하는 얘기 못 들었어? 넌 그냥 안 돼. 타고났어."

"선배도 그 당시 현장에 있어서 아시겠지만, 전 도시연합군에게 잡히기도 전에 이미 최성욱을 다치게 했다고 들었어요. 다리를 부러뜨리고 귀를 잘랐다고요. 스스로 설계를 할 수 없다면 그렇게 섬세한 타격을 가할 수는 없어요. 그리고 그때 전신체 강화도 쓰고 있었다고 들었습니다. 그때 당시 저는 설계를 할 수 있었지만, 후에 도시연합군으로 넘어와서 난독증이 온 거라고 생각해요. 침식 치료하면서 생긴 부작용인지, 기억 뒤지며 뇌가 손상되어 그런 건지는 모르겠지만, 어쨌든요."

"연구원들이 수백 번 말했잖아. 반란군에서 너한테 도주 시스템을 미리 입력해 놨을 거라고."

"아무리 그래도 남이 입력한 설계치고는 지나치게 정교하다고, 믿을 수 없을 정도라고 그 연구원들이 덧붙였죠."

"야, 그건……."

정윤환이 말을 하다 말고 입을 다물었다. 표정이 묘했다.

그러거나 말거나 유은우는 유은우대로 속이 탔다. 상황이 악화되었다. 상대는 일반 학생이 아닌, 전 도시연합 정예군이며 현 특례입학생. 서재희가 학교에서 얼마나 숭배받는지는 몰라도, 정윤환 정도 되는 위치에 있으면 서재희를 신경 쓰지 않을지도 모른다. 남들의 이목 따위 나 몰라라 하는 단출한 복장에 상식이 결여된 태도를 볼 때, 유은우는 그냥 여기서 죽을 수도 있겠다는 생각이 들었다. 가장 최악의 상황은, 정윤환이 유은우와 서재희의 페어를 해제할 경우였다. 익히 들어온 정윤환의 명성에 미루어 볼 때, 타인 간 페어 해제는 그에겐 우스울 정도로 간단할 터였다.

"자기 분수도 모르고 멋대로 생각한다 이거지."

캉, 정윤환의 총구가 튀었다. 유은우가 힘껏 몸을 날려 피하는 바람에, 창고 바닥만 움푹 패었다. 날 가지고 놀고 있어. 등골이 오싹했다. 분명 한 방에 죽일 수 있는데도 일부러. 내가 서재희에게 필요한 사람임을 알아서 죽일 마음이 없는 걸까. 단순히 이렇게 괴롭히다 끝나면 다행인데…….

"제법 잘 피하네. 하긴 김서혁이 널 키웠지. 고작 2년이었지만 어마어마하게 공을 들였어."

정윤환의 얼굴에서 웃음기가 가셨다. 그가 무표정하게 총을 고쳐 잡았다.

"결국 버렸지만."

유은우는 저도 모르게 버럭 소리를 질렀다.

"나한테 대체 왜 이래! 내가 뭘 잘못했다고…….."

"잘못은 내가 했지. 원만한 대화를 위해 페어 해제부터 할까."

정윤환의 손가락이 천천히 방아쇠를 당겼다. 귓가로 온이 찡하게 팽팽해지는 느낌이 났다. 발밑으로 서재희가 불과 하루 전에 새겨 넣었던 패턴이 드문드문 모습을 드러내며 정윤환 쪽으로 스르륵 밀려갔다. 진짜로 페어 해제를 할 셈이다. 그러면 더 이상 못 피한다. 소용이 없음을 알면서도, 유은우는 한 발짝 뒤로 물러섰다. 등이 벽에 닿았다.

그때였다. 문이 활짝 열렸다. 누군가 불쑥 들어왔다.

서재희. 한참을 달려왔는지 숨이 거칠었다. 그가 정윤환을 응시하며 문을 닫았다. 늘 단정하던 옷매무새가 흐트러져 있었다. 서재희의 이프 위로 떠오른 스크린에는 황금색으로 유은우가 표기되어 있었다. 그 밑으로 '페어 위치 추적 중' 문구가 반짝거렸다. 보호 설계가 깨졌다는 것을 알고 찾아온 걸까. 유은우는 자신의 이프를 보았다. '페어 위치 추적 중' 문구가 역시 반짝거리고 있었다. 정신이 없어 미처 보지 못했다. 온몸의 힘이 탁 풀리려는 것을, 다시 바짝 긴장했다. 서재희가 왔다고 해서 안심하긴 일렀다. 도무지 마음 놓을 수 있는 사람이 없었다.

"정윤환, 유은우 나랑 페어 맺었어."

서재희의 목소리가 너무나 차분하여, 유은우는 제가 잘못 들었나 했다. 정윤환이 코웃음 쳤다. 그는 유은우에게 겨눈 총을 움직이지 않았다. 서재희가 이어 말했다.

"유은우 해쳐서 네가 얻는 게 뭐야? 너 졸업하고 군으로 안 돌아갈 거야? 유은우, 김서혁 전리품이야."

"버려진 전리품이지."

"군에서 전리품등록번호를 여전히 관리하고 있어. 그리고 우리 학교 학생이기도 해."

"페어 왜 맺었어?"

"파견부장으로서 너를 비롯한 다른 학생들에게 괴롭힘당하는 특례입학생을 보호하려고."

"웃기고 있네. 네가 이러고 돌아다니는 거 차예원은 아냐?"

"우리 임원은 학생을 보호할 의무가 있어. 너도 마찬가지야."

정윤환이 유은우를 빤히 바라보며 대꾸했다.

"나한테 얘는 학생이 아닌데."

"유은우 나랑 페어라는 거 명심해. 손끝 하나 건드렸다간……."

"너야말로 세트로 죽고 싶지 않으면 페어 해제해. 네가 안 하면 내가 강제로 풀어."

"총 내려."

서재희가 손을 뻗어, 유은우에게 총을 겨누고 있는 정윤환의 팔을 제지하려 했다. 유은우는 둘의 승강이가 몸싸움으로 이어질 수도 있겠다고 생각했다. 그러나 서재희의 손이 닿기 전에, 정윤환은 제 총을 홀스터에 꽂아 넣더니 팔짱을 꼈다. 분명 서재희가 달려왔고 정윤환이 총을 내렸는데도, 긴장감은 사라지지 않고 다만 달리 흘렀다. 둘 사이에서, 말 한마디 잘못하면 폭발할 것 같은 기류가 팽팽하게 감돌았다.

그 틈을 타 유은우는 조심스레 몸을 움직였다. 아까 걷어차인 복부로 강한 고통이 훅 끼쳤다. 유은우는 반사적으로 허리를 접었다. 고개를 숙인 채 이를 악물고 아픔이 가시길 기다렸다.

서재희가 성큼성큼 다가와 최대한 몸이 덜 닿게 하며 유은우를 부축했다. 유은우는 얼굴이 화끈거렸다. 반격 한번 못 하고 고스란히 맞은 것이 분하고 억울했다.

"움직일 수 있겠어?"

"네."

정윤환한테 걷어차인 오른손에서 피가 비치고 복통도 심했지만, 유은우는 최대한 태연하려고 애썼다. 부러지거나 잘리지 않았으니 크게 다친 곳은 없다 스스로 위로했다. 서재희가 지금 나타난 것만 해도 기적이었다.

유은우는 구석으로 밀려난 제 총을 주워 홀스터에 꽂았다. 가방에 책을 주워 담고, 바닥을 구르느라 엉망이 된 옷을 탁탁 털었다. 아까 세게 부딪혔는지 허리에 고통이 쫙 올라왔다. 이를 악물고 참았다. 고개를 들어 보니, 정윤환이 심드렁하게 이쪽을 보고 있었다. 이를 부득 갈았다. 저 뻔뻔한……

"손에 피 나잖아. 교내 병원 어딘지 모르지? 데려다줄까?"

서재희는 아무 표정 없이 유은우의 손을 보고 있었다. 지나가던 개가 들어도 예의상 하는 말임이 분명했다.

"혼자 갈게요. 어딘지 압니다."

"테스트할 수 있겠어? 30분 정도 남았는데."

"늦지 않게 바로 다녀올게요. 할 수 있어요."

"……그래."

서재희는 유은우를 재차 부축하려는 듯 손을 내밀다가, 유은우가 허리를 꼿꼿하게 펴고 똑바로 서자 손을 거두었다.

"보호 설계 다시 걸어 줄게."

서재희가 홀스터에서 총을 뽑아 바닥을 향해 한 발 쏘았다. 캉, 소리와 동시에 각자의 이프에서 페어 위치 추적이 해제되었다. 서재희의 총구가 바로 이어서 유은우에게 닿았다. 캉, 보호 설계가 차르륵 유은우를 한 바퀴 휘감더니 사라졌다. 이전 것보다 푸른색이 짙었다.

"5단계면 웬만하면 다 막을 거야."

서재희는 약간 지쳐 보였다.

"깨려면 일도 아니지."

서재희의 뒤에서 정윤환이 삐딱하게 서서 비웃었다. 서재희는 돌아보지도 않고 낮게 말했다.

"정윤환 너만 가만있으면 이거 깰 사람 없어."

"다른 학생들이 달라붙어서 몇 번 가격하면 깨지겠지."

"나랑 페어 맺은 상대에게 감히 그럴 학생이 있을까? 발상이 놀랍다."

"잘난 척하긴."

정윤환이 빈정거렸다. 서재희는 피가 배어 나오는 유은우의 오른손을 보았다. 그는 유은우를 향해 뭐라고 하려다가 말고, 정윤환을 똑바로 보았다.

"정윤환, 유은우 건드리지 마. 진짜로. 경고했다."

"봐서."

정윤환이 성의 없이 대답했다. 하지만 서재희가 도착한 이후부터 그는 더 이상 유은우를 공격하지 않았다. 동조율도 서재희보다 월등히 높은 데다 검증된 실력을 갖춘 정윤환이, 서재희 앞에서 자제력을 발휘하고 있었다. 아무리 5단계 보호 설계라도, 정윤환이라면 바로 부술 수 있었다. 아까 3단계 보호 설계를 여러 차례 가격하여 부순 것도, 맹수가 먹잇감 가지고 놀듯 많이 봐준 거였다.

만약 페어 없이 혼자였다면. 등골이 오싹했다.

"얼른 병원 가서 응급처치 하고 테스트실로 와."

서재희가 말했다. 유은우는 문손잡이를 잡았다가, 고개를 돌려 정윤환을 보았다. 눈이 마주치자 정윤환이 한쪽 눈썹을 올렸다.

"뭐."

"왜 절 죽이려고……."

마음 같아선 쌍욕을 한 트럭 퍼붓고 싶었으나 보복당할까 봐 차마 반말조차 못 했다. 그래도 억울한 건 짚고 넘어가야 했다.

정윤환은 실소했다.

"그건 내가 묻고 싶다. 넌 여태까지 어떻게 살아 있는 거야?"

아무리 남이라도, 너 죽는 게 당연하다는 소리를 저리 당당하게 하고 있으니 말문이 막혔다. 대체 자신한테 왜 이러는지 감도 안 잡혔다. 유은우는 정윤환을 빤히 살폈다. 정윤환의 눈에 무언가가 설핏 떠올랐다. 유은우가 그것을 채 건져 올리기도 전에, 정윤환이 씩 웃었다.

"내가 어디 더러운 꼴을 못 봐서. 쓰레기는 치워야지. 폐품.

실패작. 재활용도 안 되는. 너 말이야, 너."

　막 태어나 미숙한, 힘만 넘치는 야생동물.

　서재희가 보는 유은우는 그랬다.

　언론에 의하면 유은우가 치료되어 사람 구실을 한 것은 고작 2년 전의 일이다. 그 전엔 이렇다 할 정상적 삶이 없었으니, 실제 기억하는 경험 나이는 두 살인 셈이었다. 그 2년 동안 군에서 혹독한 훈련만 받아서 그런가, 뭔가 사회인으로서의 매끄러움이 없었다. 마치 제힘을 주체 못 하는 새끼 맹수가 세상에 내던져져 어찌할 바 모르는 것 같았다. 군에서 바짝 졸라맨 억센 목줄을 끊어 내지 못하고 전전긍긍하는, 그 불안함을 얄팍한 자존심으로 감추려 애쓰는.

　'그렇게 해야 애들이 쉽게 안 보니까요. 다들 나랑 붙으면 질 거라고 생각하고 책에 낙서질이나 하는 거예요. 조금이라도 틈을 보였다면 바로 공격당했을지도 몰라요.'

　유은우가 그리 말한 것을 떠올리면, 어이가 없어 헛웃음이 났다. 센 척하면 안전할 거라는 그 유치한 발상이라니. 시간만 지나면 설계 난독증이 만천하에 드러날 텐데, 근본적인 해결책 없이 적만 대량생산한 꼴이 되었다.

　내가 유은우라면 어쨌을까.

　당장에 김서혁을 지지하는 집안의 자녀와 접촉했을 것이다.

군에만 붙잡혀 있어서 상식이 부족하더라도, 김서혁은 워낙 유명 인사라 신문 몇 번만 뒤지면 그런 리스트 뽑는 건 일도 아니었다. 법적으로는 아직 김서혁의 전리품이라는 사실을 어필하며, 팀에 끼워 달라고 하면 그만이다. 설계에 특화된 학생 대부분은 자존심이 높아, 팀전에서 자신의 입맛대로 움직여 주는 색깔 없고 타격 강한 학생을 선호한다. 자존심은 접고 분위기에 편승하면 쉽다.

시험과 출석을 만회하며 전교 등수를 뒤집을 수 있는 큰 점수가 모의 전투에서 오갔다. 학생들은 팀원을 고르는 데에 까다로웠고, 한번 팀이 되면 그 결속력은 강했다. 일종의 거래다. 확실히 주고받는 것이 보장된다면, 그 관계는 우정보다 명백하고 깔끔했다. 그들이 유은우를 필요로 한다는 것은, 곧 유은우의 적들에 기꺼이 맞서 준다는 것을 의미했다.

자기편을 만든다는 것은 중요하다. 그런데 학교 전체를 적으로 돌리고 있으니.

근성은 있는데, 머리가 안 돌아가.

이용해 먹기 쉬운 부류라고 서재희는 생각했다. 하긴 유은우가 기민했다면, 서재희가 학교를 비운 보름이라는 시간 동안 진즉 다른 누군가와 손을 잡았을 것이다. 유은우가 자기 건들지 말라고 깽판만 치고 돌아다니는 바람에, 성격 더럽다고 소문이 나서 유은우에게 정치적으로 호의적인 학생들이 채 접근하지 못했고, 결국 서재희가 기회를 잡은 셈이 되었다.

"쟤 지금 뭐 보는 거야?"

옆에서 차예원이 고개를 갸웃했다.

서재희는 콘솔에 손을 짚고 스크린을 보았다.

테스트 제어실은 조명이 꺼져 있었다. 대신 거대한 스크린에서 쏟아져 나오는 강렬한 빛으로, 서재희를 비롯한 파견부 셋과 학생회 셋, 도합 여섯의 발끝으로 짙은 그림자가 뻗어 나왔다.

수십 개의 크고 작은 스크린에서, 테스트 대기실의 유은우가 다각도로 보였다.

유은우는 대기실 구석에 혼자 앉아 필사적으로 무언가를 들여다보고 있었다. 손바닥만 한 작은 수첩이었다. 서재희가 콘솔을 조작해 수첩을 확대했다. 아이처럼 삐뚠 글씨로 꾹꾹 눌러 적은 문장들은, 기초 설계 공식이었다.

"쟤 설계에 약한가 본데."

파견부 소속 5학년 김산이 말했다. 차예원이 손으로 턱을 톡톡 두드리며 호기심 어린 눈으로 스크린의 유은우를 살폈다.

"군에서 보낸 파일 봤는데, 유은우 솔로로는 절대로 전투에 안 나가. 항상 서포터가 붙더라고."

차예원의 말에 김산이 눈을 찡그렸다.

"서포터? 몇 명이나?"

"최소 다섯."

"뭐어?"

김산이 기가 찬다는 표정으로 서재희를 돌아보았다.

"재희 너도 파일 봤어? 진짜야?"

서재희는 고개를 끄덕였다. 김산이 재차 물었다.

"전투 스타일이 어떻기에 서포터가 다섯이나 붙어?"

"군에서는 전투 개요만 보내 줬으니까 나야 모르지."

"영상 기록은 안 왔어?"

"안 왔어."

서재희가 대답했다. 김산이 인상을 팍 쓰더니 스크린의 유은우를 노려보았다. 위험한 희귀 생명체라도 보는 것 같은 눈이었다. 서재희도 그 시선을 따라가 스크린을 보았다.

무의식중에, 서재희는 유은우의 오른손을 살폈다. 손등을 덮은 넓고 도톰한 반창고 위로 핏기가 어른거렸다. 상처가 심하던데. 혼자서 이를 꽉 악물고 아무 일 없다는 듯 일어서서 흩어져 있던 책을 가방에 넣던 유은우가 떠올랐다. 익숙해 보였다. 괴롭힘을 한두 번 당한 건 아닌 듯했다. 하긴 군이든 학교든 사람 모이면 사는 모양은 다 똑같겠지. 모든 면에서, 유은우는 확실히 튀었다.

"이번 테스트에 유은우 생사가 달렸어. 약점이 드러나 살해당하거나. 강점이 돋보여 애들이 서로 자기 팀에 데려가려고 경쟁하거나. 그런데 서포터가 붙었다는 게 좀 걸리네. 군에는 실력 있는 설계자들이 많아. 한두 명 붙는 것도 사치인데 왜 다섯이나 붙냐고. 동조율 100이 그렇게 감당하기 힘든가?"

김산이 중얼거렸다. 얌전히 앉아 있던 파견부 2학년 연다희가 불쑥 말했다.

"어찌 돼도 좋으니 결론이나 빨리 났으면 좋겠어요. 학교 분위기가 너무 안 좋아요. 뒤숭숭해서 애들 통제하기가 힘들어요."

연다희의 말대로였다. 안 그래도 특례입학생에 예민한 학교인데, 유은우는 특이케이스니 더했다. 유은우를 죽일까 말까하는 이들부터, 팀에 들일 것인가 말 것인가, 상대 팀으로 만난다면 어떻게 맞설 것인가에 촉각을 곤두세운 학생들이, 수업도 제쳐 두고 테스트실로 떼를 지어 몰려왔다. 몇몇 학생들은 좋은 자리를 잡겠다고 점심도 거르고 오전부터 돔 형태의 테스트실 유리에 바짝 달라붙어 있었다. 교수들도 마찬가지였다. 많은 교수가 휴강을 선언했고, 본인의 연구실로 유은우 테스트 영상을 실시간 전송해 달라고 서재희에게 부탁까지 했다.

축구 경기 기다리듯 학생들이 흥분하여, 혹시 사고가 날까 염려한 서재희는 테스트 제어실에 오기 전에 일부러 관람석에 들러 소란을 자제해 달라고 했다. 학생들이 알아들었을지는 미지수였다. 학생회에서 통제해야 하는 거 아니냐고 차예원에게 의견을 구하듯 압박해 보았으나, 그녀는 언제나처럼 어깨만 으쓱하고 말았다. 내버려둬. 재밌는 건 실시간으로 같이 봐야지. 안 그래?

그놈의 재미. 서재희는 한숨처럼 옆의 차예원을 보았다. 차예원은 기대에 찬 얼굴로 스크린의 유은우를 보고 있었다. 귀한 집안에서 고이 자라서인지 천성이 재미 위주라서인지, 남 얘기는 그저 오락거리인 걸까. 서재희는 속으로 혀를 찼다. 입꼬리는 습관처럼 계속 당기고 있었다. 입가에 경련이 일어날 지경이었지만 미소는 유지해야 했다. 차예원 말고 다른 학생들도 있었다. 파견부의 김산, 연다희. 학생회의 지해은, 고세민.

— 테스트실 예열 완료.

시스템으로부터 딱딱한 기계음이 떨어졌다. 서재희는 콘솔에 부착된 마이크를 입가로 끌어당겼다. 막 스위치를 켜려는 찰나였다.

예고도 없이 테스트 제어실 문이 벌컥 열렸다. 문밖에서 쏟아져 들어오는 빛을 등지고 있어 얼굴을 바로 인식하기 어려웠으나, 건들거리는 실루엣을 보아하니 누군지 뻔했다. 방음 처리가 된 육중한 문이 닫히며 바깥의 빛이 사그라지자, 제어실 내부의 스크린 빛이 미끄러져 매끈한 얼굴이 드러났다.

"어어, 서, 선배, 안녕하세요……."

지해은이 어물쩍 인사를 하며 서재희 뒤로 숨었다. 김산이 무표정하게 팔짱을 꼈다. 고세민이 딸꾹질을 했다. 연다희는 약하게 한숨을 쉬었다.

다들 떨떠름함을 넘어서 불쾌감까지 노골적으로 드러내는 데엔 이유가 있었다.

이곳 12호관은 총 14층으로 1층의 테스트실을 제하면 나머지 전 층이 모의 전투실로 이루어져 있었다. 그중 14층만 5학년 졸업반 전용으로 자유롭게 쓰이고 있었는데, 몇 달 전 정윤환이 3학년 주제에 본격적으로 드나들며 개판 5분 전으로 만들어 놓았다. 서재희가 들은 바에 의하면, 정윤환은 14층 한정으로 모의 전투 시스템 일부를 개조했다고 한다. 공격을 맞으면 가상 체력이 깎이는 것이 아닌, 실제로 부상을 입도록 연습의 개념을 걷어 냈다고.

처음 제보를 받았을 때, 서재희는 괘념치 않았다. 하지 말라면 더 할 놈이었다. 당장 원상 복구해 놓으라는 잔소리도 이젠 지긋지긋했다. 탁월한 재능으로 정성스레 미친 짓 하고 돌아다니는 건 정윤환의 특기였으니까. 게다가 어느 정신 빠진 놈이 그런 위험천만한 곳에 자진해서 들어가겠나 싶었다. 정윤환 혼자 드나들다 곧 시들해지겠지 했다.

그러나 모의가 아닌 실제라는 바로 그 점이 몇몇 학생들을 들끓게 했다.

정윤환은 14층 시스템에서 가상 체력 개념만 삭제시키고 다른 것은 하나도 건들지 않았다. 고로 5학년들의 자유 출입은 여전히 가능했다. 비록 정윤환의 눈치를 본다 하더라도 그딴 곳에 기어이 드나드는 5학년이란 곧 학생을 빙자한 깡패, 정윤환에 버금가는 양아치임을 뜻했다. 고로 14층은 삽시간에 건달 소굴이 되었다. 학생들이 빼돌리는 온갖 약물이 그곳에서 거래되었으며, 실제로 아슬아슬한 장난도 많이 일어났다. 따라서 제정신이 박힌 5학년들은 14층에 발도 들이지 않게 되었다.

급기야 5학년 하나가 다리를 심하게 다치는 사고가 일어나자, 서재희도 가만히 있을 수만은 없게 되었다. 시스템을 원래대로 복구해 놓으라는 지시를 정윤환이 들을 리 만무했기에, 서재희가 파견부장 권한으로 14층을 아예 폐쇄한 지 불과 한 달도 채 되지 않았다.

"와, 이게 웬일이야? 우리 윤환이가 학생회 활동에 다 참여하고? 잘 왔어. 들어와, 들어와. 너도 궁금하지, 유은우 테스트?"

다들 불편한 기색을 드러내는 와중에 오직 차예원만 반색하며 요란하게 정윤환을 맞이했다.

"여기 앉아."

차예원이 옆에 있던 바퀴 의자를 정윤환에게 쭉 밀어 주었다. 달달달 굴러 오는 의자를, 정윤환은 바지 주머니에 양손을 꽂은 채 발 하나로 누르며 가볍게 멈추었다. 그리고 그대로 거칠게 걷어찼다. 의자는 사납게 날아가 벽에 쾅 처박히고 힘없는 소리를 내며 빙글빙글 돌다가 멈추었다. 차예원이 코로 웃었다. 정윤환은 차예원에게 눈길도 주지 않고 성큼성큼 걸어와 서재희 옆에 섰다.

서재희는 말없이 그를 보았다. 정윤환이 입꼬리를 당겨 웃었다. 그는 서재희의 어깨에 팔을 두르더니 목소리를 낮추었다.

"표정 풀어. 왜, 나는 여기 오면 안 돼? 나도 학생회야. 활동을 잘 안 해서 그렇지."

서재희는 어깨를 비틀어 정윤환의 손을 떨어뜨렸다. 마이크 스위치를 올렸다. 잡음을 잡고, 입을 열었다.

"유은우, 테스트실 입실."

대기실의 유은우는 서재희의 말을 들었는지 왼쪽 귀의 인터컴을 고쳐 끼며 일어섰다. 쭉 보고 있던 작은 수첩은 재킷 안주머니에 쑤셔 넣었다. 스크린에 비치는 표정이 사뭇 비장했다.

서재희는 처음 유은우를 본 순간을 떠올렸다. 양동이가 구르는 꽝꽝거리는 소음. 역한 피비린내. 자신감이 지나쳐 천진함으로 착각되던 유은우의 동선. 관습으로 꽉 짜인 학교에 툭 떨어진 낯선 날것. 이상하게 튀어 눈을 사로잡는.

피가 도는 활력, 반짝이는 생기. 하루가 멀다 하고 코너에 몰리는데도 그랬다.

"할 수 있어."

유은우의 혼잣말이 미세하게 잡혔다. 유은우는 씩씩하게 두 팔을 휘두르며 스트레칭을 하더니, 대기실 문을 훌쩍 열었다. 카메라가 장착된 나노 드론이 날벌레처럼 유은우의 뒤를 따랐다.

테스트실이 푸르게 펼쳐졌다.

유은우의 눈이 빠르게 사방을 훑었다. 마트에 가지런히 포장된 채소들을 제하면, 살면서 정상적인 식물을 한 번도 만져 보지 못하는 사람이 대다수인 시대였다. 잘 자란 잔디가 푸릇푸릇한 흙바닥, 그것도 이렇게 넓은 곳은 보기 드물었다. 온을 최대한 정밀하게 측정하기 위해 공을 들인 테스트실은 교장 임유현의 자랑거리였다.

유은우는 조심스럽게 잔디를 밟으며 테스트실 중앙으로 나아갔다. 거대한 나무들이 드문드문 그늘을 드리우고 있었다. 유은우는 손을 뻗어 나무줄기를 어루만지더니, 나무의 우듬지까지 시선을 올리며 고개를 한껏 젖혔다. 유리로 만들어진 거대한 돔 모양의 천장까지 올려다보던 유은우의 눈이 토끼처럼 동그래졌다. 그 바깥으로 붙어선 바글바글한 학생들에게 압도된 것 같았다.

서재희는 콘솔의 버튼을 눌렀다.

찰칵, 유은우의 바로 오른쪽 땅이 열리고, 철제 기둥이 튀어

나왔다.

— 원활한 테스트를 위하여, 총을 점검기 위에 올려 주십시오.

유은우가 허벅지의 홀스터에서 총을 뽑았다. 빠르고 정확한, 교과서적인 기본자세라고 서재희는 생각했다. 하긴 그 김서혁이 2년 동안 직접 가르쳤다고 했다. 게다가 군은 유은우를 학교로 내치고도 여전히 그녀의 설계 난독증을 함구하고 있었다. 언론 통제가 여간 까다로운 일이 아니라는 걸 감안하면, 김서혁이 유은우를 끔찍이 아낀다는 소문에 또 한 번 힘이 실렸다. 서재희는 김서혁이 유은우를 학교로 버렸다는 항간의 판단을 믿지 않았다.

유은우가 총을 점검기 위에 올려놓았다. 점검기의 빨간 불이 깜박거렸다.

— 한 가지 설계가 확인됩니다. 페어 설계. 테스트에 지장이 있는 불법 설계가 아니므로 해제 없이 진행합니다.

"페어? 상대가 누구야?"

차예원이 눈을 가늘게 뜨며 팔짱을 꼈다.

— 첫 번째, 동조율 테스트입니다. 총에서 손을 떼지 않고 최대한 동조하십시오. 1분간 가장 오래 유지된 수치가 공식 동조율로 갱신됩니다.

유은우가 총을 쥐었다. 총신에 붉은 숫자 000이 떠올랐다. 주춤거리지도 않고 쭉 상승해, 100을 찍는 데까지 걸린 시간은 놀랍게도 3초가량이었다. 그 뒤로 흔들림은 없었다. 총신에 누군가가 빨간 색연필로 100이라고 적은 것처럼, 한 치의 하강도 없이 단단하게 유지되었다.

유은우는 힘들어하는 기색도 없었다. 숨 쉬듯 가볍게 총을 쥐고 있었다.

연다희가 감탄했다.

"와, 진짜 100이다. 뉴스에 나온 게 진짜네요."

김산이 덧붙였다.

"굉장히 안정적이네. 지속력이 좋아. 타고났어."

차예원이 고개를 갸웃했다.

"현존하는 동조자 중 유은우 다음으로 동조율 높은 사람은 김서혁 총사령관이야. 087. 유은우와 13 차이야. 나랑 현주도 동조율이 13 차이인데, 그게 뭐? 별거 없다고. 유은우 100 찍는 건 나도 물론 신기해. 하지만 저게 그렇게 전력상 특별한가?"

"너 지금 별거 없다고 했냐?"

날카롭게 반응한 것은, 의외로 정윤환이었다. 그는 기가 찬다는 표정으로 차예원을 쳐다보았다. 도시연합장 외동딸을 저렇게 노골적으로 하찮게 보는 사람은 아마 정윤환밖에 없을 거라고, 서재희는 생각했다.

정윤환이 신랄하게 말했다.

"동조율 5와 10은 별 차이가 없지. 20과 30도 마찬가지야. 하지만 0과 1은 차이가 있어. 온과 동조할 수 있냐 없냐, 일반인이냐 동조자냐가 갈리기 때문이지. 그렇다면 99와 100은 어떨까. 단순히 동조율이 높다 정도가 아니야. 완벽하게 온과 동조할 수 있는, 미완성과 완성의 차이라고."

차예원이 눈을 찡그렸다.

"왜 화를 내?"

"네가 지금 너무 멍청한 말을 하고 있잖아. 너랑 이현주가 동조율 13 차이 나는 거랑, 김서혁이랑 유은우가 동조율 13 차이 나는 게 같아? 100을 찍는다는 것 자체가 이미 비교가 안 되는 거야. 봐, 저 과자 봉지를 보라고. 다섯 개 남아 있는 거랑 네 개 남아 있는 거랑은 고작 과자 한 개 차이뿐이지. 하지만 뜯지도 않은 새 과자랑 누가 뜯어서 한 개 먹은 과자가 같아? 네 눈엔 유은우가……."

정윤환이 지해은의 과자 봉지까지 가리키며 열변을 토하다가 갑자기 말을 뚝 멈췄다. 정윤환은 허탈한 기색으로 다시 스크린을 보았다.

"됐다. 이렇게 말하는 나도 우습지. 완성이니 어쩌니, 그래 봤자 쓸모없는 실패작을."

— 동조율은 100으로 측정되었습니다. 두 번째, 설계 테스트입니다. 천장에 떠오르는 설계들을 최대한 빠르게 총으로 따라 그려내십시오. 3분간 구현하는 설계의 완성도에 따라 설계 비중이 측정됩니다.

유은우가 능숙하게 손안에서 총을 한 바퀴 돌려 고쳐 잡았다. 총을 어찌나 꽉 틀어쥐는지, 손등의 반창고에 핏기가 짙어졌다. 유은우는 단단한 눈으로 숨을 깊게 들이쉬었다 천천히 뱉었다.

서재희는 테스트실의 조명을 낮추었다.

돔 형태의 투명한 천장이 빛을 잃고 서서히 어두워졌다. 밤하늘처럼 깜깜해진 그 위로, 별자리처럼 아름다운 패턴이 밝게 드러났다. 교차하는 씨실과 날실. 여러 겹의 거미줄처럼 얽힌 화려한 설계들이 달처럼 환한 빛을 뿜었다.

유은우는 고개를 젖히고 천장의 설계를 빠르게 훑었다. 서재희는 유은우의 동공 움직임에 집중했다. 까맣고 동글동글 선명한 눈동자는, 가장 먼저 전체를 잡고 중심을 찾은 뒤 그 주위를 찬찬히 뻗어 가며 더듬어 내렸다. 때때로 전체를 보려는 듯, 유은우는 몇 번 뒷걸음질 치기도 했다. 동시에 유은우가 입을 작게 움직였다. 입속으로 소리 없이 중얼거리는지 마이크에 잡히지는 않았다. 그러나 서재희는 유은우의 입모양에서 기초 설계 명칭 몇 가지를 읽었다.

역시 읽을 줄 알긴 아네. 기본적인 것들은. 저마저도 죽도록 노력해서 얻었겠지만.

유은우는 총을 들었다. 까만 총구가 천장을 똑바로 겨누었다.

"흡."

유은우가 황급히 고개를 숙였다. 총을 들고 있지 않은 왼손으로 제 입을 틀어막았다. 머리카락이 흩어져 드러난 유은우의 흰 목덜미에, 그새 땀이 송골송골 맺혀 있었다.

"왜 저러지?"

김산이 콘솔에 손을 짚으며 스크린을 뚫어져라 응시했다.

유은우가 숨을 고르더니 다시 고개를 들어 천장을 보았다. 안색이 하얗게 질려 있었다. 설계를 조금이라도 구현하려는 듯 총구가 필사적으로 천장을 겨누고 있었으나, 그 끝이 덜덜 떨리고 있었다. 몇 초 버티지 못하고 눈을 질끈 감으며 고개를 숙였다. 입을 막고 어깨를 들썩이는 걸 보니 헛구역질을 하는 듯했다. 유은우는 설계 비슷한 걸 그리기는커녕 방아쇠를 당길 시도조차 못 하고 있었다.

"맙소사. 설계 난독증."

김산이 경악했다. 연다희가 눈을 찡그렸다.

"난독이면 아예 읽지도 못하는 거 아니었어요? 유은우 아까 몇 개 읽던데?"

"나 기초학교 때도 난독증 하나 있었어. 읽는 건 드문드문 노력으로 가능했어. 하지만 직접 그리는 건 노력으로 안 되는 문제라 결국 일반학교로 전학 갔고."

차예원이 이어서 중얼거렸다.

"그래서 서포터가 붙었던 거야. 설계를 전혀 못 하니까, 남이 그려 준 대로 타격만 했겠지."

"그래도 다섯은 너무 많아."

"최소 다섯이야. 많게는 열 명까지 붙은 전투도 있었어."

"군의 서포터들은 다들 실력자인데. 유은우 하나 컨트롤하기가 그렇게 힘들었을까……."

김산이 미간을 좁혔다. 학생회 4학년 고세민이 불쑥 말했다.

"애들이 환장하겠는데요. 서로 자기 팀에 넣으려고. 설계 아예 못 읽으면 같이 뛰기 위험하지만, 저 정도 읽는 난독증이면 오히려 다루기 쉽잖아요. 설계부 애들은 약아서, 감언이설로

꾀어내다가 노예처럼 부리기 잘하잖아요. 유은우는 인권도 없겠다, 딱 노려지겠는데."

학생회 3학년 지해은이 과자 봉지를 꼭 움켜쥐며 발끈했다.

"그거 저 들으라고 한 소리예요?"

"내가 뭐 틀린 말 했냐? 너희 설계부들이 딱 좋아하는 스타일 아냐. 머리가 나빠서 설계는 잘 못 하고 타격만 죽어라 하는 무식한 애들. 유은우 쟤는 아예 설계 난독증이니 서로 데려가서 부려먹으려고 난리 나겠는데. 훌륭한 수족……."

"아직도 설계를 지능에 비유하는 놈이 있네. 네깟 게 부린다고 부려지겠냐. 유은우 하나에 서포터가 왜 그렇게 많이 붙었는지 짐작이 안 돼?"

정윤환이 코웃음 치며 고세민의 말을 잘라먹었다. 고세민은 얼굴이 벌게져 뭐라 반박하려다가 그만두고 물러섰다.

— 설계는 0%로 측정되었습니다.

3분은 순식간에 지나갔다. 천장의 조명이 밝아지자 설계는 빛에 잠겨 사라졌다.

유은우는 아무것도 하지 못했으나, 힘껏 달리기라도 한 것처럼 숨을 거칠게 내쉬고 있었고 전신이 땀으로 흠뻑 젖어 있었다. 유은우는 소매를 들어 얼굴의 땀을 닦아 냈다. 이마는 창백했고 눈가는 붉었다. 유은우는 총을 왼손으로 옮겨 쥐더니 오른손을 쥐었다 폈다 했다. 손가락이 약하게 경련하고 있었다.

— 세 번째, 타격 테스트입니다. 천장의 목표물을 향해 힘껏 타격해 주십시오. 목표물에 가해진 순간 충격에 따라 타격 비

중이 측정됩니다.

서재희는 콘솔을 두드려 천장에 목표물을 설정했다. 눈이 부시지 않도록 조명을 약하게 낮추었다.

유은우는 고개를 들어 목표물을 보더니, 왼쪽 귀의 인터컴을 만졌다. 목소리는 지쳐 있었다.

— 힘을 얼마나 조절해야 하나요?

수없이 테스트를 봐 오며 처음 듣는 질문이라 서재희는 한 호흡 뒤에 대답했다.

"있는 힘껏. 최대치를 측정해야 해."

— 괜찮아요?

"……무슨 뜻이야?"

— 여기 안 부서져요?

이 물음에 서재희는 정말로 당황해서, 바로 대답하지 못했다. 스크린의 유은우는 진지했다. 그녀는 눈을 도르륵 굴리면서 테스트실의 견고한 천장과 폭신하게 밟고 선 잔디와 나무들을 훑어보더니, 오른발로 잔디밭을 꾹꾹 다져 보았다. 걱정하는 기색이 완연했다.

"여기 그거 없냐? 폭주 예방 안전장치."

정윤환이 물었다. 서재희는 그가 말하는 게 뭔지 기억을 헤집어야 했다. 방재 시스템처럼, 그것은 특수한 경우가 아니면 쓰지 않았다. 서재희는 약간의 시간을 두고 콘솔에서 빨간 버튼을 찾아냈다. 그 버튼은 실수로 눌리는 사태를 막기 위해 투명한 플라스틱 덮개로 한 겹 보호되어 있었다.

"있긴 한데. 유은우가 폭주 상태는 아니잖아."

"테스트실 천장 내려앉으면 저기 돔에 다닥다닥 붙어 있는 애들 단체로 뒈질 텐데. 동조율 100에 순수 100% 타격자야."

빨간 버튼을 바라보는 서재희의 시선을 따라간 정윤환이 덮개를 벗겨 내고 버튼을 눌렀다.

— 폭주에 의한 테스트실 손상을 예방하기 위해 안전 시스템을 강화합니다.

테스트실의 투명한 유리 천장으로부터 황금색 빛무리가 파도처럼 쏟아지더니, 담쟁이식물이 덮인 벽을 타고 내려와 푸른 잔디로 빽빽한 바닥까지 순식간에 휩쓸고 사라졌다.

정윤환이 서재희 쪽으로 몸을 기울이더니 낮게 말했다.

"나한테 고마워해라. 내가 오늘 이거 하려고 왔거든."

이 시스템, 간단해 보여도 한 번씩 할 때마다 이것저것 많이 잡아먹는데. 이렇게까지 할 필요가 있을까 싶었지만, 이미 정윤환이 누른 이상 별수 없었다. 조심해서 나쁠 건 없지. 유은우도 정윤환도 괜한 걱정 한다 싶었지만, 서재희는 내색하지 않고 마이크를 잡았다.

"안전장치 보강했으니까 걱정하지 말고 있는 힘껏 타격해."

— 네.

유은우는 고개를 끄덕였다. 바로 타격할 줄 알았으나, 유은우는 쥐고 있던 총을 홀스터에 도로 꽂아 넣었다. 그리고 다람쥐처럼 달려서, 테스트실 입구로 갔다. 대기실로 이어지는 문이었다.

"뭐 하는 거야? 그냥 쏘면 되는걸."

차예원이 중얼거렸다.

유은우는 왼손으로 문손잡이를 꾹 쥐더니 반쯤 돌렸다. 오른손으로 홀스터의 총을 뽑아낸 건 그다음이었다. 깨끗한 동작으로 천장의 목표물을 겨누더니, 방아쇠를 당겼다.

캉!

총구가 튀었다. 동시에, 유은우는 잽싸게 문을 열고 대기실로 쏙 들어간 뒤 문을 쾅 닫았다.

스크린엔 정적만 돌았다. 유은우가 사라진 테스트실. 천장의 목표물엔, 아무런 변화가 없었다.

"쏜 거 맞지?"

고세민이 눈을 가늘게 뜨고 스크린을 살폈다.

그때였다.

소리보다 빛이 먼저였다. 테스트실 중앙에 새파란 빛이 희번덕거린다 싶더니, 곧 회오리처럼 휘감아 올라왔다. 용처럼 꿈틀거리다가 사방으로 촤악 뻗어 나왔다. 카메라 몇 개가 그 빛을 직격으로 맞자 스크린 몇 개가 퍼즐 조각 빠지듯 뚝뚝 꺼졌다.

굉음이 뒤늦게 터졌다. 서재희는 이런 소리는 생전 처음이었다. 괴물이 울부짖는 소리 같기도 하고, 하늘이 찢기는 소리 같기도 했다. 마치 위에서부터 쏟아져 내리는 듯 전신을 압박하는 충격이었다. 연다희가 귀를 막으며 몸을 움츠렸다. 서재희는 다급히 콘솔을 조작해서 스피커를 줄이려 했으나, 소용이 없자 아예 꺼 버렸다.

소리를 죽인 스크린에서, 테스트실은 그야말로 초토화되고 있었다. 푸른빛을 머금은 움직임은 마치 살아 있는 거대한 신의 철퇴 같았다. 온이 밀집되거나 흩어지는 것이 아니라 공간 전체가 요동치며 이리저리 몸을 뒤틀 때마다 테스트실의 견고한 벽과 천장에 갈퀴가 지나간 것처럼 날카로운 흔적이 남았다.

"……뭐야."

고세민이 멍하니 중얼거렸다. 그러다 퍼뜩 정신을 차리고 주위를 둘러보며 물었다.

"쟤 뭘 한 거야? 저건 뭐야?"

김산이 정신없이 스크린을 응시하며 대답했다.

"나도 몰라. 그냥 쐈잖아. 그냥 한 방만 쐈을 뿐인데. 어떻게."

사실 서재희는 유은우에게 많은 서포터가 붙었던 이유를, 순수하게 유은우만 감당하기 위해서가 아니라 임무의 특수성 때문이라고 짐작했었다. 군의 실력을 알기에 내린 결론이었다. 그러나 지금 유은우가 벌여 놓은 판을 보니, 그것은 명백한 오판이었다. 군에서 유은우를 서포트했던 전문 설계자들은 정말로 오직 유은우만을 위해 꾸려졌을 터였다.

학교로 버려진 유은우가 바보라서 팀에 들어가지 않은 게 아니었다. 자신의 힘을 제어해 줄 만한 인재가 드물다는 걸 본인이 가장 잘 알기 때문이었다. 군보다 실력이 떨어지는 학생들이 오직 유은우만을 위해 서포트한다는 것은 불가능에 가까웠다. 게다가 모의 전투 팀원은 최대 다섯으로 그 수가 제한되이 있었다.

정윤환 정도쯤 되는 설계자라면 유은우를 감당할 수 있을지 몰라도.

서재희는 콘솔을 조작해 스크린 하나만 따로 대기실을 비추었다. 유은우는 차가운 철제 의자에 동그마니 앉아 있었다. 유은우가 인터컴을 살짝 누르더니 물었다.

— 저 이제 나가 봐도 되나요?

"기다려."

서재희는 다시 테스트실을 보았다. 푸른빛은 한풀 꺾인 기세였으나, 여전히 휘몰아치고 있었다.

대체 저게 뭐지?

보통 학생들이 타격 테스트를 할 때는 목표물을 향해 겨누고 쏜다. 그럼 목표물이 그 타격을 흡수하고, 수치로 환산해 말해 준다. 유은우의 사격도 별반 다를 것 없었는데 왜.

"분명 목표물을 향해 쐈는데, 왜 허공에서 저런 게 만들어져요?"

연다희가 질린 얼굴로 물었다.

테스트실의 모두가 정윤환에게 집중했다. 정윤환은 심드렁하게 스크린을 보고 있다가 문득 시선을 느꼈는지 귀찮다는 듯 말했다.

"말했잖아. 동조율 99와 100은 다르다고. 유은우가 타격하면 일정한 공간 전체의 온이 동시에 반응해. 거기다 설계로 제어할 수도 없으니……."

정운환이 손을 들어, 파란 폭풍이 난폭하게 날뛰는, 그마저도 카메라가 끊임없이 훼손되어 몇 남지도 않은 스크린을 가리켰다.

"……유은우는 저거밖에 못 해."

김산이 고개를 끄덕였다.

"그럼 군에서 서포터가 그렇게 많이 붙었던 것도 이해가 가네. 유은우의 타격이 저 정도로 강력하다면, 저걸 제어해서 어떤 방향으로 어떤 강도로 다듬어 주기 위해서는 실력자 여럿이 필요하겠어. 우리가 하는 것처럼 한두 명으로는 안 돼."

차예원이 스크린에 시선을 둔 채 말했다.

"군에서 왜 버렸는지도 알겠다. 유은우를 감당할 수가 없어서. 저 정도를 컨트롤하려면 상당한 설계 실력이 필요한데, 그 정도 실력자는 혼자서 움직이면 돼. 군이 유은우를 끼고 서포트해 줄 필요가 없어. 게다가 서포터가 많이 붙으면 붙을수록 위험해. 서포터들 중 누구 하나만 삐끗해도 아군이 전멸해."

고세민이 중얼거렸다.

"유은우 받아 줄 팀 있을까?"

"없겠지."

김산이 딱 잘라 대답했다. 그는 대기실의 유은우를 빤히 보며 덧붙였다.

"솔직히 언제까지 살아 있을지도 의문이야."

연다희가 고개를 저었다.

"아까 페어 맺고 있다고 했어요. 누군지 몰라도, 유은우 죽으면 페어도 죽어요."

정윤환이 서재희를 돌아보았다.

"야, 서재희. 어쩔 거야. 계속 저거하고 페어 할 거야?"

순식간에 경악에 찬 시선들이 서재희의 얼굴로 꽂혔다. 차예원의 싸늘한 눈을 의도적으로 비끼며 서재희는 담백하게 대답했다.

"그래서 더 페어를 유지해야지. 그게 우리 임원들 역할이야. 아까도 말했지만."

"저 꼴을 보고도 사리 판단이 안 돼?"

서재희는 마이크를 잡았다. 콘솔을 조작해서 방송 수신 범위를 전교로 지정했다.

"안녕하십니까, 학우 여러분."

줄곧 서재희의 옆에 서 있던 차예원이 예민하게 팔짱을 끼더니 몇 걸음 물러났다. 서재희는 개의치 않고 발성에 집중했다.

"파견부장 서재희입니다. 특례입학생 유은우의 특이사항에 대해 알려 드립니다. 유은우는 현재 도시연합군 총사령관 김서혁의 전리품으로 등록되어 관리되며, 설계 난독증이 있습니다. 있어서는 안 될 일이나 일부 학생들이, 유은우가 인권이 없고 일대일 전투에 취약하다는 점을 악용하여 부당한 공격을 가할 가능성이 있고, 그런 상황이 발생할 시 유은우 또한 정당방위로 정제되지 않은 타격을 가함으로써 인명 사고로 이어질 위험이 있습니다. 따라서 파견부장인 제가 특례입학생의 신변을 보호하고 교내 질서를 유지하기 위한 임시방편으로 부득이하게 페어를 맺은 상태이니, 두 사람의 목숨이 묶여 있음을 인지하시고, 안전사고에 각별한 유의 바랍니다. 이상입니다."

서재희는 마이크를 밀어냈다. 정윤환이 이를 갈아붙이며 말했다.

"다 나가."

연다희가 얼른 지해은의 손목을 잡아끌고 나갔다. 고세민이 할 말이 많은 듯 머뭇거렸으나, 김산이 고세민의 목덜미를 틀어쥐고는 그 뒤를 이었다. 문이 닫혔다.

테스트실은 계속해서 어두워지고 있었다. 유일한 광원이던 스크린의 다수가 카메라의 손상에 따라 차례차례 꺼지고 있었기 때문에 어둠은 차츰 조밀해졌다. 그러나 아무도 조명을 켜지 않았다.

서재희는, 한쪽 다리에 체중을 싣고 서서 고개를 숙인 채 이마를 문지르고 있는 정윤환과 우아하게 팔짱을 끼고 눈을 내리깐 차예원의 사이 어딘가에 시선을 두었다. 이윽고 차예원이 고개를 들었다.

"내 약혼자가 제 목숨 깎아 먹는 재주가 있는 줄은 알았지만, 이 정도일 줄은 몰랐네."

차예원이 턱을 치켜들었다.

"페어 해제해."

서재희는 그녀를 똑바로 보았다.

"유은우는 가치가 있어. 사해에서 반란군에게 살인병기로 길러졌고, 도시연합군에게 구출되었으며, 최근까지 김서혁 총사령관의 가장 측근에 있었어. 그뿐인가? 인권이 없기에 모든 법의 사각지대에 놓여 있지. 이만한 정보통이 있다면 가져와. 기꺼이 유은우를 버리고 그것을 취할 테니. 반란군을 적폐하고 김서혁을 치는 건 당신 아버지가 그토록 바라는 바 아니었나? 그런 용도로 쓰려고 날 사위로 점찍은 줄 알았는데. 나는 네 약혼자로서 약조한 걸 이행하는 것뿐이야. 새삼스러울 것도 없으니 너야말로 내게 협조해."

차예원이 코웃음 쳤다.

"정보만 목적이라면 뭐 하러 페어까지 맺어 가며 소꿉놀이하니? 내 약혼자가 엉뚱한 여자하고 목숨을 공유하는 걸 두 눈 뜨고 보고 있으라고? 그럼 내가 뭐가 되는데? 그리고 유은우한테 정보가 있으면 얼마나 있겠어. 반란군에서 길러진 기억? 군에서도 못 찾았어. 김서혁에 대한 정보? 그건 윤환이도 익히 아는 정보야. 그래도 재희 네가 그렇게 공을 들이고 싶다면 지금 당장 유은우 6.5층에 가둬. 페어 해제하고, 고문해서 정보 빼고, 죽여서 없애. 한 시간 만에 끝날 일을 크게 벌이고 있는 건 너야."

"차예원."

정윤환의 호명이 날카로워, 서재희는 그를 보았다. 정윤환은 벌겋게 충혈된 눈으로 차예원을 노려보고 있었다. 그가 내뱉듯 말했다.

"입조심해."

차예원이 눈가를 찡그렸다. 그녀는 정윤환을 빤히 응시하다가 이내 다시 서재희를 보았다.

"유은우의 처분은 군에서 원한 일이야. 언론을 의식해서 군이 뒤처리를 우리에게 맡긴 거라고. 학교에서 인명 사고가 자주 발생하니까. 군에서의 폐기 처분 절차가 까다롭고 여론이 의식된다면 학교로 미룰 법도 해."

"언제부터 임유현 교장 선생님께서 김서혁 총사령관 뒤처리까지 맡아 주셨나? 학교는 군의 하위 기관이 아니야. 그리고……."

서재희는 건조하게 말을 이었다.

"……그렇게 치면 군에서 사고사시키는 게 더 쉬워."

유은우는 군으로 돌아가고 싶어 했다. 교내 통신망을 통해 유은우의 이프에 남은 통화 내역만 뽑아 봐도 알 수 있었다. 유은우는 하루 온종일 김서혁에게 통화를 시도했다. 그뿐만 아니라 소연주나 이선규 등 김서혁의 측근에게도 꾸준히 전화를 걸어 대고 있었다. 자신을 버린 군이라며 치를 떨 법도 한데 자존심도 다 버리고 그리 집착한다는 것은, 쉬이 무너지지 않는 깊은 감정 교류가 있었음을 짐작케 했다. 특히 김서혁과. 김서혁은 직속 부하에게도 칼같이 선을 긋는 사람이다. 그런 그가 2년 만에 버려질 유은우를 그리 가까이 두며 품을 낭비할 리 없었다. 그렇다면 김서혁은 유은우를 학교로 내려 보내는 것에 동의하지 않았을 수 있으며, 혹은 강력히 반대했을지도 모른다. 물론, 확실한 건 어디에도 없었다. 차예원의 말도 일리는 있었다. 어떤 이유든 김서혁은 유은우를 더 이상 감당치 못하겠다고 판단했고, 그리하여 2년간 정이 들어 차마 제 손으로 직접 처분치는 못하여, 자연스럽게 도태되도록 학교로 미루었는지도 모른다. 또 김서혁이 임유현에게서 무언가를 얻고 그 대가로 유은우를 내줬을 수도 있고, 혹은 아무것도 얻지 못하고 일방적으로 유은우를 빼앗겼을 수도 있다.

어찌 됐든 김서혁은 자의로 유은우를 버린 게 아니다.

서재희의 판단은 그랬다. 처음엔 가설에 불과했으나 이번 테스트를 보며 확신이 섰다. 차예원은 유은우가 너무 강해서 군이 도무지 입맛대로 다루기가 어려워 버린 거라고 했지만, 동의할 수 없었다. 저런 압도적인 인재를 버렸을 리 없다. 어떻게든 사용했을 거야. 산 채로 힘들다면 부수어서라도. 그렇게 하려고 인권도 박탈한 거 아니었나. 그럼 대체 왜. 왜 학교로 보낸 걸까.

"교장이 페어 지시했나?"

정윤환이 물었다. 서재희는 콘솔을 짚었다.

"유은우 관련 지시는 없었어. 내 결정이야. 유은우가 학교에 들어오자마자 사망한다는 건 파견부장으로서의 내 이력에 흠이 나는 일이지. 그래도 난 노력은 보여야 한다고 생각해."

"지시가 없었다고?"

정윤환이 중얼거렸다. 서재희가 말했다.

"교장이라고 해서 교내 모든 일을 일일이 지시하지는 않아."

"웃기지 마. 유은우는 특이케이스야."

그리 내뱉고 정윤환은 입을 다물었다. 정윤환의 턱에 힘이 빠듯이 들어가는 게 보였으나 서재희는 말을 더 하지 않았다.

임유현이 정말로 아무것도 지시하지 않았던 것은, 사실 서재희 본인도 납득이 되지 않았다.

대답은 차예원이 했다.

"교장 선생님께서는 특이케이스가 아닌가 보지. 어차피 유급이야. 재희 페어로 어찌 목숨은 부지한다 해도 정규교육 한번 안 받은 애가 어떻게 필기시험을 치르고, 설계 난독증 주제에 어떻게 모의 전투에서 점수를 따겠어? 나야 상관없어. 시간이 지나면 유은우는 유급할 테고, 처음 입학한 조건대로 우리가 직접 처분하게 될 거야. 다만……."

스크린이 또 하나 꺼졌다. 차예원의 얼굴 위를 네모지게 드리우던 빛의 조각이 뚝 사라졌다. 그녀의 시선은 어둠을 가르고 서재희의 뺨으로 비스듬히 날아왔다.

"……재희 네가 무의미한 욕심으로 내 명예를 실추시킨 대가는 치러야겠지."

서재희는 스크린을 보았다. 테스트실의 온은 여전히 사나웠다. 나무가 뽑혀 나가고 덩굴이 찢겨 엉망이었다. 한쪽 작은 스크린이 유은우를 내보내고 있었다. 유은우는 어린 새처럼 얌전하게 앉아 왼손으로 다친 오른손을 덮고 있었다. 서재희의 지시를 기다리는 듯 간혹 두리번거리기도 했다.

서재희는 스크린에서 눈을 떼고 차예원을 바라보았다.

"무의미한 욕심인지 아닌지는 시간이 지나면 바로 알게 되겠지. 어쩌면 유급보다 빠를지도 몰라. 나 또한 유은우의 목숨 연장에 관심 없긴 마찬가지야. 쓸 만한 정보가 없다고 생각되면……."

빌어먹을 도시연합 같으니.

"……페어는 바로 해제하겠어."

포기할까.

유은우는 두 손을 비벼 따뜻하게 한 뒤, 얼굴을 덮고 천천히 심호흡했다. 눈가가 딱딱하게 굳어 있었다. 지금은 대기실에 혼자 앉아 있었지만, 아까까지만 해도 자신에게 집중되던 수많은 시선이 있었다. 폭우처럼 쏟아지던 그 시선에 치밀하게 두들겨 맞은 것처럼 자꾸만 몸이 움츠러들었다.

설계, 포기할까. 노력해도 안 되는 걸까.

둥그런 천장에 빽빽이 늘어선 학생들이 지켜보는 가운데, 단 하나의 설계도 그려내지 못했다. 그다음의 타격은, 전혀 길이 안 든 날것이라 테스트실만 초토화하고 말았다. 이 상황에서, 유일한 재능인 동조율 100은 그저 웃음거리만 될 뿐이었다.

발밑으로는 계속해서 진동이 느껴졌다. 묵직한 떨림. 방금 유은우가 돔 천장을 때렸던 타격의 여파였다.

최대한 살살 쏘길 잘했지.

서재희는 있는 힘껏 타격하라고 했지만, 유은우는 차마 그럴 수 없었다. 테스트실은 한없이 약해 보였으며 또 좁았다. 유은우는 천장의 목표물을 연약한 신생아라고 상상하며 조심스레 방아쇠를 당겼다. 군에서 훈련했을 때가 떠올랐다. 매번 피가 비치도록 이를 악물었던 기억. 할 수 있는 최대한의 타격을 선보이며 본인의 필요성을 부각하려고 애썼다. 특히 김서혁이 참관하는 날이면 더 독하게 마음먹고 뱃속 밑바닥에 들러붙어 있는 점심밥 부스러기까지 박박 긁어내는 심정으로 타격하곤 했다. 그랬던 자신이, 이젠 건물이 무너질까 몸 사리며 방아쇠를 당기고 있다. 상황은 같았다. 언제나처럼, 철저하게 혼자였다.

역한 느낌이 치솟았다. 긴장으로 늦춰졌던 설계 난독증의 후유 증상이 전신을 휩쓸어 왔다. 유은우는 새끼 짐승처럼 몸을 웅크리고 메슥거리는 속을 견뎠다. 그 와중에도 머리는 차가웠다.

전교생 앞에서 설계 난독증이라는 치명적인 약점이 드러난 지금, 어쩌면 최악의 상황이었다.

다음 주 금요일, 대장이 광장에 올 거야. 무슨 수를 써서라도 가서 만나야 해. 만나서…….

'네가 설계 난독증인 거 알았다면, 그때 즉살했다.'

유은우는 두 손으로 머리를 감싸고 눈을 꼭 감았다. 만약 대장이 나를 한 번 더 버린다면? 그럼 나는 어떻게 해야 해?

도망칠까.

마지막 보루라고 여겨 왔던 도주가 현실감 있게 다가왔다. 학교를 벗어나 사해횡단철도를 타고 가장 낙후되어 도시연합의 감시가 취약한 제8도시로 간다면. 한적한 시골 농촌이든 범죄자 소굴이든 여기보단 나을 것 같았다. 어차피 짐도 없겠다. 지금 바로 도망쳐도 될 것 같은데…….

얼굴이 너무 알려졌어.

몇 달 전, 도시연합군의 임무 수행에 웬 공중파 방송 드론이 따라붙은 적이 있었다. 유은우는 생전 처음 봤으나, 남들은 다 안다는 유명 연예인들이 함께였다. 엄청나게 유명한 예능 프로그램으로, 도시연합군 특별편을 찍는다고 했다. 사해횡단철도를 가로막는 괴물 포박이라든가, 대형 괴물 해체 작업같이 그리 중요치 않은, 그러나 겉으로는 굉장히 보람차 보이며 건전하기 짝이 없는 임무 수행이 줄줄이 이어졌다. 유명 연예인들의 예능감은 물론이고 좀처럼 공개되지 않았던 도시연합군의 절제되면서도 인간적인 내부 모습이 세련되게 편집되어, 엄청난 화제가 되었었다. 도시연합군은 토끼처럼 보송한 유은우를 카메라 전면에 내세웠다. 근심 걱정이라고는 한 톨도 없이 환하게 웃으며 이마의 땀을 닦는, 말끔한 제복을 몸에 딱 맞게 입어 생기 넘치는, 김서혁의 라인을 타는 군인들의 예쁨을 한 몸에 받는 유은우의 모습이 방송을 타자마자, 유은우에게 시민권을 부여하라는 인권 단체의 움직임은 거짓말처럼 수그러들었다. 군은 유은우를 너무 잘 돌보고 있었으며 유은우는 군에 너무 잘 적응하고 있었다. 인권이 없다는 것은 유은우에게 그리 큰 문제로 보이지 않았다. 찬란한 스크린에서는.

그 방송은 한참 회자되었다. 심지어 뉴스에도 보도되었다. 유은우 본인이 실감하지 못할 뿐, 이미 시민들에게 유은우의 얼굴은 편의점 간판보다 익숙할지도 모른다.

지직거리는 잡음. 유은우는 고개를 들었다.

— 안녕하십니까, 학우 여러분.

서재희. 방송이 직업인가 싶을 만큼 깨끗하게 정돈된 목소리였다.

— 파견부장 서재희입니다. 특례입학생 유은우의 특이사항에 대해 알려 드립니다. 유은우는 현재 도시연합군 총사령관 김서혁의 전리품으로 등록되어 관리되며, 설계 난독증이 있습니다. 있어서는 안 될 일이나 일부 학생들이, 유은우가 인권이 없고 일대일 전투에 취약하다는 점을 악용하여 부당한 공격을 가할 가능성이 있고, 그런 상황이 발생할 시 유은우 또한 정당방위로 정제되지 않은 타격을 가함으로써 인명 사고로 이어질 위험이 있습니다. 따라서 파견부장인 제가 특례입학생의 신변을 보호하고 교내 질서를 유지하기 위한 임시방편으로 부득이하게 페어를 맺은 상태이니, 두 사람의 목숨이 묶여 있음을 인지하시고, 안전사고에 각별한 유의 바랍니다. 이상입니다.

서재희와 페어를 하는 것만으로 버틸 수 있을까.

답은 즉각 나왔다. 정윤환의 그 해사한 얼굴. 자신을 무가치하게 바라보던 그 시선. 생각한 그대로 온을 빚어내는 탁월한 설계력. 정윤환을 떠올리기만 해도, 유은우는 제 남은 명줄이 절로 타들어 가는 것 같았다.

"무슨 생각 해?"

유은우는 저도 모르게 파드닥 일어섰다. 습관처럼 손이 또 홀스터의 총에 달라붙었다가, 예의가 아님을 알고 떨어졌다가, 예의 차릴 처지가 아님을 깨닫고 다시 붙었다.

서재희가 자신을 가만히 보고 있었다. 볼 때마다 느끼지만 공익광고에서 툭 튀어나온 것처럼 치밀하게 깔끔했다. 약간 느슨한 넥타이조차, 지극히 자연스러워 거울을 보고 계산한 게 아닌가 싶을 정도였다.

언제 들어왔지? 유은우는 자신의 둔감함을 탓했다. 문 열리고 닫히는 소리도 못 듣다니, 비명횡사하기 딱 좋았다.

"교수님들 의견 받느라 늦었어. 설계는 난독증으로 측정 불가. 타격은 테스트실 고장으로 측정 불가."

"고장이요?"

"테스트실 고장 났어. 너 때문에."

서재희가 무덤덤하게 덧붙였다.

"교수님들께서 영상 보시고 순수 100% 타격자라고 타격부로 넣으라고 하셨어."

서재희가 뚜벅뚜벅 다가왔다. 그저 걸어올 뿐인데, 유은우는 저도 모르게 공기에 밀리듯 물러섰다가 버티고 섰다.

서재희는 유은우가 앉았던 긴 의자의 끝에 앉더니 재킷을 젖히고 안주머니에서 무언가를 꺼내 내밀었다. 단정한 손끝에서 작은 메모리가 반짝였다. 유은우는 서재희와 최대한 거리를 유지하며 팔을 한껏 뻗어 그것을 받았다.

"신입생에게 제공되는 일회용 메모리야. 이프에 꽂으면 교내 프로그램이 자동 세팅돼."

유은우는 왼쪽 손목을 들어 이프의 잭에 메모리를 끼웠다. 가벼운 떨림 뒤에, 이프가 손바닥만 한 스크린을 띄워 올렸다.

기본 화면이 빠르게 재구성되었다.

"네가 들을 수업 시간표도 내가 한번 짜 봤어. 바꾸고 싶으면 바꿔도 좋은데, 웬만하면 내가 짠 그대로 하는 게 편할 거야."

"타격부에 배치되면 설계 과목은 아예 못 듣나요?"

표정 하나 없던 서재희의 얼굴 위로 언뜻 지긋지긋하다는 기색이 스쳤다. 평소 반듯하게 서재희를 관통하던 긴장이 어쩐지 헐거웠다. 남 앞이었다면 잘 갈무리했을 지겨움을 여기서 비치고 있으니. 서재희가 유은우와의 관계에서 우위를 점하고 있기에 가능했다. 그렇다 하더라도 당하는 입장에서 기분은 좋지 않았다. 자신 앞에서 가면 쓸 수고조차 하지 않는 서재희가, 유은우라고 기꺼울 리 없었다.

"난 내가 정보를 얻기도 전에 네가 유급하여 세상을 일찍 뜨는 걸 바라지 않아. 그래서 네 시간표에 설계 과목은 넣고 싶지 않았어. 점수를 따기는커녕 평균을 깎을 테니까. 하지만 시간표 확인하면 알겠지만 넌 설계 과목 세 가지를 이수해야 해. 1학년 1학기 때 꼭 통과해야 하는 필수과목이야."

이프가 재부팅을 끝냈다. 유은우는 메모리를 빼서 쓰레기통에 넣었다.

서재희가 자신의 옆자리를 두드렸다.

"앉지 그래? 힘들어 보이는데."

유은우는 서재희가 앉아 있는 의자의 반대편 끝에 엉덩이를 걸치듯 앉았다. 의자가 길었기 때문에, 둘 사이엔 서넛이 앉고도 충분한 공간이 남았다.

"그리고 정윤환 말이야. 군에 있을 때 둘이 무슨 일 있었어? 널 아주 잡아먹으려고 하던데. 이유를 알면 네 목숨을 연장하는 데 도움이 될까 싶네. 나도 정윤환은 다루기 쉽지 않아서. 다루고 싶지도 않고."

정윤환이라는 이름만 들어도 유은우는 열이 확 올랐으나 침착하려 애썼다.

"모르겠어요. 제가 의식이 완전히 돌아왔을 때 그쪽은 이미 군에서 학교로 나간 상태라서."

"음."

서재희가 긍정도 부정도 아닌 애매한 소리를 냈다. 목숨이 묶여 있는데도, 서재희는 유은우를 믿지 않았다. 유은우 또한, 진짜 아무 일 없었다고 덧붙이는 수고는 하지 않았다. 서재희를 안 믿는 건 유은우도 피차 마찬가지였다.

"그쪽으로 갈게."

서재희가 훌쩍 일어서더니 재킷을 벗어 갈무리하여 제가 앉았던 자리에 내려놓았다. 그가 한결 가벼운 셔츠 차림으로 성큼성큼 다가왔다. 유은우는 반사적으로 몸을 물리려다가 하마터면 의자 끝에서 미끄러질 뻔했다. 간신히 중심을 잡았다. 서재희는 유은우가 경계하든 말든 아주 가까이 다가앉았다. 이제 둘 사이엔 개미 서너 마리만큼의 틈뿐이었다. 서재희의 체온이 제 손등을 스쳐, 유은우는 경직했다.

"나도 남이랑은 처음 해 봐서 잘될지 모르겠다."

"뭘요?"

"네 기억, 보여 주기로 했잖아."

아, 유은우는 그제야 서재희가 뭘 원하는지 알았다. 페어 덕분에 죽을 고비를 넘긴 게 조금 전이건만, 그 대가로 기억을 보여 주기로 한 약속은 까마득한 옛날처럼 느껴졌다.

"여기서요?"

"장소가 중요해?"

"그건 아닌데……."

아직 마음의 준비가 안 되었다는 시시한 변명을 할 수는 없었다. 서재희가 바지 주머니에 손을 넣었다가 유은우 앞에서 펼쳤기 때문이다. 말쑥한 손바닥 위에, 엄지손가락 크기의 나무 조각이 오도카니 놓여 있었다.

작은 목마였다.

현실의 말이 어린아이의 꿈에서 놀다 나온 듯, 모든 것이 서투나 부드러운 곡선으로 이어졌다. 양쪽으로 솟은 귀, 동그란 눈, 뭉툭한 주둥이, 들쭉날쭉한 갈기, 짤막한 다리 네 개와 빗자루 같은 꼬리. 만든 이의 솜씨가 좋은 편은 아니었는지 목마는 소박했다. 그러나 지닌 이가 오래 매만져 반질반질하게 닳아 윤기가 흘렀다. 목마의 등이 빛을 받아 나뭇결을 따라 반짝반짝했다. 별것도 아닌데 작고 눈부셨다.

"내 온디딤이야."

"나무로 만든 보석 같아요."

유은우는 목마를 가만히 바라보았다. 목마는 서재희의 손바닥 위에서 맥박을 따라 흔들거렸다. 저도 모르게 중얼거렸다.

"전 온디딤이 없어요."

"아."

서재희가 놀라는 소리를 내서, 유은우는 눈을 들어 그를 바라보았다. 그러나 무심코 나온 듯한 반응에 비해 그의 표정은 여전히 건조했다.

"그렇겠다. 없겠구나. 아니, 있더라도 잃어버렸다는 게 맞겠지?"

"그렇겠죠. 어쨌든 태어나서 처음으로 온과 동조하는 순간이 있긴 했을 테니까요. 저는 기억도 안 나지만. 선배는 어떻게 발현됐어요?"

저도 모르게 묻자마자 아차 싶었다. 사적인 영역이었다. 유은우는 괜히 헛기침을 했다.

"여덟 살 생일이었어. 아침에 자고 일어나니까 목마가 공중에 떠 있었어."

기대하지 않았던 대답에 유은우가 되레 놀랐다. 서재희는 다른 쪽 손으로 목마를 집어서 만졌다. 부서질까 손길이 조심스러웠다.

"자기 전에 머리맡 탁자에 두었던 게 둥실둥실 날고 있었지. 아침 햇살을 받으면서 빙글빙글 돌고 있었어. 꿈인가 하고, 침대에 누워서 한참을 바라봤어. 나는 내가 동조자일 줄 몰랐거든. 우리 부모님도, 조부모님도 비동조자였어. 세대를 건너뛰고 발현되는 게 흔치는 않지. 보통은 한번 끊기면 거기서 끝이라고들 여기잖아. 어머니는 너무 놀라 실신하기 직전이었고,

아버지는 생일 케이크를 사러 나가고 없었기 때문에 할아버지가 시청에 신고했어. 바로 점검반이 찾아오더라. 난 총을 잡았고 수치가 잡혔어. 우린 파티를 했지. 최고의 생일이었어."

말끝에 서재희는 고개를 저었다. 이어진 목소리는 온기가 빠져 딱딱했다.

"이리 와."

"왜요?"

"닿아야 하니까."

"왜요?"

"타인을 인식하면 안 되니까. 이건 내 온디딤이야. 네가 나한테 최대한 붙어야 해."

"이거 진짜 괜찮은 거죠. 다리 잘리고 그런 거 아니죠……."

"아마도? 나 혼자 할 때는 조금 긁히고 끝나. 둘은 나도 처음이라 잘 모르겠어. 이상하면 중간에 그만두고 페어도 해제하고 우리 계약은 없던 걸로 하면 돼. 그럼 한다."

지극히 차분한 태도로 대책 없는 대답을 하면서, 서재희가 오른손을 뻗었다.

유은우는 자신의 등에 서재희의 손이 닿는 것을 느꼈다. 큰 손이 유은우의 등을 매끈하게 가로지르더니 옆구리를 감쌌다. 그대로 부드럽게 당겨져 서재희의 가슴으로 툭 이마가 닿았다. 타인과 이렇게까지 가까이 닿은 적은 없었다.

유은우가 바짝 얼어 있는 사이, 서재희는 유은우의 왼쪽 어깨로 고개를 숙였다. 새파란 햇빛 냄새. 귓바퀴가 훅 달아올랐다. 유은우는 숨이라도 편히 쉬기 위해 고개를 반대쪽으로 돌렸다. 서재희의 왼손이 즉각 다가오더니 유은우의 오른뺨을 푹 덮어 감싸 당겼다. 자연스레 유은우의 왼뺨은, 서재희의 왼뺨과 말캉하게 붙었다.

오른뺨을 감싼 서재희의 손은 차갑고 건조한 반면, 왼뺨에 밀착된 서재희의 뺨은 따뜻한 습기가 있어 어지러웠다. 아이스크림 문 입으로 뜨거운 커피를 머금는 것 같았다. 모든 게 짙었다.

"어. 어. 그, 금방 끝나요?"

유은우가 간신히 말을 마치고는 이제 딸꾹질을 시작했다. 말을 할 때마다 볼이 움직여 서재희와 닿은 부분이 더 의식되는 바람에 길게 말도 못 했다.

서재희가 유은우를 안은 팔에 힘을 주었다. 빈틈이 사라졌다. 블록 두 개가 끼워지듯, 유은우는 서재희와 꼭 밀착되었다. 어디 불편한 곳 없이 자연스러워, 사람의 두 팔은 서로 끌어안으라고 있는가 보다 하는 멍청한 생각이 들 정도였다. 놀란 가슴은 또 얼마나 뛰는지 심장이 목울대까지 치미는 것 같았다.

"이게 맞나? 최대한 붙으라고 하던데. 이 이상 붙을 수 있나?"

서재희가 중얼거렸다. 이미 그는 유은우의 기분 따위는 잊은 것 같았다. 그의 표정을 볼 수는 없으나 목소리는 바짝 긴장하고 있었다. 서재희가 옅게 한숨을 쉬더니 천천히 말했다.

"너의 붉은 태엽을 감아 내 녹색 의자에 두어라. 소리가 뜨거워질 때까지……."

귀에 닿는 숨이 간지러워 확 움츠러들었다. 직후, 유은우는 뭔가 단단히 잘못되고 있다고 생각했다. 우선 속이 메슥거렸다. 귓가로 벌레가 들어온 듯 째깍째깍 소리가 쏟아졌다. 다리에선 힘이 탁 풀렸다. 비몽사몽 정신없는 사이에 서재희가 자신을 추슬러 끌어안는 것이 느껴졌다.

왜 이렇게 몸에 힘이 없지. 나 죽는 건가. 지금이라도 서재희의 다리 사이를 걷어찬 뒤 도망쳐야 하는 거 아닌가. 그런데 걷어찰 힘이 없어. 갖가지 불안에 휩싸인 순간, 갑자기 시야가 확 밝아졌다.

마치 알록달록한 기억 물방울이 쏟아지는 폭포수 아래로 내던져진 것 같았다. 온갖 기억들이 훅훅 전신을 때리며 지나갔다. 어떤 장면은 기쁨으로 반짝였고, 어떤 순간은 슬픔으로 일렁였다. 그 모든 것이 순서 없이 뒤죽박죽 몰아쳐, 정신이 하나도 없었다.

"뭐지? 잘 안 돼."

서재희의 목소리가 가물가물 들렸다. 이 자식, 진짜 초보였어. 유은우는 의식을 놓치지 않으려 애썼으나, 시커먼 거품이 부글거리는 이상한 기억 물방울 하나를 직격으로 얻어맞고 나자 화가 치밀기 시작했다.

"악! 이게, 뭐, 어, 어떻게 좀 해 봐요!"

"잠깐만, 음, 아무거나 일단……."

"흡!"

거대한 물방울 하나가 빠르게 다가왔다. 푸르게 빛나는 표면 위로 제복을 입은 누군가의 모습이 어른거렸다. 기억이 전신을 덮쳤다. 유은우는 숨이 탁 멎었다가, 다음 순간 고요함을 느꼈다.

"……네가 정신 차리고 두 달 동안 매일매일 사고가 일어나고 있다. 어떻게 생각하나?"

김서혁. 그는 집무실 책상에 반쯤 걸터앉아 있었다. 막 훈련을 마치고 돌아와 제복 코트에는 사해의 모래가 묻어 있었고, 총구는 붉었으며, 그의 주위를 감도는 온 또한 예민하게 곤두서 날카로웠다. 김서혁이 엄한 표정을 지으며 재차 말했다.

"휴게실 벽은 왜 부순 거야."

유은우는 우울하게 제 발끝을 내려다보았다.

"일부러 그런 거 아니야. 이선규가 나한테 장난……."

"이선규 중장님. 육하원칙. 존댓말."

"……저는 휴게실에서 설계 공부를 하고 있었는데, 이선규 중장님께서 보시더니 자기가 설계를 깔아 줄 테니까 저보고 가장 약한 타격을 입혀 보라고 하셨습니다. 공부에 도움이 될 거라면서요. 창문이 살짝 열려 있었는데 그걸 활짝 열어젖히는 정도로 한번 해 보자고 나한테 사기를, 아니, 제안을 하셨습니다. 약 한 시간 전에요."

유은우는 도르륵 눈을 굴려 김서혁의 눈치를 보았다. 김서혁이 신음을 내더니 손을 들어 엄지로 이마를 문질렀다.

"넌 그게 될 거라고 생각했단 말이지."

"이론상으로는……."

"네 동조율 자체가 이미 이론으로 설명이 안 되는데, 왜 자꾸 그런 꼬임에 넘어가는 거지? 창문 아래 누가 있었는지 아나? 부서 배치를 앞두고 이선규가 왜 너한테 그런 장난을 쳤는지는? 네가 순하게 눈만 깜빡깜빡하고 돌아다니니까 남들이 네 손 빌려서 군 내 질서를 엉망으로 만들고 있어. 내가 진짜 너 때문에……."

김서혁이 길게 한숨을 쉬었다.

"됐다. 난 널 생후 2개월 된 강아지로 생각하기로 했으니까. 입은 또 왜 비죽여? 반성은 하고 있는 거야? 입 넣어."

유은우는 마지못해 입술을 안으로 말았다.

"총 이리 내. 훈련 시간 외엔 작동 안 되도록 제한 설계 걸어 놓겠다."

"뭐? 그럼 나 설계 공부는 어떻게 하라고?"

"말이 짧다. 기준선 하나 못 잡으면서 위험하게. 혼자서 하면 안 돼, 너는."

"할 거야!"

유은우는 눈이 그렁그렁해져서 막 도망가려 했으나 즉각 김서혁에게 뒷덜미를 붙잡히고 당겨졌다. 김서혁은 뒤에서 유은우를 끌어안아 홀스터에서 능숙하게 총을 빼 간 뒤, 단호한 기색으로 등을 밀어 떨어뜨렸다.

"네 총은 설계 걸어서 이따가 오후 훈련 때 돌려주겠다. 이제 나가 놀아. 책을 보든가. 아무튼 조용히 있어."

그러다 김서혁이 미간을 좁혔다.

"잠깐. 너 배지는?"

유은우는 시무룩한 얼굴로 돌아서려다가 김서혁의 말에 제 옷깃을 만졌다. 매 모양의 작은 은배지가 달려 있어야 할 깃은, 배지가 꽂혔던 구멍만 남아 횅했다.

"배지 누가 달라고 해서 줬어요."

유은우의 시큰둥한 반응에, 김서혁이 다시 제 이마를 짚었다. 유은우는 얼른 덧붙였다.

"어제 오후 훈련 끝나고 샤워실에서 누가 그랬어요. 나는 군인이 아니라서 배지를 차고 있으면 안 된대요. 자기가 본부에 반납해 주겠다고 가져갔어요."

김서혁이 무시무시한 표정을 지었기 때문에, 유은우는 깜짝 놀랐다. 김서혁은 손짓으로 유은우를 불렀다. 유은우가 다가가자 김서혁은 본인의 제복 깃에서 배지를 떼어 냈다. 다른 군인들이 차고 있는 은배지와 모양은 똑같았으나 금으로 만들어져 있었다. 금배지는 군에서 단 하나뿐이었다.

"이리 가까이."

김서혁이 상체를 숙였다. 그는 유은우의 제복 깃을 당기더니 금배지를 달아 주었다.

"나 주는 거야?"

"존댓말."

유은우는 자신의 깃에서 반짝이는 작은 배지와 김서혁을 번갈아 보았다.

"나는 군인이 아니라서 배지 달면 안 된……."

"그거 달고 있으면 아무도 감히 그런 말 못 할 거다. 이제 가."

김서혁이 딱 잘라 말하고 돌아섰다. 그는 유은우에게서 압수한 총을 책상 서랍에 넣고 잠갔다. 이어 그가 코트를 벗어 소파에 아무렇게나 던지자 사해의 모래 먼지가 자욱하게 일어났다. 유은우는 그 옆에 서서 기침을 했다. 김서혁은 왼쪽 손목에서 이프를 풀어 책상에 떨어뜨리고는 빈 손목을 가볍게 돌리며 문쪽으로 턱짓을 했다.

"나가."

"저기, 대장. 나 계속 설계 못 하면 어떡해?"

김서혁은 총을 빼서 벽에 설치된 소독기에 넣었다. 이어 허리를 숙여 허벅지의 홀스터 버클을 잡았다.

"그런 걱정 할 시간에 훈련이나 해."

"만약에, 계속 못 하면 나 버릴 거야?"

홀스터 버클을 푸느라 부지런히 움직이던 김서혁의 손이 딱 멈췄다. 유은우는 김서혁을 애타게 바라보았으나, 그는 고개를 기울여 시선을 피했다. 표정이 안 보여. 유은우는 한 걸음 다가갔다…….

허억, 숨을 들이켰다.

찬물을 확 뒤집어쓴 듯, 유은우는 예고 없이 현실로 돌아왔다.

현기증에 그대로 몸이 무너졌다. 의자에서 미끄러져 차가운 대리석 바닥으로 쓰러지고 나서야, 물에 빠졌다 건져진 것처럼 거친 제 호흡이 느껴졌다. 유은우는 봄을 뒤척였다. 진신이 땀으로 젖어 있었다. 시야를 회복하자, 자신의 위로 몸을 숙인 채 가쁜 숨을 몰아쉬는 서재희의 얼굴이 정면으로 보였다. 헉하고 놀라 고개를 돌리다 서재희의 손바닥을 느꼈다. 유은우의 머리가 바닥에 바로 부딪히지 않도록, 서재희가 유은우의 뒤통수를 오른손으로 받치고 있었다. 그 외에는 닿은 곳이 없었다. 서재희는 왼손으로 바닥을 지지하고 유은우의 다리 양쪽으로 무릎을 두고 있었다. 서재희가 조심스레 유은우의 뒤통수에서 손을 빼고는 옆으로 물러났다. 목소리가 갈라질 법도 한데 담담했다.

"다친 데 있는지 봐."

유은우는 너무나 숨이 찬 나머지, 서재희가 무슨 말을 하는지 알아듣지 못했다. 그저 본능적으로 서재희에게서 멀어졌다. 물론 마음먹은 대로 되지 않았다. 전신에 힘이 들어가지 않아, 누운 채 등으로 조금 기는 게 다였다.

"피 나는 데 있어?"

유은우는 숨을 헐떡이느라 대답을 하지 못했다. 유은우가 안간힘을 써서 멀어진 거리를, 서재희가 앉은 자세로 단박에 다가왔다. 서재희 역시 지쳐 보였으나 그래도 제 몸은 가누고 있었다.

"쇄골 쪽 살짝만 볼게."

서재희의 손이 다가왔다. 큼직하고 단정한 손이 유은우의 넥타이를 반 뼘쯤 당겨 내리더니 셔츠 첫 단추를 툭 끌렀다. 그의 표정이 심각해, 유은우는 제지하지 않았다. 어떤 횡액이든 서재희가 빨리 확인해 주었으면 바랐다. 차갑고 마른 손가락 끝이

다가와 조심스레 옷깃을 젖히는 느낌이 났다. 목으로 시원한 바람이 끼쳤다. 쓰린 느낌은 전혀 없었다. 그러나 서재희가 미간을 찡그려, 유은우는 그만 가슴이 덜컹했다. 온디딤 쓴다고 했을 때부터 알아봤어야 했는데. 질문은 가쁜 숨으로 나왔다.

"뭐, 잘못, 됐어요?"

"아니. 멀쩡해."

서재희가 즉각 대답했다. 그는 물끄러미 유은우의 옷깃 틈을 바라보다가 이내 단추를 잠그고 넥타이를 조여 주었다. 그가 중얼거리듯 덧붙였다.

"이상하네. 둘이 함께 사용했으니 너도 다칠 줄 알았는데. 동조율이 100이라 그런가."

유은우는 몸을 일으켜 앉다가 흠칫했다. 서재희의 깨끗한 셔츠 위로 가느다란 핏기가 천천히 번지고 있었다. 목과 가슴 사이 어깨 언저리였다. 큰 상처는 아니었으나 어쨌든 온디딤 후유증이 확실했다. 서재희는 일어서더니 벗어 두었던 재킷을 도로 걸쳤다. 그렇게 핏기를 가리고 흐트러진 머리를 다듬은 뒤 이마의 땀을 요령껏 훔치고 나자, 서재희는 깜짝 놀랄 정도로 금세 말쑥해졌다. 반면에 유은우는 여전히 바닥에 주저앉은 채 이제 겨우 숨을 가누고 있었다.

"어쨌든 잘됐네. 네가 안 다치면 나야 좋지. 그런데 조절이 좀 어려워. 기억이 너무 많고 너무 빨리 지나가. 그중에 뭐가 반란군에 있었던 때 기억인지 골라내질 못하겠어. 오늘은 여기까지만 하자."

서재희만 옆에 없으면 유은우는 소리 내어 끙끙거리고 싶은 심정이었다. 정윤환한테 걷어차이고, 테스트를 한 데다, 기억까지 되짚고 나니 심신이 피로했다.

"이거 원래 이렇게 힘들어요?"

"나도 처음엔 어지러웠어. 하다 보면 익숙해져."

유은우는 서재희의 익숙해진다는 대답을, 멀쩡한 총 놔두고 상처를 감내하며 온디딤을 자주 썼다는 뜻으로 받아들였다. 뒤가 서늘했다. 서재희의 깔끔한 교복 재킷 아래로 쇄골에 낡은 흉이 져 있을 게 선연했다. 뭐 하러 온디딤을 그리 많이 썼을까. 유은우는 서재희를 물끄러미 바라보다가 고개를 저었다. 깊이 파고들 이유는 없었다.

"일주일쯤 뒤에 다시 한번 해 보자. 몸에 무리가 가서 그 정도 기간은 두어야 하더라고."

군으로 돌아가야겠다. 최대한 빨리. 이렇게 서재희가 자신의 기억을 아무렇게나 헤집는다면, 아무래도 행동에 제약이 걸린다. 유은우는 급한 마음에 자리를 털고 일어나다가 도로 주저앉았다. 굴하지 않고 의자를 잡으며 비틀비틀 섰다.

"다음 주 기념식에 우리 학교 학생 전부 다 참여하는 거죠?"

서재희는 제 소매 끝을 정리하면서 대답했다.

"아니."

"……왜요? 뉴스 보니까 해마다 참여한다던데. 중앙학교 학생들이 불꽃 주축 아니었어요?"

"올해부터 불참하기로 했어. 교장 선생님 방침이야."

유은우는 그만 말문이 막혔다. 시민의 날 기념식은 평화의 상징이었다. 동조자와 비동조자의 결속을 위한 연례행사인 만큼 여덟 도시에서 유명 인사들이 모두 모여들었다. 기념식의 수순마다 도시연합 중앙학교 학생들의 역할이 지대했다. 학생회장이 동조자 선언문을 낭독하며 개식하고, 전교생이 총으로 하늘을 겨누어 선발 불꽃을 만들어 내며 폐식했다. 그 뒤를 이어 다른 동조자들도 불꽃을 더하면서 낮보다 화려한 밤이 연출되곤 했다.

"그럼 외출증 끊으려면 어디로 가야 해요?"

"외출증? 1학년은 못 끊어. 2학년부터 끊을 수 있어. 그것도 쉽진 않지만."

"그럼 1학년은 아예 못 나가요? 저 거기 가야 하는데."

"왜?"

"불꽃 보면서 소원 비려고요. 저 한 번도 못 봤거든요."

유은우는 그리 말하고 마른침을 삼켰다. 서재희가 팔짱을 끼더니 유은우를 유심히 바라보았다.

"1학년도 외출이 가능하긴 하지. 학생회나 파견부 소속이 같이 동행하는 조건으로."

"동행? 대체 왜요?"

"글쎄."

서재희가 모호하게 대답했다. 유은우는 유은우대로 어이가 없었다. 학생회나 파견부 소속이라면 합쳐서 채 열 명도 되지 않는다. 그 인원이 매일매일 돌아가며 1학년 병아리들을 무리

무리 이끌고 외출 나간다는 건 말이 안 됐다. 고로, 이건 나가지 말라는 뜻이었다.

"같이 가 줘?"

선선한 제안에 유은우는 다소 놀라 서재희를 보았다. 그가 담담하게 말했다.

"불꽃만 보고 싶은 건 아니지? 연합대회 처음부터 끝까지 보고 싶은 거지?"

"어……, 네."

"내가 짠 시간표대로 움직일 거면 넌 금요일 오후에 수업이 없어. 3시에 내가 데리러 갈게. 좀 이르긴 한데, 외출한 김에 나도 들를 곳이 있어서."

확실한 호의였다. 받는 쪽이 당황스러운.

1학년 조무래기의 불꽃 구경까지 일일이 신경 쓰기에는 서재희가 너무 바쁘다는 것을 유은우도 충분히 알았다. 그럼 빈말인가? 그럴 리 없었다. 학생들이 입을 모아 바르다고 칭송하는 거로 봐서 서재희 성격상 약속을 쉬이 어길 것 같진 않았다.

그러나 서재희의 호의에 대해 깊이 생각할 여유는 없었다. 시간표대로 움직이기 시작하자 눈코 뜰 새 없이 바빠졌다. 다른 1학년에 비해 한 달이나 늦게 시작한지라 그간의 진도를 따라잡기란 여간 어려운 일이 아니었다. 유일하게 안심하던 타격 관련 강의마저, 교수가 사고 예방을 위해 유은우의 시범을 제한하면서 실기조차 치르지 못하게 되자 필기로만 경쟁해야 되어 오히려 불리해졌다. 유은우는 모든 수업에 이를 악물고 참여했다. 암기가 가능한 일반교양은 도서관에 틀어박혀 외우고 또 외웠다. 너무 많이 읽어 나달나달해진 설계 노트도 틈틈이 들추어 보았다. 잠도 줄였다. 이른 새벽엔 설계 연습실을 사용하는 학생들이 적었기 때문에, 유은우는 매일같이 꼭두새벽에 일어나 연습실에 가서 총을 잡았다. 몇몇 학생들의 시선을 견디며 설계를 시도하다가 헛구역질을 하고 식은땀에 젖어 샤워실로 기어 들어가는 일이 반복되었다. 절망적일 정도로, 설계 실력에 진척은 없었다.

공부도 공부였지만, 학생들의 냉대도 견디기 어려웠다. 겉으로는 웃으며 씩씩하게 다녔으나 괴롭힘은 끊이지 않았다. 다만 그 양상이 예전과 달랐다. 백일서처럼 제 얼굴을 드러내고 직접 걸어오는 싸움이 아니라, 익명의 은밀한 해코지로 바뀌었다. 멀쩡한 교복이 찢어져 있다든지, 복도 벽에 우스꽝스러운 그림이 그려져 있다든지 하는 식이었다. 서재희와 페어를 맺었다는 게 알려진 후로 학생들은 숨어서 유은우를 압박했다.

금요일을 하루 앞둔 날, 유은우는 드디어 첫 설계 수업을 듣게 되었다. 역사 노트를 정리하면서 점심을 먹고, 강의실에 일찍 도착했다. 자리에 앉기도 전에 귀가 먼저 따가웠다.

"유은우다. 저번에 테스트 봤어? 나 못 봤는데 장난 아니었다면서? 테스트 영상 도서관에 언제 등록되려나? 한 일주일 걸리나?"

"내 거 볼래? 급한 대로 이프로 찍었는데, 천장 유리 너머로 찍은 거라 유은우는 잘 안 보여. 근데 타격은 진짜 다 찍혔다.

엄청 폭발해서……."

"와, 진짜? 나도 볼래."

강의실은 거의 만석이었다. 그나마 한두 군데 있는 자리마저도 유은우가 앉으려고 할 때마다 누군가 급히 가방을 올려놓으며 여기 자리 있다고 질색을 했다. 가운데 비어 있는 자리로 들어가고 싶었으나 학생들은 본체만체 비켜 주지도 않았다. 유은우는 굴하지 않고 강의실 한구석에 여분으로 세워져 있던 바퀴 달린 의자와 책상을 하나씩 밀어다가 제일 앞줄 가장 끝자리에 가져다 붙이고 앉았다. 주위의 학생들이 꺼리는 기색이 느껴졌다. 그러나 일단 의자에 앉아 책상에 두 손을 올리니, 여태 받은 냉대를 싹 잊을 정도로 가슴이 벅찼다.

정규교육으로는 처음 받는 설계 강의였다. 열심히 들어서 하나라도 더 건져야지. 유은우는 나름의 각오를 단단히 다지고 왔다. 군에서 붙여 준 교사들이 전부 유은우의 난독증에 나가 떨어진 후 늘 독학만 해 오던 차라, 다수를 대상으로 하는 공개 강의는 어떨지 설레기도 했다.

"난독증인데 이건 또 왜 들으러 왔대?"

"나라도 포기 못 하겠다. 설계만 극복하면 군으로 바로 복귀할걸?"

"되겠냐, 그게. 자기도 죽기 싫었는지 재희 선배랑 페어도 맺었다던데."

"선배가 너무 착해서 그래. 그냥 둬도 되는데. 마음이 쓰인 거지."

"복 받았네."

"그러니까. 고맙다고 절이라도 해야지. 목숨 걸어서 목숨 지켜 주는데."

서재희, 너희들이 생각하는 그런 사람 아니야. 받을 거 다 받는 사람이란다. 수군거림을 한 귀로 듣고 한 귀로 흘리면서, 유은우는 턱을 괴고 앉아 이프로 강의 자료를 띄웠다. 설계 공식을 쓱 훑어보는 것만으로도 벌써 속이 뒤집히려 했다. 교수님 오기 전에 자리를 문 가까이로 옮길까. 토할 것 같으면 화장실로 뛰어가야 하니까. 진지하게 고민하는데, 강의실 문이 벌컥 열리는 소리가 났다.

갑자기 조용해졌다. 유은우는 무심코 고개를 들었다. 그대로 심장이 내려앉을 뻔했다.

"정윤환……."

누군가 작게 말했다. 조금 전까지만 해도 부산하던 강의실이었는데 전부 입을 딱 다물어 이젠 벽시계 초침 소리까지 들렸다. 정윤환과 가장 가까이 있는 맨 앞줄 학생 중 하나가 조심스레 몸을 뒤로 빼다가 의자가 바닥을 긁으며 끼익 소리를 내자 숨도 못 쉬고 그대로 얼어붙었다.

남들이 제 눈치 보면서 침만 꼴깍꼴깍 삼키는 걸 아는지 모르는지 정윤환은 교단 정중앙으로 휘적휘적 올라가더니 한가로이 허리에 손을 얹었다. 잠에 취한 듯 나른한 눈이 강의실 전체를 쭉 훑었다. 누군가를 찾는 것 같았다.

여긴 왜 왔지. 설마 기초수업 들으러 온 건 아니겠고. 나 찾으러 왔나. 아니겠지. 내가 뭐라고…….

"유은우."

유은우는 저도 모르게 손으로 얼굴을 확 가렸다가, 이게 뭔 소용이겠냐 싶어 그만두었다. 무릎에 놓인 손이 남의 것처럼 떨리고 있었다. 손등에 상처 난 지 며칠 지나지도 않았는데 벌써 제삿날인가. 사람을 가지고 놀던 정윤환의 설계를 떠올리니 식은땀이 났다. 사방에서 시선이 꽂혀 따가웠다. 다들 소리 내어 지목은 하지 않았지만, 아까까지만 해도 테스트에 대해 떠들어 댄 사람들이, 지금 유은우가 어디 앉아 있는지 모를 리 없었다.

"유은우."

정윤환이 한 번 더 말했다. 그는 이제 강의실을 둘러보지도 않았다. 눈을 내리깔고 경고하고 있었다. 정윤환도 눈치란 게 있을 테니, 이미 자신이 제일 앞줄에 앉아 있다는 걸 아는 게 분명했다. 그럼에도 호명만 하는 건, 멱살 잡아끄는 수고 없이 알아서 기어 나오라는 걸까. 울고 싶어졌다. 대체 내가 뭘 그리 잘못했단 말인가?

그러나 언제까지고 피할 수만은 없었다. 그래도 서재희에게는 못 이기는 척 접어주던 정윤환을 떠올리며, 유은우는 자리에서 일어나려 했다. 동시에, 정윤환이 다시 입을 열었다.

"유…….."

쾅!

난데없이 의자 등받이가 밀쳐졌다. 유은우는 앉은 채 중심을 잃었다. 급한 대로 책상을 부여잡았으나 책상 다리에 달린 바퀴가 매끄럽게 구르는 바람에 더 힘차게 바닥으로 넘어지고 말았다. 무릎과 팔꿈치로 바닥을 심하게 찧자 바로 일어나기 어려웠다. 떨어진 가방에서 얼마 있지도 않은 소지품이 성글게 쏟아져 뒹굴었다. 몸을 반쯤 일으키며 고개를 들었다. 주인을 잃은 의자가 저만치 굴러가고 있었다. 의자는 교단 턱에 부딪히고 멈추었다. 그 위로 정윤환이 묘한 표정으로 자신을 내려다보고 있었다. 머리가 차갑게 식었다.

누가 밀었어?

뒤를 돌아보았다. 분명 유은우의 의자를 걷어찬 이가 있었으나 다들 시선을 피하기만 할 뿐 조용했다. 바로 뒤에 앉아 있던 남학생인가 싶었으나 고개를 푹 숙이고 있어 표정을 읽기 어려웠다. 범인이 누구냐고 바락바락 악을 쓰긴 싫어서 삼키고 몸을 일으키려는 순간, 강의실 어디선가 웃음기가 비집고 나왔다. 유은우를 발로 차 넘어뜨린 건 하나일지 몰라도, 웃는 사람은 한두 명이 아니었다.

해도 해도 너무하잖아.

어차피 정윤환이 계속 이름을 부르며 찾는 이상, 유은우도 앞으로 나가긴 해야 했다. 그래도 이런 식은 아니었다. 모른 척하다가 이렇게까지 강제로 떠밀고 웃는 식. 이것은 마치, 인간 이하를 대하는 듯한 부당한 횡포. 아무리 내가 법적으로 인권이 없다 해도 이건 아니다.

속에서 뭔가 확 터졌다. 입학하고부터 겹겹이 쌓여 넘치지 않도록 밤마다 꼭꼭 다져 놓았던 감정이 단번에 폭발했다.

앞으로도 계속 이런 일이 벌어지겠지. 내가 우스우니까. 그럼 어떡할까.

유은우는 눈을 굴려 다시 정윤환을 보았다. 그는 고개를 약간 기울이고 인상을 찡그린 채 자신을 빤히 보고 있었다.

괜찮겠지. 정윤환이 있으니까. 그는 타고난 설계자다.

유은우는 일어서서 정윤환을 등지고 강의실을 똑바로 마주 보았다. 학생들이 시선을 피했다. 오른손을 꽉 주먹 쥐었다가 폈다.

"야, 너……."

뒤에서 정윤환이 다급한 소리를 냈다. 유은우는 빠르게 홀스터에서 총을 뽑았다. 강의실 정중앙을 겨누고, 방아쇠를 당겼다.

탕!

모든 일이 순식간에 일어났다. 강의실 전체의 공기가 거칠게 휘돌았다. 책상에서 책이 쏟아지고 필기구가 굴렀다. 전등이 타다닥 나갔다. 학생들이 비명을 질렀다. 유은우는 날뛰는 온에 밀려 몸의 중심을 잃었다. 휘청거리는 순간, 누군가 허리를 끌어안았다. 상대의 가슴팍에 확 파묻혔다가 고개를 드니 정윤환이었다. 그는 어느새 총을 뽑아 들어 강의실을 향해 겨누고 있었다. 낮잠 자는 고양이처럼 나른하던 분위기는 온데간데 없었다. 날카로운 눈으로 강의실 곳곳에 연달아 사격하고 있었다. 입으로는 중얼중얼 설계 공식 외는 소리가 났다.

학생들이 머리를 감싸 쥐고 웅크린 위로 정윤환의 설계가 아름다운 도형을 그리며 팡팡 뻗어 나갔다. 패턴이 폭죽처럼 터질 때마다, 열기 품은 바람은 한풀씩 꺾였다. 유은우의 타격이 정윤환의 설계로 군데군데 잡혀 가고 있었다.

됐다, 이 정도면. 유은우는 강의실 문 위치를 확인했다. 자꾸 건드리면 다 같이 죽겠다는 경고도 확실하게 해 뒀겠다, 마무리는 정윤환이 해 주겠다, 이제 정윤환만 따돌리고 도망가면 되겠지. 유은우는 여차하면 정윤환의 턱을 후려치고 몸을 빼낼 생각으로 고개를 들었다.

정윤환과 눈이 딱 마주쳤다. 그가 싱긋 예쁘게 웃었다. 유은우는 자신을 안고 있는 그의 팔에 서서히 힘이 들어가는 것을 느꼈다. 사격을 멈추지 않으면서 정윤환이 고개를 가까이 숙였다. 그가 귓가에 작게 속삭였다.

"너 지금 나 이용했지?"

"너 지금 나 이용했지?"

"아니요."

입에서 대답이 너무 빨리 튀어나왔다. 정윤환이 묻자마자 기다렸다는 듯 씩씩하게 '아니요.'라고 외치다니, 이러면 내가 정윤환을 이용했다고 인정하는 셈이 되잖아.

유은우는 멍청하기 짝이 없는 제 머리를 벽에다가 쾅쾅 찧고 싶은 심정이었다. 이용이라니 대체 무슨 말이냐며, 너무 화가 나서 나도 모르게 쏜 것뿐이라고 고개를 갸우뚱하며 순진한 눈망울도 연출했어야 하는데…….

"하, 이거 진짜 웃기는 놈이네."

정윤환이 어이없어했다. 유은우도 지은 죄가 있는지라, 그 살벌한 눈을 감히 피하지도 못하고 호랑이 입에 달랑 물린 토끼처럼 바짝 얼어 있었다. 사실 움직이려야 움직일 수도 없었다. 허리를 꽉 감싼 정윤환의 손에 힘이 어찌나 들어가는지, 이러다 허리가 두 동강 나서 죽을 판이었다.

그 와중에도 정윤환의 왼손은 사격의 반동으로 탕탕 튀어 올랐다. 그는 유은우에게 바짝 시선을 고정하고도, 자유자재로 설계를 구사하고 있었다. 게다가 왼손잡이였다. 보통 왼손잡이 동조자들은 오른손으로 총을 잡도록 훈련받는다. 모든 설계와 타격의 기본이 오른손잡이의 시선과 동선에 맞추어져 있기 때문에 본인이 공부가 힘들어서라도 그렇게 바꾸는 게 일반적이었다. 정윤환처럼 본인 고유의 왼손잡이 성향을 그대로 유지하면서 남보다 더 뛰어난 설계를 보인다는 것은 사기에 가까웠다.

하필 걸려도 이런 괴물한테. 총의 반동으로 정윤환과 함께 몸이 흔들릴 때마다 심장도 같이 덜컹거렸다. 정윤환이 알아챈 이상, 사과라도 빨리해야 할 것 같았다. 비록 두려움에 쪼그라들어 목소리는 작았지만 그래도 떨지 않고 또박또박 발음하려고 노력했다.

"죄송합니다……."

"장난해?"

어처구니가 없는 모양인지, 정윤환이 바람 빠지는 소리를 냈다. 그러다 갑자기 눈을 찌푸렸다. 그가 유은우에게서 시선을 떼고 강의실 중앙을 바라보았다. 정윤환이 중얼거렸다.

"왜 이렇게 안 잡혀. 미치겠네."

유은우는 눈만 굴려 강의실을 보았다.

난장판이 따로 없었다.

유은우의 타격으로 온이 날뛰는 바람에, 창문이란 창문은 죄 깨져 있었다. 뾰족한 이빨처럼 유리창 잔해만 남은 그 위로 황금색으로 빛나는 방충망 같은 것이 한 겹 깔려 있었다. 정윤환의 설계였다. 학생들이 온의 흐름에 밀려 창문 밖으로 나가떨어지는 것을 막기 위함이었다. 실제로 펜이나 지우개 같은 작은 물건들은 공중으로 튕겨 날아오르면서 방충망 사이로 쏙쏙 빠져나가기도 했다.

학생들은, 미쳐 날뛰는 온이나 그 온에 휩쓸리는 물건에 얻어맞아 급사하는 불상사를 피하려고 책상 밑으로 들어가 따개비처럼 다닥다닥 웅크려 있었다. 대다수는 눈을 질끈 감고 두 손으로 머리를 보호하며 버텼으나, 대담한 몇몇은 제 총을 뽑아 들고 강의실을 휘도는 온을 향해 사격을 시도했다. 그 학생들이 펼치는 작은 설계들과, 정윤환이 강의실 전체에 압도적으로 깔아 놓은 설계가 드문드문 충돌했다. 호수에 파란이 일듯, 자신이 그려 놓은 패턴이 일그러지자 정윤환이 왈칵 짜증을 냈다.

"야, 야! 누구야, 방금 총 쏜 사람? 괜히 설치지 말고 가만있어라. 도움 하나도 안 되고 방해만 되니까. 거기 너, 머리 집어

넣어! 죽고 싶어 환장했어?"

정윤환의 일침에, 이프를 켜서 동영상 촬영을 시도하던 여학생 하나가 찍소리도 못 내고 웅크렸다. 간발의 차이로, 하드커버 전공 책이 그 옆을 맹렬하게 스쳐 지나갔다. 그제야 유은우는 정윤환 주위만 온의 영향을 받지 않고 잔잔하다는 것을 알아챘다. 그 외는 위험했다. 지금 정윤환의 턱을 올려치고 강의실 문 쪽으로 도망친다 해도, 어디선가 포탄처럼 날아드는 텀블러 따위를 맞고 즉사할 가능성이 높았다. 부끄러움은 둘째치고 그야말로 개죽음이었다.

"너 자꾸 눈 굴릴래? 도망가다 걸리면 진짜 가만 안 둔다."

정윤환이 귀신같이 알아채고 한마디 했다. 그가 유은우의 허리를 잡고 있던 손을 빠르게 떼더니 유은우의 뒤통수를 꾹 눌러 제 가슴에 붙이고 다시 허리를 안았다. 유은우는 속절없이 정윤환의 가슴팍에 얼굴을 묻을 수밖에 없었다. 웬 딸기 냄새가 났다. 유은우는 안간힘을 써서 머리를 빼꼼 내밀었다.

"딱 가만있어."

정윤환이 경고했다. 유은우는 어쩔 수 없이 다시 얼굴을 정윤환 가슴께로 묻었다. 이대로 정윤환에게 끌려가서 영혼까지 털릴 것을 생각하니 피가 식었다. 그냥 꾹 참고 총 쏘지 말걸 하는 후회와, 그래도 이리 일을 저질러 놨으니 앞으로는 좀 편해지지 않을까 하는 기대가 번갈아 불쑥불쑥 올라왔다.

"아, 이거 생각보다 너무 오래 걸리네. 잡긴 다 잡았는데."

정윤환이 중얼거렸다. 그는 잠시 뜸을 들이다가 몇 명을 지목했다.

"너. 너. 너. 아니, 너 말고 그 옆에 안경 쓴 너. 나와."

유은우는 살짝 옆을 돌아보았다. 강의실은 한결 정돈된 분위기였다. 여전히 열기를 품은 온이 벽을 할퀴고 조명을 흔들었지만, 정윤환에게 지목당한 네 명의 학생들이 바닥에 바짝 엎드려 기다시피 교단으로 나올 정도는 되었다.

"너희 이거 재수강이지? 원래 1학년 수업이잖아."

남학생 하나. 여학생 셋. 전부 2학년 레몬색 배지를 달고 있었다. 남학생 하나는 얼굴이 익숙했다. 백일서. 그는 정윤환이 지배하고 있는 안정된 범위에 들어오자마자 얼른 허리를 펴고 일어나더니 엉망이 된 머리를 털었다. 대놓고 유은우를 노려보는 것도 잊지 않았다. 그 눈빛이 흡사 미친년 보는 듯했다.

남이 그런 눈으로 쳐다보는데, 유은우도 차마 질 수 없었다. 필시 백일서 저놈도, 아까 자신이 나동그라진 꼴을 보고 웃어 댄 그 나쁜 놈 중 하나가 틀림없었다. 유은우는 정윤환의 품에서 힘껏 발버둥 치면서 얼굴을 최대한 내밀고 외쳤다.

"눈으로 욕하지 마시죠."

설마 이런 상황에서도 꼬박꼬박 대들 줄은 몰랐는지 백일서가 황당하다는 표정을 지었다. 그가 뭐라고 대꾸하려는 듯 입을 열었으나, 정윤환이 먼저였다.

"한시도 가만있질 않네."

정윤환이 다시 유은우의 뒤통수를 꾹 눌러 제 품으로 시야를 가두었다. 유은우는 굴하지 않고 머리를 최대한 비스듬히 틀어 상황을 살폈다. 불안한 표정이 역력한 2학년들을 향해, 정윤환이 산뜻하게 말했다.

"설계 세 개 깔아 놨어. 타격 무효 설계. 온 무게중심 낙하 설계. 사격 구심점 설계."

백일서의 낯이 창백해졌다.

"설마 저희보고…….."

"나 바빠. 이 정도 잡았으면 다 한 거지. 너흰 마무리만 해."

"저희가요? 저희가 어떻게…….."

"어설프게 다른 설계는 쓰지 마. 충돌하니까. 그냥 계속 기존 패턴 강화 설계만 걸어. 무슨 말인지 알지? 내가 해 놓은 거 건들지 말고 그대로 힘만 더하라고."

"……좌표는요?"

"기준은 강의실 정중앙. 천장으로 잡아. 어설프게 육안으로 하지 말고 이프로 격자 띄워서 잡아. 그럼 나 간다."

"네? 가신다고요? 선배…….."

"총 안 잡아? 너희가 바통 터치해야 내가 빠질 거 아냐."

"선배, 제발!"

정윤환은 더 이상 말하지 않았다. 대신, 줄곧 뻗고 있던 총을 가볍게 내려 버렸다. 순간, 우르릉 소리가 나며 온이 거세게 한바탕 휘돌았다. 강의실 바닥에 납작 엎드린 학생들이 비명을 질렀다. 백일서를 비롯한 2학년들은 반쯤 울 것 같은 얼굴로 허둥지둥 총을 뽑았다. 그들이 주춤거리며 강의실을 향해 조준하는 것을 잠시 바라보다가, 정윤환이 유은우를 향해 방긋 웃었다.

"갈까?"

그러더니 유은우의 뒷덜미를 틀어쥐고 훅 들어 올렸다. 갑작스레 바닥에서 발이 떨어져 유은우는 반사적으로 정윤환의 목을 끌어안았다. 유은우를 어깨에 걸쳐 한 손으로 안은 정윤환이 성큼성큼 강의실을 가로질렀다. 안전하던 교단에서 내려오자마자 칠판지우개가 날아들었다. 정윤환이 총을 쏴서 가볍게 날려 버리고, 강의실 문을 발로 차 열었다.

동시에, 둘러메고 있던 유은우를 복도로 내던졌다. 짐짝 취급이 따로 없었다. 다행히 유은우도 바짝 긴장하고 있었기에, 무방비로 엎어지는 대신 안정적으로 복도 바닥을 딛고 설 수 있었다.

"착지가 훌륭하네."

네가 던져 놓고 칭찬하지 마. 유은우는 그 즉시 도망가려다가, 정윤환의 손에 너무 쉽게 다시 붙잡혔다. 정윤환은 왼손으로 유은우의 뒷덜미를 틀어쥐고, 오른손으로 유은우의 홀스터에 꽂힌 총을 빼서 복도 한쪽으로 휙 던져 버렸다.

"내 총……!"

유은우는 다급히 외치다가 흠칫했다. 생전 처음 보는 광경이 펼쳐져 있었다.

한바탕 뒤집어진 강의실과 달리 복도는 한없이 평온했다. 다만, 복도의 벽이며 천장이며 바닥이 온통 황금물결로 넘실거렸다. 물비늘이 여름 햇살에 반짝이듯 정윤환의 설계가 살아 움직이며 건물 전체를 탄탄하게 받치고 있었다. 모든 것이, 햇살

묻어 노란 비를 함빡 뒤집어쓴 것 같았다.

강의실만 설계한 게 아니구나. 건물 하나를 통째로 통제하고 있어. 마치 내진 설계처럼, 한 강의실에서 터진 타격으로 건물 전체가 무너지지 않도록.

유은우가 타격을 가한 순간, 꽤 넓은 범위의 온이 동시에 반응했을 것이다. 그 격한 움직임을 강의실 내로 제한하기 위해, 정윤환은 순간적인 판단으로 이렇게까지 해냈다. 새삼 그 반응 속도에 소름이 돋았다. 게다가 그는 대부분의 설계를 유은우와 대화하면서 진행하지 않았던가. 심지어 정윤환은 자신의 총 끝이 어디를 향하고 있는지 보지도 않았다.

천재. 유은우는 멍하니 정윤환을 올려다보았다. 그는 심드렁한 표정으로 교복 바지 뒷주머니에서 진동이 울리는 인터컴을 꺼내다가, 유은우와 눈이 마주치자 입꼬리를 씩 당겼다. 혼을 쏙 빼놓을 만큼 사위가 활짝 밝아졌다. 어디서 눈웃음치고 난리야. 유은우는 침통한 심정으로 마주 웃어 보려다가 입가에 경련이 일어나는 것 같아서 그만두었다.

도주에 실패하고 데친 시금치 꼴이 된 유은우를 의기양양하게 붙잡은 채, 정윤환은 인터컴을 꺼 버렸다. 진동이 멈춘 인터컴을 다시 바지 주머니에 쑤셔 넣는데, 이번엔 그의 오른쪽 손목에서 이프가 삑삑거렸다. 기계음이 딱딱하게 쏟아졌다.

— 교내 프로그램이 분류한 상위 그룹 발신자로 수신자 동의 없이 3초 후 강제 착신됩니다. 연결 후 60초가 경과되면 이프 조작이 가능합니다.

정윤환이 질색을 했다.

"이놈의 학교는 전화 안 받을 자유도 없어."

이프가 경고하듯 한 차례 깜빡였다. 이내 부드럽고 낮은 목소리가 흘러나왔다.

— 너 아직 9호관이야?

유은우는 귀를 쫑긋 세웠다. 심장이 마구 팔딱거렸다. 서재희가 오면 그래도 상황이 지금보다는 나아질 텐데.

정윤환이 이프를 찬 오른손을 늘어뜨린 채 씹어 뱉듯 말했다.

"내가 그 엿 같은 프로그램 쓰지 말라고 했어, 안 했어."

— 유은우가 타격한 걸 네 설계로 막았다며? 애들 하는 말로는, 네가 마무리도 안 하고 중간에 나갔다던데.

"해 줘도 지랄이야. 그 정도 했으면 다 한 거지. 나도 그냥은 안 나왔어. 2학년 애들한테 맡겼다고. 유지만 하면 돼. 그게 뭐가 어려워? 하나부터 열까지 내가 틀을 다 짜 놨는데."

— 네 실력을 못 믿는 게 아니야. 학생회도 파견부도 없으면 애들이 얼마나 불안하겠어. 지금 강의실에 갇혀서 나오지도 못하고 있다는데, 그럼 유은우 타격 가라앉을 때까지 애들 저렇게 꼼짝 못하고 있으란 말이야?

"성인군자 납셨네. 뭐 하러 데리고 나와. 좀 있으면 알아서 기어 나오겠지."

— 마무리까지는 아니더라도 내가 갈 때까지만이라도 설계 유지해. 나 10분이면 도착해.

"네가 뭔데 이래라저래라야. 애늙은이 같은 게."

— 정윤…….

뚝. 정윤환이 이프를 아예 꺼 버렸다. 수 초 뒤에, 유은우의 홀스터에서 인터컴이 진동했다. 이프를 슬쩍 보니 발신자에 서재희 이름이 떠 있었다. 정윤환이 입속으로 뭐라고 욕 같은 걸 중얼거렸다. 그는 유은우의 오른손 손가락을 잡아 왼쪽 손목의 이프를 눌러 종료시켰다. 홀스터에서 진동하던 인터컴이 잠잠해졌다.

"어디 조용한 데 가서 둘이 얘기나 할까. 너한테 들을 말이 아주 많네. 안 그래?"

정윤환이 유은우의 멱살을 잡고 성큼성큼 앞장서서 걸었다. 유은우는 과장되게 콜록거리면서 몇 발짝 질질 끌려가다가 기어코 버티고 섰다.

"저는 여기 있을게요."

정윤환이 한쪽 눈썹을 치켜세웠다. 이 와중에 새삼 얼굴선이 섬세했다. 유은우는 빠져나가는 넋을 붙잡으며 말했다.

"강의 들어야 해서요."

"강의?"

정윤환이 코웃음 쳤다.

"웃기고 있네. 네가 강의실 저렇게 만들어 놓고 강의는 무슨 놈의 강의야. 교수는 코빼기도 안 보이는데."

그러고 보니 교수도 아직 안 왔다. 어쩌면 정윤환에 대해 듣고 일부러 안 왔을 수도 있겠다는 의심이 스멀스멀 밀려왔다. 정윤환이라면 교수가 강의실에 오자마자, '잘됐네. 당신이 해결

해.' 하고 밀어 놓고 나왔을 게 분명했다. 자신이 쳐 놓은 설계를 남에게 미루는 것은 타인에 대한 모욕이었으며, 남이 쳐 놓은 설계를 그대로 이어받는다는 것은 본인의 수치였다. 실력이 높을수록 그랬다.

"서재희 내일 외출 예약했더라. 동행인에 너 적어 놨던데, 둘이 뭐 하냐?"

유은우는 못 들은 체했다. 정윤환이 한쪽 눈썹을 올렸다. 유은우는 마지못해 입을 열었다.

"개인적인 일이라……."

"빨리 말 안 해?"

정윤환이 유은우의 멱살을 잡은 손에 힘을 빡 줬다. 유은우는 숨이 막혀 눈물까지 나려고 했다. 이거 순 깡패 아냐? 마음 같아선 그 뻔뻔한 낯짝을 한 대 갈겨 주고 싶었으나, 후환이 두려웠다. 유은우는 비 맞은 강아지 눈을 해 보였다.

"불꽃 보려고요……."

"하, 요거 봐라. 콩알만 한 게 진짜."

정윤환이 헛웃음을 지었다. 유은우가 하는 말은 단 한 톨도 믿지 않는 눈치였다. 유은우도 이제 반쯤 포기했다. 서재희가 올 때까지 조금이라도 더 시간을 끌면 좋겠으나, 머리에 부하가 걸려서 더 이상 대화를 이어 나가는 것 자체가 무리였다.

"불꽃 같은 소리 하고 있네. 김서혁 보러 가는 걸 누가 모를 줄 알고."

가슴이 철렁했다. 유은우는 눈을 동그랗게 뜨고 정윤환을 빤히 올려다보았다. 히끅, 너무 놀라서 이상한 소리까지 났다.

"어이구, 딸꾹질까지 하셔요. 그래서야 외출은커녕 어디 동네 마실이라도 나가겠냐?"

정윤환이 한껏 비웃었다. 유은우는 입만 벙긋거리다 겨우 다른 핑계를 찾았다.

"……가방을 강의실에 놓고 왔네요. 하하. 다시 가지고 와야겠다. 지갑이 거기 있어서."

"됐어. 그냥 가. 네 물건 줘도 안 가져."

"내 총…….""

"유은우 네가 지금 총 찾게 생겼냐? 나 하나 믿고 강의실을 갈겨 놓고?"

정윤환은 유은우의 멱살을 잡은 그대로, 다시 휘적휘적 걸음을 옮겼다. 유은우는 발이 걸려 넘어지지 않도록 애쓰고, 가끔 꿋꿋이 버티기도 하고, 종종걸음을 치기도 하면서 꾸준히 끌려 갔다.

계단을 만나자 정윤환이 유은우의 멱살에서 손을 풀고, 대신 유은우의 손목을 덥석 잡았다. 그대로 끌려 아래층으로 내려가자 학생 몇 명이 옹기종기 모여 있는 게 보였다. 그들은 말린 무화과가 가득 든 양동이를 하나씩 안고 선 채, 벽에 깔린 황금 물결을 응시하고 있었다.

"이게 뭐야? 누구 설계야?"

학생 하나가 물결을 유심히 살피더니, 일렁이는 틈에서 서명을 발견했다.

"저, 정, 정윤……, 야, 이거 정윤환 설계야!"

"뭐? 그 미친놈이 왜?"

"이거 위험한 거 아니지? 가만. 반전 설계인가?"

"반전 설계는 아냐. 타격 무효화 설계 같은데? 잠깐, 하나가 아니야. 이것 봐. 흐름이 갈리잖아. 공식을 어떻게 쓴 거지? 여러 개 섞인 것 같은데."

"어디 실험실에서 사고라도 있었을까? 이 설계 자체는 안 위험한 것 같은데, 이걸 걸었다는 상황 자체가 지금 위험한 거 아냐?"

"멋지긴 멋지다. 내가 이때까지 본 설계 중에 제일 범위가 넓어. 동영상 찍을까? 이프 말고 드론 몰고 온 사람?"

"우리 여기서 나가야 하는 거 아니야?"

왁자하게 떠들어 대는 학생들 뒤를 막 지나치는데, 방송이 터져 나왔다.

— 안녕하십니까, 학우 여러분. 학생회장 차예원입니다. 현재 9호관 302호 강의실에서 1학년 유은우의 타격이 있었습니다. 안전사고를 막기 위해 3학년 정윤환이 9호관 전체에 설계를 걸어 놓았으니, 9호관에 있는 모든 분은 다른 설계로 기존 설계를 훼손하지 말고, 신속하게 건물 밖으로 나오기 바랍니다. 302호 학생들은 파견부가 도착할 때까지 이동하지 말고 자리를 지켜 주세요. 다시 한번 알립니다. 현재 9호관…….

쿠당탕, 양동이 구르는 소리가 났다. 유은우는 정윤환의 손에 착실히 끌려가면서 뒤를 돌아보았다. 학생들이 혼비백산해서 구르듯 뛰어오고 있었다. 학생들은 마구 달려서 정윤환과 유은우를 훅 스쳐 지나갔다. 말린 무화과가 동백나무 꽃송이처럼 바닥을 뒹굴었다.

그때였다. 정윤환이 갑자기 뚝 멈춰 서는 바람에 유은우는 앞으로 확 고꾸라질 뻔했다. '심리안정술'이라고 쓰인 표지판이 붙은 강의실 앞이었다. 정윤환은 문을 열고 들어가 바로 옆 벽에 유은우를 거칠게 밀어붙인 후, 발로 문을 걷어찼다. 쾅 하고 문이 닫혔다.

유은우는 정윤환이 냅다 미는 바람에 벽에 제대로 부딪힌 뒤 통수를 부여잡고 끙끙댔다. 너무 아파서 눈물이 찔끔 나는 것을 겨우 참고 고개를 들었다.

강의실엔 아무도 없었다. 나무 바닥 위로, 책상이나 의자 없이 폭신폭신한 방석들만 각을 맞춰 수십 개가 놓여 있었다. 유은우가 기댄 벽을 제외한 세 개의 벽면은 원목으로 짜인 선반으로 빽빽했다. 선반 위에는 작은 식물이 담긴 토분들이 일렬로 나란히나란히 놓여 있었다.

그런데 이상했다. 어디서 피 냄새가 났다.

"서재희랑 페어 해서 아주 기고만장하지? 응? 나 이용해 먹을 줄도 알고?"

정윤환이 유은우의 바로 옆에 손을 짚고 고개를 숙였다. 그의 숨이 따뜻하게 끼쳤다. 유은우는 벽에 최대한 바짝 붙었다. 얼굴이 너무 가까워. 유은우는 고개를 홱 돌렸다. 정윤환에게 곧바로 턱을 잡혔다. 그의 손에 힘이 들어갔다. 어쩔 수 없이 도로 마주 보았다.

"서재희가 너한테 페어 걸어 주면서 뭘 요구했어?"

목소리엔 장난기가 줄줄 흐르는데 눈은 살벌했다. 그에게 걸어차인 오른손 손등이 다시금 화끈하게 쓰렸다. 유은우는 간신히 입을 열었다.

"아무것도……."

"거짓말하지 마. 아무것도 안 받고 페어를 맺어 줬다고? 웃을 때 속눈썹 한 올 한 올 각도까지 계산하는 그 서재희가?"

그건 그랬다. 정윤환도 서재희가 어떤 인간인지 알긴 아는 듯했다. 그래도 사실대로 말할 수 없었다. 정윤환이 페어 조건을 알아낸다면, 그는 서재희와 유은우의 페어를 해제시킬 실마리를 가지게 될 터였다. 페어가 해제되면? 정윤환의 협박은 지금처럼 툭툭 건드리는 수준을 넘어설 테고, 유은우는 저세상 입구를 왔다 갔다 할 터였다. 유은우는 차마 입이 안 떨어져 도리질만 했다. 그 도리질도 정윤환에게 턱을 꽉 붙들린 탓에 제대로 되지가 않았다.

"난 너보다 너에 대해 잘 알아. 넌 절대 나 못 속여."

뭔 개소리야. 유은우는 더 이상 정윤환을 마주 보지도 못하고 그냥 눈을 질끈 감아 버렸다. 소름 끼치게 잘생긴 얼굴이 안 보이니 훨씬 나았다. 두려움으로 뻑뻑해진 머리를 애써 굴렸다.

진짜를 말할 수는 없으니, 지어내야 했다. 그렇다고 완전한 거짓말을 할 수도 없었다. 무에서 유를 창조해서 정윤환을 속일 자신은 없었다. 어느 정도 진실이 바탕이 된 그런 거짓말…….

피비린내가 너무 짙었다.

"꿈이요."

아무렇게나 뱉었다. 눈을 꼭 감은 채, 유은우는 생각나는 대로 줄줄 말해 버렸다.

"어떤 꿈을 꾸는지 얘기해 달라고 했어요. 악몽을 자주 꾸지는 않냐고, 어디서 피 냄새 같은 게 나지 않냐고, 그럴 때마다 얘기해 달라고 했어요."

미쳤어. 정신 나갔나 봐. 이런 바보 같은 말을.

정윤환이 너무 무서워서 머리가 하얗게 빈 것 같았다. 아니라면 이런 터무니없는 말을 감히 입 밖으로 낼 수 있을 리 없었다. 이게 다 냄새 때문이야. 여긴 왜 이렇게 이상하게 피 냄새가 많이 나서. 자연스럽게 악몽이 떠오를 수밖에 없었다.

유은우는 숨을 꾹 참고 몸을 최대한 움츠렸다. 장난하냐고 따귀나 안 맞으면 다행이었다. 너 지금 내가 우습게 보이냐고 발로 걷어차일 것 같기도 했다.

왠지 조용했다. 살며시 눈을 떴다.

정윤환이 자신을 빤히 보고 있었다. 표정이 묘했다. 웃는 것 같기도 하고, 우는 것 같기도 했다. 어쨌든 한 대 맞을 분위기는 아니었다. 유은우의 턱을 잡고 있던 손도 어느새 느슨해져 있었다. 너무 어이가 없어서 화낼 기운도 잃은 걸까? 유은우는 시험 삼아 조심스럽게 덧붙여 보았다.

"제가 요새 이상한 꿈을 자주 꿔서요. 예전엔 안 그랬는데 학교 들어와서부터 쭉."

정윤환은 고개를 숙였다. 그의 목으로 핏줄이 시퍼렇게 돋았다가 찬찬히 가라앉았다. 그가 다시 고개를 들었다. 눈이 서늘했다. 버럭버럭 윽박지르고 빙글빙글 비웃던 아까와는 확연히 달랐다. 무차별적으로 공격당해서 손을 다쳤을 때보다, 어쩐지 지금이 더 무서웠다.

정윤환이 느리게 고개를 기울여 가까이 왔다. 색이 빠져 옅은 갈색 눈동자가 낙엽 같았다.

"밖에 나가서 김서혁 만나려는 이유가 뭐야? 군으로 돌아가려고?"

목소리에 빈정거림은 없었다. 그러나 심이 단단했다. 유은우는 고개를 끄덕였다.

"왜? 널 버렸잖아."

그리 묻는 정윤환의 눈이 버거워, 유은우는 고개를 조금 떨어뜨렸다.

"달리 갈 곳이 없어요."

유은우의 턱을 잡고 있던 정윤환의 손에 힘이 들어갔다. 유은우는 강제로 고개가 들려 다시 그의 눈을 마주했다.

"내가 너 어디든 갈 수 있게 해 줄까?"

유은우는 정윤환을 빤히 보았다. 그에게 웃음기는 없었다.

"내가 너 시민권 줄 수 있다는 말이야."

유은우는 섣불리 대답하지 않았다.

"김서혁 너 못 받아 줘. 그는 권력 재편에서 패배했어. 아주 처참하게. 임유현이 차인호와 연대한 이상, 김서혁은 힘 못 써. 너 이번 전투에서 큰 실수 했다며? 김서혁이 덮으려고 안간힘을 썼다지만 그도 어쩔 수 없었던 거야. 너 때문에 아군이 전멸할 뻔했는데, 김서혁 혼자 어떻게 널 보호할 수 있겠어? 차인호와 임유현은 네 폐기 처분을 강력히 요구하고, 군의 부하들은 네가 더 이상 동료가 아니라 위험한 무기일 뿐이라고 주장하는데. 김서혁 혼자 결정할 수 있는 사안이 아니야."

정윤환의 목소리가 차츰 낮아졌다.

"그나마 김서혁이 최후의 최후까지 버텨서 네가 군에서 바로 즉결처분되는 대신 목숨 부지하고 학교로나마 넘어온 거야. 상황이 이해 안 돼? 여기가, 이 학교가 네 인생 마지막 기회야."

유은우는 고개를 비틀어 정윤환의 손에서 턱을 뺐다.

"원하는 게 뭐예요?"

정윤환은 유은우의 턱을 잡았던 손으로 벽을 마저 짚었다. 이제 유은우는 그의 양손 사이에 가두어졌다. 그의 그림자가 유은우의 시야를 드리웠다.

"김서혁 암살."

정윤환의 낯은 화려하게 창백했다.

"김서혁이 널 버렸으니까 너도 김서혁을 버려. 임유현 교장 선생님께서 네게 아주 관심이 많아. 네가 임유현에게 충성을 맹세하면 그가 당장에 널 김서혁과 만나게 해 줄 거야. 아주 개인적인 자리가 되겠지. 거기서 네가 김서혁을 죽이는 데 성공하면 그 보상으로 시민권을 받는 거야."

이상했다. 협박이 간곡했다.

"저보고 도시연합군 총사령관을 죽이라고요? 설계도 못 하는 제가?"

"네 실력을 믿는 게 아니야. 널 아끼는 김서혁의 마음을 믿는 거지. 암살은 총을 들고 싸우는 게 아니라 상대의 가장 약한 틈을 파고드는 거야. 독이든 뭐든 방식은 우리가 정할 거고, 넌 손만 빌려 주면 돼."

"언제부터 임유현 사람이었어요?"

"폭로하고 싶으면 해. 아무도 안 믿을걸. 말할 사람도 없겠지만."

유은우는, 정윤환이 스파이로 활동하는 이유보다 왜 저런 눈빛을 하는지가 더 의아했다. 유은우의 전신으로 쏟아지는 정윤환의 체온이 낭떠러지에 걸린 듯 절박했다.

"무기 취급받는 거 끔찍하지 않아? 전리품등록번호는 집어치우고 시민등록번호 번듯하게 달고 살고 싶지 않냐고. 네가 임유현에게 충성을 맹세하면, 너 사람답게 살 수 있어."

"사람을 죽이고 사람이 되라고요?"

고민할 필요도 없었다. 유은우는 마음을 단단하게 먹었다.

"거절하면 어떻게 되나요."

"넌 한때 김서혁의 측근이었고 현재 임유현의 영역에 들어와 있지. 문제만 일으키는 정적을 누가 살려 둘까? 폐기 처분 절차 밟을 필요도 없어. 넌 소리 소문 없이 제거될 거야. 그건 당연히 내 손으로 해."

"생각할 시간이 필요해요."

김서혁을 배신할 생각은 꿈에도 없었지만, 망설이는 척 시간을 벌 수 있다면 벌어야 했다.

"임유현은 인내심이 없어. 내가 변명하는 것도 한계가 있고. 시간 많이 못 줘. 어차피 너 유급되면 어떻게 되는지 알지? 살고 싶으면 방법은 하나뿐이야."

정윤환의 목소리에서 모래 소리가 났다. 밤의 물결에 밀리며 사락거리는 차가운 모래. 오랜 시간 파도에 닳은 목소리로, 그가 말했다.

"가지고 싶은 걸 다 가질 순 없어. 넌 선택해야 해. 내가 그랬던 것처럼."

"미친 거 아냐?"

차예원이 진저리를 쳤다. 서재희도 진저리가 났다. 302호 강의실에 도착하고부터 지금까지, 차예원은 '유은우 미쳤다.'고 골백번 넘게 말한 것 같았다. 한 걸음 떨어져서 보는 유은우는 제법 흥미로울지 몰라도, 직접 엮이면 골칫거리가 된다는 걸 새삼 느끼는 모양이었다. 테스트실의 유은우를 오락거리로 보던 차예원은 사라지고, 유은우가 친 사고를 수습하다가 녹초가 된 학생회장만 남아 있었다.

차예원이 바닥을 뒹구는 잔해를 발끝으로 밀어냈다. 깨진 유리병. 부서진 의자. 금이 간 전자칠판. 내려앉은 영사기. 강의실 전체에 남아나는 게 없었다. 크게 다치거나 죽은 학생이 없다는 게 유일한 위안이었다.

"비켜 줘. 가리니까."

서재희가 조용히 말했다. 차예원은 한숨을 쉬며 물러섰다. 서재희는 조종기를 능숙하게 굴렸다. 드론이 우웅 소리를 내며 빈 강의실을 날아다녔다. 동영상으로 현장을 기록해 두어야 했다.

"2학년들이 의외로 잘 버텨 주지 않았어? 윤환이가 설계를 워낙 단단하게 잘 짜 놓긴 했는데, 그래도 애들이 그걸 이어받아서 용케 유지하고 있더라. 재수강이랬지? 교수님한테 말해서 이번엔 패스시켜 줘야겠어. 공로상이라도 줘야 할 판이야."

"사지에 몰리면 뭔들 못 해."

서재희가 건성으로 대꾸했다. 잠시 조종기에서 손을 놓고 미간을 꾹꾹 눌렀다. 오후 내내 유은우의 타격을 수습하느라 진이 다 빠졌다. 밤 11시가 다 되어 가는데 저녁도 못 먹었다. 차예원이 식당에서 샌드위치를 포장해 왔으나 서재희는 손도 대지 않았다. 입맛도 없었다.

사태를 수습하기 위해 9호관에 제일 먼저 도착한 건 학생회 지해은과 파견부 연다희였다. 둘은 9호관 앞뜰에서 노트 필기를 교환하던 참이었는데 서재희의 부탁을 받고 바로 현장에 투입되었다. 지해은이 302호 강의실로 올라가 학생들을 무사히 내보내는 동안, 연다희는 서재희가 페어 위치 추적으로 알려 준 대로 심리안정술 강의실로 갔다. 연다희의 말에 의하면 유은우는 혼자 있었고 안색이 좋지 않을 뿐 다친 곳은 없었다고 했다.

그다음엔 서재희가 도착했다. 그는 유능한 설계부 학생들을 직접 이끌고 가서 유은우의 타격을 말끔히 걷어 내도록 지시했다. 온이 완전히 안정되고 나서야 비로소 정윤환이 깐 설계를 무효화시키는 작업이 시작되었다. 그 모든 것이 끝나고 파김치가 된 학생들을 모두 돌려보낸 후, 서재희와 차예원만 남아 현장을 마무리하고 있었다.

"어떻게 그렇게 막무가내일 수가 있어? 자기 마음에 안 들면 그렇게 막 타격해도 돼? 정신연령이 몇 살이야? 우리가 왜 그런 망나니 뒷수습까지 해야 해? 누구 하나 안 다쳐서 망정이지, 이건 살인미수야. 윤환이 없었으면 어쩔 뻔했어?"

"정윤환이 있었으니까 그랬겠지."

서재희가 담담히 대꾸했다. 유은우는 마치 생존게임을 치르듯 하루하루를 견디고 있었다. 그렇게 삶의 의지가 투철한 사람이 잠깐 열 받는다고 뒤도 생각 안 하고 타격할 리 없었다.

처음 유은우를 봤을 때는, 동조율은 높을지 몰라도 정신 수준은 고삐 풀린 망아지일 거라고 생각했다. 제 타고난 재능만 믿고 김서혁의 그늘에서 안하무인으로 살다가, 군이 그것을 감당하지 못해 학교로 퇴출한 그런 철부지 정도로.

그리 단순한 애가 아니라는 것은, 테스트하면서 깨닫고, 기억을 마주하면서 확신했다. 유은우는 동조율이 너무 높은 탓에 행동반경이 좁았으나, 그럼에도 나름의 최선을 고르고 있었다. 그런 식으로 매 순간을 연장했을 것이다.

2학년들에게 양동이로 피를 퍼부으면서 지었던 장난기 어렸던 미소는, 정말로 장난이어서 나오는 여유가 결코 아니었다. 다시 생각해 보면 그것은, 자기방어와 경계심으로 똘똘 뭉친, 일종의 오래된 껍질 같았다.

서재희가 다시 한번 말했다.

"생각 없이 타격할 애는 아니야. 정윤환 있는 거 보고 그랬을 거야."

차예원이 팔짱을 끼고 코웃음을 쳤다.

"그랬으면 더 미친 거고. 자기 이용했다는 거 눈치채면, 그 정윤환이 가만있었겠어?"

"적어도 죽이진 않은 것 같은데. 내가 멀쩡히 살아 있으니까."

서재희는 왼쪽 손목의 이프를 켰다. 오늘 몇 번이나 확인한 대로, 5단계 보호 설계는 단단하게 유지되고 있었다. 학생들 말로는, 정윤환이 유은우를 반강제로 둘러메고 나갔다고 했다. 그래도 보호 설계는 깨지지 않았다. 연다희가 보고한 대로, 유은우의 신체는 다치지 않았을 터였다. 마음의 상처까지는 알수 없었다.

이프가 진동했다. 서재희는 재킷 안주머니에서 인터컴을 꺼내 귀에 꽂았다. 연다희의 똑 부러지는 목소리가 들렸다.

— 선배, 유은우랑 같이 있다가 저녁 먹이고 기숙사로 들여보냈어요.

"상태 어때? 아까 봤을 때 안색이 안 좋았다며."

— 자긴 괜찮다고, 정윤환 선배랑 아무 일도 없었다고, 이렇게 같이 안 있어 줘도 된다고 한사코 사양하긴 하던데, 제 눈에

는 안 좋아 보였어요. 재희 선배의 지시라고 우기면서 식당까지 같이 가 줬는데, 세상에, 측정기에 치료식이 뜨더라고요. 배식함에서 못 받고 치료실 가서 따로 식사 받아서 먹였어요. 얼마나 스트레스를 받으면 치료식이 뜨겠어요? 정윤환 선배야 허구한 날 제멋대로니까 그렇다 치더라도 이번엔 애들이 심했어요. 들어 보니까 누가 유은우 의자를 발로 차서 넘어뜨렸대요. 유은우도 얼마나 화가 났으면 총을 다 쐈겠어요? 조만간 학교가 박살 나기 전에 제가 애들한테 따끔하게 한마디 하겠습니다. 학생회랑 얘기해서 교칙도 좀 더 강화하고요.

서재희는 이마를 문질렀다. 유은우는 정윤환을 안전망 삼아 총을 쏘면서, 아마도 연다희와 같은 반응을 기대했을 것이다.

"치료식 맛 고약할 텐데."

— 눈 한번 안 찌푸리고 잘 먹던데요. 맛있는 것보다 맛없는 게 익숙하대요. 군인 입맛이라나 뭐라나.

"정윤환 단독 파견 나갔을 거야. 출입 기록 좀 봐 줄래?"

— 외출 찍힌 거 확인했어요. 애들 말이 정윤환 선배 저녁도 안 먹고 바로 나갔다기에 확인해 보니까 진짜 나갔더라고요. 유은우는 당분간 안전할 것 같아요. 거긴 어때요? 저도 그쪽으로 가서 도와 드릴게요.

"아냐. 들어가서 쉬어. 늦은 시간까지 고마워. 고생했어."

통화가 끊어졌다. 서재희는 귀에서 인터컴을 빼지 않은 채, 무의식적으로 드론을 조종했다. 생각은 비스듬히 흘렀다.

괜찮을까.

연다희에게 유은우는 다친 곳 없다고 전해 들었으나, 그래도 염려되었다. 정윤환이 유은우를 때리지 않았다고 해서, 괴롭히지 않았다고 할 수는 없었다. 정윤환은 곧잘 말 한마디로 타인을 쉽게 상처입히곤 했다. 학생들이 정윤환을 싫어하는 것을 넘어서 두려워하는 데는 이유가 있었다. 더구나 급기야 치료식을 배급받았다고. 유은우와 식당에서 마주친 적은 없었으나 서재희도 들어서 알았다. 유은우는 입학부터 단 한 번도 일반식을 배급받지 못했다. 쭉 스트레스 완화용 식사를 받아먹고 있었다.

　괜찮겠지.

　서재희는 유은우와 페어를 맺으면서 한 가지 다짐한 것이 있었다. 사적으로 개입하지 않을 것. 자신은 유은우에게 책임감을 느끼지 않고, 유은우는 자신에게 의지하지 않는 그런 건조한 관계를 유지하고 싶었다. 어떤 감정이든 자라는 만큼, 페어는 해제하기 어려워졌다. 서재희는 유은우의 기억을 뒤져 원하는 정보를 빼내고 페어를 해제하기까지 그 모든 것을 최대한 빠른 시간 안에 해치우고 싶었다. 전교생의 미움을 받는 학생을 홀로 보호한다는 것은 서재희에게도 리스크가 컸다. 그동안 억지로 미소를 그리며 쌓아 온 견고한 이미지가, 어디서 굴러먹다 온 여자애 때문에 조금이라도 깎이는 것은 그도 사양이었다.

　그나마 다행스러운 것은, 유은우의 지극히 담백한 태도였다. 고분고분 유순한 듯하면서도, 가끔 유은우의 눈에서는 극도의 불신과 경계가 언뜻언뜻 드러나곤 했다. 서재희가 약간의 친절을 베풀 때마다 꼬리를 잡고 많은 것을 요구하는 다른 학생들과 확실히 다르긴 했다. 이왕 페어 하는 것, 강의실에서 기숙사까지 에스코트해 달라거나, 다른 학생들과 잘 어울릴 수 있도록 좋은 팀에 넣어 달라는 등의, 서재희가 예상한 많은 요구를 유은우는 단 한 번도 입에 올린 적 없었다. 오히려 서재희는, 유은우가 페어 상대방에게 책임감을 가진다는 느낌마저 받았다.

그래서 유은우를 볼 때마다 묘한 기분이 드는지도 모른다. 철저한 을이면서도, 이상하게 비굴한 기색이 없었다.

서재희는 드론 조종기를 차예원에게 내밀었다.

"네가 마무리해."

"내가?"

차예원은 탐탁찮은 표정이었으나, 어쨌든 조종기를 받아 갔다. 그녀가 드론을 컨트롤하는 사이, 서재희는 이프를 눌러 유은우에게 전화를 걸었다. 내일 외출 약속이 유효한지만 물어보고 끊을 참이었다. 한참 동안 수신음만 갔다. 문득 어디선가 진동이 울렸다. 강의실 구석 쓰레기통. 가방이 쓰레기와 뒤엉켜 있었다. 가방을 건져 소지품을 책상 위로 쏟았다. 펜 몇 개. 책. 노트. 누군가 빼어 갔는지 카드도 현금도 없이 텅 빈 지갑. 인터컴이 진동을 울리며 나왔다. 인터컴에 새겨진 유은우의 이름을 확인하고, 서재희는 제 이프에서 통화를 종료시켰다. 느리게 왼쪽 귀에서 인터컴을 뺐다.

가방도 놓고 갔나 보네.

유은우가 자기 가방을 쓰레기통으로 직접 넣었을 리는 없었다. 유은우가 미처 챙기지 못한 것을 누군가 나쁜 마음으로 쓰레기통에 처박았지 싶었다. 인간적으로 이 정도는 챙겨 줘야겠다 싶어서, 소지품을 다시 가방으로 넣는데 노트가 하나 툭 떨어졌다. 얇은 스프링 노트 한가운데가 활짝 펼쳐졌다. 서재희는 그것을 집어 들었다. 덮으려다 멈칫했다.

작은 초록색 덩어리가 그려져 있었다.

이게 뭐지?

평소라면 남의 노트 따위 길게 보지 않을 텐데, 너무 못 그려서 이게 대체 뭔가 싶은 마음에 자세히 보았다. 그게 무엇인지는, 그 밑에 쓰인 글씨를 보고서야 알았다. 막 글씨를 배우기 시작한 기초학교 1학년처럼 삐뚤게 꾹꾹 눌러쓴 글씨로, 멜론빵이라고 정확하게 적혀 있었다.

멜론빵? 이게?

실소가 터졌다. 멜론빵이라고 또박또박 적은 걸 보고 다시 그림을 보니, 백번 양보해 멜론빵 같기도 했다.

서재희도 이 빵을 알았다. 거북이멜론빵. 몇 년 전인가 모 브랜드에서 처음 출시됐을 때는 사람들이 가게 앞으로 줄을 길게 늘어서서 먹다가, 지금은 체인점이 많아지고 다른 브랜드들이 흉내 내어 흔한 빵이 된 지 오래였다. 거북이 등딱지를 연상시키는 초록색 소보로 안에 멜론맛 크림이 들어 있고, 노릇한 빵으로 머리와 다리와 꼬리를 붙인, 특별할 것 없는 그냥 그런 빵이었다.

이걸 왜 그려 놨지.

몇 장 넘겨 보았다. 페이지 곳곳에 숨은그림찾기처럼 거북이멜론빵이 출몰했다. 메모도 있었다.

<시민권이 생기면 하고 싶은 일>
1. 부모님 찾기
2. 영화관 가기
3. 동물원 가기
　·
　·
　·
10. 멜론빵 먹기

그 밑에 또 작게 거북이멜론빵을 그려 놓았다. 하도 많이 그려 실력이 늘어서 그런가, 앞 페이지의 서툰 전작과 달리, 거북이의 동그랗고 까만 눈이 제법 귀엽기까지 했다. 역시 그림 아래에 멜론빵이라고 명찰처럼 또박또박 적어 놓았다.

누가 좀 사다 주지. 그거 하나 얼마 한다고.

어이가 없다가, 곧 그럴 만도 하겠다는 생각이 들었다. 군의 누군가가 출장을 갈 때마다 뒤에 졸졸 따라가서는 '거북이멜론빵 사다 주세요.'라고 먼저 무언가를 요청하는 유은우는, 전혀 상상이 되지 않았다. 그렇다고 해서 그 칙칙한 군인들이 유은우를 위해 멜론빵은 고사하고 편의점 단팥빵이라도 먼저 사다 주는 센스가 있었을지도 심히 의심스러웠다. 어디서 보고 유은우 혼자 먹고 싶어서 여기저기 그려 놓은 것 같았다.

거북이멜론빵의 변천사를 훑고 나니, 자연스레 다른 글도 눈에 들어왔다.

하도 외워서 눈에 선한데 왜 그려지지 않는 걸까. 설계 난독증은 크게 두 종류가 있다. 독해와 구현 불가. 독해는 가능하나 구현이 불가. 나는 두 번째 케이스인 셈이다. 설계 난독증은 기초학교 졸업도 어렵다. 도태된 이들은 일반인처럼 살아간다. 나는 운이 좋다. 총을 쥐고 노력할 수 있음에 감사해야 해.

다른 페이지도 비슷했다. 일기라기엔 간결했고, 낙서라기엔 깊었다. 패턴은 늘 같았다. 하루의 끝에서 힘든 일을 적고, 힘내겠다는 각오로 마무리되어 있었다.

그만 봐야지. 이러다가 동정심이라도 생기면 서로 힘들어져. 노트를 덮으려다가 또 다른 문장이 눈에 턱 걸리고 말았다.

오늘도 아무도 전화를 안 받는다. 잠이 안 온다. 내가 사라졌으면 좋겠다.

나도 이 기분 아는데. 서재희는 명치가 꾹 짓이기는 느낌을 받았다. 아마도 서재희와 페어를 맺은 날, 홀로 시도하던 통화를 이야기하는 것 같았다. 홀린 듯 다음 문장을 읽었다.

아무리 어두운 터널이라도 반드시 끝이 있다. 영영 터널 속에서 헤맨다고 해도 걸음을 멈추면 안 돼.

서재희는 천천히 숨을 들이쉬었다. 기분이 이상했다.

"뭐 해?"

차예원이 소리쳤다. 서재희는 다급히 노트를 유은우의 가방 안으로 쑤셔 넣었다.

"아냐, 아무것도. 다 했어? 가자."

짐짓 태연하게 대답했다. 잘못을 들킨 것처럼 가슴이 자꾸 뛰었다.

"이거 내가 들고 가? 무거운데."

차예원이 부루퉁하게 카메라가 부착된 드론을 내밀었다. 서재희는 말없이 그것을 받아 강의실을 나섰다. 복도 한쪽에 죽은 까마귀처럼 총 하나가 동그마니 놓여 있었다. 차예원이 강의실 문을 잠그는 사이, 서재희는 그것을 주웠다. 방아쇠 안쪽에 유은우라는 이름이 새겨져 있는 것을 확인하고 유은우의 가방에 넣었다. 가방은 그렇다 치고 총까지 놓고 갔네. 이쯤 되니 아무리 유은우와 심적 거리를 두겠다고 결심한 서재희라도 걱정을 안 하려야 안 할 수가 없었다.

"내일 뭐 해?"

복도를 지나 계단을 내려가는데, 차예원이 불쑥 물었다. 서재희는 잠시 사이를 두었다가 대답했다.

"외출."

"외출? 파견이 아니고? 웬일이래."

"유은우랑 기념식 가려고."

차예원이 예고 없이 우뚝 멈춰 섰다. 서재희도 따라 멈추었다.

"교장 선생님이 기념식 참석 금지하셨을 텐데? 도시연합장 딸인 나도 안 가는데 네가 거길 간다고? 아빠가 알게 되면 손해 보는 건 너야."

"귀빈으로 정식 참석하는 거 아니야. 구석진 곳에서 보고 올 거야. 유은우는 김서혁을 만나기 위해서 기념식에 가려는 게 분명해. 둘이 접촉하면 내가 정보를 얻기가 쉬워."

"요 며칠 교장 선생님이 너 호출 안 했다고 힘이 남아도나봐? 쉬운 길 놔두고 수고를 자처하네. 다리 하나 부러뜨리면 술술 뱉어 낼 것을 뭐 하러 거기까지 데려가."

"유은우 입으로 직접 듣는 말보다, 김서혁이 유은우를 대하는 뉘앙스나 태도를 보고 싶어. 난 김서혁이 유은우를 스파이 삼아 일부러 학교에 보냈을 수도 있다고 생각해."

"스파이? 저렇게 튀는 애를 스파이로 심는다고? 재희 너 왜 이래? 유은우랑 살림이라도 차려? 고작 페어야. 그런 사소한 것까지 같이 외출 나가 주면, 1학년들 단독 외출 금지령이 무색해진다는 생각은 안 들어?"

차예원은 어르듯 나긋했으나 눈은 차가웠다. 서재희는 차예원을 물끄러미 바라보았으나 딱히 입을 열고 싶진 않았다. 첫

째, 외출이 갑자기 살림으로 비약한 이유를 알 수 없었으며, 둘째, 그 이유가 뭐건 대답할 가치를 못 느꼈기 때문이다.

"재희야, 네 위치 똑바로 자각해. 주객전도되지 않게 조심하라고. 네 우선순위는 나야. 우리 아빠가 시키는 정보 수집이 아니라."

서재희는 극도의 피로감을 느꼈다. 제발 좀 닥치라고 일갈한 뒤, 그냥 기숙사로 돌아가서 모든 걸 잊고 자고 싶었다. 그는 저녁도 거르고 이 늦은 밤까지 유은우의 타격 뒷수습을 했을 뿐만 아니라, 지금도 양손 가득 유은우의 소지품과 드론을 들고 있었다. 허기가 져서 속이 쓰렸다.

그럼에도 서재희는 마지막 인내심을 발휘했다. 사람 대 사람의 예의라기보다는 갑과 을의 지극히 현실적인 이유에서였다. 차예원은 곧잘 이해할 수 없는 행동을 해서 정말 사람을 짜증나게 만들었지만, 어쨌든 도시연합장 차인호의 외동딸이었다. 그건 중요한 사실이었다.

"그래, 좋아. 그럼 지금 연합장님께 전화해 보고 어떻게 할지 물어볼게. 그럼 되겠지?"

서재희가 건조하게 말했다. 그는 재킷을 젖혀 안주머니에 손을 넣었다. 손끝에 인터컴이 걸렸으나 바로 빼내지 않았다. 속으로 숫자를 다 헤아리기도 전에 차예원의 손이 날아와 서재희의 손을 날카롭게 후려쳤다. 서재희는 인터컴을 놓고 주머니에서 손을 뺐다.

"사람 놀리지 마!"

차예원의 눈이 왈칵 붉어졌다.

"윤환이 말이 맞아. 너는 내가 후보가 아니라고 생각하는 거지? 그래서 유은우한테 관심을 가지는 거야. 유은우가 후보라고 생각하니까."

"낙원의 이론 후보자는 이미 정해졌어. 도시연합, 도시연합 중앙학교, 도시연합군, 세 곳의 승인도 떨어졌고. 네가 자꾸 까먹는 것 같은데, 다시 말해 줄까? 후보는 세 명. 차예원, 정윤환, 서재희. 더 이상 뭐가 필요해."

"너는 내가 아니라고 생각하잖아!"

"내가 널 어떻게 생각하는지는 중요하지 않아. 왜냐고? 후보가 정해졌기 때문이지. 승인이 났다고 몇 번을 말해."

서재희와 차예원은 잠시 팽팽하게 마주 보았다. 차예원의 열오른 시선을, 서재희는 독한 술 삼키듯 받아 내었다. 서재희가 차예원의 가시를 눌러 접듯 천천히 말했다.

"후보에 변동은 없어. 내가 유은우와 페어를 맺는 이유는, 유은우가 낙원의 이론 후보자라고 생각하기 때문이 아니야. 테스트 때 말한 대로 너와 네 아버지를 위해서지. 그리고 그렇게 페어가 오래 가지도 않을 거야. 너한테 이런 것까지 일일이 말해야 하는 상황도 우습지만, 네가 그렇게 궁금해한다니까 말해 둘게. 나는 낙원의 이론 후보 명단에는 관심 없어. 솔직히 말해서, 언제부터 예언에 효력이 있었는지조차 의문이야."

네 아버지가 예언을 어기고 널 후보로 세웠으니까. 서재희는 뒷말을 속으로 삼켰다. 목구멍으로 불덩이가 넘어가는 것 같았다.

차예원의 얼굴이 새빨갛게 달아올랐다. 그녀가 이를 악문 사이로 낮게 말했다.

"예언에서 말하는 사람은 나야."

"차예원, 예언은 아무 의미도 없어. 그러니까 이제 거짓말 좀 그만해. 악몽 때문에 잠을 설쳤다거나 피 냄새가 나서 밥을 못 먹겠다거나. 그만두라고."

"나 깔보지 마. 속으로 내가 우습더라도 너라면 충분히 숨길 수 있잖아? 나 상처 주려고 일부러 드러내는 거 내가 모를 줄 알아? 내 입에서 나오는 말은 다 진실이야. 내 위치가 진짜니까. 그러니까 나한테 함부로 말하지 마."

서재희는 기계적으로 차예원을 응시했다. 어쩌다 이야기가 이리 깊어졌을까. 차예원과 둘이서 대화하면 항상 이런 식이었다. 차예원은 자꾸만 서재희 속으로 깊숙이 들어와 자신의 흔적을 찾으려 했다. 사실은 아무것도 없는데. 서재희에게 차예원은 가치가 없었다. 애초에 의미가 없기에, 늘 빈손으로 돌아가는 차예원에게 미안하다는 생각조차 들지 않았다.

"네가 그렇게 거짓말하지 않아도 넌 후보로 확정되었어. 그리고 나도 정윤환도 더 이상 예언에 대해 믿지 않아. 네가 예언과 맞지 않는다고 해서 후보가 아닐 거라고 의심하지도 않아. 승인받았으니 그걸로 끝난 거야."

"그런 눈으로 나 보지 말라고 했어. 존중하는 척이라도 해."

"사실 옛날엔 그런 생각을 했었지. 너 말고 다른 사람이 있는 건 아닌가. 과연 차예원이 최선인가. 정윤환하고 그런 얘기를 가끔 했었어. 하지만 예언 같은 건 존재하지 않아. 그런 구닥다리에 더 이상 목매지 않으니까, 너도 이제 그 얘기 그만 꺼내."

"그런 눈으로 나 보지 말라고!"

차예원의 목소리가 복도를 스산하게 울렸다. 서슬 퍼런 메아리가 사그라질 때까지, 둘은 잠시 침묵했다. 서재희가 먼저 입을 열었다. 한 수 접어준 것이 아니라 대화를 매듭짓기 위해서였다.

"가짜라도 예의를 차리라고 했지? 미안한데, 난 이미 네게 최선을 다하고 있어. 그래서 이 정도 대화나마 이어 가는 거야."

차예원은 말이 없었다. 그녀의 상태가 어떻든 서재희는 이제야 이 지긋지긋한 대치가 끝났다는 안도가 먼저 들었다. 그는 몸을 돌려 그녀를 등지고 걸었다. 몇 걸음 가지도 않아, 차예원의 목소리가 날카롭게 등을 할퀴었다.

"언제까지 고상한 척할 수 있는지 보자. 빳빳하게 세우고 다니는 목도 졸업하는 순간 뚝 부러질걸."

서재희는 무어라 대답하지도, 고개를 돌려 차예원을 보지도 않았다. 그대로 성큼성큼 걸어 나왔다. 평소라면 늦은 시간이라 차예원을 여자 기숙사까지 바래다줬겠지만, 서재희는 그렇게 하지 않았다. 평생에 걸칠 소꿉장난이 시작되기도 전에, 그는 이미 지쳐 있었다.

오래된 예언이 있었다.

낙원의 이론 후보 세 명의 조건이 명시된, 아주 오래된 예언.

한때 서재희와 정윤환은 그 예언에 집착했다. 반드시 그대로 이루어지리라고 굳게 믿었다. 하지만 도시연합장 차인호가 자신의 딸 차예원을 마지막 후보로 밀어 넣었을 때, 서재희와 정윤환은 깨달았다. 예언이란 건 없음을. 그 먼지 냄새 나는 아리송한 문장들은, 권력 앞에서 그저 한물간 농담에 불과했다.

낙원의 이론이란, 권력자가 지위를 자신의 딸에게 물려주기 위해 이용하는 수단, 그 이상도 이하도 아니었다. 서재희 자신과 정윤환 또한, 차예원과 크게 다르지 않다는 것을 알기까지, 그리 오랜 시간이 걸리지 않았다.

서재희는 그날 밤, 씻지도 않고 침대로 파고들었다. 온몸이 납으로 변한 듯 피곤한데도, 잠은 깊이 이룰 수 없었다. 기분 나쁜 악몽과 짙은 피 냄새가 번갈아 찾아왔다. 늘 겪는 일이건만 유독 심했다.

이 빌어먹을 악몽 때문에 예언을 믿게 되었다. 정윤환도 똑같은 증상을 겪는다는 것을 알게 되고, 둘은 각자의 방식으로 낙원의 이론을 찾아냈다. 하지만 거기까지였다. 예언에서 말하는 마지막 한 명은 찾을 수 없었다. 그 빈자리는 차예원이 꿰찼다. 그 과정을 지켜보면서, 서재희는 예언이 의미 없음을 알았다. 악몽이며 피 냄새며, 그냥 신경과민에 불과하다고. 정윤환이 똑같은 증상을 겪는 것은? 별거 없었다. 신경과민 환자 두 명. 그리 결론지으니 쉬웠다. 세상엔 이리 쉬운 길이 많았다.

밤새워 뒤척이다 오후 느지막이 일어났을 때, 탁자에 둔 유은우의 가방이 눈에 들어왔다. 서재희는 식사를 거르고, 약초학 강의실이 있는 B동으로 가서 유은우를 기다렸다. 강의가 끝난 학생들이 우르르 쏟아져 나오고도 한참이 지난 후에야 유은우가 홀로 타박타박 걸어 내려왔다. 왠지 시무룩해 보이는 유은우를, 서재희는 얼른 훑어보았다. 연다희의 말대로 다친 데는 없어 보였다.

"안녕하세요."

유은우가 멀찌감치 떨어져서 꾸벅 인사를 했다. 서재희는 가방을 내밀었다.

유은우의 눈이 동그래졌다. 그러더니 몇 발짝 조심스레 다가와서 손을 최대한 뻗으며 가방을 가져갔다. 그러고는 꾸물꾸물 뒤로 물러섰다. 유은우는 가방 안에서 총을 꺼내 쥐더니, 다시 꾸벅 인사했다.

"감사합니다."

"어젠 왜 그랬어?"

"죄송합니다."

칼처럼 뚝뚝 끊어 내는 유은우의 태도에, 서재희는 어이가 없었다. 나하고 말하기 싫다 이건가. 내가 어제 밤늦게까지 누구 때문에 고생했는데.

다시는 그러지 마라. 네 목숨에 내 목숨도 달렸다. 정윤환 이용한 거 맞지? 간이 배 밖으로 나왔네. 해야 할 말이 많았다. 좀 더 조심하도록 주의도 줘야 했다. 그런데 막상 튀어나온 건 다른 말이었다.

"너 손목 왜 그래?"

유은우가 주섬주섬 제 허벅지의 홀스터에 총을 꽂다가, 서재희의 물음에 제 손목을 들여다보았다. 파랗게 피멍이 들어 있었다. 유은우는 멋쩍은 표정을 지으며 손목을 교복 셔츠에 슥 문질러 닦았다. 서재희는 속으로 혀를 찼다. 전날 연다희에게 몇 번이나 물었었다. 유은우 어디 다친 곳 있냐고. 연다희가 보기에 저런 멍은 상처 축에도 들지 않았던 걸까. 스치기만 해도 아플 텐데.

"정윤환하고 무슨 일 있었어?"

유은우는 모른 척 대답이 없었다. 서재희도 더 이상 묻지 않기로 했다. 유은우의 목숨만 붙어 있으면 되었다. 그 이상 참견할 필요는 없었다. 손목이야 피멍이 들 수도 있지. 괜히 물어봤다며 서재희는 속으로 후회했다.

"나가자."

유은우는 가방에서 인터컴을 꺼내 홀스터에 총과 나란히 꽂더니 서재희를 따라왔다. 세상 시름을 모두 짊어진 듯 표정이 좋지 않았다. 다른 학생이 그랬다면, 힘이 없어 보인다며 다정하게 걱정해 주었겠지만 서재희는 그냥 걸었다. 더 이상의 대화는 없었다. 등 뒤로 부지런히 쫓아오는 소리만 들렸다.

둘은 정문에 설치된 관리소에 배지를 가져다 대 기록을 남긴 후 학교를 나왔다. 학교는 제1도시의 노른자 땅에 위치했으나, 정문을 통과한다고 해서 바로 번화가가 나오지는 않았다. 학교는 의도적인 공백으로 둘러싸여 마치 해자로 고립된 성 같았다. 반듯하게 깔린 돌바닥과 아직 켜지지 않은 가로등만 끝없이 이어졌다. 인간의 손이 닿았으나 묘하게 사해를 연상케 하는 황량한 공터를 아무런 설명 없이 가로지르면서도, 유은우는 한마디 불평도 없었고 걸음이 느려지지도 않았다.

20분쯤 걷자 번화가가 나왔다. 사람이 바글바글했다. 인파를 헤치고 거리를 걸으면 걸을수록, 유은우의 발걸음 소리가 자꾸만 뒤처졌다. 어련히 따라오겠거니 신경 쓰지 않으려고 했으나 어느 순간 아예 멈춰 섰는지 기척도 느껴지지 않았다. 서재희는 결국 뒤를 돌아보았다. 군에서 훈련받았으면 체력이 상당할 텐데 벌써 지친 걸까 의아한 것도 잠시. 서재희는 그만 당황했다.

학교에서 막 나올 때만 해도 시들거리던 유은우가 완전히 팔팔해져 있었다. 지쳐서 멈춘 게 아니라 구경하느라 서재희를 잊은 듯했다. 상기된 얼굴로 정신없이 사방을 둘러보고 있었다.

아, 전부 처음이겠구나.

서재희는, 유은우의 입장에서 거리를 바라보려고 시도해 보았다. 이 평범한 상황이 태어나서 처음이라면 어떨까. 조금도 짐작이 가지 않았다. 기분만 이상해졌다. 청소부 로봇이 서재희를 느리게 스쳐 지나더니 유은우에게 다가갔다. 유은우는 눈을 반짝거리며 로봇 뒤꽁무니를 따라 몇 걸음 걷다가 이내 고개를 들어 주변 빌딩들을 올려다보았다. 그대로 뒷걸음질 치면서 택시 승강장 줄 가까이 배회하자, 누군가가 비키라고 했다. 그제야 유은우는 화들짝 물러섰다. 정신을 차린 듯 다급히 두리번거리더니 곧 이쪽으로 뛰어왔다.

"선배!"

"조심해. 길 잃어버려."

유은우는 신이 난 기색으로 손을 뻗어 왔다. 서재희는 피하려다가 잠자코 있었다. 유은우가 서재희의 옷자락을 쭉 잡아당기더니 다른 손으로 도로 반대편을 가리키며 물었다.

"저기 저거 뭐예요? 가게 문마다 달린 장식들. 너무 예뻐……."

"시민의 날 기념한다고 시민들이 소원도 빌 겸 달아 놓은 리본이야."

이프가 진동했다. 작은 알림창이 떴다.

오후 3시 40분. 병원 면회.

도시연합 중앙병원이 코앞이었다. 일주일에 한 번 주어지는 면회였다. 열여섯 살에서 열일곱 살로 넘어가던 처음 1년은 잊지 않고 병원에 찾아가 숨만 쉬는 부모님 곁에서 면회 두 시간을 눈물로 꼬박꼬박 채우고 나왔다. 그저 바라보는 것밖에 할수 없었지만 기도하듯 매달렸다. 그러나 시간이 흐르자 면회는 2주에 한 번이 되고 한 달에 한 번이 되어, 9년 가까이 지난 지금은 서너 달에 한 번이 고작이었다. 그간 서재희가 병원 측에 요청한 안락사는 수없이 무산되었다.

오늘도 안 가면 마지막 면회로부터 넉 달이 지나는 셈이었다. 오래 알고 지낸 담당의가 직접 서재희에게 전화를 걸어 이번 주는 꼭 오라고 당부를 한 참이었다. 아무리 차도가 없더라도 당신 부모님인데 희망을 놓지 말라는 그의 말을 무덤덤하게 들으며, 예의상 가겠다고 대답했었다.

갈 필요가 있나. 그저 눈에 선했다. 희고 차가운 벽과 천장,

치료기의 서늘한 기계음, 말린 꽃 같은 부모님과 느린 비처럼 떨어지는 수액 사이로, 서재희는 유은우를 바라보았다. 유은우는 근처 관광 안내소에서 관광지도를 꺼내 활짝 펼쳐 보고 있었다. 들떠서 숨이 찬지 가슴은 오르락내리락하고 뺨은 건강하게 혈색이 돌았다. 금방이라도 하늘로 솟구칠 것처럼 생기로 시원했다.

그때였다. 낯선 행인이 반색하며 유은우에게 접근하고 있었다. 유은우를 알아보고 말을 붙이러 오는 모양이었다. 서재희는 빠른 걸음으로 그보다 먼저 다가가 유은우의 어깨를 살짝 감싸 자기 가까이 붙게 했다. 유은우가 해맑은 얼굴로 서재희를 올려다보았다. 그녀는 펼쳤던 지도를 주섬주섬 접으며 말했다.

"저 근데, 사실 좀 걱정했는데."

"뭘?"

"사람들이 막 저 알아볼까 봐."

이미 알아보고 있어. 내가 쳐 내서 그렇지. 이러다가 유은우에게 시민권을 부여하라고 외쳐 대는 인권 단체라도 만난다면 영영 학교로 못 돌아갈지도 모른다.

이프가 다시 한번 울렸다. 재차 떠오른 알림창을 끄고, 서재희는 병원 건물을 바라보았다. 기념식 시간에 맞춰서 나올 수도 있었던 걸 면회를 고려하여 일찍 나왔건만 막상 내키지 않았다. 날이 화창했다. 부모님이 병원이 아니라 제8도시에 평범하게 살아 계신다면 난 오늘 같은 날 외출해서 무엇을 하며 보낼까. 옆에선 유은우가 자신의 주위를 맴돌며 멀리는 가지 못

하고 이곳저곳 구경하기 바빴다. 유은우의 시선을 물끄러미 따라가다 보니, 있는 줄도 몰랐던 자그마한 예쁜 식당과 상점들이 눈에 띄었다. 그리고 보니 유은우는 밖에서 밥도 못 먹어 봤을 것 같았다. 맨날 군대 짬밥이나 먹지 않았을까? 이왕 나온 김에 밥이나 먹을까. 늦은 점심도 아니고 이른 저녁도 아닌, 병원에 가지 않으려는 마지막 핑계였다.

"밥 먹을래?"

"아니요."

대답이 빨리도 나왔다. 살짝 살피니 유은우의 표정이 딱딱하기 그지없었다. 자신과는 같이 쌀알 한 톨도 삼키지 않겠다는 의지가 아주 결연했다.

날 그렇게 못 믿나. 하긴 나라도 그러겠지.

피식 쓴웃음이 났다.

"시간이 애매하지? 그럼 밥 말고 간식 먹을까."

툭 던지듯 말했다. 유은우가 눈을 꼭 감고 세차게 고개를 저었다.

"난 먹고 싶은데. 그럼 나는 먹을 테니까 넌 옆에 앉아서 기다려."

"아니, 저기, 잠깐……."

서재희는 유은우의 애타는 부름을 무시하고 성큼성큼 걸었다. 일부러 가까운 프랜차이즈 카페 문을 밀고 들어가서 몇 가지를 주문했다. 유은우는 서재희를 따라서 일단 카페 안으로 들어오기는 했으나, 당장이라도 뛰쳐나갈 것처럼 입구를 왔다

186

갔다 종종거렸다. 어쩔 줄 몰라 하는 게 느껴졌다. 길 잃은 강아지 같았다.

처음이라 아무것도 모르겠지. 가뜩이나 나와 둘이 있는 게 불안할 텐데.

웃음이 터지려는 것을 참고, 서재희는 창가의 테이블에 트레이를 놓았다. 카페 안의 시선들이 서재희와 유은우에게 번갈아 집중되었다. 도시연합 중앙학교의 교복을 입고 홀스터에 총을 찬 학생 둘. 동조자. 그것도 장래가 유망한, 선별된 동조자를 뜻했다.

서재희는 자리에 앉았다. 유은우가 멀찌감치 서서 문손잡이를 잡은 채 고개를 쭉 빼고 자신을 보고 있었다. 손짓해서 부르자 마지못해 가까이 왔다.

"여기 앉아."

유은우는 꾸물거리며 맞은편에 앉았다.

"선배가 말한 들를 곳이라는 게 여기예요?"

"비슷해."

근처는 근처니까 아주 거짓말은 아니라고 생각했다. 서재희는 태연하게 찻잔에서 티백을 건져 올렸다. 트레이에는 따뜻한 우유, 페퍼민트티, 딸기케이크, 거북이멜론빵이 있었다.

"어?"

유은우가 눈을 크게 떴다.

서재희는 자세를 고치는 척하면서 손등으로 멜론빵이 든 접시를 툭 쳐 보았다. 유은우의 동공도 같이 툭 움직였다. 멜론빵에 완전히 시선을 빼앗긴 채였다. 뺨은 상기되어 발그레하고 눈은 반짝반짝했다.

귀여워.

이게 뭐라고. 너무 귀여워서 자꾸만 웃음이 나왔다. 이깟 빵이 뭐라고. 서재희는 멜론빵이 든 접시를 들어 유은우의 앞에 놓아 주었다.

"저 주는 거예요?"

"응."

"왜요?"

"모르고 너무 많이 샀어."

서재희는 포크를 집어 유은우에게 내밀었다. 유은우가 유순하게 포크를 받아 쥐었다. 아까까지의 그리 철저하게 경계하던 모습은 다 사라지고 없었다. 유은우의 뒤로 강아지 꼬리가 파닥파닥 움직이는 것 같은 착각마저 들었다.

와, 애 왜 이렇게 귀여워.

"사실⋯⋯."

포크를 꼭 쥔 유은우의 목소리가 한 톤 높아졌다. 멜론빵을 앞에 두고 긴장한 모양이었다.

"⋯⋯시민권이 생기면 먹으려고 했거든요. 기념으로요."

그러고는 얼굴이 새빨개졌다. 서재희는 한숨이 나오려는 것을 가까스로 눌렀다. 시민권이라니, 기약이 없었다. 그 영악한 도시연합이 언제 유은우에게 시민권을 줄지, 과연 주기나 할지조차 의문이었다. 유은우가 죽은 뒤에 비석에나 내려 주는 게 그나마 제일 가능성 있어 보였다.

"그래? 네가 시민권을 가지게 될 때쯤이면 더 맛있는 빵이 많이 나올 텐데? 그리고 이거 요새 한물가서, 나중 되면 안 나올지도 몰라. 그때는 먹고 싶어도 못 먹는다?"

"잘 먹겠습니다."

유은우가 포크로 거북이 등딱지 정중앙을 푹 찍었다. 이어 거북이 머리를 한입 크게 베어 무는 것을, 서재희는 눈 하나 깜박이지 않고 빤히 지켜보았다. 유은우가 우물우물 빵을 씹고 삼키면서 행복한 표정을 짓는 것을 놓치고 싶지 않았다. 저 경계심 많은 애를 여기까지 어르고 달래서 데리고 온 것도 다 저 멜론빵인지 뭔지 그거 하나 먹이러 온 게 아닌가.

"맛있어."

유은우의 눈이 망울망울해졌다. 서재희는 따뜻한 우유가 든 머그컵을 밀어 주었다. 유은우는 그것을 받아 꿀꺽꿀꺽 마셨다. 아무 의심도 없이 납죽납죽 잘도 받아먹었다. 아까는 밥도 같이 먹기 싫다는 기색이더니. 그깟 멜론빵 하나로 완전히 무장 해제되어 지금은 너무 말랑말랑했다. 순한 강아지가 따로 없었다.

"너무너무 맛있어. 감사합니다."

유은우가 한 번 더 감사를 표시했다. 서재희는 턱을 괴고 물끄러미 그 모양을 지켜보았다. 유은우의 표정이 다채로웠다. 덩달아 기분이 좋아졌다. 이왕이면 휘핑크림이 잔뜩 올라간 코코아도 주문해 줄까 싶었지만 그러면 유은우가 그 단맛에 깜짝 놀라 그만 심장마비를 일으킬지도 모른다. 갑자기 신문물을 집하는 것도 좋지 않아. 차근차근. 진지하게 그런 생각이 들었다.

"아."

머그컵에 손목이 스치자, 유은우가 약한 신음을 냈다. 서재희는 저도 모르게 몸을 앞으로 당겼다. 유은우가 피멍이 든 제 손목을 다른 쪽 손으로 감싸 쥐더니 한 차례 조물조물 주물렀다. 그러고는 아무렇지도 않은 듯 씩씩하게 나머지 멜론빵을 입 안으로 욱여넣었다.

"정윤환이 세게 잡았어?"

먹느라 대답을 못 하는 건지 일부러 그러는 건지 유은우는 눈만 깜박였다. 서재희는 재차 물었다.

"어제 무슨 일 있었어? 타격은 왜 했어?"

유은우는 입 안 가득 든 빵을 씹어서 삼키더니 대답했다.

"별일 없었어요. 정윤환 선배가 몇 가지 물어봐서 대충 대답했더니, 그냥 보내 주던데요."

"뭘 물어봤는데?"

"페어 조건이 뭐냐고 물어봤어요."

"뭐라고 했어?"

"그냥 대충 둘러댔어요."

둘러댔다고? 정윤환에게 그런 것은 안 통했다. 서재희가 유은우를 빤히 보았다. 유은우는 우유가 든 머그컵을 두 손으로 감싸 쥔 채, 천천히 눈을 내리깔면서 서재희의 시선을 비껴 내었다. 목덜미에 닿는 공기가 서늘했다.

지금 머리 굴리고 있구나. 무슨 일이 있긴 있었던 게 틀림없었다. 유은우는 지금 그것을 서재희에게 말할 것인가 말 것인가. 말한다면 어디까지. 말하지 않는다면 어떤 거짓말을. 입 꼭 다물고 머리를 팽팽 돌리고 있는 게 분명했다.

그래. 우리가 지금 이렇게 마주 앉아서 빵이나 먹을 사이는 아니지. 그래서도 안 되고. 서재희는 갑자기 찬물을 뒤집어쓴 것처럼 정신이 번쩍 들었다. 유은우가 경계심의 밀도를 높이자마자, 갑자기 서로가 훅 멀어지는 느낌이었다.

다행이었다. 둘 중 한 사람이라도 관계의 위치를 정확히 알고 있어서. 하마터면, 계약 관계를 잊을 뻔했다. 그렇게 거리를 두자고 다짐해 놓고 바보같이.

"저는 페어 조건이……."

유은우가 느리게 말했다. 시선은 다시 조심스레 서재희를 향했다. 서재희의 반응을 살피고 어디까지 말해야 할지 가늠하고 있다는 뜻이었다. 서재희는 유은우의 모든 것에 신경을 곤두세웠다. 유은우가 서재희의 반응을 재는 만큼, 서재희도 유은우의 표정을 읽어야 했다.

"……꿈이라고 말했어요."

꿈.

설마. 가슴이 사납게 뛰기 시작했다. 숨 쉬기 어려웠다. 서재희는 무감한 표정을 유지하려고 애썼다. 혹여나 동요하는 것을 눈치채고 유은우가 말을 아끼면 낭패였다. 서재희는 필사적으로 기억을 더듬었다. 예언의 첫 구절이, 신이시여, 첫 구절이 어떻게 시작하더라.

"어떤 꿈을 꾸는지, 악몽은 자주 꾸는지, 피 냄새 같은 걸 맡지는 않는지 서재희 선배가 물어보는 대로 대답하는 것이 페어 조건이라고 했어요."

낙원의 이론은 세 개의 기둥이 지탱할 것이다.

"제가 예전에는 안 그랬는데, 학교 들어와서부터 자꾸 이런 증상이 있어서요."

셋은 동시에 재학할 것이며,

"자꾸 무서운 꿈을 꾸고, 깨어나면 피비린내가 나고."

같은 꿈을 꾸고 감각을 공유하니,

"급하게 둘러대다 보니까 어쩔 수가 없었어요. 어쨌든 별일은 없었어요. 정윤환 선배가 제 대답 듣더니 그냥 놔줬거든요."

반드시 서로를 알아볼 것이다.

"급하게 둘러대다 보니까 어쩔 수가 없었어요. 어쨌든 별일은 없었어요. 정윤환 선배가 제 대답 듣더니 그냥 놔줬거든요."

말을 맺고, 유은우는 마른침을 삼켰다.

서재희는 침묵했다.

그런 허술한 거짓말로 잘도 넘어갔다는 핀잔도 없었고, 정윤환이 정말 그냥 놔줬냐는 반문도 없었다. 표정도 없었다. 처음 페어를 제안한 그때처럼, 서재희는 견고하게 거리를 두고 있었다.

뭔가 있구나.

유은우가 꿈 얘기를 하자마자 정윤환은 살의를 거두었고, 서재희는 그 어떤 내색도 조심하고 있었다.

"제가 꾸는 꿈, 이거 그냥 단순한 악몽 아니죠?"

유은우의 확신에 찬 물음에도 서재희는 대답이 없었다. 재차 물었다.

"선배도 피 냄새 맡아요? 저처럼?"

서재희는 손으로 천천히 턱을 문질렀다. 그러더니 비로소 입을 열었다. 목소리가, 방치된 우물에서 길어 올린 듯 탁했다.

"다른 사람한테는 말하지 않는 게 좋아. 특히 차예원한테는."

"말하면 어떻게 되는데요?"

"네가 상상할 수 있는 가장 최악의 상황?"

지나치게 밝은 목소리가 불쑥 끼어들었다. 유은우는 무심코 돌아보았다가, 너무 놀라서 먹었던 빵을 도로 토할 뻔했다.

"왜 그렇게 놀라? 밖에서 보니까 더 잘생겨서?"

뻔뻔한 소리를 잘도 해 대면서 정윤환이 빙긋 웃었다. 유은우는 뻣뻣하게 굳은 채, 그가 옆의 빈 의자를 발로 툭 차서 꺼낸 뒤 털썩 앉는 것을 지켜보았다. 이어 정윤환은 왼팔로 유은우의 어깨를 감싸더니, 그것도 모자라 오른손까지 뻗어 왔다. 눈앞으로 훅 들어오는 커다란 손에 유은우는 싫다고 말도 못 하고 눈만 질끈 감았다. 그의 따뜻한 손가락에 턱이 잡히고, 엄지손가락이 입술을 한번 부드럽게 훑고 지나가는 것이 느껴졌다. 유은우는 가까스로 눈을 떴다. 너무 놀라 혼절하기 직전이었다. 고막 가득 심장 뛰는 소리밖에 안 들렸다.

정윤환이 유은우에게서 훔쳐 낸 멜론크림을 쪽 빨아먹었다.

"어이구, 간식도 드셨어요? 서재희가 너한테 너무 잘해 주는 거 아니야? 이렇게 돈독하게 알콩달콩 지내면, 나중에 마음이 찢어져서 페어 해제는 어떻게 한대, 응?"

유은우는 힐끗 서재희를 보았다. 서재희가 조용히 말했다.

"손 떼. 애 놀라잖아."

"어깨에 팔 좀 걸친 거 가지고 놀라 봤자 얼마나 놀란다고. 정말 놀란 건 우리지. 안 그래? 야, 유은우. 너 때문에 나 어젯밤에 한숨도 못 잤다."

정윤환이 이번에는 유은우의 머리칼을 파바박 흩뜨리고는 다시 어깨에 제 손을 걸쳤다. 유은우는 쪼그라든 심장을 붙들고 소심하게 손을 들어 산발이 된 머리를 조심조심 정돈했다. 속으로는 쌍욕을 퍼부었다. 네놈 밤잠 설친 게 왜 내 탓이며, 갑자기 친한 척은 왜 하는 건데.

"그만 좀 괴롭혀. 유은우, 이리 와. 내 옆에 앉아."

서재희가 차분하게 말했다. 그는 제 옆자리 의자를 빼놓더니, 다시 한번 유은우를 보았다.

"어서."

나도 가고 싶어. 유은우는 눈만 도록도록 굴려서 서재희와 정윤환을 번갈아 보았다. 볼 때마다 죽여 버리겠다고 벼르는 정윤환보다는, 그래도 남들 눈 의식하며 이미지 관리에 투철한 서재희가 그나마 당장은 덜 위험해 보였다. 유은우는 살짝 몸을 일으키려고 시도하다가, 어깨를 감싼 정윤환의 손에 힘이 빡 들어가는 것을 느끼고는 바로 포기했다. 자리 한번 옮기려다가 하마터면 어깨가 탈골될 뻔했다.

"가긴 어딜 가려고."

정윤환이 유은우 쪽으로 몸을 훅 기울였다. 유은우는 반사적으로 몸을 움찔했다. 그 반응에 정윤환이 피식 웃더니 손을 홀쩍 뻗어 딸기케이크에서 딸기만 쏙 집어다가 생크림을 잔뜩 묻히더니 한입에 먹어 버렸다.

"여긴 웬일이야?"

하나도 안 궁금한데 예의상 묻는다는 티를 팍팍 내며 서재희가 물었다. 정윤환이 딸기 꼭지를 테이블에 톡 던지면서 씩 웃었다.

"너야말로 여기서 뭐 하냐. 그것도 유은우랑. 너 1학년하고 외출 한 번도 나간 적 없잖아. 너도 적당히 해라. 유은우 내일 여자 화장실 변기에 머리가 처박혀서 발견될지도 몰라."

정윤환의 무시무시한 말에 서재희가 차분하게 응수했다.

"유은우가 그 애들 머리를 처박겠지."

"아아, 그러겠네."

정윤환이 웃음을 터뜨렸다.

옆에 당사자가 멀쩡하게 앉아 있는데 저 좋을 대로 아주 막말들이었다. 유은우는 속으로 불평하다가, 콜록, 코가 간지러워 기침을 했다. 갑자기 먼지가 많아진 것 같았다. 코를 문지르는데, 어깨에 걸쳐진 정윤환의 팔에서 하얀 흙먼지가 날리고 있었다. 그러고 보니 늘 단출하게 셔츠만 달랑 입고 돌아다니던 정윤환이, 웬일로 조끼에 재킷에 심지어 넥타이까지 매고 있었다. 다만, 먼지 하나 없이 뽀송뽀송함을 유지하는 서재희와 달리, 정윤환은 바지 자락이며 소매며 드문드문 흰 모래가 묻어 있었다. 희미하게 유황 냄새가 났다. 사해의 모래였다.

사해. 죽은 바다. 실제로 바다는 아니었다. 오염된 온이 대기를 가득 메운, 도시 바깥의 황폐한 땅을 사람들은 그리 불렀다.

유은우는 반사적으로 그 건조한 공기를 기억해 냈다. 군의 많은 훈련과 실제 전투가 사해에서 이루어졌기에 유은우도 그 땅을 자주 밟았었다. 그럼에도 도무지 익숙해지지 못했다. 갈 때마다 새롭게 끔찍했다.

사위는 온통 지독하도록 재의 빛깔이었고, 드물게 바람이라도 몰아칠 때면 흙먼지가 떠올라 흩어지며 메마른 안개가 되었다. 오랫동안 사람이 돌보지 않아 세월을 안고 그대로 삭아 내린 건물들 사이로 녹슨 철근만 뼈처럼 드러나 있었다. 모든 것이 사막처럼 멈춘 그곳에, 살아서 움직이는 것은 단 하나였다. 기계로 범벅이 된 괴물들.

사해엔 왜 갔지?

유은우는 정윤환의 홀스터에 꽂힌 총을 살폈다. 총구에 희미하게 붉은 기가 어려 있었다. 방금까지 치열하게 온을 다룬 게 틀림없었다. 전투에서 막 복귀한 군인들의 총이 그랬다. 군에서는, 총에 핏기가 덜 빠졌다고 표현했다.

"여긴 어떻게 알고 왔어?"

서재희가 건조하게 물었다.

"일 끝나고 오는데 애들이 바글바글 몰려 있잖아. 뭔가 싶어서 봤더니, 너네 둘이더라."

"애들?"

"저기."

정윤환이 턱짓을 했다. 서재희와 유은우는 동시에 고개를 돌려 정윤환이 가리킨 쪽을 보았다.

창밖이었다. 몇 발짝 거리를 두고, 앳된 학생들 대여섯 명이 오글오글 모여 이쪽을 열렬하게 바라보고 있었다. 응용학교 교복에, 홀스터에 총을 차고 있었다. 10대 후반. 응용학교 졸업반 정도로 보였다.

왜 저렇게 보는 거지. 유은우는 당황해서 서재희를 보았다. 서재희는 창에서 시선을 떼더니 반대쪽으로 고개를 숙였다. 그의 얼굴 위로 낭패감이 빠르게 스쳤다. 정윤환이 옆에서 빈정거렸다.

"그러게 서재희 넌 왜 생전 안 하던 짓을 하고 그러냐? 카페에서 노닥거리는 거, 귀찮게 애들 들러붙는 거, 네가 제일 싫어하는 거 아니었어? 여기 둘이 앉아 있음 눈에 띈다는 거 몰라?"

서재희가 카페 싫어한다고? 본인이 먼저 오자고 했는데? 유은우는 다시 창밖을 보았다. 학생들 눈이 초롱초롱했다. 마치 구경거리처럼 여길 보고 있잖아. 설마 나 보고 있나? 아무도 못 알아보는 줄 알았는데. 역시 예능 열심히 보는 학생들이라 내 얼굴 알아보는 건가……. 아냐, 나만 보는 게 아니고, 서재희도 보고 정윤환도 보고 아주 번갈아 박자 맞춰 보고 있는데?

학생들이 머리를 맞대더니 곧 우르르 몰려왔다. 그들이 상기된 얼굴로 속닥이면서 카페 문을 밀고 들어오자, 서재희가 정색하며 일어섰다. 그가 유은우에게 고갯짓을 했다.

"나가자."

"너 혼자 가. 유은우는 내가 데리고 있다가 학교로 잘 복귀시킬게."

뭐라고? 유은우는 경기 일으키듯 제 어깨에서 정윤환의 손을 확 쳐 냈다. 정윤환이 과장되게 눈을 찡그렸다. 그가 그러든 말든 유은우는 서재희를 향해 세찬 도리질을 했다. 설마 나 정윤환한테 먹잇감처럼 던져두고 혼자만 돌아가는 건 아니겠지?

"정윤환, 너 진짜……."

서재희가 뒷말을 삼키며 도로 자리에 앉았다. 그는 찻잔을 끌어당기더니 단숨에 마셔 버리고 탁 소리 나게 내려놓았다. 응용학교 학생들이 떼를 지어 테이블로 다가왔다.

"저기, 실례합니다!"

"안녕하세요. 저희는 제1도시 응용학교 7학년이에요."

"아우, 어떡해, 너무 떨려. 야, 네가 먼저 말해."

"재희 선배 모의 전투 영상 보면서 매일매일 연습해요. 선배가 지휘하는 전투는 살아 있는 교과서라고 저희 반 선생님이 그러셨어요. 직접 만나 뵙다니 영광입니다!"

"과외 백번 받는 것보다 재희 선배 영상 하나 분석하는 게 입시에 훨씬 도움 돼요. 진짜 너무너무 존경합니다."

"저희도 꼭 중앙학교에 붙고 싶어요. 저희가 붙었을 때 선배는 이미 졸업하고 없겠지만……. 아, 어떡해, 나 눈물 나려고 그래. 너무 좋아."

"선배님, 사인 한 번만 해 주시면 안 돼요?"

"저는 사진 한 번만……."

"그렇게 말해 주니 고맙다만, 우리 학교 전투 영상은 외부 반출이 금지되어 있는 걸로 아는데?"

서재희가 서글서글하게 말했다. 귀찮다는 기색 하나 비치지 않고, 따뜻하기 그지없는 눈으로 학생들 한 명 한 명 일일이 시선을 맞추는 것도 잊지 않았다. 연예인 팬 관리가 따로 없었다. 심지어 서재희는 깨끗한 미소를 유지하면서, 남학생 하나가 사인을 부탁하며 불쑥 펼친 노트를 부드럽고도 단호한 태도로 덮어 다시 되돌려주기까지 했다. 그 태도가 너무 우아한 나머지, 거절이라고 느껴지지도 않았다.

여러모로 대단하네.

서재희가 손바닥 뒤집듯 얼굴 싹싹 바꿔 가며 상황마다 적절한 대응을 하는 걸 눈앞에서 보고 있자니, 당장 연기자로 데뷔해도 손색이 없을 것 같았다. 그러고 보면 서재희는 유은우에게만 미소를 아꼈다. 나한테는 가식 떨 필요조차 없을 테니까. 금방 쓰다 버릴 소모품이라. ……속이 따가웠다.

"그게, 사실, 사이트에 올라오거든요. 온하나비라고. 엄밀히 말하면 불법이긴 한데. 응용학교 학생 중에 그 사이트 모르는 애들은 없을걸요. 거기 업데이트되는 선배 영상 안 챙겨 보면, 입시에 뒤처지는 거나 마찬가지예요. 제8도시 촌에 사는 애들도 다 본다고 하는걸요."

"온하나비 쓰레기 다 됐네."

정윤환이 미간을 좁혔다. 그 한마디에, 화기애애하던 학생들이 일시에 움찔했다. 유은우의 짐작에, 만약에 서재희가 없었다면 학생들은 정윤환 근처에 얼씬도 하지 않았을 것 같았다. 한 학생이 조심스레 말했다.

"정윤환 선배님 영상도 자주 보는데요. 근데 너무 뛰어나시니까 저희 같은 평범한 동조자들은 도무지 따라 할 수가 없어요. 불가능해요. 분석해서 공식을 알아낸다 해도 속도도 못 따라가고, 선배처럼 그렇게 설계를 많이 겹쳐 내기가 어려우니까 입시에는 소용이 없어요. 그래도 선배 정말 멋있어요. 어떻게 그런 게 다 가능하신지, 심지어 왼손 쓰시잖아요."

유은우는 속으로 혀를 찼다. 이놈이고 저놈이고 겉모습에 홀라당 넘어가서 눈이 삐어도 한참을 삔 게 틀림없었다.

"정윤환 선배는 천재예요. 저희가 따라 배울 수 있는 정도를 넘어서요."

"맞아. 하지만 재희 선배는 달라. 보면 할 수 있을 것 같아. 막 희망이 생겨요."

"재희 선배는 실질적인 멘토라고 해야 하나. 평범한 동조자들의 역량을 최대로 이끄는 방법을 아시는 것 같아요. 팀을 지휘할 때 팀원 전부의 가능성을 알아보고 그 끝까지 닿을 수 있게 해 주시잖아요. 처음에 선배 영상 봤을 때 많이 울었어요."

"나도. 나 그때 입시 거의 포기하고 있었는데."

"지금도 포기하고 있는 거 아니었어?"

"야, 아니거든. 나도 열심히 하고 있다고. 저기, 선배님. 저 한 가지만 물어봐도 돼요?"

이어 학생들은 서재희를 향해 앞 다투어 질문을 쏟아 냈다. 설계할 때 좌표가 자꾸 혼동되는데 이거 집중력 문제인가요? 팀원 사이에 불화가 있는데 제가 팀장으로서 어떻게 조율해야 할까요? 동조 속도가 너무 느려서 항상 먼저 당하고 마는데, 선방할 수 있는 방법은 없나요? 여자 친구 있으세요? 특별히 좋아하는 음식은요?

서재희는, 학생들의 길고 쓸데없으며 가끔은 이게 정말 상담인지 사심인지 심히 의심스러운 질문까지도, 한결같이 자상한 태도로 답변해 주었다. 그 인내심이 하해와 같았다.

유은우는 다 식어 버린 우유를 꿀꺽꿀꺽 마시면서, 머그컵 너머로 서재희를 살폈다. 아까 애들이 그랬다. 서재희는 살아 있는 교과서. 실질적인 멘토. 평범한 동조자들의 역량을 최대로 이끄는 방법을 안다고.

팀전에 강하단 말이지.

예전에 재학생 검색대에서 서재희 이름 석 자를 검색했을 때도 이상하게 생각했다. 동조율 72. 타격 25%, 설계 75%. 개인전 승률 58%는 평범했고, 팀전 승률 98%, 복귀율 100%는 눈을 의심케 했다.

"저기, 유은우 선배."

응? 나? 유은우는 우유를 마시던 그대로 옆을 돌아보았다.

"저, 선배 테스트 영상 봤어요."

하마터면 입 안의 우유를 죄 뿜을 뻔했다. 유은우는 머그컵을 내동댕이치듯 탁자에 내려놓았다. 콜록콜록, 소매로 입을 막고 기침을 했다. 정윤환이 피식 웃더니 유은우의 등을 두드렸다. 너무 심하게 사레가 들린 나머지 눈물까지 찔끔 났다. 그걸 왜 봐? 아니, 애초에 교내 영상이 이토록 쉽게 유출되나?

"온하나비에는 아직 업로드 안 되었는데, 이프로 찍은 영상은 엄청 돌아다녀요."

이거 초상권 침해 아닌가 싶다가도, 인권도 없는데 어떻게 초상권을 주장하겠나 싶어 분통이 터졌다. 자신을 바라보는 학생들의 시선에도 기분이 좋지 않았다. 서재희의 리더십에 대한 동경, 정윤환의 재능을 향한 체념에 이어, 자신을 보는 눈엔 얄팍한 호기심이 있었다.

"저랑 사진 한 장만 찍어 주시면 안 돼요?"

사진? 나랑? 유은우는 어이가 없어 말을 잃었다. 내가 그걸 미쳤다고 찍겠니? 생판 처음 보는 학생과 어색하게 나란히 찍은 사진이 인터넷에 돌아다닐 걸 예상하니 절로 머리가 지끈거렸다.

"안 돼."

정윤환이 제 등으로 유은우를 확 밀어붙이며 가렸다. 유은우는 정윤환의 뒤통수 너머로 학생들의 안색이 삽시간에 창백해지는 걸 목격했다. 정윤환의 얼굴은 볼 수 없었지만, 학생들이 달달 떠는 것을 보아하니, 그가 어떤 표정을 짓고 있을지 대충 짐작이 갔다.

정윤환이 낮게 깔린 목소리로 말했다.

"앤 내 거라서 내 허락받아야 돼. 사진도 안 되고, 사인도 안되고, 말 거는 것도 안 돼. 쳐다보는 건 나한테 돈 내고 봐. 동영상 올린 놈도 보아하니 우리 학교 애인 것 같은데, 내가 조만간 잡아다가 손가락을 똑똑 부러뜨려 놓을 거니까."

"죄, 죄송해요."

"저희 이만 가 보겠습니다."

"안녕히 계세요."

학생들은 서재희 쪽으로만 인사를 꾸벅꾸벅 착실하게 하고후다닥 가 버렸다. 앞서거니 뒤서거니 무리 지어 학생들이 카페를 나가자, 서재희가 유은우를 바라보며 물었다.

"이만 갈까?"

유은우가 고개를 끄덕이자마자 서재희가 소리 없이 일어나트레이를 정리하기 시작했다. 그는 정윤환이 던져 놓은 딸기 꼭지를 주워 빈 접시 위에 떨어뜨리고, 냅킨을 펼쳐 유은우가 먹다 흘린 빵 부스러기를 깨끗하게 훔쳐 내었다. 능숙하게 테이블을 정돈하는 서재희를, 정윤환이 늘어지게 앉은 채 물끄러미 지켜보았다. 그가 툭 던지듯 말했다.

"차예원한테 폐쇄하라고 해야겠어."

"안 돼."

서재희가 단호하게 대답하면서 트레이를 들고 돌아섰다. 정윤환이 가볍게 한숨을 쉬며 일어섰다. 유은우도 정윤환에게 손목을 잡혀 덩달아 일어나 종종걸음으로 끌려갔다. 서재희는 트레이를 반납하고 카페 문을 밀어서 연 뒤 밖에서 잡고 기다렸다. 정윤환이 카페를 나오며 말했다.

"학교 영상을 죄다 바깥으로 유출하고 있잖아. 저런 조무래기들도 다 볼 정도면 학교 보안이 의미가 있냐는 말이지."

"학교 보안엔 문제가 없어. 정윤환 네가 가장 잘 알겠지만, 모의 전투 영상을 적당히 흘려보내야……."

서재희의 목소리가 낮아졌다.

"……정말 중요한 걸 감출 수 있어."

서재희는 유은우가 나오는 것까지 확인하고 잡고 있던 문을 놓았다. 그리고 손을 내밀었다. 서재희의 손끝이, 유은우의 손목을 움켜쥐고 있는 정윤환의 손등을 경고하듯 강하게 누르고 머물렀다. 정윤환이 한쪽 눈썹을 치켜세웠다.

"뭐, 어쩌라고."

"몰라서 물어? 손 떼."

정윤환은 잠시 말이 없었다. 유은우는 제 손목을 감아쥔 정윤환의 손가락에 힘이 거칠게 들어가는 것을 느꼈다. 그대로 훅 당겨졌다. 유은우는 미처 중심을 잡지 못하고 정윤환의 가슴에 코를 툭 부딪쳤다. 머리 위로 정윤환의 숨이 느껴졌다. 허리에 팔만 안 둘렀다 뿐이지 안긴 거나 다름없었다. 유은우는 다급히 물러섰다. 그나마도 손목이 잡혀 있어 고작 한 걸음 멀어지는 데 그쳤다.

"정윤환."

서재희가 조용히 경고했다. 정윤환은 유은우를 잡은 손에서 힘을 풀지 않고 고개를 비스듬히 기운 채 서재희를 내리깔듯 응시했다. 서재희 또한 차분히 정윤환을 마주 보았다. 둘은 잠시간 팽팽하게 말이 없었다. 유은우는 정윤환에게 잡힌 손목을 약간 비틀어 보았다. 정윤환은 손의 힘을 풀기는커녕 다시 한 번 유은우를 확 잡아당겼다. 제 품으로 당기는 힘이 아까보다 거칠었다. 유은우는 퍽 하고 정윤환의 가슴에 얼굴을 부닥쳤다. 사해의 흙먼지 때문에 코가 간질거렸다.

"하지 마."

뒤에서 서재희의 목소리가 들렸다. 여태까지와는 달랐다. 날카로웠다. 유은우는 뒤를 돌아보려 했으나 정윤환의 손이 다가와 뒤통수를 붙잡는 바람에 꼼짝없이 정윤환의 가슴에 얼굴을 묻어야 했다. 정윤환의 가슴이 숨이 찬 듯 들썩이다가 딱딱하게 굳어지는 게 느껴졌다.

"야, 서재희."

경직된 몸과 달리 목소리엔 장난기가 줄줄 흘렀다.

"네 표정 관리나 해."

다음 순간, 유은우는 정윤환을 빠르게 밀어내면서 몸을 비틀어 빠져나왔다. 동시에 발로 정윤환의 무릎 뒤를 호되게 걷어차는 걸 잊지 않았다. 약한 신음과 함께 정윤환이 유은우의 손목을 놓았다. 그는 넘어지지는 않았지만, 무릎이 꺾이는 바람에 한 차례 크게 휘청거리다가 빠르게 몸을 바로 세웠다. 정윤환이 황당한 기색이 역력한, 그러나 웃음이 터지기 직전인 얼굴을 들었을 때, 유은우는 이미 그에게서 몇 발짝 멀어진 후였다. 유은우는 정윤환과도 서재희와도 공평하게 멀찍이 거리를 두고 정윤환에게 잡혔던 손목을 살살 문질렀다.

"야, 너……."

정윤환이 뭐라고 한마디 하면 이쪽도 해 줄 말이 차고 넘쳤기 때문에 유은우는 속사포처럼 쏘아 줄 각오로 눈에 힘을 단단히 주었으나, 정윤환은 말을 삼키더니 제 왼쪽 손목을 보았다. 이프가 진동하고 있었다. 발신자 표시 제한이 떠 있었다. 정윤환의 낯에서 웃음기가 사라졌다. 그는 다급히 홀스터에서 인터컴을 빼 왼쪽 귀에 꽂았다. 상대의 말을 듣기만 하는 건지 한마디 말도 없이 가만히 있다가 정윤환은 이프를 눌러 통화를 종료했다. 새파랗게 날 선 눈이 서재희를 향했다.

"서재희, 유은우 데리고 학교로 돌아가."

서재희가 미간을 좁혔다. 그가 뭐라고 묻기도 전에 정윤환이 쐐기를 박았다.

"빵 쪼가리 먹었으면 볼일 다 끝난 거 맞지? 둘이 나 모르게 뭐 더 남았나?"

"정윤……."

"들어가. 분명히 말했다."

줄곧 서재희를 메다꽂듯 향하던 정윤환의 눈빛이 미끄러지더니 유은우를 베어 내듯 스쳤다. 정윤환은 그대로 돌아서서 성큼성큼 멀어졌다. 순식간에 인파에 섞여 모습이 보이지 않게 되었다.

그러나 서재희는 정윤환이 사라진 방향에서 쉽게 눈을 떼지 못했다. 그는 희미하게 굳어 있었다. 자연스레 늘어뜨려진 단정한 오른손 끝이 허공을 톡톡 가만히 두드렸다. 정윤환이 밑도 끝도 없이 던진 경고를 신중하게 곱씹는 서재희를 보고 있으려니 유은우는 덜컥 겁이 났다. 설마 기념식에 발도 못 들이고 이대로 학교로 돌아가는 건 아니겠지. 만약 그렇게 된다면 그땐 서재희를 따돌려서라도 김서혁을 보러 가겠다고 다짐을 하면서, 유은우는 서재희의 옆으로 다가갔다. 조심스레 물었다.

"학교로 돌아가나요?"

"아니."

서재희가 단칼에 대답했다. 정윤환이 사라진 방향을 차갑게 주시하던 서재희의 까만 시선이, 유은우에게 밤처럼 부드럽게 내려앉았다. 그가 선선히 말했다.

"이제 슬슬 출발할까?"

서재희가 돌아서며 성큼 발을 디뎠다. 유은우는 다소 안심하며 바로 그 옆으로 따라붙었다.

"그런데 정윤환 선배는 왜 학교로 돌아가라고 하는 거예요?"

"글쎄."

서재희가 미간을 좁혔다. 그가 중얼거렸다.

"곧 알게 되겠지."

대로로 나와 광장이 가까워질수록 점점 더 붐비기 시작했다. 유은우가 이리 치이고 저리 치이며 하마터면 서재희를 놓칠 뻔하자, 서재희가 단호한 표정으로 팔을 둘러 왔다. 닿지는 않은 채, 그러나 다른 사람들로부터는 확실히 보호하면서 그가 예의 바르게 물었다.

"괜찮다면 어깨 좀 감싸도 될까?"

유은우는 뭐라고 대답해야 할지 몰랐다. 불과 며칠 전, 기억을 본담시고 서재희와 꼭 껴안았을 때의 감촉이 떠올랐다. 싫은 건 전혀 아닌데, 그러라고 선뜻 대답하려니 이마까지 새빨개질까 봐 겁이 났다. 유은우 혼자 한여름인 걸 아는지 모르는지 서재희가 장난처럼 덧붙였다.

"이러다가 우리 서로 잃어버리면 영영 못 볼 것 같아서."

유은우는 대답 대신 서재희의 옆에 살짝 붙었다. 서재희가 약하게 웃었다. 그는 유은우의 어깨를 감싸더니 부드럽게 이끌었다. 유은우는 서재희에게 닿는 오른손을 어찌해야 할지 몰라 어설프게 주먹만 쥐고 있다가, 누군가에게 밀렸을 때 저도 모르게 무언가 잡는다는 게 하필 서재희의 재킷을 움켜쥐고 말았다. 다급히 놓으려는데 서재희가 대수롭잖게 말했다.

"괜찮아. 계속 잡아. 그게 편할 것 같아. 사람이 많아서."

유은우는 약간 주저하면서 제 손을 보았다. 칼같이 다려진 까만 재킷이 자신의 손에 붙들려 형편없이 구겨져 있었다.

"옷에 주름……."

"상관없어. 네가 우선이지."

유은우는 서재희의 재킷을 쥔 손에 힘을 더하면서, 저도 모르게 숨도 꼭 참았다. 다행이라고 생각했다. 같이 나온 사람이 서재희라서. 보폭이 달라 때때로 틈을 따라잡아야 했던 걸음은, 서재희가 늦추고 유은우가 좁히며 금세 자연스레 맞추어졌다. 무겁지도 가볍지도 않게 제 어깨를 두른 서재희의 온기에 안도하면서, 유은우는 그래도 학교에 내려와서 좋은 일도 있다고 생각했다. 주위를 둘러보는 척하며 서재희를 살짝 올려다보았다. 서재희는 언제나처럼 말끔한 낯으로 정면을 보고 있었다. 학교에서 수없이 많은 학생에게 보이는 얼굴이었다. 드문 친절에 쉬이 들떴던 마음은 깜짝 놀랄 정도로 빠르게 정돈되었다. 보는 눈이 많아서 서재희가 자신에게 품을 들이는 것뿐으로, 마음에서 우러나오는 친절일 리 없었다. 잠시나마 좋게 생각한 자신이 바보 같았다.

광장은 몰려든 인파로 빽빽했다. 관람석은 이미 가득 차 있었고, 착석하지 못한 시민들은 관리 요원들의 통제 하에 질서정연하게 관람석 뒤쪽으로 정렬되고 있었다. 사람들 틈으로 저 멀리 보이는 연단은 아직 비어 있었다. 그 뒤엔 거대한 스크린이 도시연합의 발전상을 화려하게 송출했다. 그리고 그 모든 것 위로 도시연합의 심벌이 거대한 홀로그램으로 허공에 떠 있었다.

서재희는 유은우에게 양해를 구하고 거의 끌어안다시피 하더니 잠수하듯 인파 속으로 파고들었다. 어딜 가도 붐빌 텐데 싶었으나 유은우는 묻지 않고 서재희를 열심히 따라갔다. 사실 서재희 특유의 냄새, 가까운 온기, 대체로 부드럽고 때때로 강하게 당겨 오는 힘으로 아찔해 정신이 하나도 없었다.

갑자기 시야가 탁 트였다. 서재희가 멈춰 섰다. 그제야 이리 치이고 저리 치이던 숨이 쉬어졌다. 지척에 시커먼 기계들이 가득했다. 도시연합 정복을 입거나 방송국 마크를 단 촬영팀 직원들이 바삐 움직이고 있었다. 주변의 대지보다 한층 높아 연단과 관람석의 상황이 한눈에 보였다.

"안녕하세요."

서재희가 서글서글하게 웃었다. 콘솔을 만지던 직원 하나가 경계하듯 돌아보았다가 서재희를 보고 반색했다. 서재희가 인사 한마디 했을 뿐인데, 차를 내오라는 둥 의자를 내오라는 둥 금세 수선스러워졌다. 팔짱을 끼고 이런저런 지시를 내리던 여자가 다급히 다가와 서재희에게 명함을 내밀며 악수를 청했다. 유은우는 그 명함에서 무슨 방송국 촬영감독이라는 문구를 읽었다.

유은우는 시선은 다른 곳에 두고 귀는 쫑긋 세웠다. 누군가 저 학생 누구냐고 낮게 묻자, 다른 누군가 소리 낮춰 대답하는 것이 어렴풋이 들렸다.

"너 쟤 몰라? 서재희, 서재희."

"뭐, 진짜? 임유현의? 왜 왔지? 오늘 귀빈 명단에 없었잖아."

"나도 몰라. 정신 바짝 차려. 실수하지 말고. 알았지?"

"옆에 유은우는 또 왜 왔대?"

"유은우는 신경 쓰지 마. 김서혁, 유은우 건에서 손 뗐잖아."

"힐끔거리지 말고 동선이나 체크해. 지난번에 차예원 앞에서 드론 떨어뜨렸다가 잘린 직원 있는 거 알지? 그냥 저긴 가까이 가지 마."

"어어, 물이라도 가져다줘야 하는 거 아니야?"

"이런 일이 한두 번이냐? 감독님이 알아서 모실 거야."

"서재희는 그 재수 없는 차예원하고는 달라. 내가 겪어 봐서 아는데⋯⋯."

"다르긴 뭐가 다르다는 거야. 다 똑같지. 너 그럼 지금 서재희한테 가서 여긴 관계자 외 출입금지니까 내려가 달라고 말할 수 있어?"

들릴 법도 한데 서재희는 여유로웠다. 그는 직원이 급히 준비한 간이 의자를 단 한 번의 사양도 없이 아주 오래전부터 준비된 제자리인 양 자연스레 앉더니 감독이 직접 권하는 차를 예의 바르게 거절했다. 언제 받아 들었는지 팸플릿을 막 펼치는 서재희 옆으로 의자가 하나 더 놓였다. 유은우도 분위기에 떠밀리듯 자리에 앉았다. 바늘방석이 따로 없었다. 그러나 연단을 내려다보자마자 정신이 또렷해졌다.

정예군이 군기를 앞세우고 입장하고 있었다. 수많은 군중이 일시에 숨을 죽였다. 경의를 표하는 정적 사이로 시민들이 곳곳에서 홀로그램을 쏘아 올렸다. 힘 있는 그림들과 섬세한 글씨들이 어우러지며 한낮의 폭죽이 되었다.

도시연합의 상징인 흰 매. 전투가 끝난 후 온이 들러붙어 붉은 총구. 인류의 최전선. 생의 가장자리. 여덟 도시를 비호하는 검은 해자. 도시연합군 소속 군인들의 이름이 벌 떼처럼 새까맣게 무리를 지어 날아오르더니 검은 용의 형상이 되어 날개를 활짝 펼쳤다.

그리고 김서혁.

유은우는 단번에 그를 알아보았다. 얼굴을 식별하기 어려운 먼 거리는 문제가 되지 않았다. 그에게 버림받았다는 사실은, 그를 보자마자 순식간에 낡아 버렸다. 유은우는 금방이라도 자리를 박차고 뛰어나갈 듯 의자 팔걸이를 부여잡고 정신없이 김서혁을 좇았다. 대열의 앞. 김서혁은 연단에서 옆으로 돌아 귀빈석으로 안내받더니 절도 있게 망토를 젖히며 착석했다.

그가 어떤 표정을 하고 있을지 눈에 선했다. 연단의 스크린은 김서혁이 아닌 시민을 띄우고 있었기 때문에, 유은우는 급한 대로 이프의 카메라를 켜서 줌인하려다가, 문득 옆에서 서재희가 일어서기에 멈추었다. 서재희는 촬영팀에게 형식적인 양해를 구하고 총을 뽑았다.

총구가 튀자 서재희와 유은우가 앉은 자리 주위로 반투명한 방음벽이 둘러졌다. 소음이 한층 잦아들었다. 서재희는 총으로 방음벽을 지그시 누르고 방아쇠를 반쯤만 당긴 채 총구를 쭉 미끄러뜨렸다. 교과서에서 튀어나온 듯 반듯반듯 완벽한 다각형이 별처럼 돋아나다가 스러졌다. 바깥과 안의 소리 감도를 적당히 조절하고서, 서재희는 총을 홀스터에 꽂고 자리에 앉았다.

"시민들은 아직 몰라."

유은우는 이제 거의 투명해진 방음벽 너머로 김서혁을 바라보면서 서재희의 말을 들었다.

"김서혁이 예산 빼돌리는 거."

유은우는 제 귀를 의심했다. 고개를 돌렸다가 서재희의 얼굴이 가까워 움찔했다.

서재희는 팔꿈치를 유은우의 팔걸이에 대어 놓고 턱을 괸 채, 새까만 눈으로 유은우를 찌르듯 빤히 보고 있었다. 유은우는 그가 자신의 반응을 살핀다는 걸 알았다. 그가 의도를 숨기지 않았기 때문인지 기분이 나쁘다기보다는 묘했다.

"대장은, 아니……."

유은우는 즉각 말을 고쳤다.

"……김서혁 총사령관은 청렴하기로 유명해요. 선배도 알겠지만, 그는 부모가 사고로 사망하자 상속받은 전 재산을 기부했어요. 본인 명의로 집 한 채 없어요. 돈에 욕심 없어요."

"돈에는 욕심이 없지."

서재희가 잔잔한 눈만큼이나 평온하게 대꾸했다. 그는 유은우의 입에서 나오는 말이 아니라 속을 읽으려는 듯 유은우의 낯위로 제 시선을 담백하게 굴렸다. 유은우는 그의 시선이 이마와 미간을 지나 눈가와 콧잔등을 미끄러지고 입술에 머물다가 떨어지는 것을 느꼈다. 이윽고 서재희가 고개는 여전히 유은우를 향한 채 눈만 떨어뜨려 아래를 내려다보았다. 김서혁이 연단에 서서 축사를 하고 있었다.

"김서혁 때문에 제17유적지 기지국, 착공하지도 않았어. 임시로 그 옆 기지국을 확장해서 눈속임하고 남은 예산은 어디로 날아갔는지 알 수가 없지. 그런 식으로 수천억 원이 사라지고 있어. 사해에서는 그런 일이 아주 쉬워. 일반인의 접근이 제한되니까. 시민들은 김서혁이 사해로부터 도시를 지킨다고 떠

받들지만, 김서혁은 사해에서 그 누구보다 자유로워. 나는 궁금해. 저 사람의……."

서재희의 목소리에 기이한 생기가 돌았다.

"……출생지는 어딜까."

물음 끝에 서재희의 눈동자가 매끄럽게 움직여 다시 유은우에게 달라붙었다. 서재희가 원하는 답이 아님을 확신하면서도 유은우는 형식상 입을 열었다. 아는 전부였다.

"대장은 제2도시 출신이에요. 김영언 제2도시국장과 신해연 의원의 외동아들이죠."

서재희는 그리듯 미소 지었다. 그가 말했다.

"너도 모르는구나. 알 줄 알았는데."

"어차피 알아도 말 안 해요. 대장을 곤란하게 만들고 싶지 않아요."

"더 이상 변명하지 않아도 돼. 표정은 못 숨기니까. 네가 모른다는 건 충분히 알았어."

유은우는 등줄기를 꼿꼿이 펴며 고쳐 앉았다. 간이 의자가 삐걱거렸다.

"지금 선배는 김서혁 총사령관이 유적지 출신 난민이라고 말하고 싶은 건가요?"

"그렇지 않다면, 도시연합과 척을 지면서까지 난민을 감쌀 이유가 있나?"

"인권 운동 하면서 도시연합 입맛까지 맞출 이유도 없죠."

"정말 인권 문제인가?"

유은우는 눈을 깜박거렸다. 서재희가 말을 이었다.

"사해에서 무언가를 찾기 위해서 난민 인권을 들먹이는 거 아닐까? 난민과 수월하게 접촉하여 정보를 얻기 위해. 또는 본인의 행동반경을 넓힐 그럴듯한 명분으로."

유은우도 난민을 모르진 않았다. 임무 수행 중에 널브러진 시체를 실제로 목격하기도 했다. 신체 일부에 싸구려 정화기계가 달려 있었다.

김서혁은 언제나 그들을 시민이라고 불렀다. 도시의 테두리에서 낙오되어 시민권이 박탈된 자들에게 시민이란 호칭은 법에 위배되는데도 그랬다. 전투에서 이긴다는 확신만 있다면, 때로 김서혁은 사출도 전에 난민들에게 광범위한 피난 명령을 내리기도 했다. 반란군에게 이쪽 위치를 노출하고 진입 시간까지 친히 일러주는, 이득 없이 손해만 큰 기행이었다. 몇몇 군인들은 쓸데없는 짓이라며 불평했지만, 대다수는 좋은 신호로 반겼다. 중요한 정보를 선뜻 내준다는 것은, 이미 승세가 이쪽으로 기울었음을 뜻했다.

"그런 가정을 하는 이유는 그 무언가를 선배가 찾기 때문인가요?"

유은우를 빤히 보던 서재희가 이내 옅게 숨을 뱉었다. 그는 유은우가 김서혁의, 적어도 김서혁의 어떤 부분에 관련해서는 문외한이라는 것에 적잖이 실망한 듯했다. 서재희는 유은우에게 기울였던 몸을 바로 하여 앉더니, 여태껏 그랬듯이 단정하게 말했다.

"김서혁 총사령관은 오후에 다른 일정이 있어. 기념식 1부 끝나면 퇴장할 거고, 여기 촬영팀 뒤쪽으로 돌아서 지나갈 거야. 군은 항상 저쪽에 부속선을 대기시키거든. 가서 김서혁 보고 와. 기다릴게. 불꽃은 안 봐도 되겠지? 소원은 불꽃이 아니라 김서혁에게 빌어야 할 테니."

유은우는 눈을 동그랗게 떴다. 순간, 방음벽이 레이스 커튼처럼 부드럽게 허물어졌다. 서재희가 걸었던 시효가 다된 듯했다. 바깥의 소음이 해일처럼 밀어닥쳤다. 박수. 환호. 음악. 도시연합장이 우수 시민 표창을 하고 있었다.

"통화하고 싶은데 연결이 안 된다고 하지 않았어? 우리 페어한 날."

귀를 때리는 온갖 소리 속에 서재희의 목소리만 또렷했다. 서재희가 웃으며 덧붙였다.

"너무 놀라는데? 이러려고 나온 거 아니었어? 김서혁 보고 싶어서?"

유은우는 실토했다.

"죄송해요. 사실대로 말 안 해서……."

"나도 너한테 말 안 하는 거 많으니까, 이 정도는 서로 넘어가자."

서재희는 줄곧 들고 있던 팸플릿을 펼쳐 보였다. 유난히 손톱이 바투 깎인 그의 손끝이 행사장 배치도를 가지런히 짚어 내렸다. 현재 서재희와 유은우가 앉아 있는 촬영팀 전용석과 김서혁의 귀빈석, 부속선의 위치, 귀빈석에서 촬영팀 전용석 뒤쪽을 돌아 부속선까지 이어지는 가장 효율적인 동선. 서재희가 지적하는 핵심만 가지고도 유은우는 상황을 제법 명료하게 그려 볼 수 있었다. 서재희는 이런 일에 아주 능숙해 보였다.

서재희는, 김서혁은 평소 간결한 호위를 선호하나 그래도 오늘처럼 큰 행사는 어쩔 수 없이 정예군이 겹겹이 둘러싸게 되므로 외부인이 김서혁에게 말을 거는 것은 물론 접근조차 쉽지 않을 거라고 했다. 유은우는 그 부분은 걱정하지 말라고 했다. 김서혁이 대열의 어떤 위치에서 이동하는지, 그의 가장 측근에 정예군이 어떤 배치로 있을지, 그 정예군 중 유은우에게 못 이기는 척 틈을 내줄 이는 누구이며, 어떻게 중앙으로 파고들어야 할지는, 서재희보다 유은우가 더 잘 알았다. 정작 궁금한 건 따로 있었다.

"제가 군과 접촉하면 선배한테 손해 아닌가요. 제가 다시 군으로 돌아가면 선배는 제 기억을 못 볼 텐데."

서재희는 희미하게 웃었다.

"나 계산 많이 해. 네가 짐작하는 것보다 더. 나 손해 보는 일은 안 하니까 너 하고 싶은 대로 하고 와."

"계산인가요, 호의인가요?"

불쑥 묻고, 유은우는 숨을 참았다. 저도 모르게 튀어나온 질문은 그렇다 치고, 서재희의 대답을 기대하는 자신이 당황스러웠다.

서재희는 팸플릿의 모서리를 만지작거렸다. 대답은 늦게 나왔다.

"미안한 말이지만 네가 김서혁을 잠깐 보고 온다고 해서 상황이 달라지진 않을 것 같아서 그래."

유은우는 서재희를 가만히 마주 보았다. 여태 서재희가 유은우를 제 눈에 가두고 마음껏 만지작거렸듯, 이번엔 유은우가 눈으로 서재희의 건조한 낯을 찬찬히 매만졌다.

"그럼 이건 명백한 호의네요. 제 쓸데없는 짓을 선배가 돕는 거니까. 선배는 손해 안 본다고 말했지만, 이득도 없는 일이니까요."

무어라 대꾸하려는 듯 서재희의 입술이 살짝 벌어졌다. 그는 그렇게 잠깐 멈추어 있었다. 할 말을 찾아 헤매는 건지, 정해진 답을 차마 못 뱉는 건지 알 수 없었다. 이내 웅장한 음악이 터졌다. 둘은 동시에 고개를 돌려 아래를 보았다. 화려한 폭죽 속에 스크린이 1부 막을 알리고 있었다. 유은우는 바로 김서혁을 찾았다. 귀빈석 일부가 비어 있었다. 정예군이 대열을 맞춰 움직이는 게 똑똑히 보였다.

서재희는 자리에서 일어났다.

"지금부터 30분 뒤에 여기서 다시 보자. 무슨 일 생기면 바로 전화해. 인터컴은 녹취당하니까 우리끼리 아는 이야기는 절대 하지 말고 일상적인 대화로 상황만 전달하자. 행운을 빌게. 내가 손해 보게 되길."

농담인지 진담인지 모를 말마디를 덧붙이고 몸을 돌리려는 서재희를, 유은우는 다급히 붙잡았다.

"선배는 어디 가요?"

"정윤환 찾아보려고. 이따 봐."

서재희가 제 팔을 붙잡은 유은우의 손을 부드럽게 떨어뜨리고 돌아서더니 빠르게 계단을 내려갔다. 인파에 섞이기 전에 서재희가 홀스터에서 인터컴을 뽑는 것도 같았으나, 확실치는 않았다.

정윤환의 경고와 서재희의 행보가 석연찮았으나, 유은우는 생각을 멈추고 움직였다. 서재희가 단 한 번 읊은 동선은, 수없이 다녀 본 길처럼 뇌리에 선명했다. 목표를 명확하게 알고 있으니 사람들 사이에 섞여도 더 이상 숨이 막히지 않았다. 오가는 사람들과 먹먹한 소음에도 방향을 잃지 않고 유은우는 앞으로 쭉쭉 나아갔다. 서재희가 일러준 딱 그 거리만큼 이동하자 거짓말처럼 익숙한 기척이 느껴졌다.

한층 무거운 공기가 먼저였다. 딱딱한 군화 소리. 퇴장하는 정예군은 잘 숙련되어 살아 있는 총의 행진 같았다. 도시연합군의 공적을 읊으며 환호하는 시민들에게 이리 밀리고 저리 밀리면서, 유은우는 익숙한 낯을 발견했다. 이선규. 소연주. 그렇다면 저기 어디쯤 김서혁이……

누군가 뒤에서 유은우를 밀치고 앞으로 뛰어나갔다. 말라 가느다란 꼬챙이 같은, 그러나 핏발 선 눈의 남자였다. 그는 정예군과 시민 사이의 통제 구간에 홀로 우뚝 서더니 품에서 제 뼈를 뽑듯 총을 꺼냈다. 까만 총구가 김서혁을 향했다. 남자가 심장을 게워 내듯 외쳤다.

"도시에 단죄를! 사해에 진실을!"

반란군의 슬로건을 걸고 남자가 방아쇠를 당겼다.

탕!

깜짝 놀랄 정도로 평범한 타격이라, 유은우가 도리어 놀랐다. 솜사탕처럼 부드럽고 연약한 타격은, 김서혁의 심장을 관통하기는커녕, 총구에서 빠져나오자마자 그 누구에게도 닿지 못하고 안개처럼 흩어져 사라졌다. 비장하게 사격한 남자의 눈이 흔들렸다. 그는 다급하게 방아쇠를 당겼으나 느슨하게 철컥거릴 뿐이었다. 총이 망가진 게 분명했다. 정예군 몇이 총을 겨누었다. 그들은 남자가 자결하지 못하도록 기절시키고 포박했다. 시민들이 웅성거렸다.

'서재희, 유은우 데리고 학교로 돌아가.'

뒤가 서늘했다.

유은우는 신경을 곤두세웠다. 사로잡힌 반란군을 향한 시민의 질타와 웅웅거리며 날아다니는 드론, 다시 시작된 군의 묵직한 행렬이 물에 잠긴 듯 느려졌다. 그 모든 것 위로 날카로운 악의가 광범위하게 드리워지고 있었다. 피로 제련된 여럿이거나, 재앙으로 타고난 하나거나. 투명하고 강한 설계. 완벽하게 숨을 죽인, 그러나 조심하는 게 좋을 거라는 오만한 경고가 해일처럼 밀려왔다.

누군가 공간 전체에 미리 설계를 깔아 놓어…….

비단 유은우만 느낀 것은 아니었다. 군의 행렬이 어그러졌다. 소연주가 능란하게 손을 들어 군의 걸음을 멈추게 했다. 즉각 제자리에 선 군인들은 긴장한 낯으로 홀스터에서 약물 케이스를 빼내거나 총을 뽑았다.

'무슨 일 있으면 바로 전화해.'

유은우는 신중하게 홀스터에 손을 가져갔다. 신체 강화제를 미리 끼워 둔 호흡기와 인터컴을 차례로 빼내 한 손에 그러쥐었다. 유은우는 인터컴을 왼쪽 귀에 꽂았다. 차가웠다. 이프를 눌러 서재희의 이름을 찾아 전화를 걸었다.

불온한 기운이 심장박동처럼 한 번 더 대기를 떨었다.

설계를 못 하는 만큼 감으로 온의 흐름을 때려 맞히는 데 능숙한 유은우나, 온에 예민한 군인뿐 아니라, 이제 평범한 동조자라도 눈을 찌푸리고 사위를 둘러볼 정도로 그 기운은 뚜렷해졌다. 시민들의 두런거림이 높아졌다.

연단에서 안내 방송이 터졌다.

— 알립니다. 현재 광장 전역에 서명이 훼손된 대규모 무허가 설계가 감지되었습니다. 시민들은 통제 요원의 안내에 따라 질서정연하게 광장을 벗어나기 바랍니다. 다시 한번 알립니다. 현재…….

통화 연결음을 들으면서 호흡기를 입에 물었다. 깊이 들이마셨다. 호흡기를 입에서 빼고 금세 비어 버린 약물 케이스를 한 손으로 가볍게 분리했다. 텅 빈 케이스는 바닥에 떨어지기도 전에 누군가의 발에 차여 날아갔다. 가벼워진 호흡기를 홀스터에 도로 꽂아 넣었다.

권고 용량을 어기고 다량을 흡입한 탓에 시야가 어지러웠다. 그 메스꺼운 익숙함이, 유은우에게 묘한 활기를 가져다주었다.

왼쪽 귀의 인터컴은 여전히 연결음만 계속되고 있었다. 서재희는 전화를 받지 않았지만, 유은우는 전화를 끊지 않았다. 인터컴의 연결음과 눈앞의 정예군에 동시에 집중하면서, 유은우는 몇 발짝 앞으로 나아가며 시민의 무리에서 벗어났다.

"물러서세요."

방금의 사태로 한껏 긴장한 통제 요원이 즉각 유은우 앞을 가로막았다. 단호하게 펼친 그의 팔 너머로, 비로소 김서혁이 시야에 들어왔다. 김서혁은 우뚝 멈춰 서서 미동도 하지 않고 눈만 날카롭게 움직이며 사위를 살피고 있었다. 김서혁 바로 옆에서 이선규가 심각한 얼굴로 무어라 말하고 있었다.

지금…….

이유야 어찌 됐든 김서혁이 멈춰 서 있고, 그의 옆에는 유은우와 안면이 있는 이선규와 소연주가 있었다. 촘촘하던 군이 뒤숭숭한 지금이 적기였다. 유은우는 제 앞을 막고 있는 요원을 어깨로 밀었다. 그대로 앞으로 튀어 나가려 할 때였다.

쾅!

대지가 흔들렸다. 유은우도 익히 감지한, 공간 전체에 넓게 깔려 있던 설계가 어디선가 타격을 받았는지 일시에 발동되었다. 은닉되어 보이지 않아 감각으로만 겨우 느꼈던 패턴이 대기 위로 그 모습을 드러냈다. 거인이 푸르스름한 거미줄을 짜다가 하늘 위에서부터 힘껏 던진 것처럼, 광대하여 감히 그 끝을 알 수 없었다. 유은우가 가늠한 것보다 훨씬 견고하고 아름다웠다. 서로 합이 잘 맞는 뛰어난 설계자 여럿이 모여 아주 오랜 시간 공을 들여 빚어낸 결과물로 보였다. 그러지 않고서야 이 규모가 가능할 리 없었다. 다만 의문은, 이리 개방된 공간에서 며칠에 걸쳐 설계를 설치하면서 어떻게 도시연합의 눈을 피할 수 있었느냐.

음악이 꺼지고 조명이 산산조각 났다. 온이 바람을 안고 광폭하게 휘몰아쳤다. 매캐한 연기. 치미는 열기. 어디선가 화재도 난 모양이었다. 비명. 피비린내. 욕이 치밀었다.

테러라니, 하필 이럴 때……

나랑 상관없잖아. 유은우는 잡념을 떨치려 애썼다. 김서혁이 우선이었다. 만나서 말해야 했다. 정윤환은 당신 편이 아니라고. 임유현이 정윤환을 통해 내게 스파이를 제안하고 있다고. 수락과 죽음의 기로에서 버티고 있으니 내게 단 한 번만 더 기회를 달라고 말해야 했다. 그때 당신이 사해에서 날 구했던 것처럼, 부디……

지척에 김서혁이 있었다. 사람들에게 거칠게 어깨를 부딪치면서도 유은우는 김서혁에게 한 걸음 한 걸음 가까워졌다.

서재희에게 걸었던 전화가 끊어졌다. 유은우는 빠르게 이프를 조작해 다시 전화를 걸었다. 연결음이 이어졌다. 인터컴을 끼지 않은 오른쪽 귀 고막으로 끔찍한 소음이 찢어지듯 높아졌다. 뒤늦게 울리기 시작한 비상 사이렌이었다.

이 아수라장에도 불구하고 김서혁은 미동도 하지 않았다. 다만 총을 뽑아 들고 있었다. 선 굵은 손에 쥐인 총신의 숫자는 087, 김서혁의 최대 동조율을 찍고 있었다. 금방이라도 쏘기 위해 방아쇠를 반만 당긴 채였다. 그의 곁에 소연주, 이선규를 비롯한 최측근 대여섯만 남아 있었다. 나머지는 비상 매뉴얼에 따라 전부 광장 곳곳으로 흩어졌을 터였다. 늘 그렇듯, 소연주가 김서혁 앞에 이프로 스크린을 띄워 놓고 상황을 한눈에 조망하고 있었다. 브리핑은 소연주의 특기였다. 상황 보고가 끝나기까지 앞으로 채 3분도 남지 않았다. 혹은 끝나기도 전에, 김서혁이 먼저 판단을 내리고 움직일 수도 있었다. 그가 여기를 뜬다면, 후에 언제 다시 볼 수 있을지 기약이 없었다.

조금만 더…….

그때였다. 인터컴의 연결음이 끊어졌다. 서재희의 목소리 대신, 무시무시한 비명과 무언가 타는 소리가 났다. 귀가 먹먹했다. 날카로운 비상 사이렌 소리가 오른쪽으로도 왼쪽으로도 겹쳐 정신이 하나도 없었다. 서재희 또한 혼란의 한복판에 있는 게 분명했다. 유은우는 인터컴을 고쳐 끼워 보았다.

"선배?"

소용이 없음을 알면서도 유은우는 사위를 둘러보았다. 놀랍게도, 유은우가 있는 곳은 그나마 상황이 양호한 게 분명했다. 노출된 오른쪽 귀로 들리는 지척의 소란은, 왼쪽 인터컴에서 터지는 끔찍한 비명에 비하면 봄날 소풍이었다.

유은우는 김서혁을 향해 나아가면서 거듭 물었다.

"선배? 제 말 들려요?"

누군가에게 팔을 잡혔다. 김서혁과 가장 멀리 떨어져 있던 정예군이었다. 유은우는 상대의 얼굴을 확인하기도 전에 목소

파란미디어의
책들

Romance

e-mail paranbook@gmail.com
cafe cafe.naver.com/paranmedia
instagram @paranmedia X(twitter) @paranmedia
tel 02-3141-5589 fax 02-3141-5590

파란

영원의 사자들 정은궐 지음

로맨스를 대표하는 작가 정은궐

그녀는 매일 밤 꿈에서 죽음을 본다. 그리고 어느
날부터 아름답게 날아오르는 나비 떼와 함께 투명한
남자가 보이기 시작했다. 꿈에서도 현실에서도.
불멸과 필멸의 어긋난 만남, 죽음보다 시리고
사랑보다 빛나는 인간과 저승사자의 인연.

종이책 전 2권 (각 권 15,000원)

전자책 O / 연재 O / 카카오페이지 독점

홍천기 紅天機 정은궐 지음

김유정, 안효섭 주연 SBS 드라마 '홍천기'의 원작

하늘의 무늬를 읽고 해독할 수 있지만 앞을 보지 못하는 남자 하람.
그의 눈이 되고자 당당히 경복궁에 입성한 백유화단의 여화공 홍천기.
그들의 운명에 번져 가는 애틋하고 몽환적인 먹선!

종이책 전 2권 (각 권 15,000원)

전자책 O / 연재 O / 네이버시리즈 웹툰 완결

성균관 유생들의 나날 정은궐 지음

교보문고, 예스24, 인터파크, 알라딘 베스트셀러 종합 1위!
독자들이 뽑은 가장 재미있는 소설!

병약한 남동생 대신 남장하고 과거를 보게 되는 김윤희.
왕의 눈에 들어 금녀의 성균관에 들어가게 된다.
여자임이 발각되는 날에는 자신의 죽음은 물론 멸문지화를 면할 수 없는데……

종이책 전 2권 (각 권 11,000원)

전자책 O / 연재 O / 드라마 '성균관 스캔들' 원작 소설

규장각 각신들의 나날 정은궐 지음

《성균관 유생들의 나날》 시즌 2, 잘금 4인방의 귀환!
'공부가 가장 쉬웠던' 성균관은 아무것도 아니었다!

왕의 지나친 총애 덕분에 사이좋게 규장각으로 발령 난 잘금 4인방.
수염도 안 나는 주제에 규장각에 출근하는 것만도 몸이 떨릴 일인데,
윤희의 정체를 안 좌의정 대감의 진노는 윤희의 앞날에 짙은 먹구름을 드리운다.

종이책 전 2권 (각 권 11,000원)

전자책 O / 연재 O

해를 품은 달 정은궐 지음

드라마 '해를 품은 달' 원작
8주 연속 종합 베스트셀러 1위!

달과 비가 함께하는 밤, 온양행궁에서 돌아오던 길에 신비로운 무녀를 만난다.
왕과 무녀는 절대 이루어질 수 없는 관계. 이름을 말해 주는 것조차 거부하는
그녀에게 이름을 지어 주며 그 밤을 시작으로 인연을 이어 가고자 한다.

종이책 전 2권 (각 권 13,000원)

전자책 O / 연재 O / 드라마 '해를 품은 달' 원작 소설

오늘만 사랑한다는 거짓말
남궁현 지음

육체를 배반하는 건 세 치 혀뿐,
심장은 거짓말을 하지 않는다.
오늘 하루라도 너만을
사랑한다고 말해 줬으면.
그것이 비록 거짓말이라 해도.

종이책 전 2권 (각 권 9,000원)

전자책 O / **연재** O

새우깡과 추파춥스
종이책 전 2권
(각 권 13,000원)

더 원
종이책 전 3권
(각 권 13,000원)

왕은 사랑한다 (개정판) 김이령 지음

임시완, 윤아, 홍종현 주연 드라마 〈왕은 사랑한다〉 원작!

부패하고 빈곤한 고려의 개혁에 힘쓴 총명한 군주로 평가받는 충선왕.
고려 말 대원제국 울루스에서 펼쳐지는 권력과 애욕의 소용돌이 속에
사랑하는 세 사람의 운명이 한반도를 넘어 타클라마칸 사막의 별빛에
아로새겨진다.

종이책 전 3권 (각 권 13,000원)

전자책 O / **연재** O / 드라마 '왕은 사랑한다' 원작 소설

사랑도 처방이 되나요
최준서 지음

안하무인 건물주와 위기에 빠진
세입자, 갑과 을에서 '남'과 '여'로
만나다!

종이책 단권 (값 13,000원)

전자책 O / **연재** O

퀸 최준서 지음

종이책 전 2권
(각 권 9,000원)

전자책 O / **연재** O

비차 서누 지음

하늘을 나는 수레 '비차'

수수께끼 같은 두 남자와 상처를 딛고 아름답게 성장하는 한 소녀.
슬픔 많은 시대, 희망처럼 피어난 사랑 이야기!

종이책 전 2권 (각 권 12,000원)

전자책 O / **연재** O / 영상화 계약 완료

파란 × 카멜 프로젝트

낙원의 오후
조강은 지음

종이책 단권
(값 13,000원)

론리 하트
김언희 지음

종이책 단권
(값 13,000원)

봄 깊은 밤
이유진 지음

종이책 단권
(값 13,000원)

내 아이가 분명해 한민트 지음

카카오페이지 3천 만 독자를 매료시킨 화제작!

환생 트럭에 치어 남작가 장녀로 태어난 클레어.
제국 3대 명문가의 공작, 에리히와 하룻밤을
보내게 된다. 그런데 5년 후……
"내 아이가 분명한데, 그런 거짓말로 날
속일 수 있을 것 같냐?"

종이책 전 6권 (각 권 14,000원)
전자책 O / 연재 O / 카카오페이지 웹툰 연재 중

파옥 한민트 지음

세렌 루바브는 이스브란트의 것이다.
처음부터 그리 운명지어졌다.

제국 유사 이래 가장 짙은 용의 피를 타고난 황제, 이스브란트.
자신의 생명의 구슬을 품은 여인, 세렌을 발견하자 황궁으로 납치한다.
사고로 기억을 잃은 세렌은 이스브란트를 사랑하게 되지만,
모든 진실을 알게 된 후 그에게서 도망치기로 결심하는데……

연재 O / 네이버시리즈 독점

봄그늘 김차차 지음

봄의 그늘에서, 지나간 시절의 너에게

나는 한때 박우경에게 내 삶을 다 내어 주고,
그 애의 삶으로 도망치고 싶었다.
차라리 전부 종속되고 싶었다.
그리고 그것으로 그 애의 모든 것을 갖고 싶었다.

종이책 전 5권 (각 권 14,500원)
전자책 O / 연재 O / 네이버 웹툰 계약 완료

함박꽃식당 정선우 지음

〈낙원의 이론〉 정선우 작가의 신작
오감 만족 예능 '함박꽃식당' 오픈!

요괴를 혐오하는 국민 남배우 최윤과
정체를 숨기고 살아가는 구미호 김태린의 살벌한 협관 로맨스!

연재 O / 네이버 시리즈에디션

2024년 상반기
종이책 출간 예정

동백꽃 핀 자리 서은수 지음

오해와 애증으로 얽힌 관계,
서은수 작가의 시대물 로맨스!

집안을 망하게 했다가 어릴 때부터 미움받던 도경.
헤명 윤문의 고명딸, '윤도경이 되어 운명을 바꾸고자
문과 대립하던 예성 채문의 종손, 채재한을 찾아간다.

종이책 출간 예정 (각 권 미정)
전자책 O / 연재 O

리로 먼저 그를 알아보았다.

"은우?"

박민준이었다. 그가 눈을 커다랗게 뜨고 유은우를 정신없이 내려다보고 있었다. 박민준은 양손으로 유은우의 어깨를 붙잡았다.

"네가 왜 여기 있어? 학교에 있을 애가. 너 1학년이잖아. 어떻게 나온 거야? 너 설마 도망쳤어?"

놀라고 걱정하는 기색이 완연했다. 유은우는 눈물이 나올 것 같아 세차게 고개를 저었다. 박민준의 어깨 너머로 소연주가 이프를 조작하는 게 보였다. 스크린이 꺼졌다. 브리핑이 끝났다는 뜻이었다. 시간이 없었다.

"잠깐만, 좀 놔줘……."

"은우 너 학교에서 도망친 거 아니지? 그러면 안 돼."

"제발. 나 대장 만나야 해. 할 말 있어."

"대장?"

박민준이 고개를 돌려 김서혁을 보고 다시 유은우를 보았다.

"할 말이 있으면 전화하면 되잖아. 너 내 전화는 왜 안 받아?"

유은우는 어깨에서 박민준의 손을 밀어내다가 흠칫 놀랐다.

"뭐? 전화 온 적 없어."

"내가 너한테 얼마나 많이 전화한 줄 알아?"

"나도 오빠한테 전화했었는데, 오빠가 안 받잖아. 그래서 내가 음성 메시지도 남겼는데."

"나 네 메시지 받은 적 없는데……."

유은우는 제 어깨를 잡고 있는 박민준의 손에서 힘이 슥 빠지는 걸 느꼈다. '나쁜 놈들.' 박민준이 무서운 얼굴로 중얼거렸다. 유은우가 당황하는 사이, 박민준이 유은우의 등을 부드럽게 밀었다. 김서혁이 있는 방향이었다. 박민준이 말했다.

"어서 가. 할 말 있다며."

그때였다. 소란하기만 하던 인터컴 너머에서 거친 숨소리가 터졌다. 또렷하고 가까웠다. 인터컴 착용자인 서재희의 호흡이 분명했다. 낯선 여자 목소리가 괜찮냐고 물어 오고, 누군가가 빨리 가자고 재촉하는 소리가 들렸다. 그리고 바로 폭발음이 이어졌다. 유은우는 깜짝 놀라 반사적으로 인터컴을 뺐다가 얼른 다시 착용했다. 인터컴 너머로 무언가 거칠게 부딪치는 소리가 났다. 낮은 신음이 가늘어 꺼질 것 같았다.

"선배?"

인터컴의 소음 속에서 더 이상 서재희의 흔적을 찾을 수 없었다. 유은우는 멈춰 섰다. 가슴이 거칠게 뛰었다. 습관적으로 총을 쥐려다가 아무 소용이 없음을 깨닫고 다시 놓았다. 손아귀에 식은땀이 흥건했다.

"뭐 해? 어서 가."

유은우는 박민준이 다급히 제 등을 미는 것을 느꼈다. 정신이 반쯤 빠진 채, 유은우는 김서혁을 보았다. 그는 호흡기를 막 입에서 떼어 내고 있었다. 그가 호흡기를 홀스터에 끼우고, 도약했다. 소연주와 이선규가 즉각 뒤따랐다. 셋은 순식간에 멀어졌다. 유은우는 옆에 선 박민준의 이프에서 작은 스크린이 떠올라 김서혁의 지시 사항을 수신하는 것을 보았다.

"따라가자. 내가 데려다줄게. 지금 가면 금방 따라잡아."

박민준이 유은우의 팔을 잡아끌었다. 유은우는, 박민준을 따라 김서혁과 접촉하여 서재희를 찾는 데까지 얼마나 걸릴지 가늠해 보려 애썼다. 그 어느 것도 확신할 수 없었다. 다만 분명한 것은, 김서혁을 건너뛰면 서재희를 더 빨리 찾을 수 있다는 것이었다. 그리고 김서혁은 사지가 멀쩡한 데다 테러를 진압하는 입장이었고, 서재희는 인터컴으로 도움을 요청할 수 없을 정도로 상황이 심각한 일개 시민이었다. 또, 김서혁은 유은우가 없어도 그만이었지만, 서재희는 달랐고⋯⋯. 이런저런 변명 뒤에야, 서재희와 페어로 묶여 있어 목숨을 공유한다는 가장 확실한 이유가 뒤늦게 떠올랐다.

유은우는 제 팔을 잡은 박민준의 손을 위로 겹쳐 잡았다.

"대장한테 말 좀 전해 줘."

"어?"

"아무한테도 말하지 말고, 대장한테만 전해 줘. 정윤환 조심하라고."

박민준이 미간을 좁혔다.

"정윤환? 우리 윤환이?"

"임유현이 정윤환을 통해서 나를 자기 쪽으로 끌어들이려고 하고 있어. 내 생사가 걸려 있고 대장이 위험해. 언제까지 버틸 수 있을지 모르겠어. 꼭 전해 줘."

"그게 무슨, 네가 직접 말해. 내가 데려다줄게."

유은우는 짧게 갈등했다. 김서혁에게 직접 말하고 싶었다. 그의 표정이 어떨지 보고 싶었고, 그가 어떤 대답을 할지 듣고 싶었다.

"꼭 전해 줘. 그리고 하나만 부탁할게."

"말만 해……."

파공음이 날카로웠다. 유은우는 기민하게 박민준을 밀었으나 늦었다. 공격에 거칠게 부딪히자 서재희가 걸어 준 보호 설계가 산산조각 났다. 유은우는 박민준과 엉켜 바닥을 요령 있게 뒹굴었다. 박민준이 유은우를 품 안에 감싸며 일어나 옆을 보았다. 유은우도 그 시선을 따라갔다. 방금까지 두 사람이 서 있던 곳에 거대한 건물 파편이 내리꽂혀 있었다. 먼지가 시커멓게 날렸다.

유은우는 빠르게 몸을 일으키며 더 빠르게 말했다

"위치 추적 설계 걸어 줘. 목표는 페어 상대."

박민준이 총을 뽑았다. 그가 중얼거렸다.

"맙소사. 진짜구나. 서재희랑 페어 맺었다더니."

"연락이 안 돼. 다친 것 같아. 그 사람 혼자 있을 거야. 내가 가야 돼."

"만나면 서재희 귀부터 막아."

박민준이 딱 잘라 말했다. 유은우가 묻기도 전에 그가 재차 말했다.

"아무것도 못 듣게 해. 지금 아마 제정신 아닐 거야. 걔 사이렌 들으면 공황 와."

비상 사이렌은 지지직거리며 끊겼다가 삽시간에 소리가 높아지기를 반복하며 계속되고 있었다.

"어떻게 알아?"

박민준이 대답 없이 유은우의 왼쪽 손목을 잡아 끌어갔다. 유은우는 이프에 지문을 대었다. 화면에서 서재희의 이름을 확인한 박민준이 총을 들어 바닥을 겨누고 방아쇠를 당겼다. 바닥으로 흰 설계가 출렁이다가 사방팔방으로 뻗어 나가며 스러졌다. 단 한 가닥 흰빛의 선만이 박민준의 총구에 매달려 그 끝이 어딘가로 희미하게 이어지고 있었다. 유은우는 총을 뽑았다. 그대로 박민준의 총구에 제 총구를 가져다 대 추적선을 가져왔다.

"은우 넌 아까 윤환이 조심하라고 했지. 내 생각은 달라. 네가 조심해야 할 사람은 서재희야."

유은우는 총을 홀스터에 꽂았다. 총구로부터 시작된 흰 선은 뒤를 가리키고 있었다.

"그 사람 아니었으면 나 지금 여기 있지도 못해. 진즉 죽어 없을걸."

"꿍꿍이 없인 안 움직이는 놈이야. 분명 이유가 있을 거야."

"그 이유가 날 살게 해. 내가 아까 한 말 대장한테 꼭 전해 줘."

박민준이 고개를 끄덕이는 것을 확인하고, 유은우는 추적선이 가리키는 방향을 따라 이를 악물고 뛰었다. 연단에서 멀어지고 또 멀어졌다. 광장 끝에 점차 가까워졌다. 추적선이 점점 짙어짐에 따라, 유은우는 조금씩 느려졌다. 사방이 연기였고, 발을 잘못 디디면 물컹했다. 눈으로 확인하지 않아도 시체거나 시체가 되는 중일 터였다.

이렇게 심각하게 번질 일인가?

이상할 정도로 진압이 더뎠다. 아무리 예상치 못한 테러라 하더라도 도시연합 중 가장 견고한 제1도시 한가운데였다. 제 안마당임에도 이렇게 일방적으로 당한다는 것은 이해하기 힘들었다. 간간이 반란군의 설계를 걷어 내는 군인이나, 부상자를 구급선에 싣는 도시연합 관계자가 보일 뿐, 정예군을 비롯한 도시연합 핵심 전력이 보이지 않았다. 김서혁은 어디서 뭘하는 건지, 테러 주동자는 잡혔는지 알 수 없었다.

추적선 끝에서, 유은우는 반쯤 내려앉은 건물을 발견했다. 나뒹구는 현수막을 보니, 기념식 진행을 위해 설치한 가건물 같았다. 건물이 더 이상 무너지지 않도록 임시로 지지대를 설치해 놓은 게 보였다. 부서져 넓은 입구로부터 직원들이 바쁘게 부상자들을 옮기고 있었다. 들어가지 말라고 막는 직원의 만류를 뿌리치고 유은우는 그 안으로 달려 들어갔다. 누군가 조악한 설계로 빚어 띄워 놓은 임시 조명에 의지해 추적선을 따라 깊이 들어갔다. 숨이 턱까지 차올라 걸음이 느려지던 차에, 유은우는 서재희를 발견했다. 그는 뒤돌아 앉아 고개를 숙이고 벽에 머리를 대고 있었다. 온몸이 피투성이였다. 유은우는 있는 힘을 다해 뛰어갔다. 넘어지듯 무릎을 꿇었다.

"선배……."

서재희의 어깨를 잡아당겨 그의 얼굴을 돌려 보았다. 언제나 새까맣게 단단하던 눈은 죽어 초점이 없었다. 빈 어항처럼 공허해, 유은우는 너무나 놀란 나머지, 서재희를 잡았던 손에서 힘을 뺐다. 서재희가 중심을 잃고 기울더니 유은우의 품에 무너지듯 쓰러졌다. 피비린내가 뜨겁게 끼쳤다. 벌겋게 젖은 그의 옷자락이 유은우의 가슴팍에 질척하게 들러붙었다.

"피가⋯⋯."

유은우는 다급히 서재희의 재킷을 반쯤 벗겨 보았다. 셔츠도 피로 흥건했다. 손으로 정신없이 서재희의 몸 이쪽저쪽을 더듬어 보았다. 상처는 없었다. 타인의 피였다. 그럼에도 이렇게 힘들어한다면, 마음의 상처가 도졌다고밖에 할 수 없었다. 유은우도 사해에서 동료 군인들이 비슷한 상황에 놓이는 것을 본 적이 있었다. 그래서 특정한 감각이 얼마나 순식간에 사람을 과거의 지옥 한가운데로 끌어당길 수 있는지 알았다. 그런 사람은 혼자 있으면 안 되었다. 유은우는 서재희를 끌어안았다. 그의 뒤통수를 감싸 당겨 눈가를 어깨에 묻어 주었다. 아무것도 볼 수 없도록.

잠깐 끊어졌던 사이렌이 갑자기 선명하게 높아졌다. 서재희의 몸이 덜덜 떨리기 시작했다. 옅게 신음했다.

유은우는 제 왼쪽 귀에서 인터컴을 빼서 종료한 뒤에 서재희의 오른쪽 귀에 꽂아 넣었다. 서재희의 왼쪽 귀에 꽂힌 인터컴 역시 꺼 버렸다. 한쪽 팔은 서재희의 등을 끌어안고, 다른 팔로는 그의 머리를 단단히 둘러 귀를 한 번 더 막아 주었다. 눈을 가리고 귀를 막자, 서재희의 떨림이 느리게 잦아들었다. 유은우는 필사적으로 서재희를 끌어안고 그의 오랜 불행을 함께 견뎠다. 기본적인 설계도 할 수 없음이 이토록 무력하게 느껴진 건 처음이었다. 설계로 방음벽만 쳐도 저 끔찍한 소리로부터 이 사람을 보호해 줄 수 있을 텐데. 내가 이것밖에 해 줄 수 없어서.

"저기……."

누군가 주저하는 소리에 유은우는 서재희의 머리에 파묻고 있던 얼굴을 들었다. 한 남자가 서서 이쪽을 향해 굽어보고 있었다. 남자는 행사 요원 어깨띠를 두르고 있었는데, 피와 먼지로 옷이 더러웠지만 크게 다친 곳은 없어 보였다.

"그 사람 괜찮나요? 서재희 씨 맞죠? 중앙학교 학생인……."

유은우는 남자를 빤히 쳐다보았다. 남자가 덧붙였다.

"제가 그분 여기로 옮겨 왔거든요. 밖에서 위험해 보여서."

유은우는 황급히 몸을 일으키려다가 서재희가 제 품에 웅크리고 있음을 알고 도로 주저앉았다. 그리고 머리만 최대한 숙였다가 들었다.

"감사합니다. 덕분에……."

남자가 아니라는 듯 손사래를 쳤다. 그가 두리번거려 주위를 살피더니 난처한 기색으로 말했다.

"혹시 아시나 해서요. 치료받아야 할 것 같던데요."

유은우는 홀린 듯이 남자를 뚫어져라 바라보았다. 품속에선 서재희가 가냘프게 떨고 있었고, 코는 이미 마비되어 피비린내와 서재희의 체취를 가려낼 수 없었다. 무슨 말이냐고 묻지도 못하고 굳어 있는 유은우 앞에서, 남자는 안타까운 표정을 했다.

"보셨는지 모르겠는데, 진행 본부 뒤쪽에서 폭발이 있었어요. 사람이 많이 죽었는데, 서재희 씨가 거길 헤매고 있더라고요. 시체를 일일이 뒤집으면서 누군가를 찾는 것 같던데, 너무 위험해 보여서 제가 가서 누굴 찾느냐고 물었더니, 어머니와 아버지를 찾는다고 하더라고요. 그래서 강제로 끌고 이곳으로 데리고 왔어요. 그쪽도 유은우 씨 맞지요?"

유은우는 고개를 끄덕였다. 남자가 조심스레 유은우의 안색을 살피더니 말을 이었다.

"유은우 씨도 알다시피 서재희 씨 부모님 지금 병원에 있지 않습니까. 그런데 시체를 뒤지며 정신없이 찾고 있는 걸 보니 마음이 좋지 않아서……. 넋을 빼놓고 있더라고요. 제8도시 폭격 때의 트라우마 같은데 치료해야 하지 않을까요. 다른 사람한테는 말하지 않을게요. 대단한 인재라고 들었는데 개인적으로 안타까워서요."

유은우는 할 말을 잃었다. 품에선 서재희가 뜨끈하게 열을 내뿜고 있었다. 유은우는 이내 서재희를 추슬러 안으며 깊이 고개를 숙여 고맙다고 했다. 남자는 아니라며 재차 손사래를 치고는 이내 가 버렸다.

유은우는 그제야 사위를 둘러볼 여유가 생겼다. 심각한 부상자를 먼저 옮기느라 상대적으로 멀쩡해 보이는 서재희는 미뤄진 모양이었다. 또 다른 누군가가 둘을 알아보고 난처한 일이 생길까 봐 유은우는 서재희를 안은 채 몸을 뒤로 힘껏 당겼다. 그를 끌면서 조금씩 조금씩 움직였다. 근처 간이 책상 뒤로 몸을 숨겼다.

서재희는 이제 거의 떨지 않았다. 호흡도 안정되어, 그의 등은 유은우의 손길 아래 천천히 오르락내리락했다. 유은우는 가만히 서재희를 안고 있다가 그의 고개가 비스듬히 미끄러지려 하자 다급히 머리를 받쳐 주었다. 그 과정에서 손이 의도치 않게 서재희의 뒷덜미를 스쳤다. 날카롭게 따끔하여, 유은우는 흠칫했다. 서재희의 머리를 어깨에 기댄 뒤, 이상하게 쓰린 손바닥을 펼쳐 보았다.

시커멓게 번들거리는 직선들이 엉켜 바글거렸다.

처음에 유은우는 그것이 벌레인 줄 알았다. 그러나 다음 순간, 설계임을 알았다. 설계 파편들이 유은우의 손바닥에 고여 있다가 팔뚝을 타고 미끄러져 팔꿈치 끝에 고였다가 우수수 바닥으로 떨어졌다. 잘각잘각 소리가 났다.

금지된 설계였다. 도시연합에서 시민에게 사용을 철저히 통제하는. 상대에게 파고들어 사지를 뒤틀고 내장을 내리치는, 오직 고통을 주기 위함 그 이상도 이하도 아닌, 순수하게 악독한 설계가 거기 있었다.

고문당했어?

유은우는 주먹을 쥐어 손아귀에 남은 잔해를 부스러뜨렸다. 설계는, 깔려 죽기 직전의 벌레처럼 바르작거리다가 유은우의 손가락 사이로 비어져 나와 공중으로 흩어졌다.

왜? 어디서? 무려 임유현을 후원자로 두고 있는 촉망받는 동조자가 어디서 이런 고문을……

유은우는 손바닥을 펼쳤다. 설계는 전부 부스러지고 없었고 손바닥도 멀쩡해 보였으나, 손아귀 전체가 스산하게 쓰렸다.

이런 부류의 설계가 그렇듯, 이 또한 상대에게 충분한 고통을 주고도 쉬이 사라지지 않았다. 그것들은 온전하게, 혹은 부스러기로 남아 신체 어딘가 가장 약한 부위에 죽은 따개비처럼 오래도록 들러붙어서 피해자에게 지속해서 위협을 가하다가 아주 천천히 스러지곤 했다. 완전히 사라지기까지 적어도 보름은 걸렸다. 그 기간 동안 피해자는, 처음 고문을 당했을 때만큼의 직접적인 고통을 겪지는 않았으나 극심한 수면 부족과 피로, 불안감과 스트레스를 받았다.

유은우는 군에서 포로들이 설계로 고문을 당했을 때 어떤 후유증을 가지고 있었는지 또렷하게 기억했다. 그래서 서재희가 이런 고문의 흔적을 매달고 여태 대화를 하고 차를 마시고 웃기까지 했다는 게 믿기지 않았다. 서재희의 정신력이 아주 단단하거나, 혹은 잦은 경험으로 너무나 익숙하거나일 터. 어느 쪽이든 마음이 좋지 않았다.

유은우는 천천히 서재희의 뒷덜미를 쓸어 보았다. 아주 가벼운 스침이었으나 악의 잔재가 또다시 시커멓게 묻어 나왔다. 유은우는 손끝으로 그것을 부스러뜨렸다. 까만 도형들이 직선으로 부서지며 아래로 떨어졌다. 남의 비밀을 엿보자 가슴 뛰는 소리로 귀가 먹먹했다.

유은우는, 서재희가 어디서 어떻게 고문을 당했는지는 알 수 없었으나, 언제쯤인지는 대강 짐작이 갔다. 설계의 움직임을 보아하니, 그리 오래된 것은 아니었다. 길면 일주일, 짧으면 하루 이틀 전. 서재희는 누군가에게 금지된 설계를 당했고, 그 흔적이 온 혈관과 근육을 타고 돌다가 그의 가장 약한 곳, 뒷덜미의 급소에 안착했을 터였다. 그렇게 똬리를 튼 악의는 서재희가 누워 뒤척일 때마다, 샤워실에서 물줄기가 떨어질 때마다, 바람을 맞을 때마다 끔찍하도록 느리게 바스러졌을 것이다. 그리고 보름 후에야 겨우 자취를 감출 터였다. 지금 그 과정을 유은우가 목격하고 있었다.

군에서는 적군에게 고문을 가하기도 하지만, 고문당한 아군을 구출해 오기도 한다. 전자는 빈번하고 후자는 드물었다. 유은우는 설계로 고문당한 피해자가 보름 동안 지속적인 고통을 받지 않게끔 도우려면 어떤 조치를 취해야 하는지 알고 있었다. 그러나 망설여졌다. 자신이 해도 되는지.

서재희의 주변엔 사람이 많았다. 당장 생각나는 것만 해도 약혼녀인 차예원, 설계 천재인 정윤환, 후원자인 임유현, 그 외 임원들. 그들에게 이 고통을 덜어 달라 부탁하지 않고 서재희 홀로 견딘 데엔 분명 이유가 있을 터였다. 고통을 즐기는 취미가 있는 건 절대 아닐 테고, 아마도 타인에게 알리고 싶지 않아서, 혹은 폐를 끼치고 싶지 않아서.

남에게 들러붙은 악한 설계를 뽑아내 주는 것은, 결코 유쾌한 경험은 아니었다.

유은우는 서재희를 품에 둔 채 조심조심 제 재킷을 벗었다. 그것을 펼쳐 서재희의 머리를 완전히 덮었다. 그 아래로 손을 집어넣고 그의 목덜미가 어디쯤일지 더듬어 올라갔다. 그것만으로도 두려워 벌써 식은땀이 났다. 유은우 또한 이것이 얼마나 힘든 작업인지 들어서 알았다. 주저하던 손은, 서재희의 등에서 멈추었다.

그냥 못 본 척할까.

해 줄 필요 없었다. 서재희는 잘 견디고 있었고, 유은우는 부탁받지 않았다. 그가 고문을 받았든 어쨌든 지금 여기서 잊어버리면 그만이었다. 힘껏 소리쳐서 구조 요원을 부르고, 서재희의 얼굴을 보여 유명 인사임을 인지시킨 뒤, 그의 모든 것을 맡기고 유은우 혼자 모른 척 학교로 복귀하면 그만이었다. 학교에서 조금만 기다리면, 서재희는 치료되어 멀쩡히 돌아올 것이다. 실로 깨끗하게 건조한 관계였다.

그러나 서재희가 남에게 들키는 것이 두려워 혼자 삭이고 있는 거라면.

이미 알게 된 유은우가 수 분만 이 악물고 참으면, 서재희는 열흘 넘게 버티지 않아도 즉각 편해질 수 있었다. 유은우가 입만 다물면, 서재희는 누구에게 설계를 뽑혔는지 알 수 없을 터였다.

지금 내가 안 해 주면, 서재희는 그 누구에게도 부탁하지 않고 버틸 거야. 시간이 지나 설계가 자연스럽게 사라질 때까지.

그건 너무나 외로웠다. 혼자 아프다는 건.

유은우는 이 아무런 이득도 없는 일에 마음이 기우는 자기 자신을 맹렬히 욕하면서, 서재희의 등에서 멈추었던 손을 다시 움직였다. 이제 망설임은 없었다. 서재희의 뒷덜미를 틀어쥐었다. 긴장으로 등이 빳빳했다. 기도하듯 되뇌었다.

선배, 아픈 거 가져갈게요. 눈 뜨면 몸이 한결 편해지겠죠. 이제 이걸 계기로 남에게 부탁도 하고, 서로 기대기도 하면서, 홀로 버티지 말고 그렇게 살아요. 선배 주위에 사람 많잖아요.

손에 힘을 주었다. 손아귀 아래서 설계 파편이 서서히 들끓는 게 느껴졌다. 아스팔트에 손이 갈리는 느낌이 났다. 유은우는 더 이상 견딜 수 없을 때 손을 떼어 공중에 거칠게 털어 냈다. 설계의 잔여물이 사방으로 튀었다. 옷에 손을 얼추 닦아 내고, 이번엔 다시 서재희의 목을 쥐었다. 몇 번을 반복하자 서재희에게서 뽑혀 나오는 설계가 확연히 줄어들었다. 서재희의 목덜미에서 맥박만이 온전히 느껴지고, 유은우의 손바닥이 쓰리다 못해 얼얼해졌을 때, 유은우는 바닥을 훑어보았다. 검은 설계가 깨진 유리처럼 아스라이 빛나고 있었다. 가장 큰 덩어리가 손에 잡혔다. 유은우는 그것을 들어 코앞에 대고 보았다. 사위도 어둡고 조각도 어두워 잘 보이지 않았으나, 분명히 무어라 글씨가 새겨져 있었다. 서재희에게 고문 설계를 집어넣은 동조자의 서명이었다.

유은우는 설계 조각을 바지 주머니에 쑤셔 넣었다. 이어 서재희의 머리를 덮었던 제 재킷을 걷어 내어 도로 걸치고, 그의 귀에 꽂아 두었던 제 인터컴을 뽑아 홀스터에 끼웠다. 유은우는 벌떡 일어나 서재희를 질질 끌고 책상 뒤에서 나왔다.

"여기 좀 도와주세요!"

힘껏 외쳤다. 부산히 물을 나르던 구조 요원 하나가 다급히 달려왔다. 유은우는 그에게 서재희를 냅다 떠안겼다. 얼결에 받아 든 구조 요원이 서재희의 얼굴을 확인하더니 눈을 크게 뜨고 유은우를 보았다. 유은우는 고개를 돌리고 달리다시피 빠져나왔다. 구조 요원이 '저기요.' 하고 몇 번 부르다가 이내 포기했는지 다른 사람에게 들것을 요청했다.

가건물 밖으로 나오자 해가 지고 있었다. 연기는 걷혀 있었다. 땅 위로 널브러진 것들이 고스란히 보였다. 유은우는 위험하게 튀어나온 철골 따위를 노련하게 건너뛰며 노을 아래 섰다. 주머니에서 설계 조각을 꺼내어 손 안에서 세심히 만져 보았다. 그것은 공기와 닿으며 시시각각 빠르게 닳고 있었기 때문에 처음 주웠을 때보다는 크기가 작아졌으나 서명만은 여전히 도드라져 남아 있었다.

손끝으로 파편을 잡고 하늘 높이 치켜들었다. 눈을 가늘게 뜨고 황혼 아래 설계 조각을 주의 깊게 기울여 보았다. 어떤 각도에서 서명이 완전히 드러났다. 날카로운 조각칼로 새긴 듯 미려한 서명은 설계 조각보다 더 검게 빛을 반사했다.

임유현.

석양이 따가워 눈이 아렸다.

유은우는 치켜들고 있던 팔을 내렸다. 바닥에 설계를 떨어뜨렸다. 그것은 계속해서 모서리가 닳고 있었으므로 그냥 내버려 둬도 사라질 터였지만, 유은우는 발을 들어 설계를 짓밟았다. 부서지는 느낌이 났다. 그대로 발을 바닥에 문질렀다. 천천히 오래. 이윽고 발을 비꼈을 때는 아무것도 남아 있지 않았다.

이쪽으로 누군가 거칠게 달려오는 인기척이 났다. 소리만으로도 누군지 짐작이 갔기에, 유은우는 발로 다시 한번 땅을 짓밟으며 천천히 돌아섰다. 상대를 확인하기도 전에 팔을 잡히고 어깨를 잡혔다. 그대로 마구 흔들렸다.

"가라고 했잖아! 학교로 돌아가라고!"

정윤환이었다. 먼지로 엉망이 된 얼굴. 부스스 흐트러진 머리칼. 긴장으로 날 선 눈매. 홀스터에 꽂힌 총구는 불그스레했다. 상처는 없었다. 유은우는 정윤환의 손을 잡아 제 어깨에서 떼어 내려 했으나 힘이 만만찮았다. 더 심하게 흔들렸다.

"말 진짜 안 듣네. 구급선에 서재희가 실려 오기에 설마 했더니. 내 말이 말 같지 않아? 서재희가 안 간다고 했어도 네가 가자고 했어야지! 서재희 사이렌 들으면 맛이 간단 말이야! 그리고 너! 설계도 못 하면서! 이렇게 돌아다니면 네 손해야, 알아? 넌 아직 김서혁 전리품이고, 시민권도 없다고. 진짜 짜증 나네. 세상 사람들 전부 아는 이야길 내가 꼭 이렇게 일일이 말로 해야겠어?"

정윤환의 눈동자가 일렁였다. 유은우는 그 찰나를 유심히 살피려 했으나, 정윤환은 곧바로 으름장을 놓았다.

"일단 학교로 가. 가서 보자, 너."

유은우는 이상하게 정윤환이 두렵지 않았다. 두려운 건 정윤환 자신 같았다. 정윤환이 손을 번쩍 들며 근처 도시연합 직원을 부르려고 했다. 직원을 시켜 유은우를 학교로 보낼 셈인 것 같았다. 유은우는 그의 손을 낚아채 끌어왔다. 정윤환은 흠칫 굳었다가 곧 유은우의 손을 뿌리쳤다.

"설계 왜 깔았어요?"

정윤환이 눈을 찡그렸다. 그가 반문했다.

"무슨 설계?"

"테러하려고 누가 미리 설계를 깔아 놨어요. 아주 광범위하고 아주 견고한. 타격 한 번으로 발동되도록 치밀하게 계산했어요."

정윤환이 헛웃음을 뱉었다. 그가 빈정거렸다.

"살다 살다 내가 설계 난독증한테 설명 듣는 날도 오네."

"저 설계 읽는 건 서툴러도 감은 좋아요. 하나를 못 하면 다른 하나가 발달해요. 노력하면 더."

유은우는 정윤환을 관찰했다. 정윤환은 비웃음이 딱딱해진 낯으로 유은우를 내려다보고 있었다.

"여러 사람이 여러 밤을 매달려야 겨우 완성할까 말까 한 설계였어요. 이렇게 개방된 곳에서 그런 일이 벌어졌다? 도시연합의 눈을 피해서? 불가능하죠. 도시연합이 미쳤다고 눈감아 줬을 리는 없으니까, 이건 천재 하나가 단시간에 만들어 낸 설계죠. 본인이 한 걸 들키면 안 되니까, 서명을 공들여 훼손하고, 마치 여러 사람이 만든 것처럼 같은 설계를 무의미하게 반복도 하고, 중간중간 허술하게 틈도 좀 두고."

정윤환이 한쪽 입꼬리를 비스듬히 올렸다. 그는 여유를 찾은 것 같기도 했고, 여전히 불안한 것 같기도 했다.

"반은 맞고 반은 틀렸어. 그리고……."

정윤환이 싸늘하게 말했다.

"……내가 했다고, 그게 내 의도가 되나?"

정보가 적어 해석이 어려웠기 때문에, 유은우는 조금 더 나가 보기로 했다.

"난 선배를 만나기 전까진 선배가 내 편인 줄 알았어요. 김서혁 라인이니까. 그런데 선배를 만나고, 선배가 임유현을 들먹이는 걸 듣고 나서, 선배가 임유현의 사람인데 김서혁 사람인 척한다는 걸 알았어요. 그런데 오늘 보니까 그것도 아닌 것 같아요."

유은우는 정윤환 가까이에서 작게 속삭였다.

"얼마나 구체적으로 알고 있었는지는 모르겠지만, 선배는 오늘 무슨 일이 일어나리라는 것만은 분명히 알고 있었어요. 선배는 학교로 돌아가라는 말을, 제가 아니라 서재희 선배를 겨냥해서 강조했어요. 적어도 비상 사이렌까지는 예상했기에 그렇게 했겠죠. 그리고 선배가 김서혁 편이라면, 오늘 선배는 테러가 벌어지기 전에 김서혁 가까이 있어야 했어요. 테러를 최대한 빨리 수습해야 군의 위신이 서니까요. 선배가 임유현 편이라도 마찬가지예요. 임유현은 차인호의 사람이죠. 도시 한복판에서 장례식이 벌어지면 도시연합장의 체면이 땅에 떨어지게 돼요. 어쩌면 다음 당선이 어렵게 될 거고. 아무리 생각해도, 선배는 테러를 막았어야 해요. 그런데 주도한 걸 보면……."

유은우는 정윤환을 빤히 보았다.

"……선배는 대체 누구 편이에요?"

바람에 흙먼지가 떠올랐다. 정윤환은 어린아이처럼 팔을 들어 눈가를 거칠게 문질렀다. 이내 그가 팔을 내렸다. 지친 낯이 드러났다.

"넌 감으로 때려 맞히고, 김서혁은 설계를 정확하게 읽었겠지. 그래서 둘 다 엉뚱한 곳을 보는 거야. 네가 설계를 조금만 읽을 줄 알았다면, 김서혁이 조금만 더 직감에 의존한다면, 둘 다 나를 정확하게 짚어 낼 텐데. 어쨌든 아주 틀린 말은 아니야. 그렇지만 전체적으로는 틀렸지. 그리고 내가 누구 편이냐는 질문에는 대답하고 싶지 않아."

정윤환이 손을 들어 근처 도시연합 직원을 큰 소리로 불렀다. 정윤환을 알아본 직원이 만사 제치고 이쪽으로 달려오는 것을 바라보면서, 정윤환이 중얼거렸다.

"지긋지긋한 질문이라서."

003. 선별

'넌 소리 소문 없이 제거될 거야. 그건 당연히 내 손으로 해.'

처분한다는 말을 하도 많이 들어서, 유은우는 이제 무섭지도 않았다. 되레 오기가 났다. 유은우는 기숙사 침대 밑에 무릎을 안고 웅크리고 앉아, 그동안 살아왔던 고된 인생을 차근차근 되짚어 보았다. 고작해야 다섯 살짜리 토막 인생이었다. 군에서 치료를 받던 흐릿한 3년과, 김서혁 밑에서 규칙적으로 구르던 선명한 2년. 그 어디에도 정윤환과의 접점은 없었다.

첩자 노릇을 하고 있을 줄이야. 완벽한 김서혁 사람이라고 생각했는데.

엄격한 규율로 꽉 짜인 군대에서, 오만하기 짝이 없는 정윤환은 다루기 힘든 존재라 들었다. 아무도 감히 정윤환에게 명령할 수 없었고, 간간이 임무를 빙자한 부탁이 떨어진다 해도 정윤환은 마음 내킬 때만 선심 쓰듯 그것을 완수했다. 그런 그가 제 의지를 접고 전적으로 순응할 때가 있었다. 바로 김서혁이 직접 지시할 때. 그러면 정윤환은 불평을 하고, 구시렁대고, 미루면서도 반드시 마무리를 지었다. 정윤환은 김서혁만 인정하고 따른다는 것은 이미 군에서 정설이었다.

유은우의 치료가 마무리되자, 김서혁은 본인이 직접 유은우를 전담하겠다고 나섰다. 자신의 전리품이라는 그답지 않은 이유를 대면서. 당시 김서혁은 승진을 2년 남짓 앞두고 있었다. 그런 그가 공을 세울 수 있는 덩치 큰 임무들을 죄 미루고, 설계 난독증으로 판명되어 골칫거리로 전락한 핏덩이를 직속으로 관리하겠다고 선언한 것은 군에서 큰 화제였다. 딱 그 타이밍에 정윤환은 군에서 학교로 내려갔다.

왜? 정윤환 본인이 시시하다고 건너뛴 학교였다. 어떤 이익을 바라고 뒤늦게 입학했는지 알 수 없었다. 정윤환은 이미 완성된 인재였다. 인성 빼고는 학교에서 더는 배울 게 없었다. 게다가 임유현에게 김서혁 관련 정보를 물어다 주려면 학교보다는 군이 훨씬 유리했다…….

유은우는 세운 무릎에 고개를 파묻었다. 바닥에서 톡 소리가 났다. 책상에 놓아둔 홀스터에서 인터컴이 빠져 바닥에 떨어져 있었다. 주워 보니 하얀 금속에 핏자국이 굳어 벌겠다. 손으로 문질러 없앴다.

'내가 너한테 얼마나 많이 전화한 줄 알아?'

박민준의 걱정 어린 목소리가 아직도 선했다. 누군가 유은우와 군 사이의 통신을 막은 게 분명했다. 설마 김서혁의 지시는 아니겠지. 서늘한 마음을 다독였다. 김서혁이 그렇게까지 했으리라고는 생각하고 싶지 않았다.

기숙사 방문이 열렸다. 동그란 안경을 낀 여학생이 막 들어오려다가 유은우를 보고 멈춰 섰다. 1학년 손도연. 4인실의 룸메이트 중 하나였다. 유은우에게 뾰족한 다른 둘에 비해 손도연은 유독 반응이 없었다. 유은우와 같은 방을 쓰게 되어 체념한 것이 아니라 원체 성격이 무던해 보였다.

데면데면 지내 오던 손도연이 어쩐 일인지 방에 들어오지 않고 입구에 서서 자신을 빤히 바라봐, 유은우는 제 얼굴에 뭐가 묻었나 했다. 학교로 돌아오자마자 샤워하고 잠옷으로 갈아입었으나 어딘가 핏자국이 남았을지도 모른다. 잠옷 소매로 괜히 얼굴을 문지르는데, 손도연이 방에 들어와 문을 닫더니 아무렇지도 않게 걸어와 유은우 앞에 앉았다.

"너 괜찮아?"

"어?"

"너 서재희 선배랑 외출 나갔었다며. 오늘 광장에서 테러 일어났잖아. 서재희 선배 병원에 있는데 다행히 다친 곳은 없대. 내일 복귀한다는데, 넌 괜찮아? 다친 데 없어?"

다정하지는 않았지만 비꼬는 어투도 아니었다. 덤덤했다. 유은우는 얼결에 고개를 끄덕였다, 급히 덧붙였다.

"나는 괜찮아. 중간에 서로 떨어져서 같이 안 있었거든."

"다행이다. 엄청 위험했대. 사람 많이 죽었어. 지금 애들 전부 다 휴게실에 모여서 뉴스로 사망자 명단 확인한다고 난리야. 너무 마음이 아파서 보다가 그냥 들어왔어."

"……네 가족은 무사해?"

"나 제7도시에 살아. 우리 엄마는 여기까지 기차 타고 올 돈이 없어서, 지금 열심히 걸어오다가 다시 집으로 돌아가는 중이야. 덕분에 테러는 피했으니 가난이 좋을 때도 있는 거지."

손도연이 말끝에 웃었다. 유은우는 워낙 긴장하고 있던 터라 잠깐 뒤에야 그것이 농담임을 깨달았다.

사해의 온은 오염되어, 그대로 호흡하면 폐부터 썩어 죽었다. 건강한 성인 남자 기준 세 시간 이내 사망. 사해에서 정상적으로 움직이려면, 입에 보호칩을 물어야 했다. 딸기맛에서 박하맛까지, 30분에서 다섯 시간까지, 맛도 지속 시간도 다양했으나, 가격만은 살 떨리게 비슷했다. 서민의 한 달 치 월급과 맞먹었다. 끔찍하게 비싼, 그 작고 납작한 보호칩만 입에 물고 있으면, 완전히 녹을 때까지는 오염된 온으로부터 안전했다.

보호칩이 귀하다는 건 알았지만, 막상 구하기 힘들어서 타 도시로 이동이 어렵다는 사람을 마주하니 기분이 묘했다. 김서혁의 집무실엔 보호칩이 막 굴러다녔기에 그 가치를 실감하지 못했다. 청소하다가 먼지랑 같이 뭉쳐져서 굴러 나오면 그냥 아무 생각 없이 버릴 정도로 많았는데.

게다가 사해가 위험한 이유는, 비단 오염된 온 때문만은 아니었다. 괴물도 있었다. 설사 어디서 보호칩을 구해 입에 물고 나간다고 해도, 괴물과 맞닥뜨리면 답이 없었다. 전투에 특화된 정윤환이나 김서혁이 아니고서야 사해는 무조건 기차로 이동해야 했다.

"제7도시로 이사하고 나서는 기차는 방학 때만 겨우 이용해. 워낙 비싸서. 은우 넌 기차 타 봤니?"

"아니. 난 시민증이 없어서 못 타."

"아. 미안해."

손도연이 즉각 사과했다. 유은우는 괜찮다며 손사래를 치고는 물었다.

"제7도시로 이사했어? 원래는 어디 살았어?"

"아, 제2도시."

손도연이 아무렇지도 않게 대답하여 오히려 유은우가 놀랐다. 도시에서 도시로 이사하는 것은 사회계층 이동이나 다름없었다. 유은우는 더 묻지 않았지만 손도연이 익숙하게 덧붙였다.

"우리 부모님이 제7도시 출신인데, 우리 집에 동조자가 나랑 언니랑 둘이어서 정부 혜택을 많이 받았거든. 보조금 받은 걸로 아빠가 사업도 하고 잘되어서 제2도시로 이사 갔다가, 아빠 사업이 쫄딱 망하고 그다음 해에 언니까지 죽으면서 보조금이 줄어드는 바람에 제2도시 집 팔고 다시 제7도시로 이사했어."

손도연은 남의 얘기를 하듯 무덤덤하게 말을 이었다.

"지금 내 앞으로 나오는 보조금도 전부 아빠 빚 갚는 데 쓰고 있을 거야. 공부에 취미도 없어서 응용학교만 졸업하고 바로 용 연구소에 취업하고 싶었는데, 엄마가 중앙학교 들어가면 보조금 더 받을 수 있다고 공부하라고 맨날 잔소리해서 겨우 턱걸이로 들어왔어. 사회적 배려 대상자 전형이라 가능했지, 뭐."

유은우는 괜한 걸 물었다며 후회했다. 유은우가 어색한 표정을 짓자 손도연은 자리에서 일어나려 했다. 유은우는 손도연을 붙잡기 위해 일단 운을 뗐다.

"저기……."

드물게 다가온 대화를 어떻게든 이어 가고 싶은 마음이 굴뚝같았으나 당장 뭐라고 해야 할지 떠오르지 않았다. 보통 다른 학생들은 무슨 얘기를 하며 노는 걸까. 낮에 카페에서 보았던 명랑한 학생 무리가 떠올랐다.

"……온하나비라고 알아?"

"응, 알지. 나 그런데 거기 잘 안 들어가는데……. 어떻게 들어가는지 알려 줄까? 네 얘기 아마 자주 올라올 거야. 좋은 얘기도 있고 나쁜 얘기도 있을 텐데, 괜찮겠어?"

유은우가 고개를 끄덕이자, 손도연은 제 이프를 켰다.

"너도 학생증 받고 교내 프로그램 깔았지? 여기 들어가서……."

사이트 상단에 나란한 카테고리는 의외로 단순했다. 기초학교, 도시연합 중앙학교, 질문답변, 자유게시판…….

손도연은 도시연합 중앙학교 카테고리를 클릭했다. 익숙한 이름이 보였다. 말머리에 서재희를 달고 그의 복귀를 부르짖는 게시물이 가장 많았고, 정윤환도 간혹 보였다. 그러나 가장 최근을 도배하고 있는 건 다름 아닌 유은우 자신 관련 글이었다.

얼마나 내 이야기 할 게 많으면 그새 말머리까지 만들었을까.

"안 좋은 말 있을 수도 있어."

"괜찮아."

유은우는 고개를 끄덕였다. 손도연이 베스트 게시물 1위에 빛나는 '유은우 테스트 영상 고화질'을 눌렀다.

유은우의 예상보다 화질이 상당히 좋았다. 이프나 싸구려 개인 드론으로 돔 천장 위에서 찍은 조잡한 파일이 아니었다. 각도나 움직임을 볼 때, 유은우가 테스트하는 내내 날벌레처럼 붙어 일거수일투족을 촬영하던 그 학교 정식 드론이 분명했다.

학교 드론으로 촬영한 걸 누가 빼돌려서 올렸나 보네.

유은우는 혀를 찼다. 이놈의 학교, 힘없고 불쌍한 특례입학생을 막 방치하질 않나, 복도에 그 흔한 CCTV 하나 없질 않나, 이런 중요한 영상은 술술 유출하고. 도시연합 대표 상아탑이라는 곳이 허술하기 짝이 없었다.

테스트 영상은 익히 아는 내용이었다. 설계 난독증으로 얼굴이 하얗게 질려서 헛구역질을 하는 자신의 모습은, 두 번 다시 보고 싶지 않을 정도로 안쓰러웠다. 대체 어떤 썩을 놈이 이런 영상을 퍼다 나르는 거야. 속으로 욕을 퍼부으며 유은우는 손을 내밀었다. 손도연이 홀로그램 창을 유은우에게 넘겼다. 유은우는 스크롤을 내렸다. 댓글이 수백 개 달려 있었다. 이미 한 번 공중파 예능 프로그램에 출연한 전적이 있는 유은우로서는 이런저런 댓글이 크게 신경 쓰이지는 않았다. 그런데 심상찮게 길고 긴 댓글 하나가 눈에 띄었다. 엄청난 대댓글을 소시지처럼 줄줄이 거느리고 있었다.

wlals121 : 야, 나 어제 유은우 실제로 봄. 나 제1도시 사는데 3중앙구역 밀레 카페에서ㅋㅋ 저기 테스트에서는 세상 진지해 보이는데 실제로 보면 하얗고 눈도 동그랗고 겁나 귀여움. 행동하는 것도 본인이 의도하는 게 아닌데 남이 보면 귀엽게 느껴지는 그런 거 있잖아ㅋㅋㅋ 완전 강아지상ㅋㅋㅋㅋㅋㅋㅋㅋ 전직 살인병기란 게 안 믿긴다. 이거 영상 올라오기 전에 이프로 누가 찍은 거 엄청 돌아다녔잖아. 내가 그거 봤다고 하니까 유은우 놀라서 사레들림ㅋㅋㅋㅋㅋ 나중에 카페에서 나와서 몰래 찍으려고 했는데 정윤환이 존나 노려봐서 그냥 옴.... 하여튼 저기 테스트 영상이랑 갭이 크다. 니네가 생각하는 것처럼 그렇게 미친 괴물은 아님. 그냥 씩씩한 애기 동물 같음. 되게 작고. 그 작은 몸으로 동조율 100을 찍는다는 게 아직도 믿기지가 않아.....

　└ kws990 : 구라치네. 1학년들은 외출 금지되어 있다고 보면 돼. 우리 형이 중앙학교 가서 내가 잘 아는데 1학년들 외출 못 나온다. 간부 선배들이 같이 붙어 줘야 나올 수 있는데 열 명도 안 되는 간부들이 애들 외출 가는 데 따라가 주겠냐.

　└ wlals121 : 글 똑바로 읽어라. 정윤환도 있었다고. 그리고 너네들 안 믿겠지만 서재희도 있었음. 하..... 사인도 못 받고 사진도 못 찍었지만 진짜 어제는 내 인생 잭팟 터진 날이었음........ 심장 터져서 죽어 버리는 줄 알았어.

　└ honey7894 : 재희 선배도 있었다고?????????? 재희 선배가 거기 왜 있어???? 유은우랑 무슨 관계야? 그럼 선배 유은우 때문에

나갔다가 다친 거잖아. 아 진짜 걔는 진짜 왜 그런대.

└ wlals121 : 나야 모르지. 정윤환은 유은우 입에 묻은 크림도 막 닦아 주고 엄청 살갑게 굴던데. 내가 유은우랑 사진 찍고 싶다니까 정윤환이 막 등으로 유은우 막아 주고 그랬음. 유은우 보고 싶으면 지한테 돈 내고 보라고 지랄 염병을 떨더라고. 근데 서재희는 그냥 가만히 있던데. 재희 선배 실제로 봤다고 목격담 올라오는 거랑 별다를 거 없었음. 그냥 존나 훈훈해…… 목소리도 진짜 너무 좋더라ㅠㅠㅠㅠㅠ 무사하다고 해서 진짜 다행이야.

└ hosu2 : 정윤환이 유은우한테 잘해 줬다고???? 그럼 유은우 조만간 죽겠네ㅋㅋㅋㅋ

└ 239rtrtrt : 얘기가 왜 그렇게 돼.

└ hosu2 : 나 중앙학교 재학생임. 재작년에 정윤환이 특례입학생으로 들어오고 나서 바로 서재희랑 같이 스무 명인가 대규모 파견 팀을 꾸렸는데, 그게 진짜 대박이었거든. 근데 서재희랑 정윤환 싸우고 나서 서재희가 팀을 나갔어. 정윤환이 혼자서 팀 끌고 무리하게 파견 나갔다가 다 죽었잖아. 정윤환만 살아 돌아옴. 그 뒤로 정윤환이 꾸리는 팀마다 전부 다 파견 나가서 죽었어. 그래서 정윤환이 팀에 안 들어가잖아. 학교에서 모의 전투 때마다 전부 솔로로 싸운다고ㅋㅋㅋㅋ 근데 정윤환이 유은우한테 잘해 준다는 건 자기 설계랑 유은우 타격이랑 합쳐서 드림팀 한번 같이 꾸려 보겠다는 야망 아니겠냐?? 그럼 유은우도 곧 사망이지 뭐ㅋㅋㅋㅋ 징크스임 이거는.

└ tamitamtam : 너 이 새끼 너무 비약하네. 원래 도시연합 중앙학

교는 살아서 졸업하기가 쉽지 않아. 파견 수업이라는 게 말이 수업이지, 실제로는 사해에 그냥 내던져져서 학생들끼리 살아남는 거임. 그러니까 내 말은, 정윤환 팀만 죽어 나가는 게 특이케이스가 아니라는 거임. 오히려 서재희가 꾸리는 팀만 계속 생존하는 게 진짜 특이하고 드문 케이스인 거야. 그래서 서재희 지도력이 뛰어나다는 거고. 나도 우리 사촌형이 중앙학교 입학하자마자 파견 나가서 죽었기 때문에 잘 알아. 그래서 내가 중앙학교 지원 안 하는 거임. 난 그냥 기초학교 졸업하고 취업이나 할란다. 길고 가늘게 살고 싶다면 진심 중앙학교 비추함.

ㄴ **239rtrtrt** : 비추? 제정신?? 동조자로 태어나서 중앙학교 들어가면 한 번에 계층 이동하는 거야. 남들 계단 올라갈 때 에스컬레이터 타고 상류층으로 직행하는 거라고. 경쟁자 떨어뜨리려고 수작하냐?

ㄴ **Baek1204** : 너네가 뭘 모르네ㅋㅋㅋㅋㅋ 도시연합 중앙학교를 살아서 졸업하기가 힘든 건, 파견 수업이 위험해서도 아니고 정윤환 징크스는 더더욱 아님ㅋㅋㅋㅋ 지나가다 답답해서 쓴다. 이건 일종의 시스템임ㅋㅋㅋㅋ 멍청한 놈들은 허구한 날 예언 들어 봤자 죽었다 깨어나도 모르겠지만ㅋㅋㅋㅋㅋㅋㅋㅋㅋㅋ 징크스ㅋㅋㅋㅋ ㅋ 씨발, 어이가 없다. 그딴 머리로 우리 학교 어떻게 들어왔냐??

ㄴ **hosu2** : 나도 중앙 학생인데 요새 학교 분위기 뭐 같음. 정윤환까지는 특례입학 내가 인정하는데 유은우는 솔직히 좀. 빨리 학교에서 처분해 줬으면 좋겠다. 시스템이든 뭐든.

ㄴ **wlals121** : 네가 뭔데 인정하고 말고야ㅋㅋㅋㅋ 교장 납셨네.

ㄴ **hosu2** : 내가 뭐 틀린 말함?? 학교가 무슨 분리수거장이냐고.

군에서 감당 못 하는 게 왜 여기로 내려오냔 말이야. 알아서 좀 꺼져 줬으면.

└ kws990 : 너는 얼마나 잘났냐 .

└ tamitamtam : 운영자는 뭐 하고 자빠졌어 저런 놈 정지 안 시키고. 네가 말한 대로 당해 봐라.

└ hosu2 : 신고된 댓글입니다.

└ 239rtrtrt : 나 중앙 학생인데 시스템은 뭔 말이야? 처음 들어 보는데 설명 좀.

└ Baek1204 : 내가 널 어떻게 믿고 알려 주겠냐. 너 기초학교 학생이지??? 우리 학교 들어오고 싶으면 온하나비 그만 들어오고 발 닦고 잠이나 자ㅋㅋㅋㅋ

└ 239rtrtrt : 지금 쪽지로 학생증 찍어서 보냈다. 확인하고 바로 답장 좀. 나 5학년인데 너 내 동기 아니고 후배라도 뭐라고 안 할 테니까 걱정하지 말고 답장 꼭 해 줘. 나한테 중요한 일이라서. 부탁한다.

└ tamitamtam : 괴담 말하는 거 아니야? 낙원의 이론. 지금 중앙학교 사이트 들어가면 학생들 현황 나와 있음. 그거 얘기하는 거 같은데. 제8도시 1030년 현재 기준. 전교생 1041명. 1학년 312명. 2학년 248명. 3학년 132명. 4학년 165명. 5학년 184명. 어중간한 놈들은 까딱하다 저세상이니까 정윤환급 아니면 중앙학교 가지 마라.

└ hosu2 : 3학년 132명.ㅋㅋㅋ 저 정도면 정윤환 감옥 가야 되는 거 아님?ㅋ 와중에 5학년 봐라. 서재희 아니었음 저거 반 토막이지.

└ wlals121 : 얘들아~~ 여기 말머리 유은우니까 이상한 잡담은

따로 나가서 부탁할게~

유은우는 창을 꺼 버렸다. 날고기를 삼킨 것처럼 속이 메슥거렸다. 손도연이 어깨를 으쓱했다.

"애들 말이 좀 험하지? 신경 쓰지 마. 나도 옛날에 뭐 올라오고 그랬는데 바쁘니까 그거 보고 있을 겨를도 없더라."

"무슨 일 있었어?"

"학교 행정실에서 한 부모 가정이랑 소녀 가장 같은 저소득층 학생들을 따로 관리하나 봐. 장학금 때문에. 누가 그 자료 빼다가 온하나비에 그대로 올려 버려서 난리 났었어. 물론 그 전에도 출신 도시별로 성적 비교하는 글 같은 건 종종 올라오긴 했는데, 그런 개인적인 정보는 처음이라서. 그 명단에 나도 있어서 별말 다 들었거든. 학교 적응하느라 정신이 없어서 몰랐는데, 나중에 들으니까 서재희 선배가 범인 색출해서 징계 먹였다더라. 이런 건 잊어버려. 너 저녁은 먹었니?"

유은우는 고개를 저었다. 손도연이 어깨에 메고 있던 가방을 뒤적이더니 포장된 샌드위치를 꺼내 유은우의 무릎에 두었다.

"이거 먹어. 오늘 학생회에서 나눠 줬는데 난 오이 못 먹거든."

호의가 낯설었다. 학생끼리 일상적인 대화를 나눌 수 있을 거라는 기대는 접은 지 오래였기 때문에 대화가 이리 매끄럽게 이어진 데에 유은우는 당황했다. 손도연은 개의치 않고 자리에서 일어나 제 책상으로 가더니 가방에서 스케치북과 색연필을 꺼내 정리하기 시작했다. 그 등에다 대고 유은우는 늦은 감사를 표했다.

"고마워."

유은우는 샌드위치의 포장을 벗겨 한입 크게 베어 물었다. 입 안에서 채소가 아삭거렸다. 그제야 얼마나 허기가 졌는지 깨달았다.

그날 밤 침대에서 잠이 들기 전, 손도연이 날 가십거리로 삼으려고 일부러 말을 붙인 건 아닌가 하는 의심이 솟구쳤다. 그러나 며칠 지나지 않아서, 유은우는 손도연이 그리 복잡한 인물이 아니라고 판단했다. 손도연은 좋은 의미로든 나쁜 의미로든 아주 투명했는데, 특히 용을 아주 좋아했다. 손도연은 자신이 쏟을 수 있는 모든 노력을 용을 그리거나 용을 읽는 데 바쳤다. 용에 관한 일이 아니라면 직접 움직이지 않는 손도연이 아주 원만한 교우 관계를 유지하고 있다는 게 놀라울 정도였다.

유은우가 신경도 쓰지 않던 룸메이트를 의식하기 시작하고, 곧 그녀의 책상에 놓인 가족사진에서 아버지의 부재를 짐작하는 동안, 인생의 변곡점을 기대해도 될 만한 충분한 시간이 흘렀다. 그럼에도 군에서 연락은 오지 않았다. 유은우는, 박민준이 김서혁에게 자신의 말을 분명 전달했을 거라고 믿었다. 그렇다면 유은우의 전언을 무시하는 건 김서혁이라는 뜻이었다. 내 말을 진지하게 받아들이지 않은 걸까. 정윤환과 마주치면 또 어떻게 생을 연장해야 하나. 고민에 밤잠은 자꾸만 줄어들었다.

그사이 시험은 놀랍도록 빨리 닥쳤다. 유은우는 이제 겨우 교수의 얼굴을 익히기 시작했는데, 당장 2주 뒤면 꼼짝없이 책상에 앉아 망망대해 같은 백지를 빼곡하게 채워야 했다. 목숨이 걸려 있었다.

학생들은 서슬 퍼렇게 예민해졌다. 많은 학생들이 꼭두새벽에 일어나거나 혹은 거의 자지 않았다. 유은우는 새벽에 도서관에서 노트에 모인 지우개 똥을 쓰레기통에 탈탈 털다가 휴지 뭉치 사이에 묻혀 있는 낯익은 무언가를 발견했다. 투명하고 납작한 유리 케이스였다. 안쪽에 검붉은 기체가 서려 있어, 그것은 피 묻은 칼날처럼 보였다. 유은우는 조심스럽게 주위를 둘러보고 아무도 보지 않을 때 케이스를 슬쩍 주워서 코에 대고 킁킁 냄새를 맡아 보았다. 특유의 들쩍지근한 내가 났다. 유은우는 케이스를 도로 쓰레기통에 던져 놓고 손바닥을 옷에 대충 문질러 닦았다. 속이 뒤집히려 했다.

1급 각성제. 부작용이 심해 민간인은 취급이 금지된 약물이었다. 그러나 군에서는 제한적으로 사용되었다. 유은우도 사해에서 피로에 지친 군인들이 어쩔 수 없이 각성제를 흡입하는 걸 심심찮게 본 적이 있었다. 묵직한 기체가 입 안에 끈적끈적 달라붙고 끔찍한 단맛이 난다며 다들 치를 떨었지만 효과는 확실했다. 몇 모금만으로도 사나흘을 뜬눈으로 지새우는 게 가능했다. 유은우도 정찰이 계획보다 길어졌을 때 이선규에게 하나 받은 적이 있었는데, 어떤 놈이 이딴 걸 줬냐며 김서혁에게 바로 압수당하는 바람에 써 보지는 못했다.

사해에서만 쓰는 줄 알았는데.

유은우는 옆을 돌아보았다. 어스름한 새벽빛이 도서관 복도에 차게 깔려 있었다. 학생 대여섯이 복도 게시판 앞에 모여 시험 일정을 살피고 있었다. 누군가가 게시판 스크린을 만져 특정 과목의 세부 창을 띄우자, 다른 누군가가 다 같이 보고 있는데 왜 혼자 멋대로 건드리냐며 벌컥 화를 냈다. 그리 큰일도 아니건만 시기가 시기인지라 즉각 공기가 날카로워졌다. 겨우 창 하나 띄운 것 가지고 예민하게 군다느니, 기본적인 예의가 없는 이기적인 놈이라느니, 비아냥대며 시작된 말싸움은 곧 집안 어른들의 비화까지 들먹이는 데에 이르렀다. 급기야 한쪽이 다른 한쪽의 멱살을 잡아채는데, 옆에 있던 다른 학생이 창밖을 가리키며 낮게 소리쳤다.

"야, 저기 정윤환 설계!"

학생들이 우르르 창문으로 다가붙었다. 방금 싸우던 것도 까맣게 잊은 듯 서로 밀치고 까치발을 하면서 정신없이 밖을 바라보았다. 유은우도 덩달아 창틀을 짚고 아래를 내려다보았다.

눈이 부셨다. 희고 섬세했다. 솜사탕 가닥처럼 가느다란 선들이 밀도 있게 도넛 모양을 이루면서 도서관 앞마당을 휩쓸고 있었다. 정교하게 아름다우나 위협적인 온의 동그라미 가운데 학생 하나가 웅크리고 앉아 덜덜 떨고 있었다. 유은우는 눈을 가늘게 떴다. 몸을 꽁꽁 접고 있는 학생은 제 홀스터에 꽂힌 총을 꽉 쥐고 있었다. 그러나 공포에 질렸는지 뽑지는 못하고 있었다. 어딘가 낯이 익숙했다. 어디서 봤더라……

"이지준?"

창문에 딱 달라붙어 있던 학생 중 누군가 말했다. 몇이 동조했다.

"지준이 맞네."

"이지준 정윤환한테 딱 걸렸나 본데."

"뭘 걸려?"

"오늘 오전에 정윤환 방문이 열려 있었나 봐. 이지준 쟤가 정윤환 기숙사 방에 몰래 들어가서 동영상 찍어 가지고 왔잖아. 그거 수업 시간에 자기 친구들끼리 돌려보다가 교수한테 걸려서 메모리 압수당했어."

"뭐? 난 처음 듣는데?"

"얼마 안 됐어. 오후 수업 때 걸렸거든."

"너도 봤어, 정윤환 방?"

"뒤에서 살짝 훔쳐봤는데 너무 복잡해서 뭐가 뭔지 하나도 모르겠더라. 더럽던데, 그냥."

"으아, 궁금해 죽겠다. 설계 책은 어떤 거 보는지. 머리맡에 만년필촉은 놓고 자는지……."

"웃기고 있네. 정윤환 같은 천재가 그런 미신을 믿겠냐."

"너도 해 봐. 나 촉 놓고 자면서 명중률이 확 늘었다니까. 효과 있어."

"네가 그러니까 맨날 하위권에 머무는 거야. 조준 잘하고 싶으면 총 잡고 연습을 해. 머리맡에 쓰레기 두고 자지 말고."

학생들이 떠드는 소리를 흘려들으며 유은우는 유리창에 이마를 붙이고 뚫어져라 밖을 보았다. 이름이 이지준이라고. 어디서 봤는지 알 것 같았다. 유은우가 의자에 앉은 채 밀려서 엎어진 날, 뒤에 앉아 있던 학생이었다.

이지준을 태풍의 눈처럼 감싸고 밀도 높게 휘도는 온 너머로 정윤환이 보였다. 그는 한쪽 다리에 체중을 싣고 삐딱하게 서서 제가 빚어낸 온을 물끄러미 보고 있었다. 입꼬리가 장난치듯 올라가 있었지만 눈은 차가웠다. 그는 왼손가락에 방아쇠를 걸고 총을 휙휙 돌리고 있었는데, 의미 없는 습관 같았다. 때문에 더 압도적이었다. 온을 저리 강하게 묶어 놓고도 여유 있다는 자체가. 정윤환이 손가락을 가벼이 튕길 때마다 새까만 총신이 빠르게 한 바퀴씩 돌면서 그 매끄러운 총신 위로 새벽빛이 결대로 부서졌다.

그때였다. 줄곧 몸을 사리던 이지준이 재빠르게 몸을 일으키며 총을 뽑아 정윤환을 겨누었다. 캉! 총구가 절박하게 튀어 올랐다. 붉은 빛이 화살처럼 정윤환을 향했다. 그러나 몇 뼘 날기도 전에, 이지준의 설계는 정윤환이 이미 깔아 놓은 설계에 휘감겼다. 이지준이 빚어낸 새빨간 직선은 정윤환의 희고 세밀한 설계에 묻혀 희끗하다가, 다음 순간 수면을 뛰어오르는 돌고래처럼 세차게 솟아나더니 역으로 이지준을 공격하며 들어갔다. 그 날카로운 끝이 이지준의 이마를 관통하기 직전, 모든 설계가 허물어졌다.

사위가 거짓말처럼 잠잠해졌다. 까만 새벽. 찬 공기. 새파랗게 질려 빳빳이 굳은 이지준. 그와 몇 미터를 남겨 둔 채 정면으로 마주 선 정윤환. 정윤환의 손에선 총이 여전히 빙글빙글 돌고 있었다.

"방금 정윤환 총 안 쐈지?"

창문에 달라붙어 뚫어져라 그 광경을 지켜보던 학생 중 하나가 반신반의하며 물었다.

"쏜 거 아니야? 이지준 설계 방향 바뀌는 거 봤잖아."

"아니. 안 쐈어. 재수 없게 총만 핑핑 돌리고 있었어. 눈 하나 깜짝 않고. 자신 있다 이거지."

"맞아. 정윤환 총 추가로 안 쐈어. 초반에 깐 설계가 뒤까지 이어진 거야."

"그게 어떻게 가능해? 이지준 설계가 중간에 역으로 돌아가려면 당연히 정윤환이 한 번은 총을 쏴서 전환을 시켜 줬어야지……."

"첫 한 방에 이미 후속 설계를 다 물고 들어간 것 같아."

"뭐뭐 엮었지? 일단 방향 전환은 기본으로 들어가고, 속도 감지에……."

"글쎄. 방향 전환 깔면 무거워지고 무게중심이 한쪽으로 쏠려. 그러면 애초에 균등하게 돌아갈 수가 없다고. 이지준 감싸고 회오리처럼 빙빙 돌고 있던 그 흐름 자체가 불가능해. 기울어 버리니까."

"아니. 방향 전환 들어가야 맞지. 아니면 아까처럼 정윤환이 총에 손도 안 대고 그렇게 이지준 공격을 맞받아칠 수가 없어. 방향 전환을 넣긴 넣었는데 정확하게 계산을 해서 무게중심을 배분했다고 봐야 해."

몇몇이 헛웃음을 지었다.

"방향 전환을 넣되 무게중심을 배분한다? 차라리 오늘부터 열흘 동안 밤새 공부해서 전 과목 만점 받는 게 가능하다고 해라."

"말도 안 되게 어렵다는 건 아는데, 이론상 불가능은 아니라는 거지."

"이론상 뭔들 못 해? 주사위 100번 던져서 전부 다 6이 나올 확률이 그것보다 높겠다."

"동영상 찍은 사람? 내일 고급 설계 시간에 교수님한테 물어보자."

"강 교수가 잘도 대답해 주겠다. 그 교수 정윤환 존나 싫어함. 왜냐? 정윤환이 뭘 어떻게 하는지 자기도 모르거든."

와자하게 웃음이 터졌다.

"너 눈치도 없이 교수님 코앞에 정윤환 동영상 들이밀었다가 F 처맞고 고급 설계 재수강하는 수가 있어."

"됐어. 정윤환 그만 분석해. 시간 낭비야. 어차피 알아도 못 따라 하잖아……."

"눈물 난다, 눈물 나."

"예원 선배가 항상 하는 말이 있지. 절대 정윤환 설계 영상 보지 말라고. 도움은 안 되고 사기만 꺾이니까. 정윤환은 우리랑 아예 체계가 달라. 상식을 넘어서니까 애초에 배울 게 없어. 범인이 천재한테서 뭘 읽을 수 있겠냐? 그냥 다른 세계 사람인데. 그런 의미에서 우리 재희 선배가 만들었다는 6차 다중 설계 정리본 있는 사람?"

"야, 저기 봐."

학생 하나가 창문에 도로 달라붙었다.

"정윤환 도서관 들어오는 거 같은데?"

유은우도 반사적으로 밖을 보았다. 이지준이 실신한 채 다른 학생들에게 부축을 받아 도서관 마당 한쪽에 눕혀지고 있었다. 그쪽은 보지도 않고 정윤환이 양손을 바지 주머니에 꽂고 휘적 휘적 한가로이 이쪽으로 걸어오고 있었다. 정윤환이 문득 고개를 들었다. 웃음기 없는 눈이 위를 향했다. 유은우는 소스라쳐 창문에서 떨어졌다. 눈 마주쳤나? 제발 아니길 바랐으나 확신이 없었다.

"정윤환 도서관 오는 거 본 적 있는 사람?"

누구 하나 선뜻 대답하지 못했다. 이지준이 당할 때는 강 건너 불구경하던 이들이 초조한 시선을 주고받았다.

"저 새끼는 갑자기 무슨 바람이 들어서 여기 오는 거야?"

"너희 아빠 어제 정선재 의원하고 청문회에서 한판 붙었잖아. 정윤환 너 밟으려고 오는 거 아냐?"

"야, 그게 나하고 무슨 상관이야! 그건 아빠 일이지."

"태도 바꾸는 거 봐라. 아까는 너희 아빠 재학 시절 랭킹까지 들먹이면서 나보고 닥치라더니……."

빈정거리는 학생 옆구리를, 다른 학생이 팔꿈치로 툭 쳐서 말을 끊었다. 그가 유은우 쪽으로 턱짓을 하며 한마디 했다.

"저거 보러 오나 본데."

학생들 시선이 일제히 유은우를 향했다. 유은우는 반쯤 펼쳐진 노트를 들고 쓰레기통 옆에 서서 그들을 멀거니 마주 보았다. 누군가 속삭였다.

"그런데 정윤환은 왜 자꾸 유은우 찾아다녀?"

유은우는 즉각 돌아섰다. 빠른 걸음으로 열람실에 들어가 책이며 노트며 필기구를 전부 가방에 쓸어 담았다. 한쪽 어깨에 가방을 대충 메면서 열람실을 나왔다. 학생들의 시선이 따라붙는 게 느껴졌지만 알 바 아니었다. 초조하게 엘리베이터 버튼을 여러 번 눌러 대다가, 재수 없으면 정윤환과 정면으로 맞닥뜨리게 될지도 모른다는 생각에 바로 엘리베이터를 포기했다. 계단으로 4층에서 1층까지 쉬지 않고 달려서 내려왔을 때는 등이 땀으로 축축했다. 급하게 챙긴 필기구가 가방 안에서 달그락달그락 굴러다녔다.

설마 나 때문에 온 건 아니겠지.

정윤환 한번 봤다고 저도 모르게 바짝 긴장하여 가슴이 호흡보다 빨리 쿵쿵거렸다. 그래도 마주치기 전에 먼저 빠져나온 게 어디야. 유은우는 침착하려고 애썼지만, 새벽부터 줄 서서 어렵게 맡은 도서관 자리를 정윤환 만날까 봐 내팽개치고 온 걸 생각하자 화가 치밀었다. 당장 어디에 자리 잡고 책을 펼쳐야 할지 까마득했다. 기숙사를 떠올렸으나, 이 시간에 곤하게 잠들어 있을 손도연을 생각하자 망설여졌다. 손도연은 10시가 되면 침대에 기어들어 가 엎드려서 스케치북에 용을 그리다가 10시 반이 지나면 불을 끄고 칼같이 잠자리에 들었는데, 놀랍게도 시험 기간이라고 해서 예외는 없었다. 그녀는 100만 년이 넘은 호수처럼 평온한 얼굴로, 그저 낙제만 면하면 된다고 했다. 딱 학교에서 쫓겨나지만 않을 정도. 그 마지노선이 지상 최대 과제인 유은우로서는 손도연의 여유가 그저 부러울 따름이었다.

창고가 딱인데.

바람과 온기가 맞춤으로 섞여 도는 작고 외진 창고가 떠올랐다. 거기서 공부하면 머리에 쏙쏙 들어올 것 같은데. 그러나 유은우가 겨우 찾았다고 생각한 그 명당은 정윤환이 주로 출몰하는 곳이었다. 그걸 생각하니 이미 아물어 반창고도 떼어 낸 손등이 갑자기 쓰렸다. 재차 화가 났다. 하여간에 인생에 도움이 안 되는 놈이었다. 장애물도 이런 장애물이 없었다.

도서관 1층 로비를 가로질러 입구로 나왔다. 바깥바람이 생각보다 차가워, 유은우는 어깨를 조금 움츠렸다. 노르스름한 조명이 안개처럼 마당을 감도는 가운데, 이지준의 주위로 학생들이 몰려 있었다. 소란했다. 그러나 묘하게 안정감이 있었다. 단조로운 배열 속 가장 돋보이는 하나에 무게가 쏠리듯, 시선은 자연스레 한 지점으로 흘렀다. 유은우는 저도 모르게 발걸음을 늦추었다.

학생들 틈에 낯익은 얼굴이 있었다. 단정한 몸가짐이 새벽보다 서늘했다. 서재희. 그는 꿇어앉아 이지준의 머리를 제 무릎에 뉘고 있었다. 그의 곧고 긴 손가락이 차분히 이지준의 목덜미를 짚었다. 평소 다감하던 낯이 걱정으로 흐렸으나 어둡지는 않았다.

"정윤환 그 새끼가 위협했어요. 지준이는 그냥 있었는데 그

낙원의 이론 1   265

새끼가 먼저 총 뽑았다고요."

"선배가 정윤환 징계 내려 주세요. 허가 없이 다른 학생을 공격하는 건 교칙에 어긋납니다."

"이지준 죽을 뻔했어요."

"우리가 옆에서 지켜보고 있었기에 망정이지. 정윤환 표정 봤냐? 저 잘났다고 다른 동조자들은 다 쓰레기로 보질 않나. 집안 잘났다고 교칙을 숨 쉬듯 어기질 않나."

"재희 선배가 교장 선생님한테 강력하게 건의 좀 해 주세요. 최소 근신이라도요."

서재희를 둥그렇게 둘러싼 학생들이 너도나도 한마디씩 하느라 바빴다. 그 말만 들으면 마치 정윤환이 이지준을 살해하려다가 실패하고 도망친 범죄자처럼 느껴졌다. 유은우는 학생들이 평소 정윤환에 대해 악의를 품은 만큼, 이 기회를 빌려 의도적으로 과장을 하고 있다고 생각했다. 정윤환이 물리적으로 이지준을 공격한 건 아니었다. 그저 이지준의 주변 온을 강하게 잡았다가 순식간에 풀어낸 게 다였다. 공격이 아니라 경고였다. 이지준은 제풀에 놀라 기절한 것뿐이었다. 그게 전부였다. 정윤환이라면 치를 떠는 유은우가 아무리 편파적으로 보려고 해도 이 이상 덧붙일 게 없었다.

"정윤환 퇴학 안 돼요? 예전에 정윤환 파견 수업 나갔을 때 팀원 다 죽어 나가는데도 수수방관했다고 들었어요."

누군가 날카롭게 말했다. 줄곧 반응 없던 서재희가 고개를 들었다. 그는 시선을 헤매지도 않고, 퇴학 운운한 학생을 정면으로 올려다보았다. 순식간에 학생들이 잠잠해졌다. 서재희가 담담하게 물었다.

"그 파견 직접 겪었어?"

한 명을 직시했지만 모두를 염두에 둔 질문에 누구도 대답하지 못했다. 서재희는 제 재킷을 젖히더니 안주머니에서 호흡기를 꺼냈다. 이어 허벅지의 홀스터에 총과 나란히 꽂힌 약물 케이스 중 하나를 뽑아내어 호흡기에 끼웠다.

"이지준은 정윤환 방을 몰래 촬영했고, 정윤환은 이지준을 상대로 허가 없이 총을 겨누었어. 각자의 교칙 위반에 대해서는 임원들이 책임을 물을 테고, 징계는 교장 선생님께서 승인하실 거야."

말끝에 서재희는 호흡기를 물었다. 깊게 들이마시더니 호흡기를 빼고 액체를 입에 머금은 채 고개를 숙였다. 서재희의 큰 손이 이지준의 턱을 붙들어 입을 벌렸다. 학생들이 '어어.' 하는 사이에 차분히 입술이 겹쳐졌다. 평소 그리 단정하던 차림이 무색하도록 흙바닥에 아무렇지도 않게 한쪽 무릎을 꿇은 채, 서재희가 이지준 위로 완전히 포개졌다. 그가 천천히 이지준의 기도로 약을 흘려 넣고는 다시 호흡기를 물고 약을 빨아들인 뒤 고개를 숙였다. 서재희는 제 소매 단추를 풀고 그 자락으로 이지준의 입가를 닦아 낸 뒤 호흡을 반복했다. 그 모든 것에 일말의 망설임이 없었다. 학생들이 숨을 삼키며 그 광경을 빤히 바라보았다. 거의 홀린 학생들의 눈에서, 유은우는 이 분위기가 단순한 동경은 아님을 읽었다. 그리고 서재희 본인이 그것을 가장 잘 알고 있으며, 또 의도해 왔음을.

그때였다. 서재희가 이지준에게 응급처치를 하면서 동시에 고요하게 눈을 들어 올렸다. 빛을 삼킬 듯 새까만 시선이 단박에 유은우를 찌르고 들어왔다. 서재희가 자신을 의식하고 있다는 걸 예상치 못했기에 유은우는 저도 모르게 등줄기가 빳빳하게 굳었다. 이렇게 서로 거리를 두고 떨어져 있고, 저렇게 많은 학생들이 에워싸고 있는데, 어떻게 내가 여기 서 있는 걸 알았는지 당혹스러웠다. 서재희의 저 빤한 시선이 무엇을 의미하는지 몰라 더욱 그랬다.

수 초 후, 서재희는 눈을 내리깔았다. 그가 입을 떼고 고개를 들었다. 서재희는 이지준이 약 기운을 뱉어 내지 못하도록 손으로 입을 단단히 막았다가, 이지준이 몸을 뒤척이며 눈을 뜨자 비로소 그를 다른 학생들에게 넘겨주었다. 학생들이 이지준을 부축해 앉혔다.

"괜찮아?"

서재희가 한쪽 무릎을 꿇어앉은 낮은 자세로 따뜻하게 물었다. 이지준은 바로 대답을 하지 못했다. 그는 정신이 하나도 없어 보였다. 서재희가 손을 뻗어 땀으로 흥건한 이지준의 이마를 단정히 훑어 내며 말했다.

"천천히 숨 쉬어. 자고 나면 괜찮아질 거야. 몸이 놀라서 그래."

이지준의 얼굴이 벌겋게 달아올랐다.

"총을 쐈어요……."

"어딜 어떻게 공격받았어?"

"공격을 받은 건 아닌데 다짜고짜 불러 세우더니 제 주위로 설계를 둘러서 압박했어요. 제가 반격을 하자 역으로 받아쳤……, 그, 총을 쏘는 걸 보지는 못했는데 제 공격이 다시 돌아왔어요……."

맞은 데도 없는데 기절한 것이 창피한지 이지준이 허겁지겁 말을 풀었다. 서재희는 약간은 걱정스럽고 또 약간은 다정한 미소로 경청했다. 유리처럼 단단한 미소엔 빈틈이 없어, 유은우는 서재희가 오히려 무표정하다고 느꼈다.

"물론 제 몸에 스치거나 닿은 건 아니지만, 전 충분히 위협을 느꼈고……."

이지준의 목소리가 슬금슬금 기어들자 서재희는 자리에서 일어났다.

"다들 잘 들어. 직접적으로 공격을 받지 않아도 주위의 온이 급격하게 뒤바뀐 흐름에 반응하면 몸이 버티지 못하고 기절하는 수가 있어. 그럴 때는 시간이 흐르면 자연스럽게 깨어나겠지만 주위에 사람이 있다면 대신 약을 머금어서……."

어찌나 부드럽게 말하는지 서재희의 낮은 목소리가 귀로 미끄러져 들어오는 게 달게 느껴질 정도였다.

서재희는 서 있는 모든 공간을 제 무대로 만드는 기질이 있었다. 그에겐 상대를 장악하나 동시에 오만하지 않은, 대척점의 경계를 아슬아슬하게 타고 넘는 분위기가 돌았다.

어깨에서 가방이 툭 흘러내렸다. 유은우는 그제야 자신이 완전히 멈춰 서 있음을 알았다. 고개를 휙 돌려 도서관 건물을 올려다보았다. 겉으로는 잠잠해 보이지만 어딘가 정윤환이 돌아다니고 있을 터였다. 지금은 한가하게 서재희의 응급처치 강연이나 듣고 있을 때가 아니었다.

유은우는 달려서 도서관 마당을 빠져나왔다. 곧바로 기숙사로 향했다. 한밤중일 손도연에게 미안하긴 했으나 조명을 약하게 켜고 숨죽여 공부할 생각이었다. 달리 방법이 없었다. 기숙사 마당까지 왔을 때였다.

"유은우."

유은우는 발로 바닥을 밀며 급하게 멈춰 섰다. 재빠르게 뒤돌아보았다. 동시에 뒷걸음질 쳐서 상대와 거리를 충분히 두었다.

"어디 가?"

서재희였다. 그는 약간 숨이 차 보였다. 도서관 앞마당에서 활짝 전시하던 서글서글한 낯은 싹 가시고 없었다. 그러나 아주 건조하지만은 않았다. 감정이 있긴 했다. 유은우가 보기에, 서재희는 어쩐지 긴장한 것 같았다. 그는 눈을 굳힌 채, 유은우의 팔을 잡으려는 듯 손을 뻗었다가 얼른 거두어들였다. 둘은 잠시간 서로를 마주 본 채 숨을 골랐다.

"기숙사요."

유은우는 대답하면서 한 걸음 물러섰다. 서재희가 곧바로 한 걸음 다가왔다. 유은우보다 보폭이 커서, 간격은 훨씬 좁아지고 말았다. 서재희의 그림자가 가로등으로 짙게 드리워져 유은우의 두 발을 성큼 삼켰다.

"공부는 잘돼?"

"그냥 하고 있어요. 기숙사 들어가서 하려고요."

유은우는 힘없이 대답했다. 지금 서재희를 만나는 건 좋지 않았다. 기억을 되짚는 건 피곤한 일이었다. 공부에 집중할 시기에 심신이 급속도로 지치면 손해 보는 건 유은우였다. 그러나 서로 약속한 게 있었으므로, 서재희가 요구하면 유은우는 응할 수밖에 없었다. 유은우는 이러지도 저러지도 못하고 약간은 체념한 채 서재희를 바라보았다.

"기숙사에서 룸메 잘 텐데 공부가 되겠어? 손도연 일찍 자잖아. 너 새벽에 도서관 자리 맡아 놓은 건 어쩌고……."

서재희는 묻다가 말았다. 그가 알 만하다는 듯 미간을 좁혔다. 그도 정윤환이 도서관으로 들어간 걸 들어서 알 터였다. 유은우가 도망치듯 빠져나온 건 그것만으로도 설명이 차고 넘쳤다. 유은우는 그보다 다른 게 궁금했다.

"선배가 그걸 어떻게 알아요? 도연이 일찍 자는 거랑 제가 새벽에 도서관 자리 맡은 거."

서재희는 대답이 없었다. 그는 불이 꺼진 여자 기숙사를 올려다보더니 고개를 돌려 저만치 떨어진 본관을 바라보았다. 그렇게 양쪽을 번갈아 바라보며 한참 말이 없었다. 서재희는 홀스터에 오른손을 가볍게 걸쳐 놓고 있었는데, 마른 손끝이 총신을 느리게 톡톡 두드렸다. 그 소리만 스무 번이 넘어갈 때쯤, 유은우는 고개를 꾸벅 숙여 인사했다.

"이만 가 보겠습니다."

"잠깐만."

바로 팔을 잡혔다. 유은우가 반사적으로 서재희의 손아귀에 잡힌 제 팔을 비틀었다. 서재희가 얼른 손을 풀었다.

"미안해. 놀랐지?"

유은우는 슬쩍 뒤로 물러섰다. 서재희의 손이 닿지 않을 만큼 거리를 두고 멈췄다.

"파견부실에서 공부할래?"

유은우는 귀를 의심했다.

"어디요?"

"파견부실."

서재희가 또렷하게 반복했다. 그는 유은우에게 더는 손을 대지 않았지만, 유은우는 서재희가 당장에라도 자신의 뒷덜미를 덥석 물어다가 파견부실로 톡 떨어뜨리고 싶어 하는 듯한 초조한 느낌을 받았다.

기억을 보려나 보다. 그 대신 공부 장소 제공해 주려나 봐. 시험 기간에 내 시간 빼앗는 게 미안해서.

예상치 못한 배려가 당혹스러웠다. 그래도 기억을 보이기 싫은 건 매한가지였다. 피곤해서 공부는커녕 바로 뻗어서 잠들 텐데.

"네……."

유은우는 마지못해 고개를 주억거렸다. 서재희가 꽃망울 터지듯 탁 웃었다. 유은우는 이번엔 제 눈을 의심했는데, 서재희가 앞서 걸으며 더 이상 표정을 볼 수 없게 되자 그러려니 했다. 사람이 웃을 수도 있지. 이 새벽에 아무에게도 방해받지 않고 내 기억을 오래 볼 수 있어서 횡재했나 보다. 그러니까 나 잡으려고 뛰어왔겠지. 기분이 좋아 보이는 서재희의 뒤를, 유은우는 어깨가 축 처져서 졸졸 따라갔다.

파견부실은 따뜻했고 이미 조명이 환하게 켜져 있었다. 서재희의 이프를 보고, 유은우는 그가 원격으로 난방이며 조명을 미리 켜 놓았음을 알았다.

"여기 앉아. 내 자린데 여기가 제일 밝고 따뜻해."

서재희는 들어가자마자 탁자를 둘러싼 의자 중 하나를 소리 나지 않게 단정히 빼 놓았다. 딱 봐도 상석이었다. 여기 앉아도 되나 싶어 유은우는 그 옆자리에 가방을 내려놓았다.

"정수기는 저쪽에 있어. 차나 커피 종류가 있으니까 마음대로 먹어도 돼. 뜨거운 물 조심하고. 잠깐 눈 붙이고 싶으면 저기 간이침대에서 자. 아침 8시 회의 전까지는 아무도 안 올 거야. 내가 여기서 시험공부 하지 말라고 부원들한테 늘 당부하니까. 갈 때는……."

서재희가 문손잡이를 잡고 안쪽에서 잠금장치를 꾹 눌러 보였다.

"……이렇게 누르고 밖에서 닫으면 잠기니까 그렇게 하면 돼."

서재희는 시범을 보이듯 문을 몇 번 닫았다 열었다 했다. 그러더니 문을 열고 몸을 밖으로 반쯤 빼고서 말했다.

"그럼 이만 가 볼게. 혼자 있으면 위험하니까 문 잠그고 공부해."

"네?"

유은우는 눈을 동그랗게 떴다. 간다고? 그냥? 왜? 편하게 오래오래 기억 보려고 겸사겸사 여기 빌려 주는 거 아니었나?

유은우의 반응에, 서재희가 문을 닫으려던 동작을 딱 멈췄다.

"왜? 혼자라서 무서워?"

"그게 아니라⋯⋯."

기억은 안 보냐는 물음이 목구멍까지 치밀었으나 얼른 삼켰다. 이렇게 따뜻하고 밝은 공간에서 순수하게 공부만 할 수 있다니 횡재였다.

"⋯⋯너무 감사해서요."

서재희의 입매가 부드럽게 올라가다가 금세 차분히 갈무리되었다. 그가 담담하게 말했다.

"네가 시험을 잘 쳐야 나도 널 오래 보지. 열심히 해."

문이 조용히 닫혔다. 유은우는 멀거니 안쪽에서 잠긴 문을 바라보다가 곧 정신을 차렸다. 서재희가 무슨 의도로 호의를 베푸는지 궁금했지만 남의 속을 알 수도 없거니와, 정윤환을 피해 도망 나오느라 허비한 시간이 컸다.

우선 재킷을 벗어 옆 의자에 걸쳐 두고 가방에서 책과 노트를 꺼내 쭉 늘어놓았다. 노트 사이에 한 장짜리 시험공부 계획표 모서리가 비죽 나와 있었다.

시험 일정이 나온 날, 유은우는 필사적으로 시험공부 계획을 짰다. 전 과목 만점은 바라지도 않았고 가당치도 않았다. 선택과 집중이 절실했다. 유은우는 설계 실습 과목을 전부 후순위로 두었다. 설계를 포기한 건 아니지만 당장 이번 시험에서 유의미한 점수를 내는 건 불가능했다. 대신 '도시의 역사'나 '온의 단계적 흐름', '침식 이해', '오염 수치 모델링' 같은 단순 암기 과목 만점을 목표로 설정했다. 꼼꼼하게 계산해 보니, 암기 과목 일곱 개를 만점 받게 되면 안정적으로 유급을 면할 수 있었다.

단순 암기라고 해서 마냥 쉬울 리는 없었다. '오염 수치 모델링' 책을 펼치자마자 눈앞이 아득했다. 페이지마다 빼곡한 그래프들이 위로 쑥쑥 자라나 이쪽을 내려다보며 깔깔 비웃는 것 같았다. 심호흡하고 펜을 잡았다. 유은우는 금세 집중했다. 군에서 고된 훈련에도 불구하고 매일 꾸준히 설계를 공부했던 습관 덕이었다. 그때 언제든지 속을 게워 내려고 옆 의자에 작은 양동이를 놓고 공부했던 걸 떠올리면, 지금 이렇게 구토 없이 단순 암기할 수 있다는 것만도 감사했다.

그렇게 한참 공부를 하고 있는데 갑자기 똑똑 노크 소리가 들렸다. 어깨가 바싹 굳었다. 노트 위에서 펜이 미끄러지며 글씨가 삐끗했다. 벽시계를 보았다. 4시. 서재희가 가고 난 후 두 시간이 지나 있었다. 다시 한번 노크 소리가 났다. 이내 부스럭거리더니 문이 살짝 열렸다.

"아직 공부해?"

서재희였다. 유은우는 한쪽 손으로는 펼쳐진 책을 짚고 다른 한쪽 손으로는 펜을 쥔 채 꼼짝 않고 눈만 도르륵 굴려 서재희의 움직임을 좇았다. 서재희는 조용히 문을 닫고 다가와 유은우의 팔꿈치 바로 옆에 예쁘게 포장된 종이봉투와 음료를 내려놓았다. 종이봉투가 바스락거리며 온기를 풍겼다.

"대답이 없어서 잠든 줄 알았어."

서재희는 부드러운 아이보리 니트에 짙은 면바지 차림이었다. 새벽 4시에 사복이라니. 음료엔 교내에서 본 적 없는 브랜드 로고가 찍혀 있었다. 유은우는 빠르게, 서재희가 파견부실을 나가자마자 남자 기숙사에서 사복으로 갈아입고 학교 밖으로 나가 새벽에도 영업하는 매장을 찾아서 신중하게 간식을 고르는 광경을 그려 보았다.

그사이 서재희는 자연스레 유은우의 바로 옆 의자에 앉았다. 유은우에게 권했던 자리였다. 서재희가 종이봉투를 열었다. 바삭한 종이 소리와 함께 레몬과 초콜릿 냄새가 났다. 이윽고 서재희가 봉투에 손을 넣으며 물었다.

"먹을래?"

유은우는 좋아하는 티를 내지 않으려고 안간힘을 썼지만, 서재희가 짧게 소리 내어 웃는 걸 보니 이미 그른 것 같았다. 서재희가 소박한 낱개 포장을 유은우의 노트 위에 내려놓았다. 유은우는 손끝으로 포장을 살짝 젖혀 보았다. 우유 색깔의, 묵직하고 푹신한 빵에서 따뜻한 김이 무럭 솟았다. 빵이 두 팔을 활짝 벌려 자신을 환영하는 것 같았다. 서재희 성격상 줬다 뺏을 리도 없건만, 유은우는 그래도 일단 두 손으로 빵을 부여잡은 뒤에 물었다.

"이거 왜 주는 거예요?"

서재희는 바로 대답하지 않았다. 그는 탁자에 팔꿈치를 괴고 손끝만으로 머리를 비스듬히 받친 채 유은우를 그저 바라보기만 했다. 미소가 희미했고, 묘하게 들떠 보였다. 그가 선뜻 말했다.

"그거 맛있나 봐. 애들한테 선물 자주 받거든."

맥락이 이상했다. 선물을 받긴 받았는데 안 먹어 봤다는 건지, 먹어는 봤는데 맛이 없다는 건지. 게다가 서재희는 자신이 한 질문에 제대로 답도 하지 않았다. 그러나 유은우는 일단 다 제쳐 두기로 했다. 빵이 빠른 속도로 식고 있었다.

서재희가 하도 빤히 보고 있어 고개를 돌리고 먹으려다가, 그건 또 그것대로 이상할 것 같아, 유은우는 서재희를 의식하지 않는 척 그가 보는 앞에서 빵을 크게 한입 베어 물었다. 코 끝에 따뜻한 김이 훅 끼쳤다. 순간, 빵 안에서 달고 푹신한 크림이 와락 비어져 나왔다. 당황하여 손에 힘이 들어가자 크림이 본격적으로 폭발했다. 크림이 줄줄 흘러내려 손등으로 닿기 직전, 유은우는 급한 대로 한 번, 두 번, 세 번, 빵을 연속으로 베어 물었다. 참사는 막았으나 볼이 터지려 했다.

서재희가 낮게 웃었다.

"맛있어?"

긴장한 터라 맛이 잘 느껴지지 않았지만 유은우는 고개를 크게 끄덕였다. 딱 한 입만 먹으려고 했는데 순식간에 절반을 먹어 치운 셈이 되었다. 입 안은 꽉 차고 뺨은 화끈거렸다.

서재희는 여전히 웃음기를 지우지 않으며 음료 하나를 유은우 앞에 두었다. 그의 시선이 오른쪽 뺨에 선명하게 느껴졌다. 유은우는 최대한 침착하게 남은 빵을 입 안에 밀어 넣었다.

"잘 먹었습니다."

사레 안 들린 게 천만다행이었다. 유은우는 아직 따뜻한 종이봉투를 서재희 쪽으로 밀었다.

"선배도 드세요."

서재희는 제 앞에 놓인 종이봉투 끝을 반듯하게 접어 갈무리하더니 유은우의 가방 옆에 두었다.

"이따가 너 먹어. 난 이런 거 선물 자주 받아. 받아도 잘 안 먹고."

"저 때문에 새벽에 나가서 사 오신 건……."

유은우는 말꼬리를 끌며 조심스레 서재희를 살폈다.

"……아니죠?"

서재희가 탁자에 비스듬히 기댄 채 눈으로 웃었다.

"다른 일로 나간 김에 생각나서 사 온 거야. 일부러 나간 건 아니고."

이 시간에? 납득하기 어려웠으나 유은우는 서재희의 말을 온전히 삼키려 애썼다. 사실 그의 속내를 알아낼 방법도 전무했다.

"감사합니다."

"내가 사 오고 싶어서 사 온 거니까 고맙다는 말은 안 해도 돼."

유은우는 어색하게 빨대를 물었다. 음료를 쭉 빨아 당기다가 감질나 아예 뚜껑을 열었다. 입을 대고 몇 모금 꿀떡꿀떡 마셨다. 착한 분홍색 강아지 털에 파묻히는 것 같은 맛이 났다.

"밀크티야."

서재희가 제 음료를 집어 들며 말했다. 그는 유은우가 한 것처럼 음료 뚜껑을 열더니 입을 대고 한 모금 느리게 머금었다가 삼켰다. 그러고는 무감한 얼굴로 컵을 내려놓았다. 학생 휴게실에서 학생들이 간식을 내밀면 스스럼없이 그 자리에서 시원하게 받아먹고 환하게 답하던 서재희와는 전혀 달랐다. 그는 유은우가 음료를 깨끗하게 비울 동안 손끝으로 음료 입구 모서리를 만지작거릴 뿐 다시는 입에 대지 않았다.

"선배, 그거 싫어해요?"

"싫어하는 건 아닌데 좋아하지도 않아."

"그럼 왜 샀어요?"

"그냥 상대방이 뭐 마실 때 구색 맞추려고?"

서재희가 옅게 웃었다. 그가 오른손으로 머리를 괴며 유은우 가까이 몸을 기울였다. 서재희의 무릎이 유은우의 의자에 가만히 닿았다. 청량하게 관리된 냄새가 났다. 그 비스듬한 자세로 서재희가 손을 뻗어 유은우의 노트를 당기더니 제 쪽을 향하게 했다. 서재희가 바로 코앞에서 노트를 찬찬히 살피는 동안 유은우는 가만히 서재희의 옆얼굴을 바라보았다. 눈가에 피로가 정돈되어 있었다. 나란하게.

새벽이 깊었다.

평소라면 자고 있을 시간이었다. 그래선지 생경했다. 따뜻하고 밝은 파견부실. 모서리를 예쁘게 두 번 접은 빵 봉투. 달아서 아린 혀끝. 크림이 묻어 미끈거리는 손가락. 유은우의 의자에 닿은 채 떨어지지 않는 서재희의 무릎. 늘 칼같이 차려입던 교복이 아닌 연한 색깔의 니트가 봄날 구름 같았고, 그 도톰한 소매 밖으로 손목이 겨울나무처럼 뻗어 있었다. 깎인 듯 반듯한 손등. 그리고 길쭉한 손가락이 노트 위 유은우의 필기를 드문드문 따라가고 있었다. 한 구절에서 손가락이 멈칫했다. 유은우는 몰래 눈을 굴려서 서재희를 살폈다. 그는 미간을 살짝 찌푸리고 있었다. 서재희가 더욱 몸을 기울여 필기에 집중했다. 나직한 숨소리가 지척이었다.

이 모든 게 꿈 같았다.

새벽의 어떤 순간은 깊고 섬세한 균열 같아서, 제때 안 자고 깨어 있다가 방심하면 발을 헛디뎌 그 틈으로 쑥 낙하하는 게 틀림없었다. 그렇지 않다면, 이렇게 아무 이유 없이 전신의 감각이 예민하게 돋아날 리 없다. 째깍째깍 벽시계 소리. 열린 창 사이로 비쳐 드는 바람. 코앞 공기가 서재희의 체온으로 더워졌다. 따뜻한 빛의 바다에 잠겨 숨을 쉬기 어려웠다.

서재희가 손을 뻗었다. 그가 책 사이에 놓여 있던 펜을 집어 들고 펜 끝으로 유은우의 노트 필기를 톡톡 쳤다.

"이렇게 무작정 외우면 어려워."

서재희가 의도적으로 다정하게 속삭이는 건지, 서재희를 선망하던 학생들을 보고 온 터라 그렇게 들리는 건지 유은우는 헷갈렸다. 서재희가 노트를 넘겨 깨끗한 페이지를 펼쳤다. 그리고 망설임 없이 펜을 움직였다. 글씨가 인쇄한 듯 가지런했다. 눈 깜짝할 사이에 도표가 그려졌다.

"침식 8단계는 중요해. 단골 문제라서 쉽게 안 나와. 심화되어서 출제될 거야. 단순 암기가 아니라 과정을 이해해야 사례까지 암기하기 쉽겠지? 아마 너 입학하기 전에 이미 진도가 나간 부분이라 따로 설명 들은 적 없을 거야. 처음부터 차근차근 훑어 줄게. 한번 듣고 나면 어렵지도 않아. 일단 전체적인 구도를 이렇게 밑으로 퍼지는 사다리꼴이라고 생각하고. 첫 단계, 노출을 가장 위에 놓는 거야. 여기서부터 아래로 쭉 내려가면서 무거워진다고 생각해. 그러면 당연히 오염 수치가 밑으로 갈수록 커지겠지? 그런데 여기서 딱 하나 예외가 있는데, 바로 4단계야. 4단계에서는 갑자기 오염 수치가 급격히 줄어들어. 유은우 너도 알겠지만 이 구간이 흔히들 말하는 절벽 구간이야. 여기서 헷갈리면 안 되는 게 교수님이 4단계 상황을 주면서 마치 1단계 같아 보이게 이쪽 구간만 뚝 잘라서 문제를 내시거든. 내가 1학년 때 출제되고 그 이후로 나온 적이 없는데, 워낙 중요하니까 이번 시험에 나올 확률이 높아…….”

펜촉이 노트 위에서 사각사각 소리를 냈다. 몇 분 만에 노트 한쪽이 새까맣게 채워졌다. 서재희는 끝에 요약까지 하고 나서, 유은우에게 노트를 돌려주었다.

“복기해 볼래?”

유은우는 노트를 받다가 눈을 동그랗게 떴다.

“지금 바로요?”

“응.”

“방금 배웠는데…….”

“알아. 그래도 생각나는 것까지만이라도 한번 해 볼래? 어떤 부분의 이해가 부족한지 내가 봐줄게.”

호의가 재난처럼 몰아닥쳤다. 유은우는 불안감을 떨치지 못

하면서도, 서재희가 보는 앞에서 기억을 되살려 노트 한쪽에 침식 8단계를 더듬더듬 그렸다. 서재희는 인내심 있게 그 모든 과정을 지켜본 뒤, 허술한 부분을 재차 설명하고 유은우에게 한 번 더 그려 보라고 했다. 그렇게 바짝 긴장한 채 다섯 번을 연속으로 그리니, 이젠 눈을 감아도 사다리꼴이 선연했다.

서재희가 유은우의 노트 앞쪽을 펼쳤다. 유은우가 나름대로 중요하다고 생각해 따로 메모해 둔 개념 리스트가 있었다.

"이제 이거 외웠으니까……."

서재희가 리스트 중 몇 가지를 체크했다.

"……여기서부터 여기까진 공부하지 마. 아까 내가 설명한 개념에 다 들어 있어. 혹시 다른 거 뭐 궁금한 거 있으면 지금 물어봐. 다 가르쳐 줄게."

서재희가 유은우를 바라보았다. 그 눈빛이 따스한 것 같기도 하고 아닌 것 같기도 하여, 유은우는 서재희의 눈가를 만져 보고 싶었다. 차다면 현실에 발붙일 수 있을 것 같았다. 그래서 꿈에서 깨어났으면. 내가 며칠 잠을 줄여서. 하필 새벽이라서. 누군가에게 호의를 받은 적이 드물어서. 만인에게 친절해도 자신에게까지는 그 수고도 아까워하던 서재희가 새벽의 변덕에 잠시 곁을 내주는 것뿐이라고.

두려움은 한겨울 찬바람처럼 스며들었다. 그에게는 아무것도 아닌 일상이, 내게는 영원한 순간이 될까 봐.

유은우는 입술 안쪽을 깨물었다. 서재희 쪽으로 돌아가 있던 노트를 다시 제 쪽으로 끌어당겼다. 서재희의 손에 닿지 않도록 조심하며 그가 쥐고 있는 펜 끝을 잡았다. 그대로 당겼다. 서재희가 힘을 주고 있어 펜은 처음에는 꿈쩍도 않았다. 그러나 유은우가 포기하지 않자 서재희가 손아귀의 힘을 풀었다. 펜이 쏙 빠져나왔다. 유은우는 안도하면 그것을 고쳐 쥐었다. 펜은 줄곧 서재희가 잡고 있어 따뜻했다.

서재희가 낮게 말했다.

"나 공부 잘해. 가르치는 건 더 잘하고."

물어보고 싶은 게 산더미였다. 아예 모르면 질문도 못 하겠지만, 유은우는 최근에 이를 악물고 책을 뒤지며, 용어를 정리하고 그래프를 분석하고 있었다. 막 지식을 습득하자 배움에 목말랐다. 누가 이것만 속 시원하게 설명해 주면 저것도 같이 쉽게 이해할 수 있을 텐데, 하는 갈증이 차고 넘쳤다. 교수에게 질문하는 것도 한계가 있어 아쉽던 참이었다.

"감사합니다. 시간도 늦었는데 혼자 할게요."

약간의 침묵 후에, 서재희는 자리에서 일어났다.

"그래. 난 이만 가 볼게."

서재희는 의자를 조용히 집어넣고 거의 마시지 않은 음료를 들었다. 그는 파견부실 한쪽에 마련된 세면대로 가서 음료를 부어 버리고 컵을 쓰레기통에 버렸다. 물 트는 소리가 났다.

"선배는 뭐 좋아해요?"

저도 모르게 불쑥 질문이 나왔다. 바로 후회했다. 공부 가르쳐 준다는 사람한테 싫다고 무안을 줘 놓고 이 무슨 실없는 질문이란 말인가. 사람 놀리는 것도 아니고. 잠이 모자라서 미친 거지. 책상에 머리를 박고 싶었다.

물소리가 멎었다. 서재희가 한쪽 손으로 세면대를 짚으며 유은우를 바라보았다. 마른 손끝에서 물이 뚝 떨어졌다. 그가 설명을 요구하듯 부드럽게 유은우를 응시했다.

"상대방한테 구색 맞출 때 말고, 선배 혼자 있을 땐 뭐 마셔요?"

"나는……."

그리 어려운 질문도 아니건만 서재희는 생각에 잠겼다. 대답은 신중했다.

"모르겠어."

그러더니 한참 만에 덧붙였다.

"나는 별로 좋아하는 음식이 없어."

짧은 대답이었다. 지나치게 담담하여, 유은우는 그만 숨이 탁 막혔다.

"왜요? 하나는 있을 텐데."

"없어."

"그럼 음식 말고 그냥 좋아하는 건요?"

서재희는 여전히 대답이 없었다. 유은우는 갈증이 났다.

"좋아하는 노래나, 냄새나, 책이나, 색깔이나, 계절이나, 하다못해 연예인이라도……."

서재희는 수건에 손을 천천히 닦으면서 시선을 아래 어딘가에 두고 눈을 천천히 깜박거렸다.

"그럼 싫어하는 건요?"

유은우는 서재희가 뭐라도 답하기를 바랐다. 싱거운 농담이라도 던져 주기를. 그러나 서재희는 가벼운 질문에 가볍게 답하지 못했다. 시선은 무겁게 헤맸다.

유은우는 인큐베이터에 갇혀 있던 때를 기억했다. 두꺼운 주삿바늘이 팔뚝에 수많은 멍을 남겼다. 연구원들이 왔다 갈 때마다 바닥에 얼기설기 널린 금속관들이 구둣발에 차이며 차가운 소리를 냈다. 까무룩 정신을 잃었다가 깨어나면 머리맡에서 기계음이 규칙적으로 울리곤 했다. 삐, 삐, 삐. 그 냉정한 신호가, 너는 죽을 때까지 이 터널을 영원히 벗어날 수 없을 거라고 속삭였다. 그때 유은우는 좋아하는 것도 싫어하는 것도 없었다. 그저 모든 것이 지겨웠다. 다 끝나 버렸으면. 누군가 수면제를 더 투여해 주었으면. 내 몸이 불행을 더 견디지 못했으면. 매 순간 기도했다.

그러나 인큐베이터에서 나와 세상에 발을 디딘 순간, 견고하던 회색은 끝이 났다. 과분하게 다채로운 감각이 밀어닥쳤다.

이선규가 장난친답시고 유은우의 머리를 마구 헝클어뜨릴 때 그의 손에선 알코올 냄새가 쌉쌀했다. 소연주가 유은우의 손에 총을 쥐여 주고 뒤에서 반쯤 끌어안아 사용법을 가르쳐 줄 때, 그녀의 사무적인 목소리엔 온기가 돌았다. 김서혁은 또 어땠는가. 그의 집무실은 오후면 햇살이 들어차 빛 무리가 노란 꽃송이로 부풀어 가득이었다. 하루는 김서혁이 책상에 턱을 괴고 피로에 지쳐 졸고 있을 때, 유은우는 몰래 비스킷을 집어다가 그가 마시던 커피에 찍어서 먹어 보았다. 비스킷이 쓰고

녹진했다. 유은우의 인기척에 김서혁이 소스라쳐 깨었다. 침식 치료에 카페인은 좋지 않다고 당부하던 김서혁이었으나 어쩐지 화를 내지는 않았다. 그는 한숨을 쉬며 유은우의 손을 잡고 비스킷 가루를 털어 주었다. 딱딱하고 거친 손이었다. 오랜 전투로 담금질된.

유은우는 그런 것들로 버텼다. 좋아하는 것을 쫓고 싫어하는 것을 견디면서. 아무것도 없던 때로 돌아가고 싶지 않았으니까. 무채색의 무미건조한 나날은 외로웠으니까.

"옛날에는."

서재희가 담담하게 입을 열었다. 시선은 여전히 유은우를 비껴가고 있었다.

"옛날에는 여러 가지 좋아했던 것 같아. 길에서 파는 싸구려 도넛 같은 거 있잖아. 기름에 전 설탕 냄새. 겨울엔 눈 밟는 소리가 좋아서 해가 지도록 밖을 돌아다니다가 감기에 걸린 적도 있었는데. 싫어하는 것도 있었지. 장마 때 강이 불어나면 부모님들이 학교로 애들을 데리러 오곤 했는데 우리 아버지만 항상 늦으셨어. 다른 애들은 다 먼저 가고 나 혼자서 기다리면 그게 그렇게 심심하고 서운했어. 아버진 삶은 계란을 싸 오곤 하셨는데 나는 흰자만 먹고 노른자는 몰래 버렸어. 텁텁한 느낌이 싫었거든. 그런데 그 기분을 지금은 다 잊어버렸네."

아득히 먼 곳을 바라보듯 새까만 눈에서 초점이 흩어졌다.

"그러고 보니 남은 게 없구나. 좋아하는 것도 싫어하는 것도 전부 사라지고, 남은 건……."

286

서재희는 말을 맺지 않았다. 대신 눈을 들어 유은우를 보았다. 굳게 다문 입매에서, 더는 이야기하지 않겠다는 뜻이 읽혔다. 어쩌면 여태 한 이야기도 지나쳤다고 후회하는지도 모른다. 잘못한 것도 없건만, 그의 이야기를 들은 것만으로도 유은우는 왠지 미안해졌다.

서재희가 이쪽으로 다가왔다. 보폭 큰 걸음이 순식간에 닥쳤다. 서재희가 탁자에 손을 짚으며 유은우의 위로 몸을 숙였다. 천장의 조명이 가려지면서 온 세상이 그늘졌다. 유은우는 발끝까지 긴장했다.

"얼마 전에 누가 날 도와줬거든."

서재희의 깨끗하게 까만 눈이 바로 코앞이었다.

"내가 너 한번 만져 봐도 돼?"

무엇을 확인하려는지 분명했다. 유은우는 숨을 참고 그를 바라보았다. 서재희가 왼손을 들어 올려 유은우의 귓가에서 멈추었다. 닿지도 않았는데 서늘했다. 그가 허락을 구하듯 유은우를 응시했다. 서재희의 고통을 덜어다가 삼킨 것에 후회는 없었으므로, 유은우는 고개를 끄덕였다.

건조한 손이 유은우의 머리칼을 귀 뒤로 넘기고 목 뒤쪽 딱딱한 뼈를 꾹 눌러 왔다. 따끔했다. 유은우는 어깨를 움츠리며 본능적으로 서재희에게서 떨어지려 했다. 그러나 서재희의 오른손이 다가와 유은우의 반대쪽 뺨을 강하게 감싸 안아 고개를 돌리지 못하게 했다. 그래서 유은우는 대신 눈을 질끈 감았다. 그의 그늘 아래서 유은우는 오소소 소름이 돋았다. 이윽고 서재희의 손이 떨어졌다.

유은우는 겨우 눈을 떴다. 서재희가 손끝을 문질렀다. 정돈된 지문 위에서 설계 파편이 벌레 껍질처럼 부스러졌다. 저게 아직도 남아 있었구나. 새삼 끔찍했다. 유은우가 서재희에게서 뽑아내는 과정에서 유은우에게 옮아 온 것 같았다. 사람에서 사람으로 건너와 힘을 잃어 아무런 느낌도 없었기 때문에 여태 들러붙어 있었는지 모른다. 악할수록 생명이 긴 걸까.

서재희는 표정이 없었다. 처음 유은우에게 페어를 제안하던 때처럼. 그가 조용히 물었다.

"왜 그랬어?"

유은우는 눈을 내리깔았다. 바닥에 떨어진 설계 조각이 천천히 녹고 있었다.

그때 당신이 부서져 있어서. 짓밟혀 널브러져 있어서. 몸이 죽어 가거나, 마음이 죽은 지 오래된 것 같아서. 그 어떤 사람도 그렇게 차가운 바닥에서 홀로 외로워할 마땅한 이유는 없다고 생각해서.

당신 위로 내가 겹쳐서.

"유은우."

서재희가 몸을 낮추었다. 유은우는 시선을 아래로 하고 허리를 바르게 세워 앉은 채 조금도 움직이지 않았다. 서재희의 손이 유은우의 바로 옆 탁자를 바짝 짚고, 다른 손은 유은우의 의자 등받이를 잡았다. 그의 숨이 왼쪽 귓가로 다가왔다. 아주 약간의 틈만 두고 겹쳐졌으나 그 어떤 곳도 닿지 않은 채 서재희가 속삭였다.

"다음에 또 그런 나를 마주하면, 그때는 멀리 도망가. 내 불행에 가까이 오지 마."

그의 숨이 깊게 고요했다.

"그 고통은 네 몫이 아냐. 내 몫이지."

서재희가 숙였던 허리를 펴자 가려졌던 빛이 유은우의 무릎으로 쏟아졌다. 유은우는 그를 올려다보지 못했다. 멀어지는 소리만 들었다. 그러나 서재희가 밖으로 나가 문을 닫기 직전, 유은우는 자리에서 일어났다.

"선배."

서재희가 문을 닫으려던 손을 멈추었다. 그러나 밖을 향한 고개는 그대로였다.

"그게 왜 선배 몫인가요."

복도의 센서등이 채 켜지지 않아, 서재희는 캄캄한 그림자 같았다.

"어떻게 고통이 누군가의 몫이 될 수 있나요. 그건 해서는 안 될 짓이었어요. 설사 선배가 어떤 잘못을 저질렀다 하더라도 그런 식의 고문이 정당한 단죄가 될 수는 없단 말이에요. 선배를 그렇게 만든 사람이 나쁜 거지, 선배 인생에 그런 고문이 운명처럼 정해져 있는 건 아니에요. 그러니까 제 말은……."

마음이 다급하여 말이 쏟아졌다.

"……마음이 꺾이면 안 돼요. 내가 당하는 게 당연한 거라고 체념하지 마요."

유은우는 빠른 걸음으로 다가갔다. 문손잡이를 잡고 있는 서재희의 팔을 붙들며 그를 올려다보았다. 그제야 서재희가 고개를 돌려 유은우를 응시했다. 낯에 물기가 없었다.

"세상에는 좋은 일이 많이 있어요. 저도 옛날엔 몰랐어요. 힘들면 지쳐서, 사소한 좋은 것들이 눈에 잘 안 보이니까. 선배는 옛날에 있었던 좋은 것들이 지금은 없어졌다고 생각하는지 몰라도, 찾아보면 남아 있어요. 가령……."

유은우는 서재희의 마음이 조금이라도 움직이길 바랐다. 한쪽 손은 여전히 서재희의 팔을 잡은 채 다른 손을 뻗어 빵 봉투를 가리켰다.

"……선배가 사다 준 저 빵이랑……."

그리고 손가락을 움직여 노트를 가리켰다.

"……선배가 오늘 저한테 가르쳐 준 공부 같은 거요. 저한테는 이게 좋은 일이에요. 저도 사실 시험 날짜 다가오는 게 진짜 무섭거든요. 왜 내가 시험에 목숨을 걸어야 하나 억울하고 힘들어서. 왜 나만 이렇게 불행한가. 그래도 이 상황이 제 몫이라고는 생각 안 해요. 절대 내가 불행할 만한 사람이라서 불행한 게 아니라고. 어두운 터널을 빠져나가서 자유로워질 때까지 큰 불행이 사소한 행복을 삼키게 두어서는 안 돼요. 둘은 별개니까."

서재희가 중얼거렸다.

"터널을 빠져나가면 자유로워져?"

유은우는 말문이 막혔다.

서재희의 까만 동공이 깊은 구덩이처럼 느껴졌다. 끝이 없어서 한없이 아래로 떨어지기만 하는 구덩이.

"나는 가끔 신기해. 네가 그렇게 생각할 수 있다는 게. 그런 일을 겪고도."

서재희는 어둠 속에서, 유은우는 빛 속에서, 둘은 반쯤 열린 문을 사이에 두고 서로를 응시했다.

"김서혁 총사령관이 널 가르쳤다고 들었어."

서재희가 속삭였다.

"널 보고 있으면 김서혁 총사령관이 궁금해져. 어떤 사람일까. 소문과 다르리라는 생각이 들어. 한편으로는 소문 그 이상일지도."

"대장은……."

유은우는 숨을 골랐다. 김서혁을 떠올리면 자꾸 눈물이 났다.

"……좋은 면을 많이 가지고 계세요."

"그 사람 좋아해?"

유은우는 서재희를 뚫어져라 보았다. 무슨 의도일까. 김서혁에게 무참히 버림받고도 군이 날 부르기만 하면 속도 없이 달려가 꼬리를 흔들 의향이 있냐고 묻는 걸까. 혹은, 김서혁과 작당하고 군에서 퇴출당한 것처럼 꾸며 일부러 학교에 들어와 김서혁의 정적인 임유현의 꼬리를 캐는 스파이 노릇을 하고 있냐고 떠보는 걸까. 이도 저도 아니라면, 순수하게 궁금해서 묻는 걸까.

유은우는 서재희의 팔에서 손을 떼어 냈다. 의도를 알 수 없는 질문에 솔직하게 답했다.

"그분의 좋은 면은 지금도 존경해요."

유은우는 서재희의 까만 시선이 자신의 낯을 샅샅이 살핌을 느꼈다. 피하지 않았다.

"그래."

한참 만에 서재희가 대답했다. 뭐가 그렇다는 건지는 알 수 없었다.

"그럼 공부 열심히 해."

"선배, 잠깐……."

문을 막 닫으려는 서재희의 옷자락을 잡아채 힘껏 당겼다. 그러나 그는 유은우의 힘에 딸려 오기는커녕 오히려 단호하게 물러섰다. 유은우는 포기하지 않았다. 어깨로 문을 밀면서 아예 복도로 나와 버렸다. 둘은 복도 한가운데 마주 섰다.

센서등이 반짝 켜졌다. 복도가 환해졌다.

"제가 해 줄게요."

유은우는 서재희의 옷을 쥔 손을 놓지 않았다.

"선배한테 설계가 남으면 그거 제가 덜어 줄게요. 혼자서 그 설계가 다 사그라질 때까지 견디는 건 너무 외롭잖아요."

서재희의 까만 눈이 빛을 받아 반들거렸다.

"제가 선배의 좋은 일이 되어 줄게요."

서재희가 제 옷자락을 움켜쥔 유은우의 손을 잡았다. 어찌나 달래듯 부드럽게 떼어 내는지 유은우는 얼결에 그를 놓쳤다. 서재희는 눈인사를 하더니 말끔히 돌아서서 가 버렸다.

유은우는 꼼짝 않고 서서 서재희가 복도 모퉁이를 돌 때까지 그의 뒷모습을 좇았다. 그가 가고 나서도 한참 동안 움직이지 못했다. 센서등이 툭 꺼져서 깜깜해지고 나서야 유은우는 시들 어 타박타박 파견부실로 돌아왔다.

시간이 훌쩍 지나 있었다. 정윤환을 피해 도망 다니느라 허 비한 시간의 곱절은 흐른 뒤였다. 그러나 낭비했다는 후회는 들지 않았다. 오히려 서재희에게 조금 더 품을 들이지 못하여 안타까웠다.

책에 밑줄을 긋다가, 필기를 뒤적이다가, 용어를 암기하다가 유은우는 자리에서 일어났다. 집중이 어려웠다. 마음의 한쪽 면, 잊고 있던 깨진 모서리가 환하게 드러나 자꾸만 가슴에 부 딪혔다.

결국 서재희가 가고 30분도 채 지나지 않아 가방을 챙겨 파 견부실을 나왔다. 그가 일러준 대로 안쪽에서 문을 잠갔다. 복 도를 걷고 계단을 내려갔다. 그러다 멈춰 섰다.

아래층에서 인기척이 느껴졌다. 고개를 빼서 보니 밑이 환했 다. 대화 소리가 작게 들렸다.

이 새벽에 굳이 여기서 대화를 나눈다는 게 이상했다. 누군 가 깜빡 놓고 간 물건을 가지러 연구실에 들렀다든가, 경비원 이 순찰을 도는 등의 평범한 상황은 아닐 거라는 직감이 왔다. 결정적으로, 유은우는 정윤환이 지금 어디 있는지 모른다.

유은우는 발소리를 죽이며 벽에 붙어 섰다. 귀를 쫑긋 세웠 다. 그래도 잘 들리지 않았다. 조금 더 내려가 볼까 망설이는 사이, 낮게 깔리던 대화가 희게 튀어 올랐다.

"……꼭 그 애를 통해야 하냐고 묻고 있잖아!"

목소리가 잘생겨서 바로 알아챘다. 정윤환이 아래층에 있었다. 그가 격양된 어조로 퍼부었다.

"교장 선생님이 왜 유은우 건에 개입 안 하는지 모르겠어? 테스트하는 거라고. 네가 유은우와 페어를 맺는 이유가 뭔지 두고 보다가 네 약점을 잡으려고. 몸 사리고 있어도 모자랄 판에 왜 위험을 자초해? 내가 처리하겠다고 하잖아. 여기서 그만하고 손 떼. 차예원이 본격적으로 움직이면 너 감당할 수 있어? 그동안 버틴 게 아깝지도 않아?"

상대방이 무어라 대답하는 기척이 났다. 그러나 워낙 차분하여 잘 들리지 않았다. 정윤환을 앞에 두고도 담백한 걸 보니 누군지 능히 짐작이 갔다. 유은우는 조심조심 내려갔다. 계단의 불이 더 밝혀지지 않을 정도에서 멈추어 섰다. 그제야 상대의 목소리 끝이 닿았다.

"……교장도 접촉 못 한 핵심 간부들이 있어. 용의 심장을 감췄다는 옛 계약자의 후손."

침묵이 날카로웠다.

"……그런 세력이 설사 남아 있더라도 변질된 지 오래일걸. 반란군이 연합군 하청 업체 노릇한 게 어디 하루 이틀이야? 털어 봤자 거기가 거기지."

"퍼즐을 맞추다 보면 마지막 빈칸이 있어. 드러난 미로에 물을 흘리면 같은 방향으로 흘러 들어가. 분명히 있어. 어디에 어떤 형태로 숨어 있는지 몰라서 찾는 게 더딘 것뿐이야."

"들은 적도 없어. 설령 내가 안다고 해도 너한테 가르쳐 줄 것 같아? 판을 뒤집다 못해 부숴 버리려고 하는 미친놈한테?"

"반란군이 아무리 도시연합과 타협했다 하더라도 고유의 색을 잃지 않은 이들이 있을 거야. 그들을 찾을 거야. 찾아내서⋯⋯."

정윤환이 코웃음 쳤다.

"찾아내서 뭐? 설사 그런 뜻을 품은 사람들이 있다면 이 자리를 빌려 심심한 애도를 표한다. 서재희 너한테 이용만 당하면서 세계 멸망에 일조할 테니."

서재희는 대답이 없었다.

"설령 후손을 찾는다고 쳐. 쓸 만한 정보가 있을까? 도시가 건설된 지 1000년이 지났어. 다 잊혔을 테고 남았더라도 왜곡되었을걸. 그들이 진짜 용의 심장이 어디 있는지 알고 있다면 진즉 찾아내서 이용했겠지 뭐 하러 아껴 두겠어?"

"위치를 알고 있어도 모종의 이유로 접근하지 못할 수도 있고, 리스크가 커서 때를 기다리는 건지도 몰라. 어쨌든 난 이제 내 손 닿는 곳에서 더 얻을 정보가 없어. 김서혁이 쥐고 있다는 메모리. 반란군의 핵심 간부가 알고 있을 심장의 위치. 어떤 가설에서 시작해도 이 두 가지로 귀결돼. 유은우는 김서혁이 가장 아끼는 측근이었고, 반란군의 가장 깊숙한 곳에서 살인병기로 다듬어졌어. 이런 케이스가 흔해? 난 유은우 포기 못 해."

"다른 이유 있는 거 아냐?"

"정윤환, 정확하게 물어."

"못 알아듣는 척하지 마, 적어도 내 앞에서는!"

둔탁한 소음이 났다. 유은우는 벽에 바짝 붙은 채 옆걸음으로 빠르게 층계참을 올랐다. 그늘에 몸을 숨기자마자 아래층에서 두 사람이 모습을 드러냈다. 정윤환이 서재희의 멱살을 잡은 채 모퉁이를 돌더니 그대로 벽으로 밀어붙였다. 뒤통수가 거칠게 부딪히는데도 서재희는 눈 하나 깜짝 않았다. 정윤환은 유은우를 등지고 있어 표정이 보이지 않았다. 서재희의 멱살을 움켜쥔 정윤환의 팔뚝에 힘줄이 거칠게 돋아 있었다.

"네가 아무리 유은우 털어 봤자 소용없어. 이미 군에서 유은우 기억을 뒤졌다고. 아무것도 없다고 판명 났고 그건 내가 확인했어. 바로 내가. 수십 번을 확인했다고. 수십 번을……."

사납던 정윤환의 목소리 끝이 사뭇 떨리며 사그라졌다. 유은우는 청각에 집중하기 위해 숨을 참았다. 그러나 정윤환은 더 이상 말이 없었다. 씨근덕거리는 숨만 감돌았다. 이어 정윤환이 냉담하게 말했다.

"알아들어? 넌 그런 사실에 주목해야 해. 무고한 사람 엿이나 먹이는 예언이 아니라. 네가 유은우에게 관심을 가지면 가질수록 넌 임유현과 김서혁을 동시에 등지게 돼. 용의 심장이니 뭐니 다 잊어버리고 페어도 해제해. 시간이 갈수록 네 손해일 뿐이야. 너 이번에 청문회 소환될 뻔했다며? 원탁에서조차 쫓겨나고 싶어 환장했어?"

"6.5층 시스템 관리는 도시연합 보안과는 관계없이 파견부장인 내 권한이야."

6층도 7층도 아닌 6.5층에, 유은우는 제가 잘못 들었나 했다.

"서재희, 말 돌리지 마. 나는 지금 고작 버튼 몇 개 누를 권한을 말하는 게 아니라, 차예원과 대등하게 맞설 발언권을 말하는 거야."

"지시받았지?"

서재희가 딱 잘라 말했다. 서재희의 멱살을 움켜쥔 정윤환의 손마디가 스르륵 풀렸다. 서재희는 손을 들어 정윤환의 어깨를 천천히, 그러나 힘 있게 밀어냈다. 정윤환은 의외로 쉽게 서재희를 놓아주었다. 그리고 서재희의 멱살을 잡았던 그 손으로 제 명치를 꾹 눌렀다.

서재희는 정윤환을 빤히 응시하며 흐트러진 상의를 정돈했다. 목이 붉었다.

"교장한테 개인적으로 지시받았구나. 유은우 관련해서."

"……멋대로 짐작 마."

"충고 하나 할까."

"닥쳐."

"가끔 교장은 지시 자체를 즐기기도 해. 그는 네가 지시를 완수하고 안 하고를 떠나서, 네가 수행 과정에서 망가지기를 바라는 걸 수도 있어. 그리고 교장이 정말 원하는 목표가 있다면 네게 부여하진 않았을 거야. 내게 지시했겠지."

정윤환이 숨을 토하며 거칠게 머리를 쓸었다. 서재희가 침착하게 말을 이었다.

"나한테 말해. 무슨 지시야? 내가 도와줄게. 분명 돌파구가 있을 거야."

"내가 털어놓기만 하면 네가 날 구원할 수 있다는 식으로 말하지 마. 네가 걸린 덫은 대단한 운명이시고, 나는 씨발 뇌가 없어서 이러고 있는 거 같냐? 오만하게 남의 불행 기웃거릴 여유 있으면, 그 잘난 머리로 네 앞가림이나 해. 기억도 잃어서 쭉정이 같은 유은우 그 불쌍한 애 손에 쥐고 굴리면서, 이 세상 부수는 데 어떻게 써먹을까 궁리만 하지 말고. 유은우 내 거니까 손 떼고 꺼지라고."

"정윤환, 유은우는 누구의 것도 아니야. 내가 교장의 소유물이 아닌 것처럼. 그리고 내가 보기에 유은우 하나도 안 불쌍해. 오히려……."

잔잔하던 서재희의 눈에 희끗 광채가 돌았다.

"……그 애가 날 불쌍히 여기는 것 같아."

그 말에 정윤환의 어깨가 경직되었다. 잠깐의 침묵 뒤에, 정윤환은 도약을 준비하는 맹수처럼 아주 느리게 뒤돌아섰다. 창백하게 화려한 낯이 유은우의 시야에 드러났다. 정윤환의 눈이 위를 향했다. 유은우는 어둠 속에서 숨을 죽이고, 이쪽을 날카롭게 더듬는 정윤환의 옅은 시선을 견뎠다. 정윤환이 눈을 가늘게 뜨며 눈썹을 찡그렸다. 그가 난간을 잡더니 한 걸음 불쑥 위로 올라섰다.

"문 좀 잠그고 다녀."

정윤환은 걸음을 멈추고 짜증스럽게 서재희를 돌아보았다. 서재희가 덧붙였다.

"애들이 방에 몰래 들어갔다며."

"내가 너한테 그딴 잔소리까지 들어야 되냐? 내 방에 애들이 몰래 들어가서 동영상을 찍든 불을 지르든 네가 무슨 상관이야?"

그리 쏟아 내고, 정윤환은 한 호흡 있다가 계단을 도로 한 걸음 내려갔다. 그가 다시 유은우를 등지며 서재희를 향해 내뱉었다.

"너나 나한테 반말하지 마."

"네가 하라며."

"언제 적 얘기를 하고 있어. 그때랑 상황이 다르다는 생각은 안 해?"

"10년 넘게 부른 호칭을 바꿔야 할 정도로 달라진 상황이 뭐가 있는지 모르겠는데."

서재희가 고집스레 말했다. 그 딱딱한 태도가 낯설었다. 여태 정윤환과 나누었던 심각한 대화들은 그토록 여유 있게 받아쳐 놓고, 호칭 하나에 지나치게 방어적이었다.

정윤환이 서재희에게 다가섰다.

"4학년도 나한테 선배라고 부르잖아. 4학년이 3학년한테 선배라고 한다고. 형이라고 부르기는 죽기보다 싫고, 그렇다고 학년으로 깔아뭉개기도 겁나서 어중간하게 선배라고 웃기지도 않게 부르는데, 넌 파견부장이 되어 가지고 그 모양을 보고도 뭐 느끼는 게 없어? 너 때문에 5학년 전체가 나한테 반말이야."

서재희는 대답이 없었다.

"나는 원래 학교에 있을 수 없는 나이잖아. 그런데 내가 여기 왜 있겠어, 어? 운명인지 지랄인지 지랄맞은 운명인지 아주 엿

같지 않냐? 최선이 최악이 되는 것도 이젠 아주 지긋지긋하니까 좋은 말로 할 때 페어 해제하고 유은우 나한테 넘겨."

"페어 해제하는 순간 유은우 사망이야."

"아니. 더 안전해져."

여태 그리 잔잔하던 서재희의 낯이 삽시간에 얼어붙었다. 새파랗게 희어 다른 사람 같았다. 그가 날카롭게 말했다.

"안전? 임유현 밑이 안전? 날 보고도 그런 말이 나와? 차라리 죽는 게 낫겠다. 왜 거래했어? 뭘 걸었어? 유은우 내어 주고 뭘 받을 거냐고! 다른 사람도 아니고 어떻게 네가 그럴 수 있어?"

"이게 최선이야. 페어 해제해."

"절대 못 해. 날 설득하고 싶다면 전부 말해."

"아, 그래? 네 도움 따윈 필요 없어. 설마 내가 네 페어 하나 못 푼다고 착각하진 않겠지? 나 혼자만 마음먹으면 될 일이야. 나만 안 흔들리면 돼. 이미 한 번 겪었어. 대가를 치렀어."

정윤환이 씹어 뱉듯 말했다.

"이번엔 실수 안 해. 절대로."

유은우는 식탁에 앉아 있었다.

식탁이 어찌나 긴지 반대편 끝은 너무 멀어 보이지도 않았다. 어쩌면 끝이 없는 식탁인지도 모른다.

식탁 가득, 돔 모양의 큼지막한 푸드 커버가 수없이 놓여 있었다. 불투명하고 차가운 은색 푸드 커버의 행렬이 마치 공장에서 돌아가는 컨베이어 벨트를 연상케 했다.

유은우는 손을 내려다보았다. 양손에 포크와 나이프가 하나씩 있었다. 유은우는 손 안에서 그것을 잘그락잘그락 굴려 보았다. 웅성거리는 소리가 들렸다. 주위를 둘러보았으나 흰 공간뿐이었다. 유은우 혼자였다.

"배고프지 않니?"

어디선가 그런 속삭임이 들렸다. 질문은 메아리로 겹쳐 울렸다.

유은우는 식탁 위의 푸드 커버를 바라보았다. 쇠 냄새인지 피 냄새인지 차가운 비린내가 역했다.

"괜찮습니다. 아까 뭘 먹어서요."

서재희가 준 간식은 좋은 냄새가 났는데. 그거 먹었으니까 이거 안 먹어도 돼. 난 배가 부르니까.

"이상하구나. 넌 배가 고플 텐데."

"괜찮아요."

유은우는 포크와 나이프를 식탁에 내려놓으려고 했다. 그러나 손아귀에 딱 달라붙어 떨어지지 않았다. 덜컥 겁이 났다. 유은우는 의자에서 일어서려고 했다. 그러나 온몸이 저린 듯 꼼짝도 하지 않았다.

"넌 날 먹어야 해."

속삭임이 귓가를 날카롭게 파고들었다.

"너의 아버지가 먹었고, 그의 어머니가 먹었고, 그녀의 동생이 먹었고, 그의 연인이 먹었어. 그러니 너도 날 먹어야 해."

유은우는 속삭임이 어디서 들리는지 깨달았다. 등줄기로 식은땀이 솟았다.

"넌 배가 고파야 해."

유은우는 바로 앞에 놓인 푸드 커버를 바라보았다. 커버가 희미하게 달그락거렸다. 그 틈을 비집고 까맣고 마른 무언가가 비죽 튀어나왔다. 짐승의 앞발이었다. 그리고 바싹 여윈 주둥이가 다음이었다. 텅 빈 눈이 유은우를 향했다. 용이 커버 밖으로 기어 나왔다. 천천히 몸을 낮추었다가 폭발하듯 튀어 올랐다. 낡고 까만 날개를 활짝 펼친 용이 유은우의 얼굴을 덮쳤다.

"날 먹기로 약속했잖아!"

유은우는 소스라쳐 꿈에서 깨어났다. 도망치듯 허겁지겁 몸을 일으켰다. 그대로 침대 밑으로 굴러 떨어졌다. 무릎부터 부딪혔다. 악 소리가 절로 났다. 무릎을 꽉 움켜쥐며 고개를 들었다.

기숙사 방으로 한낮의 햇살이 환했다.

방 한쪽 탁자에 룸메이트 둘, 3학년 이은혜와 4학년 최수연이 앉아서 눈을 동그랗게 뜨고 유은우를 빤히 보고 있었다. 무언가를 먹고 있었는지 탁자 위로 포장지가 흩어져 있었다.

왼쪽 손목이 부르르 진동했다. 유은우는 어깨를 흠칫 굳혔다. 이프에서 알람이 깜박였다. 11시 수업 한 시간 전을 알리고 있었다. 유은우는 바닥에 널브러져 있는 실내화를 집어다가 발에 꿰어 신었다. 삭신이 쑤셨다. 새벽에 엿들은 대화를 되씹느라 바로 잠들지 못한 데다가 그나마 짧은 수면마저 악몽으로 날렸으니 몸이 아플 만도 했다. 퉁명스러운 목소리가 날아왔다.

"시끄럽게."

돌아보니 최수연이 짜증스런 표정을 짓고 있었다. 그녀가 유은우를 흘겨보며 손에 들고 있던 빵 조각을 손끝으로 찢었다. 부드러운 흰 빵에서 초콜릿과 레몬 냄새가 풍겼다.

"매일 밤마다 끙끙거리고. 비명 지르고. 침대에서 떨어지고. 유은우 너 때문에 같은 방 사람들 다 고생하잖아. 시험 기간에 다들 예민한 거 알지? 다른 방은 후배가 선배 도서관 자리도 맡아 주면서 알아서 기는데, 우리 방은 어떻게 된 게 사람 잠도 못 자게 만드니? 알아서 조심해."

"난 괜찮은데. 잠귀가 밝은 편이 아니라서."

유은우는 소리가 난 위를 올려다보았다. 유은우의 위 침대에서 연두색 수면 양말을 신은 통통한 발이 삐죽 나왔다. 그러더니 계단을 미끄러지듯 슝 내려왔다. 손도연이 바닥에 콩 착지하더니 허리를 숙여 유은우의 무릎을 물끄러미 바라보았다. 그녀가 호, 하고 입김을 부는 시늉을 했다. 무릎이 간질거렸다.

"아프겠다."

"괜찮아."

유은우가 대답했다. 그러고는 최수연을 향해 물었다.

"그 빵 혹시 이쪽 선반에 있던 거 아닌가요?"

최수연이 빵을 우물거리다가 딱 멈췄다. 그녀가 빵을 꿀떡 삼키더니 이은혜를 바라보며 물었다.

"이거 네 거 아니었어?"

이은혜가 당황했다.

"아니에요. 전 언니가 먹고 있길래."

최수연이 눈을 찡그렸다. 그녀는 입맛 다 떨어졌다는 표정으로 먹던 빵을 쓰레기통에 던지더니, 오물이라도 만지듯 손끝만으로 포장지를 뒤적거렸다. 이내 일어서더니 유은우에게 다가와 물었다.

"이거 교내에서 안 파는 건데. 1학년이 무슨 수로 외출했어? 아니면……."

최수연이 팔짱을 꼈다.

"……누가 사다 줬니?"

"멋대로 먹어서 미안하다는 말부터 해야 하는 거 아닌가요."

"어디서 훔쳤어?"

"뭐 눈엔 뭐만 보인다고 저한테 왜 그러세요? 선배는 빵 먹고 싶으면 훔치나 봐요? 전 안 그러거든요."

최수연이 한쪽 눈썹을 치켜세웠다. 뒤에서 이은혜가 빵 봉지를 뒤적거리며 말했다.

"혹시 이거 재희 선배가 사 준 거 아니에요? 애들이 재희 선배가 새벽에 사복 입고 학교 나가는 거 봤다고 그랬거든요."

최수연의 안색이 변했다.

"너 재희 선배랑 같이 외출했니? 또? 네가 저거 사 달라고 했어? 너 돈도 없잖아."

"제가 돈 없는 건 어떻게 아세요?"

최수연이 입술 안쪽을 깨물었다.

"카드 잃어버렸다고 하던데."

"저 카드 잃어버린 거 서재희 선배만 아는데, 그걸 선배가 어떻게 알아요? 설마 선배가 제 카드 몰래 빼다가 버렸어요?"

"내가 했다는 증거 있어?"

"아니에요? 그럼 선배가 서재희 선배랑 너무너무 친한가 봐요. 둘이서 제 카드 얘기도 하고. 그럼 그렇게 친한 서재희 선배한테 가서 직접 물어보세요. 유은우한테 빵 사 줬냐고. 서재희 선배한테 묻지도 못할 거면 저한테도 묻지 마시고요."

유은우는 최수연을 지나쳐 탁자로 걸어갔다. 탁자 밑에 놓인 쓰레기통을 발로 찼다. 쓰레기통이 기숙사 방 한가운데로 사납게 엎어졌다. 쓰레기가 와르륵 쏟아졌다. 먹다 버린 빵 조각이 데굴데굴 굴러, 최수연의 발에 툭 부딪히고 멈춰 섰다.

유은우는 손을 뻗어 이은혜가 엉거주춤 들고 있는 빵 조각을 낚아챘다. 그리고 쓰레기 한복판에 팽개쳤다.

최수연이 질린 표정으로 유은우를 바라보았다. 유은우가 내뱉듯 말했다.

"누가 사 줬든 말든, 어쨌든 그 빵 내 거예요. 그러니까 먹은 거 여기다가 다 토해 놔. 그거라도 돌려받아야겠으니까."

"앞으로는 나가서 싸워."

손도연이 말했다. 유은우는 입을 꾹 다문 채, 교수가 나눠 준 전자지도 위로 정성껏 선을 그었다. 유은우가 그린 경로를 따라 전자지도의 오염 곡선이 반응하면서 이동 거리와 소요 시간을 출력했다.

둘은 강의실에 나란히 앉아 있었다. 사방으로 서너 칸쯤 자리가 비어 둘은 고립된 섬 같았다. 유은우가 먼저 깃발을 꽂듯 자리를 잡고, 다른 학생들이 유은우를 피해서 앉고, 손도연이 가장 마지막에 강의실에 들어와 유은우 옆에 앉은 결과였다. 멀쩡한 네 친구들 놔두고 왜 여기 앉냐고 유은우가 손도연에게 묻자, 교수 몰래 딴짓 하기 좋을 것 같아 일부러 여기 왔다는 대답이 돌아왔다. 확실히 그렇긴 했다. 많은 교수가 유은우와 얽히기를 꺼렸다. 정확히는 한때 유은우의 보호자였던 김서혁을 불편해했다.

교수가 오늘 배운 내용을 시험으로 내겠다고 친히 엄포한 터라 강의실 공기가 예민했다. 수십 개의 전자종이 위로 수십 개의 전자펜이 지나가며 사각사각 소리를 냈다. 유은우는 전자지도를 리셋하고 다시 신중하게 경유지를 찍었다. 손도연은 전자지도 밑에 스케치북을 숨겨 놓고 교수 몰래 용을 그리고 있었다.

앞쪽에서 몇이 수군거렸다. 유은우는 경로를 잇던 펜을 멈추고 그쪽을 바라보았다. 최수연을 비롯한 상급생들이 유은우를 힐끔거리고 있었다. 최수연이 울먹거리면서 제 소매를 걷어붙이고 피멍이 든 팔을 보였다. 학생들이 낮게 비명을 지르고는 미쳤냐는 표정으로 이쪽을 보기에, 유은우는 일부러 머리를 쓸어 넘겨 귀 뒤로 꽂으며 벌겋게 부푼 뺨을 내보였다. 최수연의 손이 얼마나 맵던지, 아직도 이빨이 뿌리까지 흔들리는 것 같았다.

"내 말 들었어? 앞으로는 나가서 싸워."

손도연이 용을 그리는 손을 멈추지 않고 말했다. 유은우는 최수연을 노려보며 중얼거렸다.

"카드가 어디 갔나 했더니."

"수연 선배가 훔친 건지 아닌지 확실하지도 않잖아."

"카드 잃어버렸다고 아무한테도 말 안 했단 말이야. 서재희 선배 말고는 몰라. 선배가 내 가방 찾아다 줬으니까."

"재희 선배가 다른 데다가 말했을 수도 있지."

"그런 사람 아니야."

"그건 그래."

손도연이 즉각 수긍했다. 유은우는 힐끗 손도연을 보다가 그만 스케치북에 시선이 멎었다. 당장 성적에 반영될 항로는 딱 혼나지 않을 정도만 전자지도에 갈겨 놓고, 그 밑에 절반쯤 가려 놓은 용 그림에는 정성이 아주 대단했다. 손도연의 손길을 따라 펜촉이 잉크를 가늘게 뿜으며 스케치에 정교한 선을 더했다. 유은우가 홀린 듯 그림을 보는 사이, 날카로운 발톱이 완성되었다.

"넌 이거 보지 말고 공부해. 유급하면 죽는다며."

손도연이 툭 던지듯 말하고는 필통을 뒤져 붉은 펜을 꺼냈다.

뚜껑을 뽑자 넓고 납작한 펜촉이 드러났다. 손도연은 그 붉은 펜으로 용의 아래쪽을 칠했다. 피 웅덩이에 잠긴 형상이 되고도 손도연은 손을 멈추지 않았다. 붉은색이 겹쳐지자 검어졌다.

기시감. 유은우는 홀린 듯이 손을 뻗었다. 손도연의 전자지도를 옆으로 치웠다. 스케치북이 온전히 드러났다. 까맣고 붉은, 가엾게 찌그러진 용이 유은우를 보고 있었다. 까맣게 텅 빈 눈.

툭. 손도연의 전자지도가 유은우의 손에 밀려 떨어졌다.

"조심해."

손도연이 혀를 차고는 책상 아래로 기어들어 갔다. 그녀가 전자지도를 주워서 다시 올라오는 동안, 유은우는 스케치북을 집어 들고 정신없이 페이지를 넘겼다. 그림으로 가득 차 있었다. 용도 있었고, 용 같은 것도 있었다. 정확히 말하면, 유은우가 생각하는 용과, 생각해 본 적 없는 용이었다.

누구나 쉽게 용을 떠올릴 수 있었다. 강하고 아름다운 생명체. 단단한 뿔. 빛나는 눈. 우아한 날개. 등부터 꼬리까지 이어지는 유려한 선. 그리고 그 모든 것을 촘촘히 뒤덮은 비늘은 빛의 각도에 따라 번쩍번쩍 광이 났다. 이 이미지는 제법 공신력이 있었는데, 책의 삽화, 강의실의 모형, 가상으로 구현해 낸 다큐에 기반했다. 그리고 각 도시의 중심에 용의 조각이 실재했다. 여덟 개의 도시. 여덟 개의 조각. 그 조각들을 머릿속에서 짜깁기만 해도 용의 온전한 형태, 즉, 공공연히 알려진 용의 정석을 짐작할 수 있었다.

손도연의 그림 대부분이 그런 아름다운 용이었다. 그러나 드문드문 그렇지 않은 용들이 있었다. 그들은 피를 흘리며 죽어가고 있었다. 때로는 눈이 없거나 표정이 없었다.

"이리 줘. 교수님 보겠다."

손도연이 주워 온 전자지도를 책상에 다시 펼치며 속삭였다. 유은우는 반사적으로 사위를 둘러보았다. 저만치서 학생 하나를 직접 지도하고 있는 교수 외에 모두 책상에 코를 박고 수업에 열중이었다. 그러나 유은우는 안심할 수 없었다. 악몽이 되살아나며 가슴이 두근거렸다. 어디선가 용이 피안개를 헤치고 다가올 것 같았다. 아니면 어딘가 책상 밑에 꼬리를 말고 숨어있을지도 모른다.

유은우는 스케치북 뒷장을 넘겼다. 손도연이 그리고 있던 그림으로 돌아왔다. 소리를 낮춰 물었다.

"왜 용을 이렇게 그려?"

유은우는 손끝으로 스케치북을 쓸어 보았다. 덜 마른 붉은 잉크가 손끝에서 축축하게 번졌다. 마치 자신의 피처럼. 속삭여 물었다.

"이건 정상이 아닌 것 같잖아."

"여덟 조각으로 찢겨 있는 게 정상은 아니지."

손도연이 한숨처럼 말했다. 그녀는 유은우의 손에서 스케치북을 가져간 뒤 전자지도로 다시 절반을 가렸다. 그리고 유은우의 귀에 대고 말했다.

"상상해서 그린 거야. 인간이 용을 갈기갈기 찢어 도시를 건설했으니 그 상태로 계속 살아 있으면 얼마나 아프고 힘들겠어. 용은 통각점이 없어서 고통을 못 느낀다지만 그렇다고 모든 걸 다 당해도 되는 건 아니잖아. 낙원의 이론처럼 용이 죽으면 그 고통도 끝나겠지만 용은 또 불사니까."

"낙원의 이론이 뭐야?"

"어? 너 몰라?"

"처음 듣는데."

손도연이 눈을 깜박거리더니 이내 전자지도를 끌어당겨 스케치북을 완전히 가렸다. 쥐고 있던 펜도 내려놓았다. 그녀가 속삭였다.

"그건 예언이야."

"예언?"

쉿, 하고 손도연이 주의를 주었다. 그녀가 소리를 낮추었다.

"이거 반란군에서 일부러 퍼뜨렸다는 설도 있어. 그래서 막 말하고 다니면 안 돼. 사상 의심받으면 어떡해?"

"무슨 내용인데?"

"세 사람에 대한 이야기가 나와. 이 학교에 동시에 재학하는 세 명."

"누구?"

"모르지. 그냥 세 명이라고만 표현돼. 사람들 말로는 몇 세대를 건너뛰어서 나타나기도 한다는데, 그건 솔직히 각자의 해석이고 이 예언이 진짜인지조차 아무도 몰라. 어쨌든, 그 세 사람에게 도시를 무너뜨릴 힘이 있다는 거야. 그러니까 현재의 도시 체계를 유지하려면 그 세 사람을 색출해서 억압해야 한다는 뜻이야. 그럼 평화가 유지될 거라고. 이게 가장 지지를 많이 받는 해석이야."

"다른 해석도 있어?"

"현 체제를 긍정적으로 보느냐 부정적으로 보느냐에 따라 당연히 방향 자체가 달라지지. 아까는 그 세 명을 평화를 깨뜨리는 반동분자로 보는 거고, 아예 다르게 볼 수도 있지. 예를 들면……."

"혁명의 주동자?"

"……그렇지. 그 세 사람이 새 시대를 열 수 있는 열쇠를 가지고 있다고 보는 거지. 셋이 희생하면 도시가 무너진다는 말은 은유이고, 실제로는 정권교체를 의미한다고. 그러니까 기득권이 그 싹이 보이는 세 사람을 찾아서 잘 길들여 왔다는 뜻으로 해석해. 그렇게 해서 학교에서 자꾸 누군가가 죽어 나가는 건 아닌가 하고. 여긴 기득권을 위협할 만한 인재들이 많으니까."

"사람이 죽는다고?"

"기초학교에 비해서 인명 사고가 너무 많이 일어나니까 그런 말이 나오는가 봐."

"파견 복귀율 말하는 거야?"

"아니. 교내에서 자꾸 죽어. 예전에 방송국에서 취재도 한번 오려고 했는데 무산됐다던데. 교장이 강경히 반대했대. 중앙은 기초하고 커리큘럼 자체가 다르니까 당연히 사건 사고가 많지 않겠냐고. 학교의 명예를 실추시켜서 학교 자치권을 도시연합으로 귀속시키기 위한 루머일 뿐이라면서……."

손도연이 왜 목소리를 낮추며 반란군 언급을 했는지 알 것 같았다.

"믿는 사람이 있긴 해?"

"많아. 이 예언은 제국시대 때부터 내려와서 역사가 깊거든. 용이 찢겨서 도시가 건설되기도 전에 이미 그렇게 될 거라고 전해져 내려오고 있었으니 일부가 이미 실현된 거잖아. 당연히 믿는 사람이 많지."

"전문이 어떻게 돼?"

손도연이 미간을 찡그렸다.

"음, 낙원의 이론은 세 개의 기둥이 지탱할 것이다. 같은 꿈? 감각? 땅을 기름지게 하고 피가 비가 되어 내리고……. 아, 뭐라더라. 이거 외우고 다니는 애들도 있을 텐데. 나도 본 지 오래돼서 기억이 잘 안 나네."

유은우는 손도연의 전자지도 아래 삐죽이 나와 있는 스케치북을 바라보았다.

"그럼 이건 네가 그냥 그린 거야? 꿈에서 본 게 아니고?"

"그냥 상상한 거라니까."

유은우는 안심하면서도 동시에 소름이 돋았다. 나의 꿈과 타인의 상상이 이렇게 일치할 수가 있는지.

"나는 꿈을 꿔. 내 꿈에 용이 이렇게 나와. 너무 똑같아서 방금 놀랐어. 혹시 너도 나랑 같은 악몽을 꾸는 게 아닌가 하고."

손도연이 딱하다는 표정을 지었다.

"너 정말 힘들겠다. 그럼 네가 자면서 우는 것도 그것 때문이야?"

유은우는 이번엔 정말 놀랐다.

"울어? 내가?"

"응. 자주. 심하게는 아니고 훌쩍거려. 눈물도 좀 흘리고."

"너 아까는 잠귀 안 밝다며."

"수연 선배가 너한테 너무 심하게 말하니까 그냥 그렇게 말한 거야. 그리고 난 진짜 괜찮아. 네가 그래도 난 또 금방 잠들어."

"나 때문에 잠 설치게 해서 미안해. 앞으로는 내 편 들어주거 나 이렇게 일부러 내 옆에 앉지 않아도 돼. 난 괜찮으니까."

"나도 괜찮아. 이 자리나 저 자리나 다 똑같은 의자인데, 뭐. 이왕이면 사람 없는 쪽에 앉을래."

괜찮다는 말을 연달아 주고받으니 머쓱했다. 타인에게 소리 내어 말하기보다 늘 속으로 다짐하듯 되뇐 단어라 더 그랬다. 유은우는 괜히 전자지도를 끌어당겨 매끈매끈한 모서리를 만 지작거렸다. 손도연은 다시 스케치에 집중하다가 문득 유은우 의 어깨를 잡으며 몸을 기울여 왔다.

"수연 선배는 낙원의 이론을 맹신해."

갑자기 이게 무슨 소린가 싶어 유은우는 눈만 깜박였다. 손 도연이 목소리를 한층 낮추었다.

"본인이 그 셋 중 하나라고 믿고 있어."

"나머지 둘은 누군데?"

"서재희랑 김산."

"기준이 뭐야?"

"자기가 좋아하는 사람이겠지."

하마터면 웃음이 터질 뻔하여, 유은우는 숨을 꼭 참았다. 손도연이 작게 웃었다.

"수연 선배 원래 그렇게 나쁜 사람은 아니야. 그냥 재희 선배를 너무 좋아해서 그래. 네가 재희 선배랑 페어도 맺고 맨날 엮이니까 널 미워하는 것뿐이지, 네가 너라서 미워하는 건 아닐 거야."

"서재희랑 차예원 약혼했다며. 그럼 희망도 없잖아."

"희망이 왜 없어. 낙원의 이론. 수연 선배한테 낙원의 이론은, 자신과 서재희가 필히 맺어진다는 신의 계시지. 낙원의 이론이란 게 원래 그래. 해석하는 사람 마음대로."

"아무리 그래도 정도가 있지. 그럼 도연이 너한테 낙원의 이론은 뭐야?"

손도연의 눈에서 웃음기가 사라졌다. 그녀는 물끄러미 스케치북을 바라보았다.

"나는……."

"자, 이제 슬슬 마무리하고."

교수가 손뼉을 딱딱 쳤다.

"각자 하나만 선택해서 제출하도록. 결과 값이 빨갛게 나오는 건 평가할 가치도 없어. 그런 건 아예 내지도 마라. 데이터 낭비니까. 계산 돌린 것 중에 리스크가 가장 적었던 거 하나만 골라서 보내도록."

유은우와 손도연은 약속이나 한 듯 잽싸게 펜을 쥐었다. 유은우는 연습한 여섯 개 중 가장 효율적인 결과를 낸 케이스 하나를 골라 교수의 메신저로 전송했다. 손도연은 애초에 하나만 했으므로 고르고 말 것도 없이 그것을 제출했다. 교수가 들어온 파일 중 몇 가지 특이케이스를 강의실 앞 스크린에 띄웠다. 옆에서 손도연이 다시 펜을 사각거리며 그림 그리는 소리가 났다. 유은우는 언제 잡담을 했냐는 듯 강의에 열중했다. '사해 계측 공학 및 실습'은 점수를 딸 만한 몇 안 되는 과목 중 하나였다. 연애담과 하등 다를 것 없어 보이는 낙원의 이론이나, 계속 붙들고 생각해 봤자 골치만 아픈 악몽은, 당장 발등에 떨어진 시험 앞에 잊은 지 오래였다.

그 뒤로도 며칠 밤을 꼬박 새웠다. 유은우는 그야말로 정신없이 공부했다. 책에 코를 박고 있다가 허리를 펴면 점심시간이 지나 있었고, 전자펜이 방전되어 고개를 들면 동이 트고 있었다.

정윤환도 안 보여 더욱 온전히 집중할 수 있었다. 떠도는 말에 의하면 정윤환은 시험을 치르고 맞이할 대규모 파견 수업을 위해 사전 답사차 사해로 나갔다고 했다. 그 위험한 일을 홀로 수행한다는 데에 내심 놀라면서도, 그런 실력자가 왜 하필 나를 노리나 암담했다.

반면에 서재희와는 정기적으로 만나 기억도 보고 보호 설계도 갱신했다. 서재희는 유은우에게 확실히 거리를 두었다. 사담은 없었고 간소한 대화마저 건조했다. 기억도 진전이 없었는데, 군에서 훈련받던 것 이상으로 거슬러 올라가지 못하고 있었다. 기억 속에서 김서혁을 마주할 때마다 유은우는 아무런 연락도 오지 않는 인터컴을 상기하며 재차 상처받았다.

그 외에 평소 오가다 몇 번 스쳐보는 서재희는 한없이 밝고 따뜻해 보였다. 그는 차예원과 단둘이 있거나, 차예원 없이 많은 학생에게 둘러싸여 있거나 둘 중 하나였다. 그럴 때마다 유은우는 서재희를 눈으로 좇았다. 그러나 서재희는 유은우에게 말을 걸기는커녕 눈길 한번 주는 법이 없었다.

서재희가 유은우를 의도적으로 피하거나, 유은우가 서재희의 시선을 놓쳤거나. 후자라고 생각하고 싶었지만 확신은 없었다.

'내가 보기에 유은우 하나도 안 불쌍해. 오히려 그 애가 날 불쌍히 여기는 것 같아.'

그 말을 할 때 서재희의 눈빛이 어땠는지 아직도 선연했다. 유은우는 그동안 서재희와 마주하면서 세련된 정장처럼 서글 서글하게 선한 눈도 보았고, 텅 비어 메아리조차 없는 눈도 보았다. 그러나 그런 눈은 처음이었다.

내가 자신을 동정해서 기분이 나빴겠지. 저 하나도 못 추스르는 주제에 이래라저래라 훈수 두는 게 얼마나 우스웠을까.

유은우는 군에서 입만 살아 동정하는 많은 사람을 겪었다. 남들이 한 번 상처 줄 때 그들은 두 번, 세 번, 가끔은 그 이상으로 유은우를 할퀴고 지나갔다. 그들이 끔찍한 이유는 오만을 위로로 착각하기 때문이다.

서재희도 그렇게 느꼈을까. 내 자만에 상처입었을까. 예민하고 눈치 빠른 사람이라 더 아팠을지도 모른다.

시간을 다시 되돌릴 수 있다면, 그를 위한답시고 뱉었던 말

전부를 주워 모은 뒤 발로 꾹꾹 밟아 없애 버리고 싶었다. 그러나 말은 무르고 싶어도 행동에 후회는 없었다. 또다시 홀로 외롭게 쓰러진 서재희를 마주한대도 기꺼이 고통을 덜어 올 생각이었다. 서재희는 제 불행에 가까이 다가오지 말라고 경고했지만, 그렇다면 더욱 다른 누구도 아닌, 불행에 이골이 난 유은우 자신이 도와야 했다. 사람이 사람을 돕고, 또 그 사람이 다른 사람을 돕다 보면, 유은우처럼 서재희처럼 홀로 버려지는 일이 줄어들 터였다. 아무리 생각해도 이보다 더 명료한 건 없었다.

도서관 휴게실에서 에너지 팩을 물면서, 찬 새벽에 기숙사로 돌아오는 길에서, 가까스로 놓치지 않고 붙들고 있는 수많은 공식과 용어를 헤치고 생각은 비스듬히 서재희에게로 흘렀다. 그의 진짜 모습은 어떨까. 진짜라는 게 있기는 할까. 유은우 홀로 있던 세계의 가장자리에 서재희가 발을 디딘 것 같았다. 그리하여 나의 세계가 기울어 중심을 잡지 못하고 문득문득 그에게로 미끄러지는 거라고. 그런 생각이 들면 우뚝 멈춰 서서 고개가 떨어져라 마구 저었다. 물론 그런다고 떨쳐질 리 없었다.

하루는 세탁실에서 서재희의 냄새가 났다. 여학생 전용 세탁실이라 서재희가 왔다 갔을 리도 없건만, 유은우는 반쯤 꺼내던 빨랫감을 한 손으로 몰아 안고 옆의 빈 세탁기 뚜껑을 열어 보았다. 파랗게 시원한 냄새가 훅 끼쳤다. 누군가 서재희하고 같은 섬유유연제를 쓰나 보다 생각하며, 유은우는 코를 킁킁대다가 아예 세탁기 속에 머리를 쑥 집어넣고 숨을 천천히 들이쉬었다. 청량한 느낌이 비슷하긴 한데 완전히 같진 않았다. 서재희가 좀 더 새파랗고, 좀 더 차갑고, 좀 더 햇볕 같았어. 문득 정신이 들었다. 내가 지금 세탁기에 머리 처박고 뭐 하고 있나. 유은우는 얼른 머리를 빼다가 세탁기 모서리에 뒤통수를 쾅 부딪쳤다. 눈물이 찔끔 났다. 안고 있던 세탁물이 와르르 쏟아졌다. 쪼그려 앉아 셔츠와 양말을 주섬주섬 주웠다. 잘못을 들킨 것처럼 가슴이 쿵쿵 뛰었다.

이럴 때가 아니지.

서재희를 떠올릴 시간에 용어 하나라도 더 외워야 했다. 하루하루가 섬광처럼 스쳤다. 첫 시험을 하루 앞둔 늦은 저녁, 유은우는 도서관 열람실 대신 학생 휴게실에서 마지막 점검을 했다. 푹신한 소파에 앉아서 정리 노트를 들고 눈을 감았다. 입으로 중얼중얼 암기한 내용을 복기했다. 가끔 생각이 안 나면 노트를 뒤적이곤 했으나, 드문 일이었다. 머릿속에 온갖 도표가 선명했다. 자신감이 붙었다.

그때였다. 휴게실 소음이 뚝 멎었다. 예감만으로도 등줄기가 뻣뻣해졌다. 눈을 뜸과 동시에 이미 늦었다는 직감이 왔다. 아니나 다를까 소파가 크게 흔들리며 허벅지로 묵직한 게 떨어졌다. 따뜻한 습기.

유은우는 바짝 얼어붙은 채 아래를 내려다보았다. 정윤환이 자신의 무릎을 베고 소파에 막 길게 드러누워 있었다. 유은우는 빠르게 그의 전신을 훑었다. 단추가 떨어져 나간 채 둘둘 걷어붙인 소매, 넥타이는 팔아먹고 없었고 맨발에 운동화를 신고 있었다. 나는 이 학교 학생이요, 딱 그것만 피력하고 끝나는 멀건 교복 어디에도 사해의 희고 탁한 흔적은 없었다. 그러나 그가 나른히 숨을 쉴 때마다 유황 냄새가 났다. 옷만 갈아입었다뿐이지 학교로 복귀한 지 얼마 안 된 게 분명했다. 옅은 밤색 머리칼은 덜 말라 젖어 있었고 샴푸 냄새가 났다.

"나 졸려."

정윤환이 유은우의 허벅지에 제 뺨을 고쳐 누이며 중얼거렸다. 그의 눈이 가물가물 반쯤 감기다 말다 했다. 유은우는 유은우대로 정신이 없었다. 한 손에 노트를 든 채 움직이지도 못하고 뻣뻣하게 굳어서 정윤환을 내려다보았다. 타인이 허벅지에 머리를 대고 누운 것뿐인데 강아지풀 바다에 풍덩 빠진 것처럼 온몸이 간질거렸다. 정윤환이 병아리처럼 웅얼거렸다.

"나 죽을 뻔했어."

어쩌라고. 마음 같아서는 피곤하면 가서 자라고 외치면서 정윤환을 소파 아래로 걸어차고 싶었으나 그랬다가는 서재희와 나란히 저세상에 갈지도 모른다. 이를 갈며 딱 필요한 말만 했다. 인사와 요구. 정중하게.

"사해는 잘 다녀오셨어요? 좀 비켜 주시겠어요?"

정윤환이 눈을 감은 채 피식 웃었다. 남의 무릎을 멋대로 베고 누워서 들은 척도 안 하는 놈을 보고 있자니 속이 부글거렸다. 그래도 보는 눈이 많으니까 심하게 괴롭히지는 않겠지. 유은우는 슬쩍 휴게실을 훑어보았다. 그러나 이미 학생 절반이 휴게실을 빠져나가고 없었다. 그나마 남은 학생들의 호기심 가득한 눈을 보니, 차라리 아무도 없는 게 더 나은 것 아닌가 싶었다.

그때였다. 정윤환이 손을 뻗어 왔다. 유은우는 저도 모르게 어깨를 움찔했다. 정윤환이 유은우가 들고 있던 노트를 아주 당연하다는 듯 가져갔다.

"공부 좀 했냐."

정윤환이 노트를 파라락 한 차례 크게 훑었다. 그러더니 뒤에서부터 거꾸로 페이지를 팔랑팔랑 넘겼다. 어떤 부분은 스쳐 지나고 어떤 부분은 오래 보았다. 정윤환이 그러거나 말거나 슬슬 다리가 저려 왔다. 휴게실 입구를 보면서 어느 타이밍에 도망갈까, 가기 전에 어떻게 하면 정윤환의 발이라도 한번 걸어 볼까 가늠할 때였다. 정윤환이 훌쩍 몸을 일으키더니 허리를 똑바로 세우고 앉았다.

"뭐야."

정윤환이 노트를 노려보며 중얼거렸다. 유은우는 그제야 정윤환의 손에 들린 노트를 바라보았다. 인쇄한 듯 가지런한 글씨가 빼곡했다. 숨이 딱 멎었다. 혹시 정윤환이 서재희의 글씨를 알아보려나. 여기서 정윤환이 서재희 어쩌고 입 밖으로 뱉는 순간 휴게실에 남은 학생들이 들을 테고, 헛소문은 일파만파 퍼지고도 남았다. 유은우는 상관없었지만 서재희가 곤란해지는 건 죽어도 싫었다.

정윤환이 눈가를 찡그린 채 노트를 몇 장 더 넘겼다. 유은우의 서툰 글씨와 서재희의 반듯한 글씨가 뒤섞여 지나갔다.

유은우는 정윤환에게서 노트를 낚아챘다. 손 안에서 종이가 와락 구겨지는 느낌이 났다. 정윤환이 어이가 없다는 얼굴을 했다.

"보고 있는데 왜 뺏어 가."

"이거 제 건데요. 뺏어 간 건 선배고."

정윤환이 고개를 돌려 옆으로 낮게 숨을 토했다. 눈가가 딱딱하게 굳어 있었다. 왜 화를 내는 거지. 잘못은 자기가 해 놓고. 유은우는 슬쩍 자리에서 일어나려 했다. 그러나 정윤환이 몸을 반쯤 일으켜 유은우를 팔 안에 가두더니 노트를 쑥 빼앗아 갔다. 머리 꼭대기까지 열이 몰렸다.

"장난치지 말고 주세요."

"보고 준다고."

"지금 달라고요."

유은우가 도로 빼앗고 정윤환이 낚아채며 손에서 손으로 노트가 왔다 갔다 했다. 이 한심한 장난질을 끝내기 위해 유은우가 단호하게 노트를 잡아챘을 때였다. 정윤환이 더 거칠게 노트를 빼 갔다. 종이가 쑥 빠져나갔다. 손아귀가 서늘하게 따끔했다.

"아."

유은우는 숨을 삼키며 반사적으로 제 손을 붙들었다. 오른쪽 손아귀로 피가 슬금슬금 가느다랗게 선을 그렸다. 또 다쳤어. 정윤환 때문에 또. 시험 전 액땜이라고 아무리 좋게 포장해 보아도 화가 치밀었다.

"저 선배 때문에 두 번이나 다쳤어요. 한 번은 여기……."

유은우는 정윤환 눈앞에 오른쪽 손등을 들이밀었다. 반창고를 떼어 낸 지 오래였지만 흉이 선명했다.

"그리고 지금 여기."

손을 반대로 활짝 펼쳐 보였다. 상처가 벌어지는 불쾌한 느낌이 났지만 그 상처를 낸 장본인이 똑똑히 볼 수 있도록 다섯 손가락을 한껏 쭉 폈다.

정윤환이 탁 터지듯 웃었다.

"엄살은."

다음 순간 손을 잡혔다. 정윤환의 손가락은 막 태어난 새끼 짐승처럼 뜨거워, 화상 입는 거 아닌가 하는 바보 같은 걱정이 스쳤다. 그의 손가락이 유은우의 손등을 덮으며 손가락 사이로 거칠게 스몄다. 그대로 딸려 갔다. 정윤환이 눈을 감으며 유은우의 손바닥에 입매를 묻었다. 까칠하게 튼 입술이, 뜨거운 숨이 손 안 가득 들어찼다. 그가 상처를 핥더니 부드럽게 물고 천천히 빨아 당겼다. 그 숨을 따라 가슴이 꼭 죄었다.

정윤환이 입을 유은우의 손에 묻은 채 천천히 눈을 떴다. 어린 장난기가 줄줄 흘렀다.

"내가 약 발랐다."

미쳤냐. 유은우는 정윤환의 얼굴을 팍 치며 손을 거두었다. 욕을 삼키며 오른손을 내려다보니 정윤환이 빨아 당긴 대로 불긋한 자국이 남아 있었다. 너무 화가 나서 가슴이 터질 것 같았다. 어디다 침을 묻히는 거야.

"더럽게, 진짜."

유은우는 정윤환의 가슴팍에다가 오른손을 꾹 문질러 닦았다. 흰 셔츠 위로 옅은 핏자국이 남았다. 정윤환이 과장되게 입을 비죽였다.

"서운하게."

"하지 마요."

"재미없게."

정윤환의 낯에서 웃음기가 가셨다. 그는 소파에 등을 기대고는 한쪽 발을 들어 다른 쪽 무릎에 툭 걸쳤다. 그대로 휴게실을 가볍게 한번 훑었다. 호기심인지 뭔지 남은 학생이 여럿이었으나, 그들도 정윤환의 압박을 못 이기고 휴게실을 나가 버렸다. 직후 몇몇이 와자하게 떠들며 휴게실에 발을 들였다가 정윤환을 보자마자 입 딱 닫고 도로 나갔다. 누군가 문을 조심스레 닫는 것을 끝으로 정적이었다.

유은우가 왼손으로 꼭 움켜잡고 있는 노트를, 정윤환이 턱짓으로 가리켰다. 그가 심드렁하게 말했다.

"공부 뭐 하러 해. 하나도 소용없는데."

"그건 해 봐야 아는 거죠."

"불에 손을 지져 봐야 뜨거운 줄 알아?"

"학교 왜 왔어요?"

정윤환이 미간을 좁혔다.

"학교 왜 왔냐고요. 대장이 직접 스카우트해서 입대했잖아요. 여기 중앙학교 올 필요도 없잖아요. 이미 완벽해서 더 배울 것도 없잖아요. 그런데 왜 여기 왔어요? 군에 그냥 엉덩이만 붙이고 있어도 부대 하나쯤 진즉 배정 받았을지도 모르는데."

정윤환은 대답이 없었다. 그는 유은우를 뚫어져라 보기만 했다.

"아무리 생각해도 이상하거든요. 선배 같은 사람이 왜 자진 해서 학교로 왔나. 얻을 게 하나도 없어 보이는데. 그렇다면 혹 시, 얻기 위해서가 아니라 잃지 않기 위해서 온 건가?"

유은우는 정윤환의 턱에 느리게 힘이 들어가는 것을 보면서 재차 물었다.

"왜 도망쳤어요? 뭐가 무서워서?"

"유은우."

정윤환이 경고하듯 불렀다. 목소리가 쉬어 긁혀 나왔다. 그 제야 그는 오랜 시간 사해에 머물다 온 사람처럼 보였다.

"내가 여기 왜 왔냐고? 그땐 그게 최선이었으니까."

짙은 유황 냄새 사이로 쌉싸래한 녹색이 느껴졌다. 신경안정 제 흔적이었다.

"입학 가능한 나이가 아니었어. 일부러 상식을 비웃으면서 학교에 들어왔어. 나 같은 예외가 또 없을 테니까 안전해 보였 거든. 남들 스물다섯에 졸업하는 학교를 혼자 스물여섯에 들어 와서 스물여덟에 청록색 3학년 배지 달고 다니는데 4학년이 지 나가면서 날 선배라 부르네. 학년 따라 반말하기는 어렵고 나 이 따라 형이라고 부르기는 죽기보다 싫어서. 상관없었어. 나 로 끝날 것 같았거든. 진짜 우스운 건 그런 특례입학생이 여기 또 있다는 거지."

정윤환이 눈을 깜박거렸다. 섬세한 눈가가 발갛게 달았다. 그가 낮게 속삭였다.

"진짜 좆같은 게 뭔지 알아? 이게 처음이 아니라는 거지. 항상 이런 식이야. 입에 물면 독이고, 발을 대면 덫이고, 손에 쥐면 꿈이야."

정윤환의 눈이 아래로 미끄러져 빈 공간에 머물렀다. 그러다 다시 유은우에게 올라붙은 그의 시선은 납을 채운 듯 무거웠다.

"네가 지금 하루라도 더 살고 싶다면……."

정윤환이 유은우의 왼손에서 노트를 거칠게 앗아 가더니 바닥에 던져 버렸다. 노트가 활짝 펼쳐졌다. 서재희의 정갈한 필기가 드러났다.

"……공부는 시간 낭비일 뿐이야. 시험이 끝나면 알게 되겠지. 노력보다 배신이 빠르다는 걸. 그리고 하나 더."

정윤환이 유은우의 뒤 소파 등받이에 팔을 걸치고 몸을 기울였다. 선명한 유황 냄새와 희미한 약물 냄새 뒤로 낙엽 냄새가 났다. 물기 없는 잎맥.

"서재희 믿지 마. 그 새낀 체스판 위에 살아."

김서혁을 배신치 않겠다고 결정한 이상, 정윤환의 경고를 곱씹을 여유는 없었다. 유은우는 밤을 꼴딱 새우고 그대로 강의실에 갔다. 앞으로 며칠에 걸쳐 지속될 지난한 시험의 첫 과목은, 놀랍도록 쉬웠다. 유은우는 당황하여, 혹시 문제가 덜 전송된 게 아닌가, 전자펜을 쥐고 스크롤을 몇 번이고 올렸다 내렸다 했다. 오류가 없음을 확인하고 나자 긴장이 풀리면서 눈앞이 깨끗해졌다. 스크린에 펜 끝을 가져다 대고 능숙하게 답안을 써 내려갔다. 서재희가 가르쳐 준 개념 하나만으로 거의 모든 문제의 실마리가 쉬이 잡혔다. 객관식을 거침없이 찍고 물 흐르듯 서술형 답안을 작성한 뒤 두 번 검토하고도 시간이 남았다. 종료 3분을 남겨 두고 전송 버튼을 눌렀다. 만점이 분명하다는 확신 뒤로 덜컥 겁이 났다. 이렇게 쉽게 나와서 변별력은 있을까.

그러나 시험이 종료되자마자 불만이 쏟아져 나왔다.

"침식 단계 표면만 외우라고 한 놈 누구야!"

"서술형 몇 단계야? 너무 뻔해서 이게 시험문제인가 싶던데. 1단계 맞지?"

"응, 1단계. 물어볼 필요 있나? 거저 주는 문제던데."

"야, 송지연. 너 몇 단계로 서술했어?"

학생들이 한 학생에게로 우르르 몰렸다. 유은우도 귀를 쫑긋 세웠다. 다들 1단계라고 외쳐 초조했다. 서재희는 4단계의 일부가 마치 1단계처럼 보일 수 있다고 유은우에게 거듭 강조했었다. 유은우는 그 문제를 보자마자 정석으로 한 번, 서재희가 가르쳐 준 편법으로 한 번 푼 뒤, 4단계로 서술한 참이었다. 큰 고민도 없었다. 마치 서재희와 함께 머리를 맞대고 문제를 푸는 것 같았.

"그거 1단계 아니야. 4단계야. 지엽적으로 잘라 놔서 1단계처럼 보이는 거지."

송지연의 대답에 학생들은 사색이 되었다. 몇몇이 힘없이 항의했다.

"아닌데. 기울기가 1단계 맞던데."

"이거 맞힌 사람 지연이뿐인가? 재희 선배 족보에 이거 없었지?"

"서재희가 자기 족보만 보지는 말라고 했어. 자기 1학년 때 수업 들으면서 정리한 거라 너무 오래됐다고."

"아, 됐어. 다 같이 틀렸으니까 상관없잖아. 어차피 상대평가."

첫 시험이 기대 이상의 성과를 내자 힘이 붙었다. 그다음 시험도, 그 다다음 시험도 유은우는 목표 이상을 해냈다. 만점을 목표로 공부한 과목의 시험지를 받으면 거의 모든 답안을 자신 있게 작성했고, 애초에 포기한 설계 과목도 최선을 다했다. 패턴 해석 과목은 속이 울렁거려 분석은커녕 오래 볼 수조차 없었으나 기본 설계 몇 가지는 읽고 적어 낼 수 있었다. 그 아래 설계 원리를 묻는 서술형은 암기하여 글로 풀어내는 방식이니 충분히 설명할 수 있었다.

작은 성공이 낯설었다.

군에서의 유은우는 언제나 예외였다. 특별하여 비교 대상이 없었다. 압도적인 동조율은 재능이자 족쇄였다. 언제나 최선을 다했으나 자신이 잘하고 있는지, 바른 방향으로 가고 있는지, 더 나아질 수는 있는지 두려웠다. 남들 다 걷는 아스팔트 대로를 벗어나 홀로 풀 뽑고 땅 다지며 만드는 길이 막막했다.

그러나 시험은 달랐다. 똑같은 문제를 놓고 다수와 경쟁했다. 유은우가 설계 난독증이며 기초학교에 다닌 적이 없고 동기보다 한 달 늦게 입학한 점을 너그러이 제한다면, 출발선은 제법 겹쳤다. 특히 단순 암기 과목의 경우, 시험을 치고 나서 다른 사람보다 많이 맞혔다는 확신이 들면 가슴이 벅찼다. 그간 잘 걸어왔다는 객관적인 지표나 다름없었다. 황량한 길에 색색의 작은 깃발을 꽂으며 뿌듯하게 시험을 치렀다. 물론 첫 깃발, 가장 예쁜 그 기념비는 서재희 덕이었다.

그래서 마지막 시험이 끝나자마자 서재희가 보고 싶었다. 밀린 잠과 고픈 배보다 그가 먼저 간절했다. 선배 덕분에 잘 쳤다고. 그때 잘난 척 훈수 둬서 미안하다고. 당신 삶 이면이 어떻게 굴곡졌는지도 모르면서 멋대로 판단한 건 내 잘못이었다고. 혹시 그가 바빠서 전부 고백할 기회가 없다면 짧게라도 감사를 표해야겠다고 혼자 고심해서 요약도 했다. 고맙고 미안하다고 해야지. 간결하더라도 서재희는 알아줄 것이다. 남을 예민하게 읽어 내는 사람이니.

그러나 먼저 연락할 길이 없었다. 교내 메신저로 사사로운 연락은 삼가라고 서재희가 누누이 당부했었다. 그래서 유은우는 서재희가 있을 만한 곳을 기웃거렸다. 5학년 전공 강의실이 몰려 있는 23동 로비도 한 바퀴 돌아보고, 저녁 식사 시간이라 북적북적한 식당 입구에서 10여 분쯤 서성여도 보았다. 일부러 남자 기숙사 뜰을 아주 천천히 가로질러 본관에 도착했을 때는 어스름이 깔렸다. 노란 가로등이 하나둘씩 켜졌다. 유은우가 듣지 않는 몇 과목만 제외하고 거의 모든 시험이 끝난 터라 저녁을 먹고 많은 학생들이 본관 앞 정원에 삼삼오오 모여 있었다. 유은우는 정원을 배회하며 서재희를 찾았다. 없었다. 유은우는 본관으로 올라가는 계단을 등지고 서서 다시 한번 주위를 둘러보았다.

"안녕."

경쾌한 인사. 돌아보니 차예원이었다. 단정한 원피스에 우아한 코트. 잘 손질된 머리칼이 어깨 위로 크게 물결쳤다.

"안녕하세요."

"재희 찾니?"

유은우는 대답하지 않았다. 차예원의 미소가 짙어졌다.

"재희 7층 파견부실에 있어. 그런데 너랑 길게 얘기해 줄진 모르겠다. 네가 가도 내일 다시 보자고 할 거야. 남한테 흐트러진 모습 보이기 싫어서. 그래도 급한 일이면 한번 올라가 봐. 재희는 워낙 다정하니까 피곤한 거 참고 너한테 맞춰 줄지도 모르겠네."

유은우는 본관 안쪽을 한번 보고 차예원을 보았다.

"알려 주셔서 감사합니다. 그럼."

유은우는 고개를 꾸벅 숙여 인사하고 돌아섰다. 눈앞에 갑자기 은색 버클이 번쩍거렸다. 멈칫했다. 차예원이 클러치를 내밀어 유은우 앞을 막고 있었다. 유은우가 걸음을 멈추자 차예원은 클러치를 거두며 팔짱을 꼈다.

"우리 오늘 역사 기록관 준공식 다녀왔어. 석찬 때 재희가 우리 아빠 옆에서 식사하느라 고생 많았거든. 재희 술 약하다고 내가 미리 말해 뒀는데, 우리 아빠가 사위를 좀 예뻐해야지."

유은우는 차예원의 의도를 짐작했다. 그러나 상대를 파악했다고 해서 감정이 동요치 않는 건 아니었다. 차예원의 노골적인 공격에 화가 났고, 화가 나는 자신에게 또 화가 났다. 유은우는 입을 꾹 다물고 차예원을 마주 보았다.

"은우야."

차예원이 클러치를 까딱여 이리 가까이 오라는 시늉을 했다. 유은우는 척추가 고장 난 사람처럼 똑바로 서서 미동도 하지 않았다. 차예원이 가볍게 웃더니 한 발짝 가까이 왔다. 풍성한 꽃 내음이 머리칼에 섞여 찰랑거렸다.

"네 답안지 봤어. 왜 그렇게 열심히 했니? 바보니? 나 울 뻔했잖아. 정말 아깝더라. 헛수고라 어떡하니."

가슴이 쿵 내려앉았다. 유은우는 더 이상 표정을 숨길 수 없었다. 차예원을 빤히 보았다.

"제 시험 점수가 조작될 수도 있다는 말인가요?"

"어차피 넌 안 돼."

"똑바로 말해요. 뭐가 안 되는데."

"뭐든지."

"왜요?"

눈가로 열이 몰리고 코가 시큰거렸다. 유은우는 쉰 목소리를 내지 않기 위해 침을 단단히 삼키고 입을 열었다. 정말로 그러고 싶지 않았으나, 수없이 들어 온 비수 같은 말이, 바로 자신의 입에서 튀어나왔다.

"그냥 나라서요?"

차예원이 느리게 유은우의 귓가에 입을 가져다 댔다.

"그래서 사람들이 자살하잖아. 다시 태어나려고."

차예원은 한 발짝 물러선 뒤 유은우를 응시했다. 유은우는 그녀가 자신을 음미한다고 느꼈다. 측은한 만큼 흥미롭게. 절대 거리를 좁힐 생각이 없는 관망 끝에 차예원은 친절하게 미소 지었다.

차예원이 돌아서서 완전히 멀어지는 것을 확인하고 나서, 유은우는 하늘로 고개를 한껏 젖혔다. 눈을 빠르게 깜박였다. 눈동자 위로 망글망글 구르던 눈물은 마법처럼 날아갔다. 다시 고개를 똑바로 하고 본관 안쪽을 보았다.

망설여졌다. 아까까지만 해도 서재희 꽁무니를 찾아 한참 헤맸었는데.

서재희를 위한다면, 유은우는 거기서 돌아 나와야 했다. 감사와 사과는 서재희의 컨디션이 좋을 때 언제든 할 수 있었다. 굳이 지금 봐야 한다는 건 유은우의 욕심이었다. 그러나 이기적인 걸 알면서도 포기가 어려웠다.

계단을 올라갔다가 내려갔다가 결국 올라갔다. 본관으로 들어가는 회전문 앞에서 서성거렸다. 뒤에서 학생 무리가 다가왔다. 유은우는 옆으로 비켜 주었다가 결국 무리 뒤를 쫓아 본관 1층으로 들어갔다. 학생들은 엘리베이터 쪽으로 갔다. 유은우는 계단으로 7층까지 올라갔다.

7층 복도엔 아무도 없었다. 학생회실과 파견부실, 임원들이 사용하는 회의실 따위가 있었다. 유은우는 파견부실 앞에 서서 호흡을 가다듬고 노크했다. 아무런 인기척도 없었다. 문손잡이를 잡고 살짝 돌려 보았다. 쉽게 열렸다.

불이 켜져 있었고 따뜻했다. 서재희가 의자에 앉은 채 탁자에 엎드려 있었다. 그는 한쪽 팔을 베개 삼아 비스듬히 뺨을 올리고 눈을 감고 있었다. 다른 한쪽 팔은 아무렇게나 아래로 늘어져 있었다. 숨을 따라 반듯한 등이 느리게 오르내렸다.

유은우는 잠깐 차가운 문손잡이를 꾹 쥔 채 엎드려 곤히 자고 있는 서재희와, 바닥에 부드럽게 드리운 그의 그림자를 보았다. 그저 바라볼 뿐인데, 여태 그를 찾느라 저녁도 거르고 돌아다닌 고생은 전부 없던 일이 되었다.

그래서 덜컥 겁이 났다. 시험이 끝나서, 고마워서, 미안해서. 그런 건 전부 우습지도 않은 변명에 불과하다는 걸 그제야 깨달았다. 그냥 보고 싶어서. 말도 안 되는 그 한마디가 이유의 전부였다. 이기적이고 비합리적이며 사치스러운.

이제라도 정신을 차려 그나마 다행이었다. 유은우는 소리 나지 않게 조심스레 문을 당겨 닫았다.

"괜찮아. 들어와."

유은우는 문을 도로 조금 열어 보았다. 서재희가 몸을 일으켜 앉아 손등으로 눈가를 지그시 누르고 있었다. 손 그늘 아래 드러난 낯이 피로해 보였다. 빳빳한 셔츠 소매에 푸른 커프스 버튼이 반짝거렸다. 그는 유은우가 공부했던 자리에 앉아 있었다. 그 옆의 의자 등받이에 정장 재킷이 까만 밤 조각처럼 걸쳐져 있었다. 서재희가 평소 자기가 앉는다며 유은우에게 권했던 의자였다.

"죄송해요. 자고 있는데 깨워서……."

서재희가 손을 내리자 충혈된 눈이 드러났다. 그가 조용히 물었다.

"무슨 일이야?"

"아무 일도 없어요. 그냥 시험이 끝났는데, 저 잘 쳤거든요. 물론 결과가 나와 봐야 알겠지만요. 선배 덕분이에요. 고맙다고 하고 싶어서. 그리고 예전에, 여기서, 제가 선배한테 그렇게 살지 마라 어쩌고 했었잖아요. 선배가 어떤 마음으로 사는지도 모르면서. 주제넘게 이래라저래라 말해서 그게 쭉 마음에 걸렸어요. 친한 것도 아니면서 왜 그랬냐고 후회했어요."

단어가 단어를 걸고넘어지며 횡설수설 흘러나왔다. 문가에 엉거주춤 서서 말을 쏟아 내는 유은우를, 서재희는 제지하거나 반문하지 않았다. 그는 그저 경청했다.

"그런데 절대로 제가 선배를 동정하거나 한 건 아니고요. 저는 그냥, 마음이 아팠어요. 그래서 그런 말을 했던 건데 돌이켜 보니까 지나치게 참견했던 것 같아요. 그게 죄송해서. 고맙고 죄송해서. 지금 깨운 것도 죄송하고. 차예원 선배가 선배 피곤하다고 잘 거라고 했는데도 제가 그냥 올라왔거든요. 죄송합니다. 저 이만 나가 보겠습니다. 안녕히 주무세요."

서재희의 눈이 사륵 감기듯 접혔다. 그가 웃어, 유은우는 저도 모르게 따라 웃었다. 가슴의 응어리가 스륵 녹았다. 오길 잘했다고 생각했다.

"잠깐 있다 갈래?"

그러나 이건 예상치 못했기에 유은우는 머뭇거렸다. 서재희가 옆 의자를 빼냈다. 등받이에 정장 재킷이 물 흐르듯 걸쳐져 있는 의자였다. 그가 고개를 기울이며 유은우를 빨아 당기듯 부드럽게 바라보았다. 유은우는 파견부실로 들어가 등 뒤에서 문을 닫았다. 최대한 예의 바르게 다가가서 서재희가 빼놓은 의자에 어색하게 앉았다. 서재희의 시선이 쭉 따라붙는 게 선명하게 느껴졌다. 유은우는 저도 모르게 두 손을 무릎 위로 모았다.

"하나 물어볼게."

서재희가 머리를 괴며 유은우의 시야로 비스듬히 들어왔다. 차예원에게서 나던 화사한 꽃향기와 투명한 알코올 냄새가 동시에 끼쳤다. 유은우는 반사적으로 그 낯선 결 사이에서 서재희 특유의 시원한 햇빛 냄새를 가려내려 했다.

"다음 주에 시험 결과가 나올 텐데 네 예상과 많이 다를 거야."

유은우는 무릎 위로 두 손을 꼭 주먹 쥐었다. 서재희는 담담한 목소리로 차예원과 같은 이야기를 하고 있었다. 자신의 노력이 헛수고라는.

"채점 기준이 두 가지라서 그래. 비공식적인 기준이 있고 공식적인 기준이 있어. 학생 몇몇은 이미 순위가 매겨져 있어. 태어날 때부터 매겨져 있지. 어떤 사람은 꼭대기에, 어떤 사람은 밑바닥에. 그들을 우선적으로 배치해. 그러면 공백이 생기겠지. 그 빈자리는 나머지 학생들로 채워. 시험 점수대로 줄 세워서 메꾸는 거야."

유은우는 눈을 아래로 하고 서재희의 말을 들었다. 무릎 위나란한 주먹에 힘이 들어가 마디마디가 희었다.

"넌 비공식적인 기준을 적용받을 것 같아. 분위기가 그래. 그런데 내가 손을 좀 쓰면, 다르게 평가를 받을 수 있어. 내가 그렇게 해 줄까?"

유은우는 손을 풀었다. 손가락이 얼얼했다. 고개를 들어 서재희를 보았다.

"조건은요?"

서재희의 입매가 약하게 굳었다.

"그런 건 없어. 내가 해 주고 싶어서 네 생각을 묻는 것뿐이야. 내가 널 도와줘도 될까?"

"아니요."

서재희가 눈을 천천히 깜박였다. 그가 턱을 괴고 있던 자세를 풀고 의자에 등을 똑바로 기대어 앉았다.

"너 이번 필기에서 만점이 일곱 개 이상 나와야 해. 그래야 모의 전투에서 실격해도 안전해."

"선배가 말하는 도움은, 이미 등수가 매겨진 후의 여백 안에서 절 평가하겠다는 뜻이죠? 모든 학생들을 공정하게 평가하는 게 아니라."

유은우는 자신을 뚫어져라 보고 있는 서재희를 향해 고개를 저었다.

"저는 괜찮아요. 그냥 두세요."

서재희가 탁자 위를 손끝으로 톡톡 초조하게 두드렸다.

"유은우, 네가 살아 있어야 내가 네 기억을 봐. 내가 네게……."

서재희의 손이 다가와 유은우의 왼쪽 손목에 채워진 이프 표면을 스치듯 만지고 떨어져 나갔다.

"……보호 설계를 걸어 주는 만큼, 너도 내게 협조해야지. 네필기 점수가 안 나와서 모의 전투에서 유의미한 결과를 내야 되면 난 더 골치야."

유은우는 한숨을 삼켰다.

"앞뒤가 안 맞아요. 첫째, 선배가 정말 목적을 위해 제가 오래 살아남길 바라고 선배가 시험 점수 조작이 가능하다면, 애초에 제게 물을 필요도 없이 선배 마음대로 제 점수를 위로 올리면 될 일이에요. 둘째, 선배가 정말 제 기억이 그리 간절하다면, 전 그때 여기서 공부할 수 없었을 거예요. 선배 온디딤으로 기억을 봤겠죠. 더 자주 더 길게. 시험이 다가올수록 선배는 절 쥐어짜야 했을 거예요."

서재희는 왜 내게 선택할 기회를 줄까. 왜 저렇게 초조한 얼굴로 설득을 할까. 그가 거짓을 말하고 뒤에서 꾸며도, 유은우는 알아채지도 못하거나 알아챈다 하더라도 도리가 없었다. 그럼에도 왜.

"선배가 제게 뭘 원하는지 모르겠어요. 다만 선배가 제게 등수를 올려 줘도 되겠냐고 묻는다면, 저는 그렇게 하고 싶지 않아요."

서재희는 잠깐 침묵했다. 그의 깊게 까만 눈동자가 찬찬히 유은우의 눈매를 훑고 콧대를 미끄러져 입술에 머물렀다.

"이유는?"

"선배."

유은우가 힘주어 말했다.

"그건 옳지 않기 때문이에요."

"내 질문은, 이미 옳지 않은 세계에서 너 하나 올바르게 불이익을 받는다고 해서 무엇이 달라지겠냐는 뜻이야. 더군다나 넌 목숨이 걸려 있어."

"남이 하니까 나도 하고. 내가 하니까 남도 하고. 그렇게 모두가 죄로 손잡고 벌을 미루니까 끝에 누군가가 희생당하는 거예요. 언제든지 버리기 쉽도록 인권도 없는 사람이 생긴다고요."

"모든 인간이 올바르게 산다는 건 불가능해. 누군가는 죄를 짓고 누군가는 희생당해. 정도의 차이일 뿐 영원히 어쩔 수 없는 문제라면, 그래도 넌 네 양심을 지킬 거야? 불가능한 이상을 위해서?"

"선배, 이상은 애초에 도달할 수 없는 빛 같은 거예요. 손을 뻗어도 만질 수 없고 아무리 달려도 닿을 수 없는. 하지만 빛을 향해서 걸을 수는 있죠."

"혼자서?"

"혼자라도."

저녁이 짙어 밤이었다.

서재희는 한 손으로 눈가를 지그시 덮으며 고개를 약간 숙였다. 기도하듯 멈춘 그의 어깨 너머로 바람이 고요하게 밀려왔다. 달빛에 물들어 따스하고, 그를 스쳐 서늘한 바람.

유은우는 서재희의 뺨을 덮어 주고 싶은 충동을 느꼈다. 세상은 바꿀 수 없으니 손해 보면서까지 애쓰지 말라는 서재희의 마음을 돌리고 싶어서가 아니라, 그렇게 생각할 수밖에 없을 그의 이유를 위로하고 싶었다.

그러나 유은우는 서재희에게 손을 뻗는 대신, 탁자에 놓인 목마를 끌어당겼다. 목마가 탁자를 가볍게 스치는 소리에 서재희가 손을 내리고 눈을 떴다.

"그동안 못 봤으니까. 저 오늘 보고 갈게요."

처음엔, 어차피 없는 기억이니 찾는 척 서재희를 속이면 손해 볼 게 없다고 생각했다. 그러나 지금에 와서는 생각이 달라졌다. 잊었던 과거와 마주하여 혹여 상처받더라도 서재희와 함께라면 혼자보다 덜 힘들 거라는, 그런 확신이 섰다.

"오늘은 못 해."

서재희가 말했다. 유은우는 목마를 만지작거리던 손을 멈추었다. 서재희가 제 쇄골을 톡톡 두드렸다. 미리 반창고라도 붙였는지 핏기가 비치지 않아 셔츠는 깨끗했으나, 유은우는 그가 무슨 말을 하는지 알아들었다.

"오랜만에 내 기억을 보느라고 오늘 치를 다 썼어. 어릴 때 기억. 네가 그때 물어봤잖아. 뭘 좋아하냐고."

유은우는 목마를 조심조심 뒤집어 보았다. 시야로 희미한 잔

상이 스쳤다. 푸른 보리밭 사이로 어린아이들이 강아지처럼 뒤
엉켜 놀고 있었다. 그마저도 금세 사라졌다. 평범해진 목마를,
유은우는 탁자에 가만히 올려놓았다.

"그럼……."

더 이상 핑곗거리가 없었다.

"……이만 가 보겠습니다."

유은우는 자리에서 일어나려다 다시 앉았다. 서재희가 유은
우의 의자 등받이를 쥐어 온 탓이었다. 눈이 마주쳤다. 까만 눈
동자가 유은우를 빤히 보고 있었다. 그러나 아무 말이 없어 유
은우는 눈을 굴려 제 의자를 보았다. 서재희의 손이 등받이를
여전히 움켜쥐고 있었다. 등받이에 걸쳐 놓은 정장이 손 아래
에서 진하게 구겨진 걸 아는지 모르는지, 고요한 시선과 달리
불거진 손마디는 희었다.

"말 바꾸고 싶어."

앞뒤가 뚝뚝 잘려 있었다. 그러나 유은우는 그가 어떤 말을
번복하고 싶다는 건지 알아챘다.

'다음에 또 그런 나를 마주하면, 그때는 멀리 도망가. 내 불
행에 가까이 오지 마.'

다른 사람도 아닌 서재희가 자기 입으로 뱉었던 말을 이렇게
거두리라고는 상상도 못 했기에, 유은우는 물끄러미 그를 응시
했다. 그의 눈가가 불그스름했다.

"많이 힘들어요?"

"그런 것 같아."

술기운인지. 술기운을 빌렸는지. 유은우는 서재희의 낮은 목소리를 가늠하는 것을 그만두었다. 어느 쪽이든 상관없었으니.

유은우는 고개를 끄덕였다. 이어서 무릎 위에 두었던 손을 들었다. 서재희의 목덜미를 잡기 위해서였으나 손은 더 뻗지 못하고 공중에 바짝 굳었다. 서재희가 두 손으로 유은우의 의자를 잡고 자기 쪽으로 훅 잡아당겼기 때문에. 의자가 바닥을 둔탁하게 긁었다. 서로 무릎이 닿았다. 등받이에 걸쳐져 있던 정장이 기어코 흘러내렸다. 그 매끄러운 옷감은 유은우의 허벅지를 스치고 떨어져 발등을 나붓이 덮었다.

유은우에게 손 하나 까딱하지 않고 제 곁으로 바짝 끌어온 서재희는 한 손으로는 여전히 의자 등받이를 잡은 채, 다른 한 손으로 유은우의 바로 옆 탁자를 짚었다. 그는 샘으로 고개를 숙이는 사슴처럼 유은우에게 기울여 왔다. 유은우는 서재희의 두 팔에 아슬아슬하게 갇힌 채, 그의 서늘한 이마가 제 어깨 위로 떨어져 약간의 틈만 두고 머무는 걸 느꼈다.

유은우는 손을 들어 서재희의 목 뒤쪽을 짚었다. 천천히 내리눌렀다. 손바닥 아래서 설계가 자글자글 끓었다.

솜사탕처럼 기분 좋은 설계들은 금방 사라지는데 왜 고문 설계는 오래 남아 머물까. 왜 그 잔해들은 홀로 털어 내지 못하는 걸까. 왜 꼭 다른 동조자의 손을 빌려야 할까. 만약 신이 있다면 기쁨은 홀로 누려도 괜찮지만 고통은 혼자 견디지 말라는 뜻 아니었을까. 아프면 어떻게든 기대라고. 함께 이겨 내라고.

서재희의 이마가 툭 유은우의 어깨로 앉았다. 금방 떨어질 줄 알았으나 서재희는 그렇게 하지 않았다. 유은우 또한 서재희가 기대 오는 조심스러운 무게를 굳이 밀어내지 않았다. 그의 뒷덜미를 쓸어 내고 보듬었다.

"진짜 이상하지."

서재희의 목소리는 그의 체취와 섞여 희미하게 들렸다.

"난 살려면 살 수 있지만, 넌 생사도 불투명하잖아. 그런데 네가 날 위로해."

유은우의 손끝에서 설계가 까맣게 흩어졌다. 해묵어 끈질기던 예전과 달리, 이번엔 물러 떨어내기 쉬웠다. 오히려 서재희가 엄살을 부린 게 아닐까 하는 생각마저 들었다. 이윽고 유은우가 손을 떼어 냈으나 서재희는 멀어질 줄 몰랐다. 그가 유은우의 어깨에 이마를 얹고 숨을 쉴 때마다 그의 머리칼이 귓가를 스쳤다 말았다 했다.

희미한 알코올 냄새가 끼쳤다. 유은우는 차예원을 상기했다.

"옷 떨어졌어요."

서재희를 밀어내며 허리를 굽혔다. 서재희가 마지못해 물러나는 기척을 머리 위로 느끼면서, 유은우는 제 발을 덮고 있는 정장을 주워 들었다. 조심조심 털어 의자 등받이에 도로 걸어 놓았다. 이어 고개를 돌리는데 서재희가 코앞에 있어 깜짝 놀랐다. 하마터면 그의 입술에 뺨을 부딪칠 뻔했다.

"어, 선배, 그……."

유은우는 의자에 앉은 채 몸을 뒤로 밀었다. 의자 다리가 바닥을 끽 긁었다. 충분히 숨이 트일 만큼 서재희와 멀어졌으나 가슴은 여전히 두근거렸다. 서재희가 따라 물었다.

"그?"

"그, 냄새가 좋네요. 좋은 냄새가 나네요."

유은우는 손을 들어, 제 등받이에 걸쳐 놓은 정장을 과장되게 탁탁 두드렸다.

"옷에서요. 옷에서 좋은 냄새가 나네요."

바보같이 반복하고 나자 얼굴이 화끈하게 달아올랐다. 그러나 서재희는 부드럽게 미소 지었다.

"그래? 나 뭐 쓰는지 궁금해? 다들 궁금해하던데."

"어……, 네."

굳이 물어보려던 건 아니었으나 서재희가 묘하게 들떠 보여, 유은우는 어색하게 대답했다.

"향수랑 섬유유연제. 향수는 특별히 주문하는 곳이 있고, 섬유유연제는 브랜드 두 개를 섞어서 써. 아일에서 나온……."

서재희가 섬유유연제 브랜드명에 제가 섞어 쓰는 비율을 줄줄이 읊었다. 유은우는 처음 들어 보는 단어들을 한쪽 귀로 흘려들으면서, 서재희가 자신을 뚫어져라 바라보는 눈빛을 고스란히 받아 냈다. 서재희가 향수 가게 위치까지 소상하게 읊고 나자 다시 침묵이 찾아왔다.

서재희는 시선을 떨어뜨렸다. 그가 유은우를 보지 않고 말했다.

"있잖아. 사람이 매일매일 같은 향수를 쓰면, 하루 깜박하고 향수를 뿌리지 않아도 그 사람한테서 그 냄새가 난대. 그러니까 이제 너한테서 내 냄새 날지도 모르겠다. 이렇게 때때로 만나서 날 네게 부탁한다면."

서재희는 바짝 깎인 제 손톱을 습관처럼 매만졌다.

"그런데 그러면 안 되는 거잖아. 그렇게 되면, 내가 너한테 너무 미안해서. 이건 내 불행의 냄새야. 속을 감추려고 쓰는 거니까."

그리고 정적이 이어졌다. 서재희는 물먹은 솜처럼 자리에서 일어났다. 그가 파견부실을 가로질러 걸어가 문을 잡아당겨 열었다. 복도의 한기가 끼쳤다. 유은우는 저도 모르게 몸을 한 차례 떨었다. 약간 충혈된 눈으로 그러나 반듯하게, 서재희가 말했다.

"오늘 고마웠어."

유은우는 무슨 말이든 해야 한다고 생각했다. 여기서 단 한마디만 하면, 대화는 이어질 것 같았다. 같이 머물 수 있을 것 같았다. 그러나 입은 떨어지질 않았다. 유은우는 잠시 머뭇거리다가 자리에서 일어났다. 서재희가 열어 둔 문턱을 넘기 전에 고개를 숙였다 들어 인사했다.

서재희가 부드럽게 미소했다. 그가 담백하게 말했다.

"조심히 가."

마지막 시험을 치르고 나흘 뒤에 시험 결과가 나왔다. 본관

1층 로비, 학생 휴게실, 중앙도서관 건물 벽 스크린, 학생 식당, 강당. 눈 닿는 곳마다 시험 결과가 영상으로 재생되었다. 영상은 수 분마다 바뀌었는데 각 학년 등수가 가장 빈번하게 노출되었다. 이따금 각 과목 평균 점수와 난이도, 가장 많이 틀린 문제와 그 해설이 재생되기도 했다. 유은우는 상위 5% 명단에서 서재희와 차예원의 이름을 발견했고, 유급 위험 명단에서 자신과 정윤환의 이름을 읽었다. 유은우는 모든 점수가 바닥에 깔려 이끼 수준이었고, 정윤환은 아예 필기시험을 치른 흔적이 없었다.

시험 결과가 아무리 반복 재생되어도 학생들은 질리지 않는지 스크린마다 삼삼오오 모여들곤 했다. 결과에 의문을 표시하는 이는 없었다. 그들은 조금 더 많이, 조금 더 일찍 공부하지 않은 자신을 후회했고, 서재희와 차예원으로 대표되는 고정 상위권에 감탄했으며, 급부상하여 그들을 바짝 추격하는 몇을 질투했고, 정윤환이 곧 모의 전투를 독식하며 종합 점수에서 상위권으로 치고 올라올 것을 예상했으며, 유은우의 유급을 기정사실화했다.

"유은우 나보다 더 열심히 하는 것 같던데 성적 왜 저래."

"기초학교도 안 다녔잖아. 지금 우리 수업 절반의 절반도 못 알아들을걸."

"아니야. 나 저번에 계측 들을 때 유은우 뒤에 앉았는데, 경로 잘 찍던데?"

"경로쯤이야 군에서 어깨너머로 봐 둔 게 있을 테고 얻어걸렸겠지."

"설계 도안이야 백지로 낸 거 이해한다. 그래도 약물학 6점은 좀 심하지 않냐? 그냥 암기하면 되잖아."

"뉴스에서 유급하면 폐기 처분 한다고 그러지 않았어?"

"그거 김서혁이 동의 안 했을걸. 전리품 소유자가 동의를 해야 처분하든지 말든지 하지."

"의회에서 승인받는데 김서혁 동의가 왜 필요해. 김서혁 소유라고 해서 딱 그 사람 의견만 들어가나? 엄밀히 말하면 김서혁 소유가 아니라, 도시연합 소유지."

"아직 종합점수 안 나왔잖아. 모의 전투에서 상위권 들어가면 유급 면할걸."

"되겠냐, 그게."

"좀 너무한 것 같아. 솔직히 유은우가 어떻게 수업을 따라가겠어. 군에서 실전에 바로 투입되느라 몸으로 부딪치는 것밖에 모를 텐데. 그러니까 군에서 유은우 직접 처분하기 껄끄러워서 일부러 학교에 떠넘겼다는 소리가 나오지."

손도연은 생각이 다른 것 같았다. 시험 결과가 뜬 첫날, 손도연은 학생 휴게실에서 용 연구소 창립 1005주년 기념 논문집을 읽다가 스크린에 공개된 등수에 눈을 동그랗게 뜨고 유은우를 바라보았다. 유은우는 1학년 명단 가장 밑바닥에서 빨간 경고 표시를 달고 깜박거리는 제 이름과, 그보다 딱 일곱 칸 위에서 간신히 유급 주의만 면한 손도연 이름 석 자를 확인한 뒤 그녀와 마주 보았다. 손도연이 물었다.

"은우 너 점수가 왜 저래?"

"공부 안 하고 놀고먹어서."

유은우가 대답했다. 손도연은 동그란 안경 너머로 유은우를 빤히 바라보았다. 그녀가 말했다.

"교수님한테 가 봐. 가서 답안지 채점한 거 보여 달라고 해."

유은우는 그대로 자리에서 일어나 연구동으로 갔다. 엘리베이터를 타고 가장 꼭대기 5층에 내린 후에, 복도를 끝에서 끝까지 돌면서 익숙한 명패가 붙은 문마다 노크를 했다. 문이 열리면, 교복 위에 실험복을 걸쳤거나 그러지 않은 학생들이 나와서 흠칫 놀라고, 교수님을 뵙고 싶다는 유은우의 용건에 잠깐 기다리라고 하고, 이내 난처한 얼굴로 교수님이 안 계신다면서 언제 오실지 모른다는 대답을 앵무새처럼 반복했다. 어떤 연구실은 안쪽에 교수가 뒤돌아 있는 걸 언뜻 본 것도 같았으나, 유은우는 그냥 못 본 체하고 알겠다며 돌아섰다.

그렇게 5층부터 2층까지 내려왔다. 1층은 로비와 관리실이 전부였기 때문에, 2층 복도 끝 연구실을 마주했을 때, 유은우는 이 쓸모없는 짓도 이제 끝임을 알았다. 건성으로 노크를 하고 기다렸으나 이젠 안쪽에서 대답도 없었다. 아무 기대가 없었기 때문에 유은우는 그만 돌아서려 했다. 그때 문이 벌컥 열렸다. 뻣뻣한 흰 머리에 황동색 안경을 끼고 펑퍼짐한 정장을 입은 남자가 날카로운 눈으로 유은우를 보았다.

황종길이 짜증 섞인 목소리로 물었다.

"무슨 일이냐?"

"아, 안녕하세요, 교수님. 저는 도시의 역사 수업을 듣고 있는 1학년……."

"네가 누군진 알아. 무슨 일이냐니까?"

황종길이 버럭 호통을 쳤다. 복도가 왕왕 울렸다. 복도 저쪽에서 문이 삐걱삐걱 열리는 소리에 유은우는 옆을 돌아보았다. 거절당한 연구실마다 문이 살짝살짝 열려 있었다. 문틈으로 까만 머리통들이 빼꼼 나와 이쪽을 주시하는 게 보였다. 유은우는 속으로 혀를 차고는 나무처럼 키가 큰 교수를 올려다보았다.

"저 도시의 역사 25점 나왔습니다. 제 답안지를 확인하고 싶습니다. 어떻게 감점이 되었는지 보고 재수강할 때 미숙한 부분을 보완하고 싶습니다."

재수강은커녕 다음 학기쯤엔 죽어서 유령으로 학교를 떠돌 판이었으나 일단 말은 그렇게 했다. 황종길은 누렇게 뜬 눈을 깜짝하지도 않고 유은우를 뚫어져라 바라보았다. 유은우도 질세라 그를 마주 보았다. 이내 황종길이 문을 활짝 열어젖혔다.

유은우는 안쪽으로 쏙 들어갔다.

연구실엔 책과 문서와 서류함이 잔뜩 있었다. 모든 가구는 목재였다. 책장마다 책의 무게를 이기지 못하고 부드럽게 휘어 있었다. 데이터를 디지털화하여 보관하는 것이 일상화된 시대에 낯선 풍경이었다.

연구생도 없었다. 잠깐 자리를 비운 것이 아니라 애초에 들이지도 않은 듯했다. 책상도 의자도 옷걸이도, 숨 쉴 공기조차도 딱 1인분이었다. 이 코를 찌르는 텁텁하고 독한 냄새의 정체가 뭔지 유은우는 도통 감이 잡히질 않았다. 유은우가 소매로 코와 입을 누르고 생전 처음 맡아 보는 탁한 냄새에 적응하려 애쓰는 동안, 황종길은 벽에 기대어져 있는 접이식 의자를 폈다. 얼마나 오랫동안 쓰지 않았는지 녹슬어 끽끽거렸다. 황종길은 겨우 의자를 펴더니 책상 맞은편에 던지듯 내려놓았다. 유은우는 얌전히 의자에 앉아서 황종길이 커피포트에 물을 끓이는 것을 지켜보았다. 교수가 손수 차를 대접하는 것에 사양해야 하나 유은우가 고민하는 사이, 황종길은 입구가 시커멓게 들러붙어 뻑뻑한 커피 통을 겨우 돌려서 열었다. 이윽고 커피 비슷한 것이 김을 무럭무럭 내며 유은우 앞에 놓였다. 찻잔은 새빨간 바탕에 금박으로 기하학적 무늬가 가득했고, 받침은 꽃무늬가 잔잔한 흰색으로 따로 놀았다. 유은우는 황종길이 뒤돌아 서랍을 뒤지는 동안 커피 위에 둥둥 떠다니는 흰 머리카락을 재빠르게 걷어 냈다.

"찾아보고 가라."

황종길이 유은우 앞에 두툼한 종이 뭉치를 턱 던져 놓았다. 찻잔이 달그락 흔들렸다. 유은우는 당황하여 종이 뭉치를 살짝 넘겨 보았다. 답안지 묶음이었다. 유은우는 황종길을 바라보았다. 그러나 그는 이제 유은우를 보지도 않았다. 황종길은 유은우를 등지고 창가에 서더니 가느다랗고 흰 무언가를 입에 물고 그 끝에 불을 붙였다. 매캐한 연기가 피어올랐다. 호흡기로 약물을 흡입하는 것과 방식이 흡사했으나 냄새가 지독했다. 연구실에 끈끈하게 배어 있는 바로 그 냄새였다.

유은우는 답안지를 꽁꽁 묶은 까만 줄을 풀어냈다. 이따금 기침을 하면서, 밀려오는 연기를 손으로 쫓아내면서, 답안지를 한 장 한 장 넘기면서 제 이름을 찾았다. 출력된 답안지마다 빨간 펜으로 채점을 해 놓은 게 보였다.

시스템 들어가서 내 이름만 치면 답안지가 바로 나올 텐데. 출력해서 손으로 직접 채점하는 게 익숙하신 걸까.

스크린을 통해 제출했으니 확인도 스크린으로 할 수 있을 줄 알았기에 당혹스러웠다. 게다가 황종길은 유은우의 답안지만 골라 보여 준 게 아니라 아예 통째로 주었다. 일일이 찾아보는 수고도 수고지만, 다른 학생들 답안지를 고스란히 봐도 되는 건지 혼란스러웠다. 남의 답안은 최대한 보지 않으려 애쓰면서 유은우는 시험지 상단에서 이름만 확인하며 부지런히 답안지를 넘겼다. 그때였다. 손이 딱 멈췄다.

차예원.

빠르게 답안지 전체를 훑었다. 딱 봐도 답안이 허술했다. 두 문제는 아예 답란이 비어 있기까지 했다. 빨간색 펜으로 답안지 전체에 드문드문 오답 표시가 되어 있었다. 가장 아래에 교수가 매긴 점수가 있었다. 67점.

차예원 도시의 역사 94점 맞았는데.

입 안이 말랐다. 아무리 기억을 되짚어도 그녀가 1등이었던 게 분명했다. 거의 만점이라고 부러워하던 학생들의 수군거림이 아직도 귓가에 생생했다.

유은우는 눈농자를 굴려 황종길을 보았다. 뒤통수민 보았디.

그는 뒷짐을 지고 간간이 연기를 뿜어 대며 이쪽엔 눈길도 주지 않았다. 유은우는 차예원의 시험지를 넘겼다. 그다음 답안지는 빼곡한 글자가 익숙했다. 자신이 제출한 답안이었다. 모든 답마다 동그라미뿐이었다. 가장 아래에 95라는 점수가 매겨져 있었다.

유은우는 그제야 황종길이 왜 시험지를 통째로 주었는지 깨달았다. 그가 왜 굳이 종이로 채점하는지도. 그리고 이 모든 것이 왜 소용이 없는지도. 유은우는 답안지를 추슬러 모아 다시 까만 끈으로 꼭 묶었다. 찻잔을 들어 입에 커피를 털어 넣었다. 식어 빠진 데다가 맛도 이상했지만 남김없이 마셨다. 자리에서 일어나 의자를 도로 접어 벽에 기대어 놓았다.

황종길이 기침을 하며 돌아보았다. 그가 말했다.

"내가 너라면 도망칠 게다."

"어디로요?"

황종길은 말이 없었다. 유은우는 다른 질문을 했다.

"틀린 문제가 없는데 왜 5점이 깎였나요?"

"역사는 수학이 아냐. 만점이란 있을 수가 없어. 이런 시대엔 더욱."

황종길은 화가 난 것 같았다. 그가 귀찮다는 듯 손을 휘저었다.

"나머지 5점은 영원히 메꿀 수 없어. 그건 사해에 묻혀 버렸으니까. 내가 가르치는 역사는 불완전해. 정말 물어야 하는 것들은 시험 문제로 낼 수 없지. 애초에 쭉정이 시험이니까 네가 답안을 다 쓴다고 해도 만점을 줄 수는 없어. 알았으면 나가."

유은우는 허리를 숙여 공손히 인사했다.

그날 밤 유은우는 잠을 자지 않았다. 잠옷으로 갈아입지도 않고 교복 그대로 침대에 누워 이불을 코끝까지 덮은 채 눈을 꾹 감고 기다렸다. 옆 침대의 숨들이 가만가만 낮아지고, 위 침대에서 이프로 새로 나온 용 게임을 하느라 부스럭대던 손도연이 잠잠해지고 나서도, 유은우는 말짱하게 깨어 있었다.

새벽 4시경, 유은우는 기민하게 침대를 빠져나왔다.

기숙사를 나왔다. 새벽 공기에 얼어붙은 땅이 버석거렸다. 인적이 드문 곳만 골라 걸었다. 후문으로 본관에 들어섰다.

'6.5층 시스템 관리는 도시연합 보안과는 관계없이 파견부장인 내 권한이야.'

6층 그 긴 복도에 문은 단 하나였다. 방음문이었고 보안은 꺼져 있었다. 손으로 문을 밀어 보니 묵직하게 열렸다. 들어가 보니 다목적 회의실이었다. 어마어마하게 넓었다. 건물 외벽 쪽으로는 창문이 있었지만, 복도 쪽으로는 창문이 하나도 없었기 때문에 정말 이 회의실이 6층 전체를 다 차지하는지 육안으로는 확인할 수 없었다. 유은우는 회의실 안쪽으로 들어갔다. 복도와 회의실을 가르는, 창문 없는 벽에 붙어 섰다. 끝에서 끝까지 일정한 보폭으로 걸었다. 여든다섯 걸음.

유은우는 회의실에서 나왔다. 복도 끝에서 끝까지 같은 보폭으로 걸었다. 백 걸음 하고도 열두 걸음.

유은우는 팔짱을 끼고 서서, 스물일곱 걸음만큼의 공간이 숨겨진 복도 끝을 노려보았다. 우습게도 6층에서는 그 공간으로 갈 수 없었다. 그렇다면 5층에서 올라오거나 7층에서 내려와야 한다. 영상판독실이나 소회의실 따위가 전부인 5층보다, 교수보다 막강한 권력을 부리는 학생 임원들이 모인 7층이 합당하게 의심스러웠다. 바로 한 층 올라갔다.

7층은 어두웠다. 유은우는 센서등이 켜지지 않도록 복도에 딱 달라붙었다. 발소리를 죽여 걸었다. 창문을 통해 학생회실을 엿보았다. 커튼이 쳐져 안이 보이지는 않았으나 깜깜한 건 확실했다. 학생회실 문 앞에서 유은우는 주머니를 뒤적여 카드를 꺼냈다. 백일서와 드잡이를 할 때 주웠던 해제 카드였다. 보안장치에 카드를 끼웠다.

보안 스크린이 지지직거렸다. 곧 알 수 없는 숫자와 문자들이 뒤섞이며 빠르게 출력되었다. 유은우는 벽에 바짝 붙은 채 양쪽 복도를 번갈아 주시하며 인내심 있게 기다렸다. 이윽고 삐 소리가 났다. 유은우는 바로 카드를 빼고 신속히 학생회실로 들어갔다.

이미 어둠에 눈이 익어 물건에 걸려 넘어지진 않았다. 창가로 비쳐 드는 바깥 조명에 의지하며 학생회실을 찬찬히 둘러보았다. 컴퓨터. 책장. 색깔도 형태도 제각각 다른 의자 대여섯 개. 탁자 가득 펼쳐져 있는 사해 지도. 메모리가 수없이 꽂혀 있는 유리장. 한쪽 벽면에 학생회 임원들의 일상이 찍힌 소박한 사진들이 귀여운 스티커와 함께 다닥다닥 붙어 있었다. 사진 하나가 시선에 턱 걸렸다. 살면서 한 번 볼까 말까 한 복숭

아색 봄꽃 아래 서재희가 차예원과 나란히 서 있었다. 차예원이 서재희의 어깨에 머리를 기댄 채 활짝 웃고 있었고, 서재희는 완벽하게 선한 미소를 그리고 있었다.

정신 차려.

유은우는 한쪽 발을 크게 굴러 보았다. 텅, 소리가 울렸다. 바닥의 양탄자를 걷어 냈다. 무릎을 꿇고 앉아 바닥을 손으로 천천히 더듬었다. 틈. 사람 하나가 드나들 만한 큰 네모와 손톱만 한 작은 네모가 손끝에 만져졌다. 작은 네모를 깊이 눌렀다. 딱, 희미한 소리가 났다. 유은우는 천천히 일어서서, 바닥의 일부가 스산한 소리를 내면서 큰 네모 모양으로 천천히 아래로 꺼지고 옆으로 밀리는 것을 지켜보았다. 드러난 아래는 환했다. 철제 계단이 밑으로 뻗어 있었다. 유은우는 계단에 발을 디디면서 양탄자를 끌어당겨 도로 덮었다. 계단을 빠르게 내려갔다. 서너 칸을 남기고 한 번에 뛰어내렸다. 계단에서 발이 떨어지자마자 천장의 네모난 입구가 닫혔다.

아래는 넓었다. 학생회실을 통해 내려왔는데, 학생회실의 곱절은 되는 것 같았다. 6층에서는 갈 수 없었던 그 걸음만큼의 공간이 틀림없었다.

방 한가운데 매끄러운 원탁이 호수처럼 고요했다. 원탁 중앙에 옅은 그림자가 아지랑이처럼 어른거렸다. 홀로그램을 장시간 틀었을 때 남는 잔상이었다. 노트북 여섯 개가 원탁 가장자리를 따라 일정한 간격으로 놓여 있었고, 까만 중역용 의자 여섯 개가 그 원탁을 빙 두르고 있었다.

학생회 세 명. 파견부 세 명.

유은우는 원탁을 따라 천천히 돌았다. 이곳에서 벌어졌을 일을 상상하는 건 어렵지 않았다. 어떤 의자엔 서재희가 앉았을 테고, 어떤 노트북엔 차예원이 손을 얹었을 테지.

유은우는 허리를 숙여 원탁 밑을 보았다. 서랍 안에 스프링으로 제본된 책자가 있었다. 꺼내 보았다. 표지는 언뜻 보면 백지 같았으나 아래쪽에 작은 글씨가 찍혀 있었다.

낙원의 이론. 1030년 3월 12일 추출.

책자의 측면을 보았다. 두툼한 두께 중간중간 띠지가 붙어 있었다. 유지. 상향. 하향. 펼쳐 보았다. 앞쪽에 표가 있었다. 칸마다 색깔이 달랐고, 위에서 아래로 갈수록 칸의 높이가 넓어졌다. 네모난 피라미드를 연상케 하는 표의 칸칸마다 특정 학생들의 이름이 쓰여 있었다. 몇몇은 익숙했고, 나머지도 오가면서 한 번씩 들어 본 기억이 났다. 어림잡아 서른 명 가까이 되었다.

'학생 몇몇은 이미 순위가 매겨져 있어. 태어날 때부터 매겨져 있지. 어떤 사람은 꼭대기에, 어떤 사람은 밑바닥에. 그들을 우선적으로 배치해.'

책자를 넘겨 보았다. 앞서 표에 명시된 학생들의 인적 사항이 차례로 기록되어 있었다. 직계존속은 물론이고 친인척, 지인, 심지어 이웃까지 총망라된 관계도도 있었다. 학생의 이름을 가운데 놓고 사방으로 가지를 펼치며 각 인물들이 배치되어 있었다. 이름마다 색이 달랐고 어떤 이름은 체크되어 있었으나 무슨 의미인지는 알 수 없었다. 어떤 이름은 나이와 소속이 전부였고, 어떤 이름엔 정치 경력이 상세히 기재된 꼬리표가 붙어 있었다.

유은우는 다시 책자 앞쪽으로 돌아갔다. 총괄표의 이름들을 찬찬히 살폈다.

유은우의 목표는 학생들에게 정보를 제공하는 것이 아니었다. 애초에 정확한 정보라는 게 존재하는지도 의문이었으니. 그저 빌미만 주면 되었다. 학생들의 상상력이 무한히 팽창되도록. 자신의 노력을 자책하던 것에서 나아가 평가 기준 자체를 의심할 수 있도록. 다수의 정당한 의혹이 연대해서 학교 측에 해명을 요구할 수 있다면.

많이는 필요 없었다. 목소리가 큰 몇 명만 있으면 되었다. 입이 가볍고, 본인의 손해에 민감하며, 전 학년에 걸쳐 인맥이 뻗어 있고, 이곳에 앉기를 간절히 염원하는 사람. 부당한 기준에 분노하기보다, 동경하는 틀에 편입되지 못하여 억울한 사람. 내가 가지지 못한다면 남도 가지지 못하게 할 사람.

유은우는 최수연의 인적 사항을 뜯어냈다. 그것을 시작으로, 학생들의 대화 속에서 익숙하게 들어 온 이름 몇을 차례로 찢어냈다. 다섯 장 넘게 손에 들어왔다. 여러 번 접어 재킷 안주머니에 쑤셔 넣고 책자를 덮었다. 두께가 현저히 줄어든 책자를 어떻게 해야 하나 할 때였다.

책자 제일 끝 부분에 모서리가 삐죽 튀어나와 있었다. 유은우는 스프링을 잡은 뒤 흔들어 보았다. 낱장으로 끼워져 있던 종이가 한 장 툭 떨어져 나왔다.

그것은 유은우 자신의 프로필이었다. 전리품등록번호. 군 경력. 그 위로 특별관리대상 도장이 벌겋게 찍혀 있었다. 익히 아는 정보라 더 볼 것도 없었고, 자신은 확실한 시험 결과 조정의 고려 대상이라고 짐작하고 있었기에 특별한 것은 없었다. 그러나 유은우는 그 프로필을 들고 한참을 뚫어져라 보았다.

구석에 작은 낙서가 있었다. 까만 펜으로 간단하게 그린 동그란 등딱지. 앙증맞게 튀어나온 머리, 네 개의 다리, 작은 꼬리. 눈이 까맣고 동글동글했다.

그때였다. 어깨가 흠칫 굳었다.

천장이 약하게 울리고 있었다. 타박타박 일정했다.

네모난 입구가 달칵 열리는 순간, 유은우는 반사적으로 제 프로필을 재킷 안주머니에 쑤셔 넣었다. 책자는 도로 서랍에 밀어 넣었다. 몸을 숙여 구르듯 원탁 밑으로 기어들어 갔다. 바퀴의자를 당겨 몸을 가리자마자, 철제 계단을 딛고 내려오는 구두 소리가 들리기 시작했다. 유은우는 몸을 웅크리며 숨을 죽였다.

저만치서 구두 한 쌍이 이쪽으로 다가오는 게 보였다. 매끈하게 떨어지는 까만 교복 바지와 잘 손질되어 광이 번쩍번쩍나는 홀스터의 총. 그 총에 소유자의 이름 석 자가 새겨져 있었다. 가벼운 걸음걸이는 유은우의 바로 앞에 멈춰 섰다. 바퀴 의자가 쑥 빠져나갔다. 유은우는 숨도 제대로 쉬지 못하고, 의자 위에서 우아하게 꼬이는 차예원의 다리를 코앞에서 지켜보았다.

기계 부팅하는 소리. 키보드 두드리는 소리. 마우스가 딸깍였다.

우웅, 진동이 울렸다.

차예원의 손이 원탁 아래로 내려오더니 홀스터에서 인터컴을 뺐다.

"어. 왜?"

차예원의 구두 끝이 신경질적으로 바닥을 딱딱 두드렸다.

"전화 온 거 몰랐다고. 잔소리 그만하고 용건만 말해. 내가 말한 건 어떻게 됐어?"

차예원이 다리를 반대로 꼬았다.

"그래. 아빠 말대로 지금 시간이 몇 시야? 새벽 4시라고. 아빠야말로 지금 안 자고 뭐 하고 있어? 눈에 불 켜고 딸이 어디서 뭘 하나 밤낮으로 전화질 좀 그만해. 내가 젖도 못 뗀 어린 애야? 학교 졸업하자마자 아빠가 내 총에 추적 프로그램 깐다고 생각하면 소름이 끼쳐. 그보다 내가 말한 건 어떻게 됐냐니까. 교장한테 말했어? ……그래?"

차예원이 의자에 등을 기댔다.

"확실해? 재희가 전에는 교장한테 교육받으면 그다음 날 낯이 좋지 않았는데, 이번엔 그런 기색이 전혀 없어서 난 아빠가 교장한테 말 안 한 줄 알았어. 너무 익숙해진 거 아냐? 교장한테 고문 패턴을 새로 짜라고 말해. ······아빠가 임유현 위해서 한 게 얼만데 그 정도는 요구할 수 있잖아. 재희 버릇 들일 수 있는 시간도 이제 얼마 안 남았어. 부리려니 불안하고 버리자니 아깝고······. 가끔 걔랑 대화하다 보면, 나도 모르게 비위를 맞춰 주고 있다니까. 아주 웃겨. 그러니 내가 욕심나는 거지만."

까딱이던 차예원의 발이 멎었다.

"······내가 재희 하나 통제 못 할 것 같아? 교장이랑 말 섞기 싫으면 말아. 내가 해. ······재희 먼저 권한 건 아빠였어. 지금 와서 누구를? 머리 굴리는 건 서재희 절반만 해도 되니까, 서재희보다 고분고분하고, 서재희만큼 보는 재미도 있으면 나야 기꺼이 바꿔 가지지. 나야말로 간절하네. 없으니까 이러는 거 아냐. ······여기서 엄마 얘기가 왜 나와?"

차예원의 목소리가 높아졌다.

"언제까지 죽은 엄마 타령이야, 짜증 나게! 나는 그렇겐 안 죽어!"

인터컴을 쥔 차예원의 손이 사나운 기세로 유은우의 시야에 내려왔다. 거칠게 인터컴을 홀스터에 끼워 넣었다. 손은 그대로 올라가는가 싶더니 서랍으로 들어갔다. 책자가 차예원의 손에 잡혀 쑥 빠져나오다가 철퍼 바닥으로 떨어졌다.

책자를 줍느라고 차예원이 몸을 숙이면 내가 보일 거야.

유은우는 뒤를 보았다. 원탁 밑은 가운데 거대한 원통 모양의 지지대가 있었다. 차예원의 눈을 피해 지지대 뒤로 넘어가려면 빼곡히 들어찬 의자들을 밀어내야 했다. 아무것도 건드리지 않고 도망칠 곳은 없었다.

차예원이 한숨을 쉬는 소리가 났다.

뒤로 도망갈 수가 없으니 앞으로 치고 빠져야 했다. 유은우는 여차하면 뛰어나가 차예원의 총을 뺏고 때려눕힌 뒤 도망칠 생각으로 조용히, 그러나 빠르게 자세를 바로잡았다.

차예원이 꼬았던 다리를 풀더니 옆으로 몸을 기울여 숙였다. 바닥에 엎어진 책자를 향해, 손끝이 먼저 아래로 쭉 뻗어 왔다. 그 뒤로 우아한 향이 나는 머리칼이 폭포수처럼 쏟아졌다.

유은우는 바닥을 디딘 발에 힘을 주었다.

그때였다. 인기척이 느껴졌다. 차분한 걸음이 점차 가까워졌다. 막 내려오던 차예원의 손이 위로 사라졌다. 그녀가 웃는 소리가 났다.

"안 자고 뭐 해? 나 보고 싶어서 왔어?"

"내 자리에서 나와."

담담한 목소리가 낮게 울렸다. 단정한 구두 한 쌍이 차예원이 앉은 의자 바로 옆에 멈추어 섰다.

차예원이 들은 척도 않고 말했다.

"아빠가 또 너한테 전화했어? 늦은 밤에 같이 있지 말라고?"

"남의 물건 떨어뜨렸으면 좀 주워."

차예원의 질문에 타박으로 답하며, 그가 몸을 숙였다. 칼로 자른 듯 반듯반듯하게 갖춰 입은 교복 상의가 밑으로 내려오면서 빛이 가려져 시야가 어두워졌다. 길게 곧은 손가락이 바닥에 떨어져 있는 책자를 그러쥐었다.

눈이 마주쳤다.

책자를 줍던 서재희의 손끝이 딱 멈췄다. 유은우는 바짝 굳은 채 그를 빤히 마주 보았다. 서재희의 밤처럼 까만 눈동자가 이윽고 유은우에게서 떨어져 나갔다. 그가 책자를 쥔 채 일어섰다. 이제 유은우의 시야엔 의자에 앉아 있는 차예원의 다리와 그 옆에 똑바로 서 있는 서재희의 다리뿐이었다.

"차예원, 네 자리에 앉아서 네 책자 보고 네 노트북 만져. 나와."

차예원은 서재희의 자리에서 비킬 생각이 추호도 없는 것 같았다. 그녀의 구두 끝이 경쾌하게 한들거렸다.

"까칠하긴. 아빠가 또 뭐래?"

"늘 똑같지. 너랑 같이 있냐고 여쭤 보시기에 아니라고, 결혼 전에 너한테 손대는 일 없을 거라고 말씀드렸어. 네가 네 아빠 전화 받든 안 받든 상관은 없는데, 너 어디 있냐고 뭐 하냐고 묻는 전화 나한테까지 오게 하지 마."

차예원이 마우스를 움직이는지 달칵달칵 소리가 났다. 그녀가 명랑하게 물었다.

"패스워드 뭐야? 지문이야?"

"알고 싶은 게 뭔데."

"너 유은우 등수, 위로 빼려고 했다며?"

"나 유은우 데이터 안 건드렸어. 교장이 승인한 그대로 나갔어. 최종 결과 보면 알 텐데. 유은우 전 과목에서 바닥이야."

"최종 결정은 상관없어. 네가 어떤 걸 원했는지 궁금해. 네

초안 좀 보자."

"초안 삭제하고 없어. 그리고 나 유은우 등수 비고정으로 바꾸겠다고 안을 짜지도 않았고. 유은우 같은 케이스를 내가 조정해서 얻는 게 뭐지? 믿든지 말든지 네 마음이지만."

"그럼 책자 이리 줘 봐. 메모라도 해 놨을 거 아냐."

차예원의 상체가 서재희 쪽으로 기울었다. 서재희가 한 걸음 뒤로 물러서며 실랑이가 오갔다.

"차예원."

서재희가 경고했다.

"유은우 나한테 아무것도 아니야."

"재희야."

차예원이 즐겁게 웃었다. 다음은 차가웠다.

"내가 언제 너한테 유은우가 어떤 의미냐고 물어봤니? 네가 내 약혼자 자리만 반듯하게 지켜 준다면, 재희 네가 지나가는 개랑 사랑에 빠져도 난 관심 없어. 난 다른 게 궁금해. 네가 유은우를 통해서 김서혁하고 접촉하고 있는 건 아닌가 하고. 네가 유은우하고 지나치게 자주 만나니까 내가 자꾸 의심하게 되잖아. 교장 선생님께서 요새 건강이 좋지 않으셔서 네 관리에 통 소홀하신가 봐. 네가 이런 식으로 하면 내가 교장 선생님께 뭐라고 말씀드려야 하니. 너 편하라고 내가 항상 좋은 말만 해 주고 있지만 나도 사람이라 기분이 나쁘면 나도 모르게 내색할 수도 있지 않겠니?"

"건설적인 이유라 다행이네. 네가 단순히 유은우를 질투해서 지금 나 협박하고 있는 거라면 너한테 정말 실망할 것 같아서. 피차 바쁜데 유치하게 시간 낭비하지 말았으면 좋겠다. 그리고 내가 지금 김서혁한테 붙었는지 아닌지 의심된다면 교장 선생님 찾아가서 물어봐. 교장 선생님, 몸은 아프시지만 정신은 맑으셔. 너 기분 나쁜 거 있으면 얼마든지 내색해. 네 아버지에게든, 교장 선생님에게든. 내가 좀 너덜너덜해지겠지만 그렇게 해서 네 의문이 풀린다면야 기꺼이 감내할 테니. 원래 우리 관계가 그렇지 않았나? 최근 들어 네가 내게 감정까지 요구하는 것 같아 당황스럽고 불쾌해."

"내게 변명하느니 차라리 고문을 당하겠다?"

"그게 네 방법이라면 약혼자로서 감내하겠단 뜻이야."

"넌 도통 내게 잘 보이려 하지 않는구나."

"너와 나의 관계는 외부에서 결정되기 때문이지."

"시작은 그랬지만 끝엔 그 반대가 될 수도 있지. 나는 중간에 제삼자를 끼지 않고도 너와 소통하고 싶어. 잘해 보고 싶다고. 솔직히 너만 한 남자가 없어. 너도 그걸 잘 알아서 그리 고상한 척하는 거겠지만. 다시 잘 생각해 봐. 네게 뭐가 이득인지. 협상도 오래하면 유대가 생기지 않니?"

"협상과 협박은 구분하자."

"재희야."

차예원의 목소리가 한결 누그러졌다. 그러나 다음 말은 잇지 못했다. 진동이 겹쳐 울렸다. 서재희와 차예원이 동시에 이프를 확인했다.

"아, 뭐야."

차예원이 날카롭게 짜증을 냈다. 그녀가 이어 말했다.

"설마 이 새벽에 또 피 보는 건 아니겠지."

그러나 서재희는 더 이상 대꾸 않고 뚜벅뚜벅 걸어 차예원을 지나쳐 가 버렸다. 차예원은 이내 자리에서 일어나 서재희를 쫓아갔다. 문이 열렸다가 닫히는 둔탁한 소음이 났다.

이윽고 천장에서마저 인기척이 사라졌을 때, 유은우는 원탁 밑에서 기어 나왔다. 긴장으로 빳빳해진 사지가 삐걱거렸다. 빠르게 본관을 빠져나왔다.

중앙도서관은 1층만 불이 켜져 있었다. 시험 기간이 지나서 새벽까지 공부하는 학생은 거의 없었기 때문에, 1층 열람실 한 군데와 학생 휴게실만 불이 밝혀져 있었다. 뛰느라 거칠어진 숨을 누르며 열람실을 살짝 들여다보니 드문드문 학생 열댓 명이 보였다. 그중 서너 명은 엎드려서 자고 있었다. 1층 학생 휴게실에서는 4학년 여학생 두 명이 음료를 마시며 잡담을 나누고 있었다.

유은우는 소리를 죽이고 신속하게 2층으로 올라갔다. 캄캄한 계단과 복도의 센서등에 움직임이 감지되면서 탁 탁 탁 불이 들어올 때마다, 심장이 쿵쿵거렸다.

2층 학생 휴게실은 불이 꺼져 있었다. 다행히 문은 잠겨 있지 않았다. 유은우는 조용히 들어가 불을 켰다. 빠르게 휴게실을 둘러보았다. 휴게실은 꽤 넓었다. 문도 앞뒤로 두 개나 있었다.

유은우는 재킷 안주머니에서 접힌 종이를 꺼내 손으로 반듯하게 폈다. 세어 보니 일곱 장이었다. 팩스에 넣고 수신을 교내 전체로 지정한 뒤 시작 버튼을 눌렀다. 팩스가 교장실, 행정실, 연구실, 학생회실, 파견부실, 동아리실로 차례차례 전송되는 동안, 유은우는 제 프로필을 펼쳐 보았다. 까만 선으로 그려진 작은 거북이. 점으로 콕콕 찍힌 두 눈이 콩 같기도 하고, 원탁 아래서 마주친 서재희의 눈 같기도 했다.

'유은우 나한테 아무것도 아니야.'

서재희의 속내는 여전히 알 수 없었지만, 그와 감정적으로 엮이게 되면 피차 곤란한 것만은 확실했다. 유은우는 종이를 두 번 접고 잘게 찢어 쓰레기통에 버렸다. 멀미하듯 속이 울렁거리는 것은, 새벽까지 잠 한숨 자지 못한 채 긴장한 탓으로 여기기로 했다.

팩스 전송이 완료되자마자, 유은우는 종이 일곱 장을 파쇄기에 넣고 돌려 버렸다. 피로가 몰려왔다. 휴게실 불을 끄고 문을 열고 막 나오는데 복도 저만치서 인기척이 들렸다.

들키겠다.

지금 유은우가 휴게실을 나오는 걸 누군가 보게 되면 필시 용의자로 지목될 터였다. 초조했다. 반대쪽 복도로 달려 나갈까 했으나 자칫하면 상대가 뒷모습만으로도 유은우를 알아볼지 모른다.

다시 휴게실로 돌아와 문을 닫았다. 다급히 뛰어 반대편 문 손잡이를 잡아 돌려 보았다. 바깥에서 잠겨 있는지 덜컥덜컥 소리만 나고 열리질 않았다.

유은우는 어쩔 수 없이 구석 탁자 밑으로 기어들어 갔다. 최대한 몸을 웅크려 작게 만들었다. 휴게실 불을 켰을 때 그림자가 져서 더 몸이 잘 숨겨지도록, 가까이 있는 제일 큰 의자를 바짝 끌어다 놓는 것도 잊지 않았다.

휴게실 창문 너머 복도 저편에서 차츰차츰 불이 밝아져 왔다. 역시 누군가가 오고 있었다. 바닥을 끄는 발소리. 그대로 지나가거나 다른 곳으로 가길 바랐으나 결국 휴게실 문이 열어젖혀졌다. 실루엣이 남자 같았다.

침대에서 뒹굴다가 바로 뛰어나온 게 분명했다. 머리가 다 뒤집어져 있었다. 땡땡이 파자마를 입고, 그 위에 바람막이를 대충 걸치고 있었다. 신발 뒤축도 구겨 신었다. 거리도 멀고, 복도 빛을 등지고 있어서 얼굴은 안 보였다. 남학생이 복도 불빛에 의지해서 벽을 더듬더니, 휴게실 전등 스위치를 찾아 올렸다.

탁. 반짝하고 사위가 밝아졌다. 아는 얼굴.

백일서.

유은우는 비집고 나오려는 신음을 간신히 참았다.

백일서는 휴게실을 두리번거리더니, 이프를 한번 확인했다. 시간을 보는 것 같았다. 초조한 기색이 역력했다. 그는 잠깐 서 있다가 다시 복도로 나갔다. 그러더니 손톱을 물어뜯으며 다시 휴게실로 돌아왔다. 몸을 약간 떠는 것 같기도 했다. 표정이 심각했다.

누구 기다리나?

그때였다. 꺼졌던 복도 불이 다시 툭 툭 밝아졌다. 또 누군가 오고 있었다. 백일서가 반색하더니 문을 열고 복도로 나갔다. 백일서의 등 뒤로 문이 닫히다 말았다. 약간의 틈이 생겼다.

뭐라고 말소리가 들렸다. 복도를 향한 창문으로는 까만 정수리 두 개만 간신히 보였다. 키가 비슷한 두 사람이 서서 얘기하고 있었다. 알 수 있는 건 그 정도뿐이었다. 휴게실 불이 켜져 있어서 수위 아저씨가 확인차 온 걸까 싶었으나 이상하게 대화가 길어졌다. 두 사람이 나누는 대화 소리만 흐리게 들렸다.

그때였다. 섬뜩한 기운이 내달렸다. 정수리만 보이는 창문 너머로, 시커먼 연기 같은 것이 꿈틀거리며 솟아났다. 뱀이 혀를 날름거리는 것처럼, 연기가 흔들거렸다. 그리고 백일서 쪽으로 내리꽂혔다. 쐐액, 하는 날카로운 바람 소리가 공기를 찢었다. 그리고 정적.

유은우는 더 이상 움직이지 못했다. 온몸이 얼어붙었다.

'사람이 죽는다고?'

'기초학교에 비해서 인명 사고가 너무 많이 일어나니까 그런 말이 나오는가 봐.'

'파견 복귀율 말하는 거야?'

'아니.'

살짝 열린 앞문 밑으로 무언가 짙은 것이 일정한 속도로 쭈욱 스며들었다. 빨간 유리를 녹인 것처럼 매끄럽게⋯⋯.

피.

'교내에서 자꾸 죽어.'

더 생각할 겨를이 없었다. 유은우는 천천히 몸을 뒤로 물렸다. 한 걸음. 한 걸음. 소리 내지 말고. 바깥의 살인자가 문을 열고 들어오기 전에 여기서 나가야 했다.

그때였다. 뒷문이 덜컹거렸다. 문고리가 찰칵였다. 유은우는 반사적으로 바깥 창문을 보았다. 2층이니까 뛰어내려도 죽진 않겠지. 미처 신체 강화제를 챙기지 못한 자신을 책했다. 심장이 쿵쿵 목울대까지 치밀어 올랐다.

뒷문 너머에서 부스럭 소리가 났다. 카드. 바깥은 카드를 가지고 있다. 이제 더 생각할 겨를이 없었다. 적이 앞뒤로 들어오게 생겼다. 유은우는 뛰었다. 소리가 나든 말든, 미친 듯이 뛰었다. 뒷문이 찰칵 열리는 소리가 났다. 누군가가 들어오는 인기척도. 유은우는 이미 창문 걸쇠를 열고, 한쪽 발을 창턱에 올리고 있었다.

하지만 바로 뛰어내리지 못했다.

고작 2층인데, 높이가 아찔했다. 밤이라 어두워서 더 공포스러웠다. 시커먼 괴물이 입을 벌리고 있는 것 같았다.

이래 죽으나 저래 죽으나. 유은우는 눈을 꼭 감고 다른 쪽 다리도 올렸다.

뛰어내리려고 손을 놓는 순간, 단단한 두 손이 유은우의 배 앞으로 쑥 다가와 허리를 감쌌다. 몸이 뒤로 기울었다. 훅 들어올려졌다. 유은우는 너무 놀라 소리도 못 지르고 눈만 꼭 감았다. 바닥에 동그마니 놓이는 느낌이 났다. 맡아 본 적 있는 냄새가 푸릇하게 스쳤다. 유은우는 널널 떨며 눈을 떴다.

카드를 든 서재희가, 한쪽 무릎을 꿇고 유은우와 마주 보고 있었다. 그가 지극히 차분한 동작으로 재킷 안주머니에서 목마를 꺼내 유은우의 손에 쥐여 주었다. 이어 유은우의 이마를 짚었다. 차고 건조한, 큰 손.

"나의 그림자를 둘러 주겠다. 그것으로 네 두 눈을 가려라."

유은우는 서재희의 손이 닿은 제 이마가 뜨끈해지는 걸 느꼈다. 서재희가 손을 거두었다. 그의 열린 재킷 사이로 하얀 셔츠가 보였다. 붉은 꽃이 터지듯 피가 번지고 있었다. 평소 온디딤으로 기억을 봤을 때 스치듯 나던 상처와는 차원이 달랐다. 서재희가 재킷 단추를 잠그며 몸을 일으켰다.

제 몸이 반투명하게 변했음을 깨달은 건 직후였다. 유은우는 놀라 눈앞에 두 손을 펼쳤다. 안개처럼 희미해진 손아귀 너머로, 휴게실 전경이 그대로 비쳐 보였다.

앞문이 열렸다. 새카만 머리칼을 높이 올려 묶은 날씬하게 예쁜 여학생이 들어왔다. 표정이 샐쭉한.

차예원. 복도를 떠돌던 검은 연기가 스르륵 그녀의 발치에 모여들고, 이윽고 흩어져 사라졌다. 차예원은 재킷 주머니에서 반창고를 꺼냈다. 오른손으로 왼손 소매를 걷어 올리고 이프를 풀었다. 드러난 손목은 채찍이라도 맞은 듯 시뻘겋게 부풀어 있었다. 차예원이 손목에 반창고를 붙이더니 왈칵 짜증을 냈다.

"손목이 남아나질 않겠네. 이 새벽에 뭐 하는 짓이래. 시스템에는 두 명이 쪽지 주고받는 걸로 떴다며? 한 명 어디 갔어."

서재희가 고개를 저었다.

"아이디 추적하려니까 막혀서 안 돼. 외부 망을 끌어다가 쓴 것 같아."

차예원이 혀를 찼다. 그녀는 다시 이프를 차고 어디론가 전화를 걸었다.

"네, 2층 학생 휴게실이요. 한 명이요. 빨리 와 줘요."

차예원은 앞문을 활짝 열고, 문이 도로 닫히지 않도록 의자를 끌어다가 고정시켰다. 깨끗하게 붉은 피 웅덩이 너머로, 쓰러진 백일서가 설핏 보였다.

이윽고 작업복을 입은 경비원 세 명이 들것과 청소 도구를 가지고 달려왔다. 익숙했다. 학교 곳곳을 돌아다니며 관리하는, 그런 경비원이었다. 그중 한 명은 유은우도 자주 봤을 정도로 낯이 익었다. 그들은 서재희와 차예원에게 어떤 것도 묻지 않고, 바로 들것에 백일서를 실었다. 두 명은 백일서를 데리고 나가고, 한 명은 남아서 바닥과 벽에 튄 피를 닦아 내기 시작했다.

"이 짓 하기 싫어서 좀 더 두고 보려고 일부러 상부에 보고 안 했는데. 대놓고 예언이란 키워드까지 쓰면서 쪽지를 주고받다니 너무 경솔했어. 시스템에 기록이 남으면 우리도 더 이상 감싸 주기 힘드니까."

차예원이 한숨을 섞어 말했다. 귀찮아 죽겠다는 표정이었다. 방금 사람을 죽였다고는 믿을 수 없을 정도였다. 그러다 그녀가 문득 고개를 들었다. 경비원이 열심히 닦고 있는 복도를 지나, 누군가 다가오는 인기척이 났다.

"늦었잖아. 윤환이 넌 하는 게 뭐야? 내 손목 보여? 가끔은 너도 좀 해."

차예원이 제 손목을 들이밀며 쏘아붙였다.

"아아, 오랜만에 잠 좀 깊이 자나 싶었는데. 정말 짜증나게. 이 정도 줄어들었으면 됐잖아. 대체 언제까지 사람 죽어 나가는 꼴을 봐야 해. 그냥 적당히 못 본 척하라고 했잖아."

정윤환의 불평에 차예원이 어깨를 으쓱했다.

"나는 뭐 하고 싶어서 한 줄 알아? 시스템에 기록이 남아서 그냥 둘 수 없었어."

"그건 그렇지만, 백일서가 관리 명단에 있었나?"

"있었어. 자꾸 뒤지고 찾아내서 요주의 인물이었지."

"예정일도 잡혀 있었어?"

"상부에서 다음 달 파견 수업쯤으로 해 달라고. 오늘 이렇게 급하게 하게 될 줄은 몰랐어."

"앞당겨지기도 하니까."

후드티에 면바지를 입은 정윤환이 손을 바지에 꽂은 채, 하품을 했다. 그는 나른하게 문에 기대서 있다가 한 걸음 휴게실 안쪽으로 들어왔다. 정윤환이 바닥의 핏기를 심드렁하게 바라보며 말했다.

"핏자국이 1인분뿐이네. 두 명이라며?"

"한 명은 못 찾았어. 재희 말로는 외부 망을 끌어다 썼대."

"외부 망?"

정윤환의 눈이 슥 가늘어졌다. 그가 서재희를 보며 다시 물었다.

"외부 망?"

서재희는 대답 없이 탁자에 걸터앉은 채, 부지런히 움직이는 경비원만 바라보았다. 정윤환은 잠시 서재희를 응시하다가, 성큼성큼 걸어 휴게실 정중앙으로 들어왔다. 그는 탁자 밑을 들여다보기도 하고, 엉켜 있는 의자들을 발로 걷어차기도 했다. 보폭 큰 걸음이 유은우의 옆까지 다가왔다. 유은우는 두 손으로 제 입을 꼭 막았다. 혹여 들킬까 숨까지 참았다. 정윤환은 유은우를 가볍게 스쳐 지나갔다. 그가 새벽바람에 흔들리는 커튼을 걷어 올리더니, 열린 창문으로 아래를 내려다보았다.

정윤환이 내뱉듯 말했다.

"외부 망? 놓친 게 아니고?"

차예원이 대답했다.

"아니야. 내가 제일 먼저 왔는데, 백일서가 자기밖에 없다고 했어."

서재희는 여전히 정윤환에게 눈길도 주지 않았다.

"흠."

정윤환이 탐탁잖은 소리를 냈다. 그러더니 유은우의 코앞을 다시 스쳐 지나갔다. 정윤환의 발에 무언가가 톡 차였다.

다홍색으로 반짝이는 작은 동그라미.

맙소사. 내 배지.

유은우는 황급히 제 깃을 당겨 보았다. 비어 있었다. 창문에 올라갈 때 떨어졌는지, 서재희가 당겨 안을 때 떨어졌는지 알 수 없었다. 중요한 건, 유은우의 배지는 없어졌고, 저기 1학년 배지가 떨어져 있다는 점이었다.

정윤환이 목 뒤를 주무르며 고개를 천천히 돌렸다. 눈으로 빠르게 사방을 훑어보더니, 서재희를 한 번 보고 차예원을 한 번 보았다. 그가 살짝 몸을 굽히더니 배지를 손 안에 말아 쥐었다. 자연스러운 동작으로 주머니에 슥 집어넣었다. 정윤환이 산뜻하게 말했다.

"나 간다."

"아아, 나도 갈래. 벌써 5시야. 해 뜨겠네."

차예원이 탁자에 걸터앉아 있는 서재희에게 다가가 그의 무릎을 짚으며 몸을 기울였다. 뺨에 입을 맞추려는 것을, 서재희는 한숨처럼 고개를 비껴 피했다. 차예원이 소리 내어 웃었다.

"왜 피해."

"하지 말라고 몇 번을 말해."

"우리 신혼 예행연습."

"보여 줄 사람도 없는데 할 이유 없어."

"윤환이 보잖아."

차예원이 싱긋 웃자, 정윤환이 복도로 나가면서 보지도 않고 뱉었다.

"차예원, 작작 하고 나와. 네 약혼자 말라 죽는다."

"둘 중 하나라도 좀 다정하면 어디 덧나? 평생 볼 사이인데 까칠하긴. 재희야, 마무리 부탁해. 먼저 가 볼게."

그러더니 둘은 나가 버렸다. 서재희는 조용히 휴게실 탁자에 걸터앉은 채, 경비원이 능숙한 솜씨로 피를 닦고 탈취제를 뿌리는 등의 뒤처리를 하는 것을, 가라앉은 눈으로 지켜보았다. 휴게실은 금세 말끔해졌다. 마치 백일서가 죽기 전으로 돌아간 것 같았다. 경비원은 익숙하게 청소 도구를 챙겨 들더니 서재희에게 다가가 전자문서에 서명을 받고 나갔다. 복도의 불이 밝혀졌다가, 다시 꺼졌다.

이제 서재희와 유은우, 둘뿐이었다.

서재희는 미동도 않고 팔짱을 낀 채, 바닥만 바라보았다. 긴 속눈썹이 느리게 깜빡였다. 그러더니 결심한 듯 몸을 일으켰다.

서재희의 시선이 유은우를 향했다. 그가 다가와 몸을 굽히고 유은우와 눈높이를 맞추었다. 유은우의 이마를 짚고, 뺨까지 부드럽게 미끄러뜨렸다.

"그림자 또한 빛이 있어야 존재하니."

반투명하던 몸이 또렷해졌다. 서재희는 유은우에게서 목마를 가져갔다. 유은우는 이제 도망칠 힘도 없었다. 고슴도치처럼 몸을 웅송그렸다. 오한이 들었다.

"여기 왜 왔어?"

서재희가 조용히 물었다. 유은우는 아무 말도 하지 못했다. 우선 몸이 너무 떨려서 입을 열 수가 없었고, 어디서부터 말해야 하는지도 알 수 없었으며, 무엇보다 서재희가 확실한 아군인지 확신이 서지 않았다.

"혹시 백일서랑 만나기로 했어?"

유은우는 고개를 저었다. 급기야 눈에서 눈물이 툭 떨어졌다. 유은우는 더욱 몸을 웅크렸다. 서재희가 손을 들더니 유은우의 눈가를 부드럽게 훔쳐 냈다. 그가 한결 온기가 도는 목소리로 재차 말했다.

"괜찮아. 말해도."

유은우는 조금 용기를 냈다.

"안 만났어요. 제가 먼저 여기 와 있었고, 백일서가 나중에 왔어요. 전 숨어 있었어요. 마주치면……."

유은우는 힘껏 말을 골랐다.

"……또 괴롭힐까 봐요."

서재희는 깊은 눈으로 유은우를 보았다. 늦은 시간에 왜 여기 와 있냐고. 아까 학생회실에는 왜 갔었냐고. 물어볼 만한 어떤 질문도 없었다. 그러나 유은우는 서재희가 자신을 읽고 있다고 느꼈다.

"배, 백일서는 죽은 거예요?"

서재희는 대답하지 않았다. 그는 유은우를 잡아 일으켰다.

"걸을 수 있겠어? 보는 눈이 많아서 데려다주진 못해. 여기서 좀 기다렸다가 돌아가. 차예원과 마주치면 의심을 피할 수 없어."

그때였다. 섬뜩한 기운이 내달렸다. 서재희가 손을 들어 유은우의 입을 막았다.

끼이이이이익. 휴게실 앞문이 열렸다.

검은 연기가 뭉클거리며 바닥을 더듬어 오고 있었다. 서재희가 미간을 좁혔다. '번거롭게 하네, 차예원.' 그가 작게 중얼거렸다. 유은우는 서재희에게 입이 꽉 틀어 막혀서 꼼짝도 못하고 점점 가까이 다가오는 연기를 질린 눈으로 바라보았다.

"숨 쉬지 마. 차예원이 널 알아볼 수도 있어."

밀려오는 공포감에 가슴이 쿵쿵 뛰어 더 호흡이 간절했다. 검은 연기가 쉬익쉬익 차가운 소리를 내며 점점 더 가까이 왔다. 연기의 형태가 점점 단단하게 잡혔다. 검은 뱀처럼 다듬어진 연기가 서재희와 유은우 주위를 원을 그리며 돌았다. 그러더니 천천히 멀어졌다. 검은 뱀이 문턱을 넘어갔다.

흡, 유은우는 그만 숨을 들이켰다.

검은 뱀의 움직임이 딱 멈췄다. 머리가 살모사처럼 훅 들려 올라왔다. 서재희가 움직인 것은 직후였다.

"잠시 미안."

벽으로 거칠게 밀어붙여졌다. 서재희의 손이 뒤통수를 단단히 받쳐 왔다. 가까이 당겨졌다. 검은 뱀이 쏜살같이 바닥을 달려왔다.

입술이 겹쳐졌다.

검은 뱀이 소름끼치는 마찰음을 내며 서재희와 유은우의 다리를 번갈아 휘감았다.

서재희의 숨이 들어왔다. 유은우의 입술을 물었다가 놓으면서 그가 말했다.

"숨 쉬어. 괜찮아. 자연스럽게. 나랑 섞이게."

유은우는 덜덜 떨면서 서재희의 품으로 파고들었다. 작은 틈이라도 있으면 검은 뱀에게 심장을 꿰뚫릴 것만 같았다. 백일서가 당했던 것처럼. 유은우는 두 손으로 서재희의 재킷을 붙잡고 필사적으로 몸을 밀착시켰다. 유은우의 절박한 힘에, 서재희의 재킷 단추가 툭 끌러졌다.

서재희가 멈칫했다. 입술이 부드럽게 떨어졌다. 그가 치밀어 오르는 열기를 한번 꾹 누르듯 숨을 골랐다. 유은우는 허리를 감싼 그의 팔에 힘이 더해지는 걸 느꼈다. 직후 서재희의 입술이 다급히 유은우의 입술을 더듬었다. 말캉하게 다시 붙었다. 강아지가 주인에게 코를 비비듯이, 서재희의 입술이 유은우의 입술을 애타게 문지르다가, 살짝 떨어지고 다시 꾹 붙더니 입을 열고 들어왔다. 숨이 달떴다.

서재희의 열린 재킷 사이로 셔츠가 얇았다. 옷자락 아래서 그의 움직임이 고스란히 느껴졌다. 손끝으로 서재희의 심장이 만져졌다. 미친 듯이 뛰고 있었다.

싸아아아아. 소름끼치는 소리를 내면서, 검은 뱀은 유은우의 등 뒤로 기어 올라와 목덜미를 한번 스치더니, 느리게 내려갔다. 그리고 천천히 멀어졌다. 간다……. 간다. 갔어. 갔다!

서재희의 긴 속눈썹이 가지런했다. 검은 뱀이 간 걸 알아채지 못했는지, 서재희는 멈출 줄을 몰랐다.

이제 그만.

혀를 완전히 점령당하는 바람에 말도 못 했다. 유은우는 서재희의 단단한 가슴팍을 몇 차례 두드렸다. 그만, 그만!

서재희는 꿈쩍도 안 했다. 며칠 물도 못 마신 사람처럼, 유은우를 탐했다.

유은우는 급한 대로 서재희의 혀를 살짝 깨물어 보았다.

서재희가 뜨겁게 숨을 토했다. 이게 아닌데. 유은우는 당황해서 주먹을 쥐고 서재희의 가슴팍을 쾅쾅 두드렸다. 서재희가 유은우의 뒤통수를 감싸고 있던 손에 힘을 주더니, 제 편한 각도대로 머리를 기울였다. 그의 다른 한쪽 손은 여전히 허리에 단단히 감겨 있었다.

서재희가 전신으로 몰아붙여 숨이 잘 쉬어지지 않았다. 입술이 부풀어 따가웠다. 서재희의 가슴을 짚은 손바닥으로는 계속해서 선명한 떨림이 느껴졌다. 정신이 하나도 없는 와중에, 유은우는 있는 힘 없는 힘을 다 짜내서 한쪽 발을 움직였다. 서재희와 벽 사이에 워낙 꼭 끼어 있어서 움직이기 힘들었지만 간신히 발을 드는 데 성공했다. 서재희의 정강이를 걷어찼다.

서재희가 숨을 삼키더니, 눈을 떴다. 입술이 확 떨어졌다.

"……아, 미안. 너무 좋아서. 아니, 그게 아니고, 미안해. 괜찮아?"

서재희는 어쩔 줄 몰라 하며 유은우를 놓아주었다. 그대로 몸에서 힘이 풀렸다. 벽을 타고 쭉 쓰러지는 것을 서재희가 황급히 몸을 숙이며 단단하게 받아 안았다. 그는 조심스레 유은우를 들어서, 탁자에 가만히 올려놓았다.

유은우는 덜덜 떨리는 몸을 감싸 안았다. 서재희가 재킷을 벗더니 유은우의 어깨에 걸쳐 주었다. 유은우는 반쯤 나간 정신을 찾으려 애썼다. 쉽지 않았다. 그러나 서재희는 단 한 번도 재촉하지 않고 살피며 기다려 주었다. 말없이 한시도 눈을 떼지 않으면서.

동이 트고 있었다. 아침빛이 어린 바람이 열린 창으로 불어들어왔다. 서재희의 까맣게 깊은 눈이 유은우를 응시했다. 홀린 것처럼. 반듯한 이마 위로 흩어진 그의 앞머리가 사락거렸다.

"너 진짜 사람 헷갈리게 한다. 단순히 네가 운이 좋은 건지, 아니면⋯⋯."

늘 단정하던 그의 눈가가 열기에 붉게 흐드러졌다.

"⋯⋯내가 운명을 놓치고 있는 건지."

유은우는 피가 어려 붉은 안개 속을 헤매고 있었다. 어디선가 울음소리가 들렸다. 작고 앙상한 용이 바닥을 더듬으며 흐느끼고 있었다. 다가가서 물었다.

"왜 울고 있니?"

용이 훌쩍이며 대답했다.

"나 심장을 잃어버렸어. 찾고 있어."

유은우는 주위를 둘러보았다. 안개로 자욱하여 아무것도 보이지 않았다. 용이 유은우의 발등으로 기어오르더니 힘겹게 바짓단을 잡고 위로 올라왔다. 이내 날카로운 발톱이 유은우의 셔츠 앞섶을 붙들고 가슴께에 위태롭게 매달렸다. 용이 코맹맹이 소리로 말했다.

"여기서 심장 소리가 들려."

유은우는 두 손으로 용을 잡았다. 부드럽게 떼어 냈다. 용은 가랑잎처럼 떨어지더니 유은우의 손아귀 가득 둥글게 똬리를 틀었다. 쇠약한 용은 떨고 있었고 공기처럼 가벼웠다. 유은우는 다정하게 말했다.

"그건 내 심장 소리야."

용이 슬픈 얼굴로 고개를 저었다.

"그건 네 심장이 아니야. 그건……."

누군가의 메마른 손이 이마를 짚는 느낌에, 유은우는 꿈에서 깨어났다. 깨기만 했다. 눈을 뜨거나 움직이지는 못했다. 구석 구석 실컷 두들겨 맞은 것처럼 뼈 마디마디가 쑤셨다. 의식만 간신히 돌아온 채, 유은우는 느리게 호흡했다. 항상 그렇듯 기이한 꿈 뒤로 피 냄새가 스몄다가 천천히 사그라졌다.

아프다.

온몸의 감각이 고통과 함께 점점 선명해졌다. 흡사 몸살처럼 기분 나쁘게 붕 뜬 나른함. 등에 닿은 놀랍도록 푹신한 침구. 이마와 뺨, 목덜미를 지나가는 미지근한 물수건. 귀로 딱딱한 것이 들어왔다가 삑 소리가 나더니 다시 떨어져 나갔다.

유은우는 간신히 눈을 떴다. 까맣게 윤이 나는 머리카락이 먼저 보였다. 내리깐 짙은 속눈썹. 아래로 떨어진 걱정스런 시선. 귀 체온계를 든 크고 흰 손. 유은우는 놀라 얼른 눈을 꽉 감았다가, 너무 꼭 감은 티가 날까 봐 눈가의 힘을 자연스럽게 풀려고 애썼다. 심장이 쿵쿵거렸다. 서새희가 몸을 일으키는 기척이 났다. 저벅저벅 몇 걸음 멀어지는 소리도.

살며시 실눈을 떴다. 잠옷 차림의 서재희가 저만치 서 있었다. 왼손으로는 관자놀이를 꾹꾹 누르고, 오른손으로는 책상 위의 인터컴을 집어 들면서.

그의 뒤로 회색 우드 블라인드가 단정하게 드리워진 커다란 창이 있었다. 책이 색깔별로 크기별로 조화롭게 놓인 책상도 보였다. 네이비 니트 스웨터가 스탠드 스팀다리미에 보송하게 걸려 있었다. 방 한쪽엔 사람 키만 한 선인장 화분도 하나 있었다. 선인장도 주인 닮아 몸단장이 취미인지 가시 하나하나까지 유난히 반짝거렸다.

학생회나 파견부는 따로 1인실을 쓴다더니. 깔끔함을 넘어서 결벽증이 의심되는 방주인의 성격이 고스란히 드러나, 전체적으로 생활감이 하나도 없었다.

비현실적으로 단정하여 모델하우스를 방불케 하는 그곳에서, 열이 올라 식은땀을 줄줄 흘리고 있는 유은우는 너무 튀었다. 바닥에 놓인, 물이 든 커다란 그릇과 그 그릇에 반쯤 걸쳐져 있는 하얀 물수건, 미처 닦아 내지 못해 바닥에 흥건한 물, 아무렇게나 툭 떨어져 있는 귀 체온계도 서재희의 성격과 한참 거리가 멀었다.

내가 왜 여기 있지?

그 끔찍한 학생 휴게실에서 서재희와 단둘이 남았던 것을 끝으로, 도무지 기억이 나질 않았다.

유은우는 몸을 꿈지럭거려 보았다. 한증막에 던져진 솜 인형처럼 전신이 열에 늘어져 무거웠다. 겨우 몸을 옆으로 뉘어 시야를 넓히는 데 성공했다.

침대 옆에 붙은 탁자에 재킷과 조끼가 단정하게 개켜져 있었다. 그 옆으로는 동그랗게 말아 놓은 넥타이, 총과 인터컴이 꽂힌 홀스터, 유은우의 명찰이 정갈히 놓여 있었다.

내 옷이 왜 저기…….

유은우는 그제야 제 몸을 살폈다. 그러고 보니 몸 위로 이불도 덮여 있지 않았다. 단추가 하나 풀린 교복 셔츠, 교복 바지, 그게 전부였다. 깜짝 놀랐다가 천천히 납득했다. 열 내리라고 겉옷 벗기고 단추 풀어놨나 보다. 그럼 일단 나 안전한 걸까. 뇌에서 아지랑이가 피어오르듯 사고가 느렸다. 열이 너무 높았다. 점점 오한이 들고 있었다.

추워.

유은우는 무의식중에 발을 뻗어 여기저기 더듬었다. 발끝에 폭신한 이불이 걸렸다. 그것을 끌어와 덮고 싶었으나 기운이 없었다. 발가락 몇 개만 이불 밑으로 간신히 쑤셔 넣는 것을 끝으로, 눈이 도로 감겼다. 의식이 까무룩 멀어지려는 찰나였다.

"교장 선생님, 서재희입니다. 통화 가능하십니까."

서재희의 반듯한 목소리에, 유은우는 간신히 정신을 붙잡았다.

"논문 때문에 전화 드렸습니다. 제 온디딤은 서툴러서, 차예원처럼 깔끔한 해제가 어렵고 그 흔적이 느리게 증발된다 하셨지요? 그럼 제 온디딤의 흔적이 아직 남은 상태에서 나른 사람의 온디딤이 스치면 그 객체의 생체리듬이 깨질 수도 있나요?
……아, 아닙니다. 두 명이서 한 객체에 동시에 걸어서는 안 된
다는 말씀은 저도 기억하고 있습니다. 충돌이 생겨 위험하다
고 하셨지요. 저는 단지 스치는 경우를 말씀드리는 겁니다. 네.
그럼 예를 들어 열이 난다거나 정신을 잃는다거나 하는 경우도
포함됩니까? ……시간이 지나면 자연 회복되더라도 객체가 심
신이 약해진 상태라면 위험한 상황인데, 이런 경우에는 일반
적인 치료를 시도해도 될까요. 해열제라든가요. ……아아, 네.
……아닙니다. 특이사항 없습니다. 간격이 좁을 경우 스치면
문제가 생기지 않을까 해서요. 온디딤 부작용에도 일반적인 치
료가 가능하다고 하신다면 그 부분을 추가하겠습니다……."

유은우는 살짝 실눈을 떴다가 그만 깜짝 놀랐다. 통화를 하
는 서재희의 얼굴이 완전히 일그러져 있었다. 혐오에 가까웠
다. 목소리가 평소처럼 지극히 차분하여 전혀 몰랐는데, 서재
희는 무언가 역겨운 것을 견디는 듯 통화가 힘들어 보였다. 표
정과 목소리가 따로 놀았다. 감정이 결여된 정확한 발음으로
서재희가 말했다.

"……네. 도시연합에서 청문회 이야기가 나온 건 사실입니
다. 제 불찰입니다."

서재희가 이를 악물더니, 인터컴을 귀에서 빼고 잠깐 심호흡
했다. 다시 인터컴을 귀에 가져다 댔다.

"……교장 선생님. 저는 차예원과 잘 지내고 있습니다. 달리
무슨 문제가 있겠습니까? 저는……, 네. 걱정 끼쳐 드려 죄송합

니다."

서재희가 인터컴을 책상에 내려놓았다. 그는 한 손으로 눈가를 덮고 잠시 가만히 있더니, 곧 감정을 완전히 추슬러 말끔해진 낯으로 고개를 들었다. 그가 옷장 문을 열고 교복 셔츠와 조끼, 바지를 옷걸이째로 꺼내 의자에 툭툭 걸쳐 두었다. 잠옷 단추를 끄르는가 싶더니 근육 잡혀 탄탄한 어깨와 등이 단번에 훅 드러났다. 유은우는 눈을 꾹 감았다. 군에서 남녀 안 가리고 벗은 몸을 많이 봐 왔기에 새삼스럽진 않았으나, 예의라는 게 있었다.

잠옷을 벗고 교복으로 갈아입는 부스럭거림이 끝나고, 서재희가 가까이 다가오는 기척이 났다. 유은우는 이마에 그의 손이 조심스레 닿는 것을 느꼈다. 손은 잠시 이마에 머물러 있다가 곧 떨어졌다. 찰박찰박, 쪼르륵, 물소리가 났다. 이마 위로 찬 기운이 닿았다. 물수건이 이마를 닦아 내고, 뺨까지 차근차근 지나가다가, 입술 부근에서 멈추었다.

무언가 입술을 살짝살짝 매만지는 느낌이 났다. 물수건이 아닌, 손가락……

감각이 예민하게 돋았다. 간밤에 얽혔던 숨이 떠올랐다. 열이 올라 있어 다행이었다. 유은우는 짐짓 태연하게 호흡을 유지했다. 그러나 물수건 찜질로 체온이 떨어져 한 차례 오한이 들었다. 유은우가 몸을 떨자, 입술에서 손가락이 떨어져 나갔다.

이마로 물수건 올라오는 느낌이 났다. 이어서 서재희가 몸을 기울이는지, 유은우의 감은 눈 위로 그림자가 드리워졌다. 몸

위로 가벼운 이불이 덮였다. 이불 끝자락을 정성 들여 가만가만 정돈하는 손길이 고스란히 느껴졌다.

서재희의 손이 다시 다가와 이번에는 이마 위로 흐트러진 머리칼을 조심조심 걷어 냈다. 아무런 목적도 없이, 혹은 억지로 핑계를 대면서, 서재희의 손이 자꾸 와 닿는 느낌이라 유은우는 내심 기분이 이상했다. 효율을 중요히 여기는 줄 알았는데. 그러나 싫지 않았다. 전신에 열꽃이 피어 정신없는 가운데, 서재희의 손만 서늘하여 숨이 트였다. 유은우에게 솜털처럼 와 닿는 그의 손길은 깨질까 조심스러웠다. 유은우 앞에서 작은 목마를 처음 꺼냈을 때처럼.

한참 만에 서재희가 몸을 일으키는 기척이 났다. 멀어지는 발소리. 달칵, 문이 열리고, 탁, 닫히는 소리. 찰칵이며 바깥에서 잠기는 소리까지.

유은우는 반짝 눈을 떴다. 동시에 이마에 올라가 있는 물수건을 잡아 팽개쳤다. 아껴 두었던 온 힘을 짜내서 벌떡 몸을 일으켰다. 어지러워서 도로 침대로 엎어졌다.

아이고, 삭신이야.

아프고 어지러웠다. 머리가 둥둥 울렸다. 울렁이는 현기증이 가실 때까지, 유은우는 구름처럼 푹신한 베개에 얼굴을 묻고 가만히 누워 있었다. 침구에서 섬유유연제의 새파란 햇빛 냄새가 났다. 코를 킁킁거려 보았다. 서재희의 냄새.

"……."

뭐 하는 거야. 정신 차려. 서재희 방에 이렇게 쉽게 들어올

384

수 있는 줄 알아? 이건 기회야.

죽어서 어디론가 흔적도 없이 실려 간 백일서가 떠올랐다. 서재희는 주동자 중 한 명이었다. 직접 손을 댔든 아니든 침묵으로 동조했다. 전자서류에 서명도 하지 않았는가. 정신 바짝 차려야 했다.

열에 들뜬 자신을 채찍질하면서 유은우는 기다시피 침대에서 내려왔다. 온몸이 땀으로 축축했지만 걸을 만했다.

서재희의 책상으로 가서 서랍을 당겨 보았다. 전부 쉽게 열리는 데다가 가지런히 수납되어 있어 한번 쓱 훑어보기만 해도 뭐가 들어 있는지 한눈에 파악할 수 있었다.

첫 번째 서랍. 도장, 중환자실 보호자 출입증, 서창현 이름으로 된 진단서, 제1도시 중앙병원 입원비 청구서, 젖살이 포동포동하고 눈이 똘망똘망한 어린 서재희와 그의 엄마, 아빠로 보이는 세 사람이 시골집 마루에 모여 앉아 찍은 가족사진 한 장.

두 번째 서랍. 교내 태블릿, 개인용 드론, 레몬맛 보호칩 한 봉지, 서재희가 기초학교 때 썼을 법한 작은 사이즈의 총 하나.

세 번째 서랍. 향수, 향초, 핸드크림, 반짇고리, 입술 보호제, 보풀 제거기, 식물 영양제, 향초 점화기.

네 번째 서랍은 어찌나 무거운지 하마터면 손목이 나갈 뻔했다. 알록달록한 편지들과 각양각색의 카드들로 빽빽했다. 손으로 쓱 훑어보니 대부분 한 번도 뜯지 않은 채 봉해져 있었다. 어떤 것은 너무 오래되어 종이가 누렇게 변색된 것도 있었다.

유은우는 서랍을 죄 닫고 굽혔던 허리를 폈다. 이번엔 책상

위에 나란히 꽂혀 있는 책과 서류철을 손가락으로 찬찬히 짚어 나갔다. 학생회실에서 보았던 '낙원의 이론'의 낙 자도 안 보였다. 백일서를 죽이면서 그들끼리 나누었던 대화의 실마리라도 잡고 싶었으나 어디서부터 봐야 할지 감도 잡히지 않았다. 아무 표시도 안 되어 내용을 알 수 없는 서류철이나 애매한 제목의 책, 일반 노트 등을 차례차례 뽑아서 한 번씩 훑어보았다. 그러던 중 낯익은 서류철이 보였다. 도시연합군을 상징하는 매 모양 직인이 찍혀 있었다.

입학 초 학생 휴게실에서 벌점을 받을 때, 서재희가 팔락팔락 넘겨 대던 그 서류철이었다. 군에서 학교로 보낸 기록. 남들다 볼 수 있는 서류철이라 특별한 정보는 없으리라 짐작되었으나, 유은우는 그 서류철을 굳이 빼 보았다. 서류철 모서리가 닳고, 위쪽으로 수없이 많은 포스트잇이 붙여져 있어, 희한하게 길이 든 느낌이 들어서였다. 학생 휴게실에서 처음 봤을 때는 분명 빳빳한 새것이었다.

여러 번 오래 살필 만한 기록은 아닐 텐데.

의아한 마음에 서류철을 쭉 넘겨 보았다. 페이지마다 빨간 펜으로 메모가 빽빽했다. 필체가 너무 단정해서, 도저히 손글씨라고는 믿기지 않을 정도였다. 누군가가 서류를 낱장으로 뜯어내서 그 위에 빨간 잉크로 한 번 더 인쇄한 것 같은 착각까지 일으켰다. 유은우는 서재희의 노트 중 아무거나 하나 뽑아서 펼쳐 놓고, 노트 필기와 서류철 메모의 필체가 동일한지 비교했다. 같았다. 서재희의 메모였다.

뭘 이렇게 많이 적어 놨지.

한쪽을 펼쳐 읽었다. 군의 기록은 간결했다.

제8도시력 1028년 2월 4일. 제4유적지. 오염도 72.
리 더(1) : 도시연합 정예군 강지원(동조율 70, 설계 82%, 타격 18%)
수행자(1) : 전리품 A-23호 유은우(동조율 100, 설계 0%, 타격 100%)
서포터(5) : 도시연합군 4부대 2팀(동조율 42~59, 설계 61~82%, 타격
18~39%)

그 옆에 서재희의 메모가 있었다.

제4유적지는 고층 건물이 많으나 훼손이 심각하여 가느다란 철
골들이 그물처럼 얽힌 양상으로, 발을 디딜 수 있을 만한 면적의
물리적 도움닫기 지점이 전무함. 빠른 속도보다는 융통성 있는 방
향전환이 필수. 단순 길잡이 설계로는 일일이 경로를 수정하기 어
려우므로, 방해물 근접 시 자동 정지 설계를 추가했을 것으로 보
임. 따라서 서포터 다섯이 유은우에게 지원한 설계는, 기초 설계
네 가지(신체 강화, 속도 강화, 길잡이, 보호)와 전투 지역의 특이성에
기반한 적응 설계 두 가지(방해물 근접 시 자동 정지, 도움닫기 보완)로,
유은우는 1년 전 이미 최소 여섯 가지 설계를 감당함. 그럼에도 혼
란을 겪지 않고 임무를 정확히 완수해 낸 것은, 타인의 설계를 자
신의 잣대로 판단하거나 거부감을 가지지 않고, 전적으로 신뢰하
기 때문으로 사료됨. 이러한 성향은, 팀과 잘 맞는지 아닌지에 따

라 유은우의 최대 장점 혹은 최대 단점이 될 수 있음.

그 밑으로 포스트잇이 하나 붙어 있었다.

방해물 근접 시 자동 정지 설계 조건 : 동조율 52 이상, 설계 84% 이상. 기초 설계 세 가지(방해물 감지, 자동 정지, 반응 제어).
적합자 : 1학년 김정인, 4학년 박찬희, 4학년 최수연.

서류철을 넘겨 보았다. 페이지 사이에 무언가 끼워져 있었다. 여러 번 접힌 두꺼운 종이였다. 펼쳐 보니, 그것은 책상을 가득 덮고도 남을 만큼 넉넉한 크기의 사해 지도였다. 여덟 개의 도시가 사해횡단철도로 연결되어 있었고, 사해 드문드문 유적지가 표시되어 있었다. 그리고 빨간 가위표로 지도 곳곳의 어떤 지점들이 표시되어 있었다.

그게 무엇을 뜻하는지는, 생각할 필요도 없었다.

유은우가 투입되었던, 도시연합군과 반란군이 맞붙었던 전투 지역.

도시연합군 모함 중앙회의실엔 대형 스크린으로 항상 사해 지도가 떠 있곤 했다. 전투가 하나둘씩 늘 때마다 표시되는 지점도 같이 늘었다. 밥 먹듯이 오가며 보던 것이라, 유은우에게는 제 살처럼 익숙했다.

표시된 지점 중 몇 군데는 별표가 여러 번 쳐져 있었다. 어떤 기준인지 유은우도 잘 알았다. 유은우가 특히 성과를 많이 올렸던 구역이었다. 지도 아래 여백에 서재희의 분석이 빼곡히 적혀 있었다.

　김서혁의 승진일을 기점으로 서포터가 자주 바뀌며 팀 내 결속력이 떨어졌고, 팀의 분위기에 크게 영향을 받는 유은우 또한 성과도가 급격히 하락함. 그러나 그간의 훈련으로 어느 정도 실력이 궤도에 올랐는지, 일부 구역에서는 여전히 압도적인 전투력을 유지함. 주로 가상 도움닫기가 필요 없는, 훼손이 덜되어 구조물이 탄탄한 유적지에서 발군의 실력을 보임. 시각적 안정감이 중요한 이런 스타일은, 인터컴을 통한 청각적 지시가 크게 도움이 되지 않음. 오히려 눈앞의 상황을 몇 발 앞서는 지나치게 상세한 지시는, 설계 난독증인 유은우에게 불안을 가중시켜 제 실력을 발휘하지 못하는 주원인이 될 수 있음. 인터컴으로 지시하더라도 단순하고 짧은, 망설일 겨를조차 없이 속도감 있는 리드가 적합함.

　우와.
　등줄기로 소름이 돋았다.
　김서혁이 맨날 하던 말하고 똑같아.
　유은우를 손수 훈련시키고 직접 전장에 데리고 다녔던 김서혁이, 늘 입에 달고 살던 말과 정확히 일치했다. 유은우는 김서혁이 하는 조언이라면, 소소하게 지나가는 말이라도 꼭 기억했다가 전투에 반영하려고 노력했다. 그의 판단은 늘 핵심을 짚었기 때문이다. 불본 김서혁은 총사령관인 만큼 전투 경험이 많아 노련하고, 또 유은우를 가장 가까이서 꾸준히 관심을 가지고 지켜봤기 때문에 더욱 예리한 분석이 가능했을 것이다.

그런데 서재희는…….

내 전투 스타일을 역으로 추적했어. 전투 위치, 팀 구성원 정도만 있는 간략한 전투 개요만 가지고. 내 전투 영상은 한 번도 보지 못했을 텐데.

서재희 본인의 실제 전투 실력과는 별개로, 설계에 대한 해박한 지식과 꼼꼼한 자료 분석력이 결합되어, 유은우의 장단점, 재능과 결여가 일목요연하게 정리되어 있었다.

타격과 설계, 동조율만이 재능이라 치부하기 쉬운 학교에서 서재희는 자신이 잘할 수 있는 다른 길을 찾은 것 같았다. 타고난 동조율에 따라 성장의 한도가 정해질 수밖에 없는 동조자로 그치지 않기 위해, 그는 남들보다 한 계단 위에 서서 아래를 조망했을 터였다.

온이 아닌, 동조자 그 자체를 휘어잡고 다루기 위해.

그때였다. 문밖으로 자박자박 발소리가 가까워지고 있었다.

유은우는 지도를 빠르게 접어서 서류철 사이에 끼워 넣고 다른 책들 사이에 꽂았다. 필체 확인차 꺼냈던 노트도 원래 있던 곳에 쑤셔 넣었다. 남은 기력을 모두 짜내서 침대로 뛰었다. 이불 속으로 쏙 기어들어 가서 이불 주름을 적당히 정리했다. 눈을 꼭 감았다가 다시 뜨고 옆에 던져두었던 물수건을 얼른 집어 이마에 척 올렸다. 다시 눈을 감자마자 문이 찰칵 열렸다.

누군가가 들어오고, 다시 문이 탁 닫히는 소리가 났다. 유은우는 귀를 쫑긋 세웠다. 신발 벗는 소리, 종이 따위가 부스럭거리는 소리, 발소리가 나다가 갑자기 뚝 멈췄다.

유은우는 실눈을 떠 보았다.

큰 종이봉투를 한 손에 든 서재희가 물끄러미 제 책상을 응시하고 있었다. 그가 책상으로 가더니, 나란히 꽂혀 있는 책과 서류들을 손가락 하나로 가볍게 쓸었다. 그러더니 삐뚤게 꽂힌 노트와 서류철의 각을 맞추기 시작했다.

망했다. 유은우는 도로 눈을 감아 버렸다.

"유은우."

서재희의 부름에 웃음기가 섞여 있었다. 그가 다가오는 소리가 났다. 감은 눈 위로 그림자가 드리워지는 것도.

"안 자는 거 다 알아."

유은우는 살며시 눈을 떴다. 서재희의 새카만 눈동자가 코앞에 있었다. 움찔하는데, 서재희가 손을 뻗어 유은우의 이마에서 물수건을 거둬 갔다. 그의 손이 뺨을 감싸 왔다. 밖에 나갔다 와서 그런지 유독 손이 찼다.

"열이 좀 내렸나?"

그가 바닥에서 귀 체온계를 줍더니 유은우의 귀에 넣었다가 뺐다. 그가 진지한 눈으로 체온계를 살폈다.

"조금 내렸네. 시간이 지나면 괜찮아진다더니 다행이다."

"……제가 왜 여기 있어요?"

"쓰러져서 내가 데리고 왔어. 의무실은 말이 많아서 못 가고 내 방에. 근데 나가는 게 문제야. 보는 눈이 하도 많아서. 남지 기숙사에 여학생이 돌아다니면 눈에 띌 거 아냐. 점심시간엔 학생들이 많이 빠지기도 하고, 같이 점심 먹는다는 핑계로 여학생들도 몇몇 드나드니까, 그때 묻어서 나가면 될 것 같아."

서재희가 가지고 온 종이봉투를 열어 해열제와 포장된 죽을 꺼냈다. 그가 죽 그릇을 열자 김이 무럭무럭 피어올랐다.

"내가 온디딤이 서툴러. 기억 재생하는 건 자주 해서 좀 익숙하긴 한데 다른 건 마무리가 깔끔하게 잘 안 돼. 내가 너한테 걸었던 은신이 채 가시기도 전에 차예원이 온디딤으로 일으킨 그림자까지 스쳐서 네 몸의 균형이 깨진 것 같아. 특히 네가 많이 약해져 있던 터라 더 심한 것 같기도 하고. 심각한 상황은 아니야. 죽 먹고 약 먹고 푹 자면 금방 회복될 테니까."

유은우는 이불을 꽁꽁 두른 채 서재희가 해열제 설명서를 읽는 것을 빤히 바라보았다. 그가 문득 고개를 들더니 유은우를 보았다.

"배 안 고파? 너 스트레스 완화 식단만 배급받는다며. 그거 이틀만 먹어도 입맛 뚝 떨어질 텐데. 이건 맛있어. 죽 먹게 얼른 일어나."

서재희가 어찌나 자상한지 유은우는 긴장을 늦추지 않으려고 애를 써야 했다. 그래 봤자 이불 두르고 웅크린 채 입 꾹 다문 게 고작이었지만.

"나 없을 때는 팔팔하게 여기저기 막 뒤져 놓고는, 나 오니까 힘이 없어진 거야? 떠먹여 줘?"

"아, 아니요. 죄송해요……."

유은우는 얼굴이 확 달아오르는 것을 느꼈다. 주섬주섬 이불을 밀어내고 다리를 침대 아래로 늘어뜨려 앉았다.

"괜찮아. 학생회실 바닥도 뒤진 애가 여기라고 얌전하겠어. 근데 여기 진짜 별거 없어. 헛수고야. 그러니까 그냥 쉬다가 가."

서재희가 죽 그릇을 들고 와서 침대에 걸터앉았다. 유은우는 그가 내미는 죽 그릇을 받았다. 서재희가 숟가락도 주기에 그것도 받았다. 뜨거운 죽을 숟가락으로 휘휘 저었다. 한 숟가락 떠서는 후 불어서 한입 먹었다. 속에 따뜻한 게 들어오니 좀 나았다. 그제야 자신이 얼마나 허기졌는지 실감했다.

서재희가 유은우를 물끄러미 바라보았다. 그 시선이 포근포근했다. 유은우는 죽 그릇을 꼭 잡고 몸을 뒤로 차츰차츰 빼 보았다. 한두 번 몸을 물리는 것에는 개의치 않다가 유은우가 좀 멀어진다 싶자, 서재희도 자세를 고치며 바짝 다가앉았다.

"어디 가. 편하게 먹어."

서재희의 시선을 이마로 받으면서 유은우는 죽 한 그릇을 전부 비웠다. 유은우가 죽을 넘기는 게 지루하지도 않은지 한참을 응시하던 서재희는, 침대에서 일어나더니 컵에 물을 따라서 해열제와 함께 가지고 왔다.

유은우는 고분고분하게 약을 삼켰다. 서재희는 이제 뿌듯한 얼굴을 하고 있었다. 기분이 좋아보였다. 지금 물어보면 다 대답해 줄 것 같았다.

"책자 끝에 낙원의 이론이라고 적혀 있었어요."

부스럭 소리가 났다. 서재희의 손에서 해열제 봉지가 우그러져 있었다. 유은우에게 먹이고 남은 약이 비어져 나와 제 손끝에 닿기 전에 서재희는 몸을 일으켜 탁자에 해열제를 내려놓았다. 그는 유은우의 옆에 앉는 대신 의자에 앉았다. 마주 보았다.

"낙원의 이론은 여러 가지를 지칭해. 대부분은 항간에 떠도는 예언을 가리키는 데 쓰이지만, 간혹 네가 어제 6.5층에서 봤던 자료를 뜻하기도 해. 또는 그 자료의 기반이 된 거대한 데이터베이스. 또는 그 데이터베이스를 이용하는 주체. 그리고 내가 모르는 뭔가가 또 있을 수 있어."

속 시원한 대답은 애초에 어려웠다. 깊이 캐물었다간 윤곽도 건지기 전에 서재희가 발을 뺄지도 모른다. 유은우는 질문을 둘러서 했다.

"선배는 어떻게 생각해요?"

"예언에 대해 묻는 거라면, 한때 내 꿈이었어. 도시를 무너뜨리고 새 시대가 열린다는 말을 정권교체를 은유적으로 표현했다고들 해석하지만 나는 달랐어. 진짜로 무너지는 걸 의미한다고 생각했지. 도시가 물리적으로 붕괴해야 진짜 새 시대가 열리는 게 아닌가 하고. 이제 와서 다시 생각하면……."

서재희의 까만 시선이 유은우에게 쏟아졌다.

"……잘 모르겠어."

서재희는 일어섰다. 그는 유은우가 깨끗하게 비워 낸 죽 그릇을 다시 종이봉투에 넣어 정리했다. 손가락이 길쭉길쭉 뻗어 단정했다. 잘 개킨 빨래처럼 말끔한 서재희의 손 위로, 간밤 서류에 능숙히 서명을 하던 손을 겹쳐 보았다. 백일서에 대해 물어보고 싶었다.

"어제는……."

"미안해. 대답 못 해 줘."

서재희가 부드럽게 미소했다. 그가 덧붙였다.

"너 봤다는 얘기는 아무에게도 하지 않을게."

동기야 어쨌든 몰래 들어가 뒤진 건 유은우인데 사과는 서재희가 하고 있었다. 그가 너무나 미안한 표정을 하고 있어 유은우도 더는 말을 꺼낼 수 없었다. 서재희가 다가와 양해를 구하듯 천천히 손을 뻗어 왔다. 유은우는 다가오는 그의 손에 맞춰 가만히 이마를 내밀어 주었다. 서재희가 약하게 웃는 소리가 났다. 서늘한 손이 조심스럽게 유은우의 이마에 닿더니 잠시 머물렀다가 떨어졌다. 다시 다가와 앞머리를 매만지더니 느리게 멀어졌다.

"선배, 제 기록 분석했어요?"

서재희가 커피포트를 켜며 선선히 대답했다.

"응. 공부했지. 흥미로웠어."

서재희가 머그컵에 스틱을 뜯어 갈색 가루를 부었다. 사락사락 소리가 났다.

"선배가 분석해 놓은 것 보고 놀랐어요."

"시간 많이 걸렸어. 내가 널 감당할 수 있을지 가늠하느라고 신경을 좀 많이 썼지."

유은우가 눈을 동그랗게 떴다.

"선배가 왜 절 감당해요?"

"널 내 팀에 넣으려고."

"……네?"

"널 내 팀에 넣으려고."

커피포트 스위치가 딸깍 튀어 올랐다. 서재희가 뜨거운 물을 머그컵에 부었다. 티스푼으로 세심히 저었다. 금속이 도자기에 부딪히며 맑은 소리를 냈다. 김이 무럭무럭 오르는 머그컵을 들고 서재희는 다시 침대에 걸터앉았다. 유은우의 옆이었다.

"뜨거우니까 조심해."

유은우는 얼결에 그것을 받았다. 컵을 받으며 손끝이 스쳤다. 담겨 있던 티스푼이 컵 가장자리를 따라 뱅그르 돌았다. 묵직하게 단내가 확 끼쳤다. 흰 컵 안에 초콜릿 색깔의 액체가 가득했다. 유은우는 컵을 몇 번 굴려 보다가 어찌해야 할지 몰라 서재희를 바라보았다.

"이거 굳으면 초콜릿 되나요? 식을 때까지 기다렸다가 그때 숟가락으로 깨서 먹나요?"

"아니야."

서재희가 황급히 손사래를 쳤다.

"이대로 마시는 거야. 뜨거우니까 천천히."

그리고 청량하게 웃었다. 제 공간이라 편해서 그런지, 서재희의 표정이 제법 다채로웠다. 바깥에서 정장처럼 갖추던 단정한 미소는 없었지만, 미간이 찡그러지고, 고개가 기울어지고, 무엇보다 눈이 자꾸 웃었다.

유은우는 서재희의 시선을 느끼면서 그것을 천천히 마셨다. 지나치게 뜨거워 깜짝 놀라 입술을 떼었다. 어찌나 단지 머리가 쩽했다.

"현재 1학년은 총 312명이지. 시험 점수와 출석을 기본으로 하고, 모의 전투 가산점, 파견 수업 특혜까지 다 합쳐서 다음 달 중순에 각 학년별로 다시 순위가 매겨질 거야. 해당 학년의 90% 안에 들지 않으면 유급이야. 보통은 유급 두 번이면 퇴학이지만, 넌 상황이 좀 다른 걸로 알고 있는데. 군에서 온 공문에는 한 번 이상 유급되면 효용가치가 없다고 판단되어 폐기 처분하라고 되어 있었어. 그 권한은 학교에 위임하겠다고."

서재희의 손이 다가왔다. 그가 부드럽게 유은우의 이마를 짚었다.

"많이 내려갔다. 회복이 빠른가 봐."

서재희가 안도했다. 유은우는 열이 내려가다 못해 피가 식는 느낌이었다. 다음 달 중순이라니, 이미 바닥을 친 성적을 그때까지 얼마나 올릴 수 있을까? 설계는 여전히 젬병이었고, 할 줄 아는 거라고는 남이 그려 놓은 설계 위를 디디며 타격하는 것뿐인데.

"걱정할 것 없어. 내 팀에 들어 와. 그럼 유급 안 해."

"제 타격을 감당할 만한 학생이 있을 리 없어요. 저 절대 팀으로 못 뛰어요. 불가능해요."

어쩔 수 없이 목소리가 떨려 나왔다. 유은우의 손에서 컵이 크게 기울었다. 서재희가 유은우의 손에서 컵을 빼어다가 탁자에 올려 두었다. 그가 다시 침대에 앉았다. 아까보다 더 가까웠다. 서재희가 한 손으로 침대를 짚고 고개를 숙여 유은우와 눈을 맞추어 왔다.

"가능하게 만들면 돼. 이번에 내 팀원 전부 다 갈아엎을 거야. 상대 팀 정보를 알고 내 팀을 네 위주로 짜면, 아주 불가능한 건 아니야. 적합한 학생들 리스트는 만들었어. 내 팀에 들어와 달라고 하면 거절할 학생들도 없고."

"저 때문에 선배 팀을 다시 짜려고요?"

유은우가 갈라진 목소리로 되물었다. 서재희가 난처한 표정을 지었다.

"그렇게 미안해할 것 없어. 팀원 교체는 자주 있는 일이야."

"정윤환 선배는 모의 전투 혼자서 뛴다고 들었어요."

"걘 특이케이스고."

"저도 특이케이스예요. 저도 혼자 뛸게요. 신경 써 주셔서 감사합니다만, 선배 팀에는 안 들어가요."

서재희는 충격을 받은 것 같았다.

"뭐? 왜? 혹시 정윤환이 너한테 팀으로 같이 뛰자고 제안했어?"

정윤환? 같은 팀이 되는 것도 상대 팀으로 만나는 것도, 그저 끔찍했다. 유은우는 세차게 고개를 저었다.

"아니요. 저한테 팀 제안한 사람 아무도 없어요."

"그럼 왜?"

"선배가 제 전투 영상을 못 봐서 그래요. 이론적으로는 가능할지 몰라도, 저 때문에 선배 팀 완전히 망가질 수도 있어요. 어쩌면 선배까지도."

유은우는 책상에 꽂혀 있는 서류철을 가리켰다. 시체로 돌아오던 군인들을 떠올리지 않으려고 애썼다.

"저긴 안 나와 있지만, 저 때문에 서포터 많이 죽었어요. 저 서류에는 사망자 기록 없이 그저 임무 완수라고 되어 있지요. 군에서는 군인이 사망하는 것과 임무를 별개로 생각해요. 수행 나간 군인들이 전부 다 죽어도 결과만 원하는 대로 나오면 그게 곧 임무 완수예요. 제가 절 감당 못 하는데 어떻게 선배가 절 감당해요. 저도 양심이란 게 있어요."

"……유은우, 이거 내 자랑 같아서 굳이 말 안 하려고 했는데, 내가 꾸린 팀은 여태 단 한 번도 사망자가 발생한 적이 없어. 내 기록 또한 절대 흔한 건 아니야. 어쩌면 내 팀이 전부 생존해 왔던 것이, 네 서포터가 사망하지 않는 것보다 더 희귀한 확률일 수……."

"유급은, 제가 어떻게든 해 볼게요. 신경 쓰지 마세요."

"어떻게든? 모의 전투 가산점 없이는 너 유급 못 피해. 그냥 나 믿고……."

"어차피 혼자 해내야 하는 일이에요."

잠시 정적이 흘렀다. 서재희가 입을 열려다가 다시 다물었다. 그가 고개를 돌렸다. 반듯한 옆얼굴이 서늘했다. 유은우는 입이 말랐다. 열이 올랐을 때보다 더 빨리, 심장이 뛰고 있었다.

이윽고 서재희가 낮게 말했다. 그는 지쳐 보였다.

"나도 내가 왜 이러는지 잘 모르겠다. 그냥 늘 하던 대로 눈 감고 귀 막고 쉽게 생각하면 되는 일인데. 이상하게 그게 잘 안 돼. 네가 봐도 나 이중적이지. 처음에 계약관계로 시작했으면 끝까지 그래야 하는데. 내가 중심을 못 잡으니, 너도 날 못 믿는 게 당연하지. 네 의견도 미리 구하지 않고 널 내 팀에 들이겠다고 강요해서 미안해."

서재희는 유은우에게 시선을 주지 않고 조용히 침대에서 일어났다.

"난 수업이 있어서 이만 나가 볼게. 좀 쉬다가 점심시간 되면 가. 문은 따로 안 잠가도 괜찮으니까 걱정하지 말고."

유은우는 눈물이 나려는 것을 입술을 꼭 깨물고 참았다. 눈가로 흘러내리지 못한 눈물이 안으로 역류하는지, 속이 홧홧했다.

서재희가 책상에서 책을 두 권 골라 가방에 넣었다. 유은우는 저도 모르게 침대에서 내려와 서재희에게 다가갔다.

서재희는 현관에서 등을 굽히고 신발을 신더니 허리를 펴고 일어섰다. 그가 손을 뻗더니 유은우의 머리카락을 쓸어 넘겼다. 잠시나마 풍부하다고 느꼈던 그 수많은 표정들은 흔적도 없이 사라지고, 처음 페어를 제안한 날처럼 무표정한 낯이었다.

"아프지 마."

서재희가 작게 말했다.

"네가 아파서, 나 한숨도 못 잤어."

서재희가 뒤돌아섰다. 그가 등을 보인 채 문손잡이를 잡았다.

"내 팀에 들어오라는 제안, 혹시 생각 바뀌면 언제든지 말해 줘."

그리고 나가 버렸다. 문이 닫혔다.

유은우는 무너지듯 그 자리에 쪼그리고 앉았다. 심장이 흩어지는 것 같았다. 이대로 움직이면 아예 사라져 버릴 것 같아, 유은우는 다친 새끼 짐승처럼 몸을 꼭 웅크린 채 한참을 있었다.

지금이라도 당장 뛰어나가서 서재희를 붙잡고 싶었다. 한 번더 타인을 믿고 싶었다.

하지만 그래선 안 된다는 것도 알았다.

서재희 팀에 들어가고 싶다는 간절한 바람이 불쑥불쑥 고개를 쳐들 때마다, 유은우는 죽어서 돌아온 서포터들을 생각했다. 공허하게 벌어진 그들의 동공과, 오염된 온에 노출되어 검게 썩어 버린 피부를 생각했다. 항상 홀로 살아남았던 자신이 얼마나 비참했는지도.

과거를 떠올리는 것만으로도, 유은우는 금세 현실로 돌아왔다.

유은우는 서재희가 개켜 둔 교복을 입었다. 탁자엔 서재희가 타 준 초콜릿이 미지근하게 식어 있었다. 손대지 않았다. 지나치게 달았다.

점심시간이 되자마자, 남자 기숙사에서 나왔다. 여자 기숙사로 돌아가 책과 필기구를 챙겼다. 식당에 내려가 식사도 배급받았다. 언제나처럼 스트레스 완화식이었다. 하도 먹어 이젠 맛도 느껴지지 않는 시리얼을 꼭꼭 씹어 먹었다.

"야, 백일서 오전 수업 안 왔더라."

"너 못 들었어? 걔 촉진제 중독됐대."

"뭐어? 확실해? 백일서 촉진제 같은 거 안 쓰는데. 약물로 동조율 좀 높여 봤자 실력이 없으면 무슨 소용이냐고 입에 달고 살던 애가 무슨 촉진제야."

"요새 컨디션 안 좋아서 본인 최대치 안 나오고 자꾸 떨어진다고 불평하긴 했었어. 원래 65인데 50까지 떨어진 적도 있다더라."

"체력이 소모되면 동조율은 일시적으로 당연히 떨어져. 어차피 모의 전투 전날 잠만 충분히 자면 동조율 최대치 찍기 쉬운 거 모르는 사람이 없는데 굳이. 백일서가 집중력 떨어지는 스타일도 아니고. 촉진제 중독 그거 사실이야?"

"새벽에 남자 기숙사 1층 화장실에서 쓰러진 채 발견됐다던데? 지금은 치료실로 옮겼는데, 너무 심해서 어쩌면 죽을 수도 있대. 다음 달 1차 순위 발표 앞두고 어떻게든 성적 좀 올리고 싶었나 보지."

"이상하다. 걔 그런 거 되게 싫어하는데……. 너 병문안 가 봤어?"

"아니, 지금은 면회 금지. 풀려도 난 안 갈란다. 가까이 갔다가 나까지 중독되면 어떡하라고."

유은우는 후식으로 나온 토마토주스를 열었다가 차마 먹지 못하고 도로 닫았다. 붉은 색깔이, 피 웅덩이 위에 누워 있던 백일서를 떠올리게 했다. 손이 자꾸만 차가워졌다. 아침에 열에 들떠 나른했던 것이 꿈처럼 느껴졌다.

2시부터 '도시의 역사' 강의가 있었다. 유은우는 시간에 거의 딱 맞춰 강의실에 도착했다. 가운데 빈자리가 많았으나, 유은우가 들어가려 할 때마다 학생들은 비켜 주지 않고 모른 척했다. 늘 있던 일이었으나 유은우는 새삼 짜증이 치밀었다. 이 지긋지긋한 학교.

"미안한데, 좀 비켜 줄래."

유은우가 이를 악물고 말했다.

남학생 하나가 빈정거렸다.

"안 비켜 주면 어쩌려고? 또 그렇게 난폭하게 힘으로 해결하려고?"

강의실 전체가 와르르 웃었다. 자리 잡으려고 기웃기웃하는 모양을 전부 지켜보고 있던 모양이었다. 유은우가 천천히 말했다.

"말로 할 때 비키라고."

"싫은데?"

그냥 한판 붙어 버릴까. 안 그래도 열 받는데…….

생각보다 몸이 빨랐다. 유은우는 가방을 팽개치고, 남학생의 멱살을 잡아 일으켰다. 힘보다 요령이었다. 그대로 자리에서 끌어냈다. 남학생이 바닥으로 나동그라졌다. 강의실이 조용해졌다. 유은우가 줄줄이 앉아 있는 학생들을 향해 말했다.

"알아서 비킬래, 아니면 내가 끌어내 줘?"

여학생 하나가 벌떡 일어서며 총을 잡았다. 유은우는 깔끔한 동작으로 홀스터에서 총을 잡아 뺐다. 그 여학생의 미간을 향해 정확히 겨누었다. 여학생이 이제 막 총을 뽑다가 주춤 물러섰다. 유은우가 심드렁하게 말했다.

"뭐 하냐. 먼저 총 잡았으면 먼저 겨눠야지. 그렇게 느려 터져 가지고 사해에서 괴물 쪼가리라도 한 마리 잡을 수 있겠어?"

"미친 새끼, 총 안 내려?"

바닥으로 나동그라졌던 남학생이 몸을 일으키며 버럭 외쳤다. 유은우는 시선을 여학생에게 둔 채로, 몸만 움직여 남학생의 허벅지를 요령 있게 스쳐 걷어찼다. 유은우의 발끝에, 홀스터에서 총이 빠져 훌쩍 날아갔다.

"내가 군에서 배운 건 사격만이 아니야. 전투 중에 총을 잃었다고 그냥 죽을 순 없잖아? 나는 총 없이도 충분히 싸울 수 있어. 그러니까 날 완전히 죽일 생각이 없으면 애초에 공격하지 마. 어쭙잖게 공격해서 날 살려 두면, 내가 새벽에 너희를 찾아가서 머리를 부숴 놓을 테니까."

사방에서 철컥거리는 소리가 이어졌다. 학생들 몇몇이 벌떡벌떡 일어서서 유은우를 향해 총을 겨누었다. 사위에서 그들의 동조율이 천천히, 혹은 빠르게 증가했다.

유은우는 여유 있게, 총을 한 바퀴 돌려 고쳐 잡았다. 총신에 떠오른 동조율 100은 흔들림이 없었다. 누구는 스트레스를 받아 동조율이 떨어지기도 하고, 반면에 컨디션이 최상이면 공식 측정치보다 훌쩍 상승하기도 한다는데, 유은우의 동조율은 언제나 변함없이 100이었다. 이 또한, 진저리가 났다. 나직이 말했다.

"아아, 그래. 더 해 봐. 그때는 정윤환이라도 있었지. 지금은 아무도 없어. 여기서 단 한 명이라도 내 타격 감당할 수 있으면 어디 한번 쏴 봐. 단지 자리 한번 비켜 주기 싫어서 나랑 같이 동반 자살 하고 싶다 이거지?"

겨눈 총구가, 오가는 시선이, 팽팽했다. 유은우는 긴장된 호흡들 사이에서 비로소 살아 있다는 느낌을 받았다. 그제야 숨통이 트였다. 온몸에 서서히 활력이 돌았다. 총이 손아귀에 쫀득하게 달라붙어 마치 제 몸 같았다.

"야, 야! 저기!"

한 학생이 낮게 외쳤다. 그와 동시에, 유은우 너머를 확인한 학생들이 빠르게 총을 거두며 자리에 앉았다. 다들 안색이 새파래졌다. 아예 뒷문을 통해 강의실 밖으로 내빼는 학생들도 있었다.

불길한 느낌에 유은우는 돌아섰다. 정윤환이 뻐딱하게 서서 유은우를 보고 있었다.

"저번에 재밌었지? 한 번 더 해?"

그의 눈빛이 싸늘했다.

유은우는 천천히 총을 내렸다.

정윤환이 입꼬리를 당겼다. 저벅저벅 다가왔다. 유은우는 숨을 삼키며 물러서다가 정윤환에게 꼼짝없이 멱살을 잡혀 가까이 당겨졌다. 바짝 얼어붙은 유은우를 똑바로 응시하면서, 정윤환의 다른 손이 다가와, 유은우의 가슴께에 흐트러진 머리칼을 걷어 어깨 뒤로 넘겼다. 교복 깃이 드러났다. 배지 없이 텅 빈 깃이. 머리가 하얗게 비었다.

내 배지라는 거 확인하고 왔구나.

정윤환이 한쪽 손을 제 바지 주머니에 넣더니 1학년 배지를 꺼냈다. 그가 소름 돋도록 예쁘게 웃었다.

"네 거 아니라고 하기만 해 봐. 내가 노트북에 꽂아서 네 이름 석 자 똑똑히 확인하고 왔으니까."

그리고 유은우의 깃을 붙잡고 구멍에 배지를 가져다 댔다. 유은우보다 키가 한참 큰 정윤환이 고개를 숙이자 온 세상이 그늘지는 것 같았다. 옅은 갈색 머리칼이 유은우의 이마를 간질였다. 또 딸기 냄새가 났다. 유은우는 습관처럼 정윤환의 홀스터에 꽂힌 총을 보았다. 핏기가 덜 빠졌다. 딸기맛 보호칩을 물고 사해에 다녀왔으리라. 그 끔찍한 곳을 제집처럼 드나드는 괴물이 제 멱살을 붙잡고 있다고 생각하니 정신이 아득했다.

"잘 안 돼."

정윤환이 서툴게 손을 움직이며 중얼거렸다. 복잡다단한 설계는 그리 척척 그려내면서도, 정작 단추를 꿰거나 배지를 다는 등의 섬세한 손놀림에는 소질이 없는 모양이었다. 그 덕에 깃이 바짝 당겨져 유은우는 숨 쉬기가 어려웠다. 내 배지 내가 달 테니 그냥 주고 꺼지라고 말도 못 하고 유은우는 정윤환이 당기는 대로 가만히 숨만 참고 있었다.

"됐다."

정윤환이 손을 탁 놓았다. 유은우는 숨을 토하며 한 걸음 물러났다. 정윤환이 고개를 기울였다.

"수업 들으러 왔지? 어디 앉고 싶어? 저기? 여기? 아님 저기?"

정윤환이 강의실 이쪽저쪽을 가리켰다. 그의 손길이 향한 곳마다 학생들이 파도타기를 하듯 요란하게 고개를 숙였다.

"아뇨. 저는 그냥 아무 데나……."

"아무 데나? 아깐 여기 앉고 싶어 하지 않았어?"

정윤환이 씩 웃더니, 바로 앞에 나란히 앉은 학생들을 향해 눈을 부라렸다.

"야, 안 꺼져?"

학생들이 화들짝 놀라 허겁지겁 소지품을 끌어안고 자리에서 일어났다. 순식간에 연달아 일곱 자리나 싹 비워졌다. 정윤환이 뻔뻔한 얼굴로 비워진 자리 한가운데 떡하니 앉았다. 그가 해맑은 눈으로 유은우를 보았다.

"안 앉아?"

유은우는 울고 싶은 걸 꾹 참고, 정윤환과 좀 떨어진 자리에 주섬주섬 앉았다. 정윤환이 냉큼 유은우 바로 옆자리로 자리를 옮겼다. 어휴, 내 팔자야. 유은우는 다 포기하고 그냥 태블릿을 세우고 책 펴고 수업 들을 채비나 했다. 정윤환은 볼펜 하나 안 들고 와서는 유은우가 하는 양을 가만히 지켜보기만 했다.

"왜 그렇게 열심히 살아?"

정윤환이 불쑥 물었다.

"그냥 그러고 싶어서요."

유은우가 성의 없이 대답했다. 정윤환이 코웃음을 쳤다. 태블릿을 들어 그 잘난 면상을 힘껏 후려치고 싶은 것을 꾹 참고,

유은우는 바른 자세로 앉아 책을 쭉 살펴보았다. 갑자기 책 위로 정윤환의 얼굴이 확 들어왔다. 유은우는 너무 놀라 진짜로 그를 팰 뻔했다. 벌렁벌렁하는 가슴을 움켜쥔 유은우를 보고 정윤환이 낄낄거렸다. 이런 미친…….

"있잖아."

말 걸지 마.

"……네."

"나 기억 안 나?"

뭔 소리야. 유은우는 힐끔 정윤환을 보았다. 그의 표정이 진지했다. 말 섞기도 싫어서 대충 대답했다.

"제가 깨어났을 때 선배는 군에 없었잖아요. 소문만 들었는데요."

"그렇겠지."

정윤환의 얼굴에 다시 미소가 떠올랐다. 그러더니 턱을 괴고 앞을 응시했다. 교수가 아직 도착하지 않은 빈 강단을 보는 것인지, 아니면 그 너머를 보는 것인지 알 수가 없었다. 텅 빈 시선으로 그가 중얼거렸다.

"난 너 아는데."

"제가 치료받을 때 몇 번 왔는지는 몰라도 기억이 안 나요. 그땐 제가 제정신이 아니어서."

'흠.' 하고 정윤환이 마뜩찮은 소리를 냈다. 그러더니 가볍게 말했다.

"나 봐."

이미 보고 있는데 또 뭘 보라는 거야. 유은우는 눈에 힘을 주었다.

"옆으로 흘겨보지 말고 제대로."

양심은 개한테 줬는지 눈 하나 깜짝하지 않고 정윤환이 손을 뻗었다. 그의 손에 턱을 잡혔다. 그가 단단하게 유은우의 시선을 제게 고정시켰다. 유은우는 어쩔 수 없이 정윤환을 똑바로 마주 보았다.

"남의 몸에 손대는 게 아주 일상이네요."

다시 고개를 돌리려는 유은우를, 정윤환이 이번엔 뺨을 감싸 멈추게 했다.

"자세히 봐. 나 본 적 없어?"

뺨에 닿은 정윤환의 손에 힘이 들어가 딱딱했다. 그냥 닿은 것뿐인데 마치 따귀라도 한 대 맞은 것 같았다. 유은우는 어쩔 수 없이 그를 찬찬히 살폈다. 적당히 뜯어보는 척만 하려고 했으나 잘생기다 못해 진귀하기까지 한 이목구비를 보고 있자니 한번 붙인 시선을 떼기가 어렵긴 했다. 유은우의 시선에 감탄이 드러났는지 정윤환이 씩 입꼬리를 예쁘게 올렸다. 그러나 옅은 갈색 눈은 장난기 하나 없이 유은우를 뚫어져라 보고 있었다.

"살면서 한 번도 본 적 없는 얼굴인데요."

애써 무심히 대답했다. 그럼에도 정윤환은 유은우의 뺨에서 손을 떼지 않았다. 유은우는 정윤환의 손목을 잡아 내렸다. 고개를 돌려 앞을 보았다. 그제야 심장이 쿵쿵 뛰고 있다는 걸 알았다. 쓸데없이 잘생겨서. 그냥 얼굴 좀 본 것뿐인데 식은땀이 다 나려 했다.

"다행인가."

정윤환이 중얼거렸다. 유은우는 눈만 굴려 힐끔 정윤환을 보았다. 그가 한숨처럼 되뇌었다.

"다행이지."

오직 용의 발자국에서만 물이 고이고 풀이 자랐다.

그래서 인간은 용을 사로잡아 나누어 가졌다.

뿔, 날개, 꼬리, 자궁, 네 개의 다리로 여덟 개의 거대 도시가 건설되었다.

살을 발라낸 뼈들은 도시와 도시를 잇는 철도가 되었다.

하지만 심장은 도둑맞았다.

"아주 오래된 비문이지만 다들 들어 알고 있지? 도시연합의 유일무이한 건국신화. 자, 다들 45페이지 연표를 보도록. 제8도시력 연표 말고, 그 전의 제국력 연표. 제국력 1974년 10월 2일. 중앙 산업단지 대규모 폭발 사고. 이때 유독 물질이 다량 누출되면서 대기의 온이 오염되기 시작했고, 인류는 이 거대한 재앙을 피할 방법을 용에서 찾았다. 끝까지 성장하는 경우가 기적에 가까워서 그렇지, 일단 성체가 된 용은 절대로 죽지 않으니까. 목을 잘라도 눈을 뽑아도 죽지 않아. 용은 아름답고 강력하고 영원불멸하다. 갈기갈기 찢겨도 멀쩡히 살아 숨 쉬는 데다가 자체 정화 능력이 뛰어나다는 점에 착안하여, 인류는 용을 잡아 해체하여 여덟 개의 도시를 세웠다. 오염된 온으로부터 안전한 요새. 그래서 인류의 맥이 간신히 이어질 수 있었지……."

유은우는 도무지 강의에 집중할 수가 없었다. 바로 옆에 정윤환이 앉아 있었다. 그는 강의를 듣는 둥 마는 둥 졸기도 하고 깨기도 하고 유은우를 봤다가 황종길 교수를 봤다가 엎드렸다가 일어났다가, 한가로이 시간을 죽이며 잘생긴 얼굴을 낭비하고 있었다.

이 미친놈이 왜 안 가고 저러고 있지.

네 얼굴 본 적 없다 딱 잘라 대답했더니 입 다물고 얌전해지기에 그대로 나갈 줄 알았는데, 교수가 들어와 강의가 시작됐음에도 정윤환은 유은우 옆자리에 딱 버티고 앉아 떠날 줄을 몰랐다.

강의실에 빼곡한 학생들은 유난히 조용했다. 강의에 집중해서라기보다는, 정윤환의 일거수일투족에 신경 쓰느라 여념이 없는 게 분명했다. 그들은 이미 정윤환이 등장한 그 순간부터 책장 넘기는 소리조차 조심하고 있었다. 필수 강의라 자리가 모자라는데도 다른 강의실에서 책걸상을 끌어오면 끌어왔지, 정윤환이나 유은우 근처 빈자리로는 얼씬도 하지 않았다. 존재 자체로 만인에게 민폐를 끼치는 걸 아는지 모르는지, 정윤환은 햇빛을 담뿍 받으며 배부른 고양이처럼 졸고 있었다. 옅은 머리칼이 정전기가 일어나 부스스했다.

유은우는 정윤환을 의식하지 않으려고 애쓰면서, 앞만 뚫어지게 보았다.

왜 아무것도 안 묻지?

정윤환은 유은우의 배지를 주웠다. 간밤만 해도, 피가 1인분밖에 없다며 나머지 한 명은 어디 갔냐고 소름끼치게 캐묻던 그가, 군말 없이 유은우에게 배지를 돌려주었다. 돌려주었다뿐인가, 그 깡패 같은 놈이 서툰 솜씨로나마 손수 달아 주기까지 했다.

날 갖고 노는 건가? 필기도 싹 망했겠다, 어차피 폐기 처분당할 목숨이니 어디 한번 네 맘대로 들쑤셔 보라고 봐주는 걸까? 아니면 단순히 오늘따라 사람 괴롭힐 기분이 아니라서?

정윤환의 속내를 도무지 알 수 없으니 그동안 겪은 행태로 미루어 짐작할 수밖에 없는지라, 어떤 방향으로 생각해 봐도 열 받는 결론만 나왔다.

"제8도시력 24년 11월 5일. 도시연합은 유적지 발굴 사업을 시작한다. 인류는 도시로 숨어들어 겨우 명맥만 유지하고 있었고, 수많은 기술자와 지식인이 죽고 위대한 유산들이 사해에 파묻혀 버려 문명이 크게 퇴화해 있었다. 도시연합은 뒤숭숭한 민심을 휘어잡아 강력히 집권할 수 있도록, 빛나는 과거를 재현하길 원했다. 그리하여 도시연합은 우리가 유적지라 부르는, 오염된 온에 훼손된 옛 도시를 뒤지기로 했지. 그리고 그들은 제12유적지에서 중대한 기록을 발굴해 낸다. 제12유적지가 과거 어떤 터였지?"

한 학생이 번쩍 손을 들었다. 수업 시작 전에, 유은우에게 가장 먼저 총을 겨누었던 그 여학생이었다.

"온디딤 제작 단지였습니다. 제국이 공인하는 가장 뛰어난 공방만이 모여 있었습니다. 주로 무기 타입을 제작했습니다."

"도시연합은 그곳에서 많은 기술을 건져 왔다. 역사의 한 획을 긋는 가장 중요한 발굴은 무엇이지?"

"총입니다. 억새 의자 공방에서 제국의 지령을 받아 비밀리에 제작하고 있었습니다. 당시 미완성으로 잿더미에 파묻혀 버렸지만, 도시연합에서 그 기술을 바탕으로 개발을 거듭하여 지금의 총을 보급하기에 이르렀습니다."

"그렇지."

황종길이 고개를 끄덕이며 말을 이었다.

"총의 보급으로 우리는 '동조자'란 단어를 다시 정의해야 했다. 온디딤을 직접 다루었던 제국시대 때는, 동조자란 온과 동조가 가능함은 물론 온을 다룰 줄 아는 사람을 뜻했다. 하지만 제8도시 시대인 현재에 들어서서, 동조자는 온과 동조가 가능한 자로 그 범위가 대폭 확대되었다. 총만 있으면 누구나 온을 다룰 수 있기 때문이지. 온디딤은 온을 직접 다룬다. 아주 무식한 방식이지. 설계나 타격 같은 개념 자체가 전무해. 그저 짐승처럼 예민한 감과 위험을 감수하는 기백을 타고나야 했다. 그래서 제국시대에는 동조자가 많지 않았지. 아주 극소수였어.

그리고 그 극소수마저도 수명이 매우 짧았다. 단 한 번만 실수해도 온의 흐름에 휘말려서 내장이 뒤틀려 죽었으니까. 그때는 온과 동조할 수 있다고 해서 모두가 온을 다룰 수 있는 것은 아니었다. 하지만 지금은? 단 1%라도 온과 동조할 수 있다면 누구나 동조자로 불리고 있다. 바로 총 때문이지. 응용학교 때 '총의 구조와 응용' 과정을 수료한 학생이 있나? 그래, 자네. 말해 보게. 총이 온디딤과 다른 점이 뭐지?"

맨 앞자리에 앉은 남학생이 또박또박 대답했다.

"총에는 도시연합이 개발해 낸 여과 장치가 삽입되어 있습니다. 온이 인간의 내부로 들어와 침식하는 것을 총이 막아 줍니다."

"도시연합에서 배포하는 최신 프로그램을 꾸준히 업데이트해야 하는 이유가 여기 있다. 도시연합의 개발로 총이 갈수록 안정되기 때문이지. 지난 개인전에서 한 1학년이 본인 총을 잃어버리고 급하게 구버전이 깔린 총을 빌려서 최신 설계를 시도하다가 팔이 부러진 것을 너희도 두 눈으로 똑똑히 봤을 거다. 온이 침식한다는 게 그렇게 무서운 거야."

황종길이 제 홀스터에서 총을 잡아 빼서 교탁에 올려놓았다.

"온디딤과 총의 차이점을 쉽게 이해하려면, 온을 뜨겁게 출렁이는 덩어리라고 생각하면 된다. 내 온디딤은 주머니칼이었으니까 이걸로 예를 들어 보지. 맨손으로 칼을 쥐고 펄펄 끓는 거대한 덩어리를 갈라 나누는 것이 얼마나 어렵겠는가? 뜨거운 김에 손을 데는 것은 물론, 섬세한 작업이 어려울 거다. 온디딤을 가지고 온을 다루었던 전 동조자들의 의지가 얼마나 대단했는지 알 수 있지. 하지만 총은 달라. 우리는 온을 맨손으로 만지지 않는다. 설계로 미로 같은 틀을 먼저 짜고, 그 후에 타격으로 그 미로의 입구에 온을 밀어 넣어, 뜨거운 덩어리가 우리가 짠 통로로 자연스럽게 미끄러지게 한다. 손 하나 까딱하지 않고 머리로만."

툭, 어깨에 복슬복슬한 것이 닿아, 유은우는 흠칫 몸을 굳혔다. 정윤환의 부스스한 정수리가, 그의 색색거리는 숨소리를 따라 유은우의 어깨에 닿았다 말았다 하고 있었다. 유은우는 질색을 하며 손가락을 하나만 들어서 정윤환의 머리를 냅다 밀어 버렸다. 정윤환이 비몽사몽간에 반대쪽으로 휙 넘어갔다가, 뒷목을 잡으며 눈을 떴다. 유은우는 황종길만 빤히 보며 모른 척했다. 뺨에 정윤환의 따가운 시선이 느껴졌다.

"야."

정윤환이 낮게 말했다. 유은우는 교수에게 시선을 두고 작게 대답했다.

"네."

"……아니다. 됐다."

정윤환이 가볍게 한숨 쉬는 소리가 났다. 유은우는 속으로 불평했다. 지금 한숨 쉬고 싶은 사람이 누군데…….

그러다 퍼뜩 그런 생각이 들었다.

그냥 물어볼까?

이렇게 사람이 많은 데서 유혈 사태가 일어나진 않겠지. 거기다 정윤환은 이미 유은우가 어제 학생 휴게실에 있었다는 사실을 알고 있었다.

일단 부딪혀 보자 싶어, 유은우는 정윤환의 귓가로 입을 가져다 댔다.

"선배."

정윤환이 화들짝 놀라 제 귀를 가리며 몸을 뒤로 뺐다. 유은우는 다른 학생들이나 교수가 눈치채지 않았으면 하는 마음에, 이리 가까이 와 보라는 소심한 손짓을 살짝 해 보였다. 정윤환이 의아한 얼굴로 유은우에게 고개를 숙였다. 유은우가 소곤소곤 그의 귀에 속삭였다.

"선배, 낙원의 이론이 뭐예요?"

정윤환이 웃음을 터뜨렸다. 교수가 강의를 멈추었다. 학생들의 시선이 일제히 집중되었다. 여태 정윤환이 가만히 앉아만 있으면서도 강의실 분위기를 흐리고 있음을 묵인하고 있던 교수가 기어코 한마디 하려 했다.

"자네……."

"죄송합니다. 아니, 진짜 너무 웃겨 가지고……. 흠, 큼, 죄송합니다."

그러고도 정윤환은 웃음을 참지 못하고 한참을 끅끅거렸다. 유은우는 모른 척하고 있었으나 민망함에 얼굴이 새빨갛게 달아오르고 말았다. 강의 끝자락에, 정윤환이 유은우에게 손짓을 했다. 유은우는 바짝 다가갔다. 그가 유은우의 귓가에 입을 댔다. 그 숨이 너무 뜨거워, 입술이 닿은 것처럼 느껴졌다. 유은우는 귀를 문질러 대고 싶었으나, 무슨 단서라도 놓칠까 싶어 꾹 참았다.

정윤환이 숨을 섞어 천천히 말했다.

"힌트 하나 줄까? 낙원의 이론은 그렇게 다른 사람한테 물어서 찾는 게 아니야. 지금 네가 그걸 찾아내서 읽는다 해도, 넌 이해할 수 없어. 겪지 않았기 때문이지."

유은우는 자세를 고쳐 앉으며 정윤환을 보았다. 그가 해사하게 웃었다. 이번엔 유은우가 정윤환에게 몸을 바짝 붙였다. 그도 알아서 고개를 숙여 주었다.

"그걸 지금 힌트라고 주는 거예요?"

"서재희는 낙원의 이론을 찾았다고 표현하지. 난 생각이 달라. 낙원의 이론은 찾는 게 아냐. 선택하는 거지. 네 신념에 따라 선택에 선택을 거듭하면, 낙원의 이론이 널 알아볼 거야. 그리고 너는 마지막 선택을 강요받겠지. 지금의 판을 유지하느냐. 아니면 뒤집느냐. 나는 선택했고, 서재희는 선택을 미뤘어. 그래서 그놈이 청문회 문턱에 걸려 있는 거야. 혼자 고고한 척하니까."

"근데 선배, 저한테 말해 줘도 돼요?"

"네가 물어봐 놓곤. 어차피 조만간 세상 하직하잖아? 물론 네가 내 제안을 다시 생각해 본다면 또 다르겠지만. 그러니까 쓸데없이 돌아다니면서 이것저것 들쑤시지 말고 어디 붙을지나 정해."

가슴이 철렁했다. 정윤환은 유은우를 봐주고 있는 게 아니었다. 똑똑히 기억하고 있었다. 그가 유은우의 귓가에 가만가만 말했다.

"널 그렇게 예뻐하는 서재희가 말 안 하든? 유급이 코앞이라고."

'또 시작이네.'라고 누군가가 유은우의 뒤에서 나지막이 중얼거렸다. 유은우는 저도 모르게 바짝 굳었으나, 이어지는 대화를 듣고 그것이 교수를 향한 말임을 알았다. 여태 조용하던 강의실이 술렁이고 있었다. 황종길 진짜 미쳤네. 저러다 사상범으로 잡혀가는 거 아니야? 어디서 이상한 걸 주워들어서 자꾸 역사라고 가르치잖아. 교장은 왜 저 교수 해고 안 시켜? 정선재 의원이 뒤를 봐주고 있다더라. 정선재랑 황종길이랑 막역한 친구래. 정선재? 정윤환 아빠? 저 잘 씻지도 않을 것 같은 교수랑 그 잘생긴 정선재가 친하다고?

강단에 선 황종길은 학생들의 수군거림에도 눈썹 하나 까딱하지 않고 꿋꿋이 강의를 진행했다.

"제국시대에 용과 유일한 접점에 선 인간들이 있었다고 추론된다. 성체가 된 용과 계약한 인간들."

강의실 곳곳에서 학생들이 코웃음 쳤다. 한 남학생이 손을 번쩍 들었다. 황종길은 그를 보지 못한 것인지 일부러 무시하는 것인지 말을 멈추기는커녕 더욱 목소리를 높였다.

"계약자와 동조자의 차이는 아주 극명했다. 보통 동조자란, 10대 전후에 본인의 물건 중 하나가 온디딤화되며 무작위로 발현하며, 현재에 이르러 여덟 살에 동조율 측정을 통해 일부 미리 알아내는 게 가능해졌다. 하지만 계약자는 계약에 의해 선택적으로 발현되며, 그 어떤 온디딤도 다룰 수 있었다고 하지. 본인 것은 물론이고 타인의 것도. 그들은 온디딤을 아무리 사용해도 대가를 치르지 않았기 때문에 극한에 가깝게 온을 운용할 수 있었다. 용이 그들을 침식으로부터 지켜 주었기 때문이지."

손을 든 남학생이 크게 외쳤다.

"교수님, 제국시대에 정말로 계약자가 존재했다면 어떤 식으로든 그 기록이 남아 있지 않을까요? 교수님께선 이미 허위 사실 유포로 징계 받으신 걸로 압니다. 이렇게 많은 사람들 앞에서 자꾸만 계약자 이야기를 꺼내시려면 증거가 있으셔야 할 텐데요. 저희도 허무맹랑한 동화나 듣자고 여기 입학한 거 아니거든요."

여기저기서 동의하는 추임새가 들렸다. 어디 이런 적이 한두 번이어야지. 학생회에 신고 넣자. 학생회 말고 재희 선배한테 메신저 보내는 게 빨라. 학생회든 파견부든 어차피 재희 선배가 움직여야 해결되잖아. 짜증을 내는 몇몇 학생들 사이로, 유은우는 손도연을 발견했다. 손도연은 수업에 지각했는지 접이식 간이 의자를 꺼내다가 책상도 없이 벽에 붙어 앉아 있어서 옆얼굴만 보였다. 일상의 대부분을 무료한 표정으로 보내는 손도연이 웬일로 눈을 반짝이며 황종길에게 집중하고 있었다.

"그들은 서로 연대하지 않고 독자적으로 움직였기 때문에 일평생 단 한 번도 마주치지 않기도 했어. 강력한 힘을 지니고 있음에도 방관에 가까운 중립을 지키며, 그 어떤 세력도 대표하지 않았지. 그러니 기록이 없을 만도 하고, 혹은 기록이 있더라도……."

황종길은 말을 다 맺지 않고 입을 다물었다. 탐탁잖은 표정이었다. 좌중이 싸늘해졌다. 그럴 만도 했다. 황종길은 그 어떤 근거도 대지 못하면서 계약자라는 생소한 개념을 공식적인 자리에서 기정사실화하고 있었고, 급기야 자신의 주장을 뒷받침할 만한 근거는 훼손되었다는 뉘앙스마저 풍기고 있었다. 왜 징계를 받았는지 알 만했다.

"대단하지 않아?"

정윤환이 중얼거렸다. 그는 턱을 괴고 강단의 황종길을 빤히 보고 있다가 눈만 굴려서 유은우를 보았다. 그가 웃는 듯 입꼬리를 올렸으나 무너지며 일그러졌다.

"밟아도 안 죽는 사람들."

이내 정윤환이 다시 황종길을 응시했다. 황종길은 시끄러워진 학생들을 향해 조용히 하라고 손을 젓고 있었다. 그러나 소란은 가라앉을 기미가 없었다. 정윤환이 몸을 기울여 유은우에게 다가왔다. 머리카락에 그의 일부가 닿는 게 느껴졌다. 그의 속눈썹인지 코끝인지 입술인지 알 수 없었다.

"나는 저런 사람들이 부러워. 저런 사람들은 죽어도 죽지 않는 거야. 영원히 살아 있는 거지."

무슨 뜻인지 물을 틈은 없었다. 정윤환이 손을 번쩍 들었다. 황종길에게 쏟아지던 항의가 정윤환에게 주목하는 시선으로 바뀌는 데엔 수 초도 걸리지 않았다.

황종길 역시 당황하여 정윤환을 빤히 보았다. 평소 들어오지도 않는 수업에 왜 들어와서 갑자기 손을 드는지 전혀 모르겠다는 표정이었다. 그러나 황종길은 이내 가타부타 않고 정윤환을 지목했다. 황종길은 여러 면에서 다른 교수들과 달랐고, 특히 정윤환에 대한 두려움이 없어 보였다. 정윤환이 손을 내리고 자리에서 일어섰다.

"과거 제국시대에 계약자가 존재했다고 주장하는 사람은 교수님 혼자가 아닙니다. 많은 학자들이, 제국시대에 아주 특별한 동조자가 있었을 거라고 추측합니다. 충분히 논의할 가치가 있습니다. 정규 과정에 없다고 해서 강의에서 언급하지 못할 이유가 없으며, 때로는 상식을 반하는 가설이 진실을 명확하게 만들어 주기 때문입니다. 물론 반대의 경우도 있겠죠. 가설을 반박하다가 오히려 상식이 거짓으로 밝혀지는. 어쨌든 현재 근거를 댈 수 없다고 해서 모두 거짓인 건 아니죠. 무지한 인간이 아직 찾지 못했을 수도 있고……."

정윤환이 장난스럽게 웃었다.

"……탐욕스러운 인간이 은폐했을 수도 있죠."

강의실 어딘가에서 이프가 우웅 진동했다. 유은우는 반사적으로 제 이프를 보았다. 강의 시간이 훌쩍 지나 있었다. 강의실 문 근처가 소란해졌다. 다음 강의를 위해 몇몇 학생들이 책을 껴안고 안쪽을 기웃거리고 있었다. 그러나 도시의 역사 수업을 듣는 학생들은 가만히 자리를 지켰다.

"13년에 교수님께서 논문을 하나 발표하셨죠. 도시연합에서 기록물 관리법을 강화하면서 열람이 금지되었지만 그 전에 접할 기회가 있었습니다. 죽은 제 사촌형이 교수님을 존경해서 유품으로 남겼더군요. 아주 인상 깊었습니다. 불법이라 입에 담지는 못하나 그건 교수님도 마찬가지시겠죠. 말할 게 없는 게 아니라 말할 수 없는."

빽빽한 침묵 뒤에, 황종길은 손을 저었다. 그는 정윤환의 지원사격을 받았으나 기분이 썩 좋아 보이지는 않았다. 황종길은 패잔병 같은 표정을 짓고 있었다. 그가 책을 챙겨 나가자마자 학생들이 하나둘씩 강의실을 빠져나갔다. 크게 떠드는 사람은 없었다.

정윤환은 그대로 우뚝 서서 주위를 응시하다가 문득 유은우의 머리에 손을 얹어 왔다. 유은우의 머리칼에 손가락을 가볍게 섞으며 그가 산뜻하게 말했다.

"너 때문에 처음 들어 봤는데, 강의 괜찮네."

"선배 사상범으로 잡혀가는 거 아니에요?"

"우리 아빠 의원인데."

정윤환의 손에 경쾌하게 힘이 더해졌다. 그가 이어 말했다.

"병원장이기도 하고."

유은우는 그의 손에 머리가 헝클어지는 걸 느꼈다. 유은우는 잠자코 있다가, 정윤환이 휘적휘적 강의실을 나간 후에야 가만히 머리를 정돈했다.

건물을 나오니 어느덧 해가 지고 있었다. 학교는 지나치게 조용했다. 유은우는 학생 식당에 내려가 홀로 식사를 마치고 후식으로 나온 에너지 음료를 입에 달랑 물고 학생 휴게실에 자리 잡았다. 필기시험이 마무리되자 학생들은 이제 2주 후에 닥칠 모의 전투에 대비하고 있었다. 때문에 곳곳에 모의 전투 지침이 심심찮게 굴러다녔다. 글씨는 깨알 같고 두께는 한 뼘인 그 책자를, 유은우는 근처 탁자에서 주워다가 무릎에 펼쳐 놓고 읽었다. 한가로이 에너지 음료를 빨고 빈 팩을 근처 쓰레기통에 휙 던지는데, 입구부터 서서히 시끄러워졌다. 휴게실에 있던 학생들이 소란한 분위기를 감지하고 하나둘씩 입구를 주시하기 시작했다. 최수연도 있었는데, 그녀는 창가에서 홀로그램으로 전투 영상을 틀어 놓고 팀원들과 이야기를 나누다가 이프로 전화를 받았다. 최수연은 미간을 찌푸리더니 심각한 표정으로 자리에서 일어났다. 팀원들이 무어라 묻는 듯했으나 최수연은 대꾸 않고 빠른 걸음으로 휴게실을 빠져나가 버렸다.

그때 입구로부터 학생들이 대거 들어왔다. 몇몇은 손에 종이를 한 장 혹은 여러 장 쥐고 있었고, 몇몇은 아니었다. 그러나 하나같이 상기된 얼굴로 순식간에 휴게실 곳곳으로 흩어졌다.

"야, 너 이거 봤냐?"

"뭐야? 가계도 같은 건가?"

"이경민 있잖아. 백일서랑 붙어 다니던. 걔가 오늘 동아리실에서 보고 복사해서 다 뿌렸대. 난리야, 지금."

"나도 아침에 연구실에서 보긴 했는데. 팩스로 들어와 있더라. 교수님이 바로 버리라고 해서 버렸거든. 그런데 이거 누가 만든 거야?"

"내 것도 있어?"

"네 건 없어. 멍청아, 누가 귀한 시간 들여서 제5도시 출신 인적 사항을 만들겠냐. 전부 제1도시 출신에 부모 중 하나가 의원이거나, 아니면 의원 출마 소문이 돌거나, 어디 대표거나⋯⋯."

"다들 쉬쉬하긴 하는데⋯⋯. 당사자가 미쳤다고 만들었을 리는 없고. 학생회 아니겠어?"

"이거 정확한 정보 맞아? 한주영이 최수연 사촌이랑 결혼했네? 그럼 최수연 도시연합 취업하는 거 좀 힘들지 않냐? 도시연합에서는 상관없다고 해도 사상범이랑 관련 있으면 면접에서 바로 탈락일걸."

"일곱 명뿐이야?"

"더 있겠지. 없으리란 보장 있어? 전교생을 이렇게 관리할지도 몰라."

"너무 무서워. 대체 용도가 뭐야? 왜 이런 걸 추적해 놓은 거야?"

유은우가 간밤에 도서관에서 각 수신처로 뿌린 팩스는 눈치 빠른 학생이나 직원에 의해 신속히 수거되었으나, 이미 수많은 학생의 손에 들어간 후였다. 뿐만 아니라 손에서 손으로 건네지며 여러 메모가 덧붙여졌다. 유은우는 휴게실에서 몇 시간 머물다가 복도로 나왔을 때 게시판에 일곱 명의 문서가 모두 모아져 붙어 있는 것을 보았다. 그 주위로 백지들이 덧대어져 있었고, 학생 몇몇이 서서 펜을 들고 일곱 명의 인적 사항과 대인 관계도를 기준으로 학교의 다른 유력한 몇의 가계도까지 확

장시켜 그리고 있었다. 평소 최수연과 친한 한 학생이 화를 내며 모두 떼어 내라고 외쳤으나, 다른 학생 몇이 이건 비단 최수연만의 문제가 아니라며 맞받아쳤다.

자정 전엔 차예원이 학생회장으로서 직접 교내 방송을 했다. 학교 측에서는 전혀 모르는 문서지만, 개인 정보가 포함되어 있으므로 취득하는 즉시 학생회로 제출하라는 게 방송의 요지였다. 또한, 차예원을 대표하는 학교는, 이 출처를 알 수 없으며 진실이라고 확신하기도 어려운 문서를 악의적이고 무책임하게 퍼뜨린 장본인을 찾고 싶어 했다. 차예원은 팩스 송신지가 도서관 휴게실로 추정되니, 어제 새벽 도서관에 출입했거나, 신상이 털린 일곱 명의 학생들에게 원한이 있는 등 최초 유포자로 의심이 가는 수상한 자가 있다면 적극 신고하라고 거듭 당부하였다.

그러나 학생들은 문서가 언제 어디서 누구에 의해 교내에 유포되었는지에는 관심이 없었다. 그들은 이 미심쩍은 데이터의 출처보다, 이 데이터가 처음 만들어진 계기에 집중했다. 여러 가설 중, 학생의 개인 신상과 사상을 바탕으로 성적을 조작하기 위함이라는 의견은 꽤나 설득력이 있었다. 그도 그럴 것이 그 문서 한 장만으로도 해당 학생 가계의 흥망성쇠와 현재 위상을 엿볼 수 있었는데, 가세가 솟고 기울고에 따라 성적이 일관적으로 요동쳤기 때문이다. 특히 최수연의 경우, 설계 분야, 그중 좌표 설정에 기초학교 때부터 뛰어난 기량을 보여 왔기에, 이번 시험에서 고급 설계 과복 등수가 갑작스레 하위권으로 떨어진 것은 납득하기 어려운 일이었다. 그동안 최수연에게 설계를 배우며 도움을 받은 학생들의 증언이 가설에 힘을 더했다. 최수연이 우리에게 가르쳐 준 이론의 반의반만 답안지에 썼더라도 저 점수는 나올 수가 없다고. 누군가가 분명히 최수연의 점수에 손을 댔을 것이라고. 왜냐하면 그녀의 친인척 중 하나가 제3도시에서 부정선거가 이뤄졌다고 의혹을 제기한 후 사고사하였으며, 최수연과 평소 친하게 지냈기 때문에. 그러므로 최수연이 우수한 성적으로 졸업하여 사회의 요직에 배치되기 전에 싹을 밟아야 되지 않겠느냐고. 정당한 인과관계가 아니었다. 그러나 바로 그 비약 때문에 학생들은 삽시간에 끓어올랐다. 그 열기는 어떠한 체계를 갖추기까지 했다. 최수연을 비롯한 일곱 명의 점수가 어떤 이유에서든 정말로 조작되었다면, 다른 학생들도 분명히 영향을 받았을 터였기 때문이다. 한 사람의 점수가 변동되면 전체가 흔들렸다. 남의 일이 아니었다.

유은우가 팩스를 전송하고 이튿날, 많은 학생이 교수를 찾아가 자신의 답안지 열람을 요청했다.

사흘째엔, 2학년 학생 몇이 휴게실 한쪽 벽면에 영사기를 설치하고 전교생의 점수를 재정립하는 노트북 화면을 띄웠다. 그들은 하루 종일 노트북 앞에 앉아서 도시락 따위를 먹으며, 답안지를 보고 온 학생들이 제 점수를 알려 올 때마다 표에 차곡차곡 넣어서 등수를 처음부터 다시 매기기 시작했다. 대부분의 학생들이 기존 결과와 비슷한 순서로 나열되었다. 그러나 표의 절반이 채워지기도 전에 몇몇 학생의 등수가 지나치게 차이가 났다. 그것은 학교 곳곳에 설치된 스크린의 공식 결과와 선명하게 대비되었다.

나흘째, 밀어닥치는 학생들에게 교수들은, 시험이 종료되고 사흘까지만 열람이 가능하므로 이미 열람 기간이 끝났기 때문에 더 이상 문의를 받지 않겠다고 선언했다. 학생들의 잦은 방문이 연구에 방해가 되며, 시험 결과를 부정하는 것은 곧 채점한 교수를 의심하는 것이므로 학생으로서 부적절한 태도라는 게 이유였다.

동시에 학생 휴게실에서도 일이 터졌다. 한 학생이 교수에게 확인한 점수보다 높게 자신의 점수를 불렀다고 고백한 것이다. 학생들은 우리가 개별적으로 자기 점수를 다시 부른다고 해도, 그 점수들이 진실한지 확신할 수 없는 데이터가 정말 의미가 있느냐고 회의감을 표시했다. 여태 똘똘 뭉쳐 추진했던 모든 노력이 원점으로 돌아갔다. 이틀 밤을 새우며 점수를 정리하던 2학년 두 명은 노트북을 닫아 버리는 대신 전교생의 답안지를 전체 공개해 달라는 청원서에 서명을 받기 시작했다. 낱낱이 흩어진 개인의 점수가 한눈에 보여야 등수를 믿을 수 있다며 많은 학생이 적극 서명했다.

닷새째 되던 날, 학생 여섯 명이 유은우를 찾아왔다. 3학년 여학생이 인사 뒤에 바로 본론에 들어갔다.

"유은우 너 공부 열심히 한 거 알아. 네 점수가 필요해. 네가 관건이야. 만약 어떤 과목에서 네 점수가 50점인데 등수가 꼴

등이면 그거 이상한 거잖아."

유은우는 읽고 있던 모의 전투 지침을 덮으며, 시험 결과가 나온 당일 교수들을 찾아가 봤으나 전부 거절당했다고 대답했다. 옆에서 가만히 듣고만 있던 2학년 남학생이 조용히 말했다.

"황종길 교수님 연구실에 들어가는 거 다 봤어."

유은우는 황종길 교수가 자신에게 답안지를 보여 준 행위가 호의를 넘어선 용기임을 알고 있었다. 사실대로 말하여 황종길을 곤경에 빠뜨리고 싶지 않았으므로 유은우는 고개를 저으며, 연구실에 들어가긴 했으나 답안지는 보지 못했다고 대답했다. 학생들은 유은우의 말을 전혀 믿는 눈치가 아니었다. 4학년 여학생이 옆구리에 끼고 있던 노트를 빼서 깨끗한 페이지를 펼쳐 유은우 앞에 놓았다.

"좋아. 그럼 여기다가 답안 복기할 수 있어? 네가 제일 자신 있었던 과목이 뭐야? 도시의 역사? 사해 계측?"

고민할 필요도 없었다. 유은우는 즉각 대답했다.

"모델링이요."

'그거 이번에 어렵지 않았나.'라고 2학년 남학생이 중얼거렸다. 4학년 여학생이 눈으로 그에게 주의를 준 뒤 탁자 위에 굴러다니던 펜을 하나 집어 유은우에게 내밀었다.

"그럼 그 과목 답안지 작성했던 거 한번 써 봐. 편하게 생각나는 대로 쭉 써. 시험 친 지 며칠 지나서 많이 잊었겠지만 그래도 할 수 있지?"

잊을 리 없었다. 서재희 앞에서 몇 번이나 그렸다. 유은우는 그때 서재희의 서늘한 그림자가 손등에 어떤 방향으로 드리웠는지까지 또렷이 기억했다. 잊지 못할까 두려웠다.

유은우는 손을 내밀어 펜을 받았다. 제일 뒤에 있던 1학년 남학생이 고개를 빼끔 내밀며 제 이프를 가리켰다.

"촬영해도 돼?"

유은우는 펜 끝을 노트에 대며 고개를 끄덕였다.

유은우가 오염 수치 모델링 시험에 나왔던 서술형의 모든 답안을 완벽하게 재현하는 동영상은 삽시간에 퍼졌다. 유은우의 팩스가 전교생에게 유포되었던 속도보다 갑절은 빠른 것 같다. 어떤 학생들은 유은우가 시험을 치고 나서 모범 답안을 암기한 거 아니냐는 의견을 내기도 했다. 그러나 이미 필기시험이 끝나고 모의 전투를 고작 2주 남긴 상황에서 유은우가 뭐 하러 그런 짓을 하겠냐며, 영상에서 유은우가 답안을 술술 써 내려가는 속도와 서술하는 방식을 볼 때 단순 암기가 아닌 이해에서 비롯된 답안이라는 의견이 우세했다. 본인 목숨이 달려 있는데 설계 과목은 선천적으로 못하더라도 다른 건 저 정도 하지 않았겠냐는 추측과, 유은우가 공부하는 거 슬쩍 본 적 있는데 제법 풀더라는 목격담도 심심찮게 나왔다.

엿새째 오후, 학교에 입학하고 처음으로 유은우 메신저로 쪽지가 날아왔다. 차예원이었다.

[학생회실로 와. 지금 바로.]

유은우는 답장을 날렸다.

[왜요?]

유은우의 쪽지를 상대가 확인했다는 알림이 떴으나 차예원은 5분이 넘도록 가타부타 말이 없었다. 유은우는 읽고 있던 모의 전투 지침을 제자리에 꽂아 두고 설렁설렁 걸어 본관으로 갔다.

학생회실 문을 열고 들어서자마자 차예원이 서 있는 게 보였다. 인사를 하려는데 차예원이 한쪽 손을 위로 번쩍 추켜올렸다. 피하기에 늦어 마음의 준비를 했다. 짝, 고개가 세차게 돌아갔다. 유은우는 눈을 뜨고 천천히 고개를 바로 해서 차예원을 마주 보았다. 그녀는 언제 유은우를 때렸냐는 듯 팔짱을 끼고 있었다. 그녀의 어깨 너머를 빠르게 훑어보니 당연하게도 아무도 없었다.

차예원이 눈으로 부드럽게 웃었다. 예쁘게 휘는 눈매가, 서재희가 학생들을 향해 짓는 미소와 흡사했다.

"왜 맞는지 알지?"

"모르겠는데요."

"왜? 결백하니?"

"그럴 리가. 지은 죄가 하도 많아서 그중 뭘 걸렸는지 알 수가 있어야죠."

차예원의 눈가가 굳었다. 그러거나 말거나 유은우는 맞은 뺨 안쪽을 혀로 더듬어 보았다. 맞는 방향을 따라 요령 있게 얼굴을 돌렸기에 안쪽이 찢어지진 않았으나 화끈거렸다. 짜증이 치솟았다.

"네가 퍼뜨렸지?"

유은우는 한쪽 손으로 맞은 뺨을 살살 도닥이면서 영문을 모르겠다는 듯 눈만 깜박거려 보았다. 차예원이 미소를 지우지 않으며 손가락으로 아래를 가리켰다.

"네가 꺼내 갔지?"

"뭘요?"

"CCTV에 다 찍혔어. 너 왔다 간 거."

"거짓말. CCTV 없던데요."

유은우가 심드렁하게 대답했다.

"학교 전체에 CCTV가 단 한 대도 없더라고요. 그렇게 꽁꽁 감춰 둘 장소면 하나쯤 설치할 법도 한데 안 달았다는 점. 요즘 같은 시대에 데이터를 군이 책자로 만들어서 보는 점. 침입자를 추적하는 것보다 본인들이 하는 행위를 증거로 남기는 것이 더 두려워서 그랬는지 어쨌는지."

차예원의 턱이 단단해졌다.

"네 말이 맞아. 나는 가진 죄를 감출 수 있고 없던 시체도 만들 수 있어. 혼자서 살금살금 기어들어 올 때야 정의의 사도라도 된 것처럼 의기양양했겠지만 지금은 이야기가 다르지 않니? 방금 내가 널 때린 건 아무도 모르겠지. 그럼 더한 것도 마찬가지 아닐까?"

"아무도 모르다뇨. 벌써 두 명이 아는데요. 저랑 선배. 물론 선배 양심이 남아 있다면요."

차예원이 홀스터에 꽂힌 총에 손을 얹었다.

"선배가 기껏해야 제 따귀나 때리는 걸 보면, 누가 제 신변을 보호하고 있긴 한가 봐요. 제 소유자 김서혁 총사령관님은 저한테서 손 뗐으니 아닐 테고. 차인호 도시연합장님은 날 폐기 처분 하라는 세력의 정점에 있으니 그 역시 아닐 테고. 도시연합장 외동딸이 손을 못 댈 정도면 누구려나. 임유현 교장 선생님?"

차예원은 표정 변화가 없었다.

"교장 선생님께서 내 처분을 보류 중인가? 제 어디가 마음에 드셨을까 궁금하네요. 그거 믿고 하극상 한번 제대로 해 볼까요. 정윤환은 미친놈이라 좀 무섭지만, 선배는 그래도 그 정도로 미친 것 같지는 않아서 솔직히 만만하거든요."

"내가 왜 네 따귀나 때리고 마는 줄 아니?"

차예원이 총에서 손을 떼고 팔짱을 낀 채 한 걸음 가까이 왔다.

"은우 네게서 더 빼앗을 것이 없기 때문이야. 내가 굳이 손을 대지 않아도 넌 추락할 테니까."

차예원의 목소리는 낮아져 이젠 속삭임에 가까웠다.

"시치미 뚝 떼고 학생들을 선동하는 게 아주 웃긴다고 생각했어. 내 화를 돋우고 싶어서 한 일이라면 너 제법 성공한 것 같아. 널 불러내서 이렇게 시간 낭비를 하고 있으니."

차예원은 왼손으로 오른손 손바닥을 우아하게 매만졌다.

"네 꼴을 보아하니 스스로 가라앉을 것 같아. 물에 빠지면 허우적대면 안 돼. 숨을 멈추고 몸에서 힘을 빼야 하지. 그래야 떠올라 살 수 있어. 넌 아직 어리구나. 네가 던진 그 웃기지도 않은 불씨를 내가 어떻게 밟아 끄는지 잘 보고 배워 두렴. 다음 생애에 써먹을지 누가 아니? 그것도 어느 정도 괜찮은 위치에 태어나야 가능하겠지만."

유은우는 더 들을 필요가 없다고 생각했다. 돌아서서 문손잡이를 잡았다.

"그리고 하나 더. 네깟 게 탐낼 수 있는 게 아냐. 걘 내 거야. 일곱 과목이나 만점 받을 만큼 똑똑하니 내 말이 무슨 말인지 알겠지. 네가 짐작하는 대로 난 널 죽일 수 없어. 하지만 죽음 직전까지 몰아넣는 건 가능해. 고통을 감수할 만큼 서재희가 좋다면 계속 그렇게 내 남자 주위를 얼쩡거려 보든가."

유은우는 문을 열었다. 복도로 나와서 열린 문틈으로 차예원과 마주했다.

"다음부터는 이런 얘기 그냥 메신저로 하시겠어요? 메신저로 못 할 얘기면 인형이나 하나 가져다 놓고 저라고 생각하고 거기다 얘기하시든가. 기분만 잡치고 영양가가 없네요. 맞은 데도 아프고."

"다음?"

차예원이 웃었다.

"네게 다음이 있긴 하니?"

"가는 데 순서 없다고, 선배가 저보다 오래 살 거라는 보장 있나요?"

고개를 숙여 깍듯이 인사하고 문을 쾅 소리 내어 닫았다.

본관을 나와 타박타박 걸어 기숙사로 돌아왔다. 분은 서서히 치밀어 올라, 기숙사 방에서 거울에 비친 벌겋게 부푼 뺨을 볼 때 절정에 이르렀다. 샌드백이라도 실컷 두들기고 싶다고 생각하는데, 2층침대 위에서 손도연이 고개를 빠끔 내밀었다. 그녀는 눈을 동그랗게 뜨더니 아무 말 않고 포르르 기어 내려왔다. 그러고는 제 서랍을 열고, 용 모양 열쇠고리, 용 모양 초콜릿, 용 모양 핸드크림 따위를 뒤지더니 연고를 끄집어 내밀었다. 유은우는 그것을 받아 손에 짜서 거울을 보면서 뺨에 살살 발랐다. 손도연은 아무것도 묻지 않고 옆에 나란히 앉아 있었다.

연고 뚜껑을 닫다가 문득 유은우는 옆 침대를 보았다.

"최수연 선배는? 이 시간엔 수업 없어서 항상 낮잠 자지 않았어?"

"아까 누가 부른다고 나갔어."

"누가?"

"얼버무리고 나가던데."

어딘가 불길한 느낌이 들었다. 유은우는 퉁퉁 부은 볼로 손도연과 함께 저녁을 먹고, 학생 휴게실에서 손도연이 용 관련 기사를 스크랩하는 동안 그 옆에서 모의 전투 지침을 읽었다. 다시 기숙사 방으로 돌아왔을 때, 이은혜가 방에 혼자 서서 훌쩍이고 있었다.

손도연이 얼른 다가가 이은혜의 어깨를 도닥였다.

"선배, 왜 울어요?"

유은우는 방문을 닫는 것도 잊고 입구에 서서 방 한쪽 구석을 보았다. 침대 하나에 침구가 잘 개어져 있었고, 그 옆의 협탁은 깨끗이 비워져 있었다. 최수연의 자리였다.

"수연 선배 정학 먹었어."

이은혜가 손등으로 눈물을 닦으면서 이어 말했다.

"선배가 그랬대. 자기가 뿌린 거래. 일곱 명이 전부 다 작당해서 그랬대. 그렇게 선동하면 시험 다시 치게 될 줄 알았나 봐. 절박했대. 시험 점수가 너무 안 나와서. 조금은 의심하는 마음도 있긴 했대. 몇 명이 평소에는 수업을 잘 못 따라오는데도 항상 등수가 높게 나오니까. 뭔가 있는 척 뒤집어엎어 보면 뭐라도 나오지 않을까 하고. 퍼뜨린 정보도 어차피 애들만 모를 뿐이지 학교 측에선 다 알고 있으니까 더는 손해 볼 마음도 없었다고."

손도연이 당황한 눈으로 이은혜를 바라보다가 도움을 청하듯 유은우를 보았다. 유은우가 되물었다.

"그걸 믿어요?"

"우리가 믿고 안 믿고가 뭐가 중요해? 선배가 당장 정학을 먹었는데 그게 뭐가 중요하냐고."

유은우는 방을 가로질러 창가로 다가갔다. 창문 밖을 내다보았다. 저만치 노을 아래 빨간색 캐리어를 끌고 가는 학생이 하나 보였다. 유은우는 즉시 뒤돌아 기숙사를 나왔다. 교정을 필사적으로 뛰어 최수연을 따라잡았다.

"선배, 잠깐."

팔을 잡아챘다. 최수연이 돌아보았다. 그녀는 매우 차분해 보였다. 눈물이나 고함이 스친 흔적은 없었다. 유은우는 최수연의 팔을 잡은 채 숨을 몰아쉬며 말했다.

"서, 선배가 한 거 아니잖아요."

최수연이 유은우를 빤히 보았다.

"너니?"

유은우는 숨을 가누며 고개를 끄덕였다. 힘껏 뛰어오느라 입에서 비릿한 쇠 맛이 났다. 최수연이 '역시.' 하고 중얼거렸다.

"분위기가 그런 것 같더라. 너한테 고마워해야 하나. 덕분에 원하는 걸 얻었어."

유은우는 멍하니 최수연을 바라보았다. 숨이 천천히 잦아들었다. 최수연의 팔을 움켜쥐었던 손이 힘을 잃고 호선을 그리며 떨어졌다. 최수연이 평온한 어조로 말했다.

"졸업 후 도시연합으로 들어갈 수 있을 것 같아. 계약직으로 시작해서 2년 내에 정규직 전환해 주겠다는 확답도 받았어. 입만 살아 떠들어 대는 사촌 때문에 앞길 영영 막힌 줄 알았는데. 인생이 이렇게도 풀리네."

"정학은요?"

"감수해야지. 한 달쯤 지나면 깜찍한 해프닝으로 기억되지 않겠어? 사람들 의외로 금방 잊어. 조금 전만 하더라도 모두의 일이었지만, 이제는 남의 일이 되었으니까."

"선배 점수는 조작되었고, 그 팩스도 선배가 전송한 거 아니었어요."

"내 점수 맞고, 내가 뿌린 거 맞아. 학생회에서 내일 내 답안지 공개할 거야. 자만하다 보니 몇 문제에서 실수했어."

"선배……."

"내가 했어. 나랑 나머지 여섯이 작당하고 한 거야."

최수연이 고개를 돌렸다. 그대로 캐리어를 끌고 가다가 멈춰섰다. 최수연이 물었다.

"그런데 넌 왜 그랬어? 다른 방법도 많잖아. 그 데이터를 가지고 학생회랑 직접 거래를 할 수도 있고, 교장실을 찾아갈 수도 있었을 텐데. 학교 전체를 뒤집어엎는 것보다 학생회 하나 상대하는 게 나았을 거야. 돌아가는 판을 보니까 네 등수 하나 수정하는 것쯤은 문제도 아닌 것 같던데."

유은우는 대답하지 않았다. 최수연이 다시 물었다.

"왜 알렸니?"

"알게 되었으니까요."

"괜한 오지랖이야. 넌 손해 봤어. 아무것도 변한 게 없지."

"아뇨. 선배가 변하지 않기를 선택한 거죠."

"너, 조심하는 게 좋겠더라. 일은 터졌는데 아직 아무도 벌받은 사람이 없으니까. 지금 이 상황 보면 알겠지만……."

최수연이 무표정하게 이어 말했다.

"……꼭 죄인만 벌 받는 건 아니잖아."

다음 날까지 갈 것도 없었다. 최수연을 비롯한 일곱이 정학처분을 받고 학교를 떠나고 나서, 한 시간도 채 지나지 않아 일곱 명의 답안지가 전부 공개되었다. 그럴듯한 실수와 명료한 오답이 있었다. 많은 학생이 분노했다. 아무리 랭킹이 중요하더라도 적당히 했어야지. 우릴 가지고 놀았어. 모의 전부까지 이제 일주일도 남지 않았는데. 반면에 학생회에 의혹을 품는 이들도 있었다. 그들은 학생회 측에서 답안을 이제야 공개하는 것, 그토록 억울함을 호소하던 일곱 명이 정학 처분을 군말 없이 받아들이는 작금의 상황이 이상하다고 했다. 점수 조작이 있었으나 학생회에서 일곱 명에게 어떤 보상을 조건으로 입막음을 한 게 아닌가 하는 요지의 반박문이 복도마다 나붙었다.

모의 전투를 닷새 앞둔 날, 유은우는 본관 1층 복도에 서서 그 반박문을 읽고 있었다.

"지겹다. 학생회에서 벽보 수거 제때제때 안 하나?"

"이기적인 것들. 다시는 학교로 못 돌아오게 해야 돼. 전교생을 상대로 사기 친 거 아냐. 본인들이 시험을 망쳐 놓고 음모론이니 뭐니 웃기지도 않아."

"난 좀 미심쩍긴 해. 기초학교 때처럼 전교생 답안지를 전체 열람하면 간단한 일인데 학교 측에서 그걸 안 하잖아. 그래서 이번에 일이 커졌다고 생각해. 다른 애들도 평소에 의문이 있었다는 거니까."

"솔직히 이렇게 마무리되는 게 좀 아쉬워. 당장 모의 전투만 아니었어도 우리가 좀 더 파헤칠 수 있을 텐데."

"맞아. 솔직히 그 등수가 진짜라는 증거 없잖아."

누군가 차예원의 이름을 작게 속삭이자 몇몇이 동조했다.

"재희 선배야 평소에 애들 가르쳐 주는 거 보면 실력이 확실해. 성적에 의문이 없어. 그런데 예원 선배는 좀……."

"벼락치기라도 하나 보지."

"시험 기간에도 일찍 자던데. 도서관에도 거의 안 와."

"일부러 안 오는 것 같은데. 공부하는 거 보면 수준이 나와 버리는데 들키고 싶겠냐."

"도시연합장 딸이니 오죽해. 우리가 항의해 봤자 소용없어. 그런 애들은 그냥 위에 고정되어 있다고 생각하고, 밑에서 힘 없는 우리들끼리 피 터지게 싸우는 거지."

"말이 심하네. 차예원 선배 기초학교 때부터 쭉 상위권이었어. 원래 잘했어."

"그렇게 치면 여기 있는 애들 전부 다 기초학교 상위권인데? 정윤환, 서재희. 연합대회 때부터 날고 기었고 그 실력 지금 그대로야. 그런데 차예원은? 뉴스에서 죽은 엄마 대신 차인호 옆에 서 있던 거밖에 난 본 적이 없는데?"

"그런데 이 반박문은 어디서 만드는 거야?"

"모르겠어. 타이핑이라서 누구 글씬지도 못 알아보겠고."

"제일 처음에 도서관에서 팩스 보낸 사람이 만든 건가?"

"그때는 한 명이었을지 몰라도 이건 여러 명 같아. 이 벽보 하룻밤 만에 학교 전체에 나붙었잖아. 처음 시작한 사람한테 협조자가 생겼거나, 아니면 아예 다른 그룹이거나."

"시간도 더럽게 많은가 보네. 모의 전투 코앞에 두고 이런 거나 붙이러 다니고."

"아니면 모의 전투 연습 못 할 거 감수하고 했겠지."

"설마."

"세상 사람이 다 너 같신 않지. 본인 점수보나 이런 걸 밝히는 게 더 중요한 사람도 있어."

유은우는 등줄기를 빳빳하게 세우며 몇 걸음 물러섰다.

뭔가 이상했다.

유은우는 떠들어 대는 학생 무리에서 떨어져 서서 고개를 들고 천장을 보았다. 본관 1층 로비 천장이 약하게 둥둥 울렸다. 드문드문 콘크리트 가루가 부스러져 떨어지자 그 밑을 지나던 1학년 남학생 하나가 멈춰 서서 눈을 찡그리고 위를 보았다. 넓고 부드럽던 타격음이 어느 순간 날카롭게 밀어닥칠 때, 유은우는 바닥을 박차고 뛰어나갔다. 이를 악물고 뛰어 로비 한가운데 덩그러니 선 남학생을 잡아채듯 끌어안았다. 그대로 한 몸이 되어 바닥을 몇 차례 굴렀다. 등 뒤에서 요란한 폭발음이 일었다. 정전으로 시야가 까맣게 번쩍거렸다. 발로 바닥을 꾹 디디며 겨우 멈춰 섰다. 팔에서 힘을 풀고 일어서자 1학년 남학생도 비틀거리며 일어나 앉았다. 정신없는 상태에서도 고맙다고 말하는 그에게 고개를 저으며 유은우는 뒤를 돌아보았다.

천장의 일부가 무너져 내린 모양이었다. 아까까지만 해도 멀쩡하던 건물 천장에 지름 2미터가량의 구멍이 뻥 뚫려 있었다. 그 단면을 빙 두르며 끊어진 전선들이 죽은 덩굴식물처럼 늘어져 빠직빠직 빛을 뿜었다. 그 아래 크고 작은 회색 파편들이 역한 가루를 피워 올리며 뒹굴었다. 다친 사람 없냐는 외침과 콜록거리는 기침 소리가 먼지와 뒤섞여 먹먹했다. 유은우는 괴물의 입처럼 텅 빈 구멍을 올려다보았다. 중얼거리듯 물었다.

"저기 위층엔 뭐가 있어?"

방금 목숨을 구해 준 1학년 남학생이 유은우의 손끝을 따라 시선을 옮겼다. 기억을 더듬는지 그가 미간을 찡그렸다.

"저기 동아리실인데. 황종길 교수님이랑 애들 몇몇이 작게 모여서 무슨 역사연구 모임을 한댔어. 나도 확실히는……."

1학년이 말을 하다 멈추더니 유은우의 어깨 너머를 보고 눈을 크게 떴다. 유은우는 빠르게 뒤돌아보았다. 구멍이 뚫려 어두운 위에서 무언가가 움직이는 기척이 났다. 이어 무언가가 비죽 미끄러졌다. 큼직하고 길쭉하고 까맣고 빨간 그것은 콘크리트 잔해 위로 풀썩 떨어지며 소름끼치게 부서지는 소리를 냈다. 유은우는 천천히 몸을 일으켰다. 뒤에서 1학년이 떨리는 목소리로 중얼거렸다.

"누구야?"

까만 교복. 학생이었다. 전신이 피로 엉망이었다. 얼굴을 아래로 하고 엎어져 있어 누군지는 알아볼 수 없었으나 부러진 사지 위로 피가 흘러내렸다. 지켜보던 이들 중 몇이 비명을 질렀다. 유은우는 눈을 찡그렸다. 왠지 묘했다. 당연히 있어야 할 것이 없어 한쪽이 빈 느낌이 들었다. 숨을 주의 깊게 들이마셨다. 피 냄새가 없었다.

5학년 하나가 부상자를 아래로 끌어내려 응급조치를 하겠다며 총을 뽑는 것을, 부상자에게 함부로 설계를 쓰면 위험하다며 몇이 강하게 가로막았다. 학생회나 의료반이 올 때까지 기다리라며 말리는 학생들 손을 뿌리치며 5학년이 총을 막 겨누었다. 그러나 방아쇠를 당기기 전에, 입구에서 먼저 총성이 울렸다.

"비켜."

정윤환이었다. 그는 방금 쏜 총을 대충 휘저었다. 파리라도 쫓는 듯 한가한 태도에도 불구하고 잔해 주위를 둘러싼 학생들이 긴장하여 물러섰다. 정윤환이 힐끗 위를 올려다보며 발로 바닥을 꾹 문질렀다. 그리고 움직였다. 신체 강화된 발은 콘크리트 조각을 요령 있게 밟아 냈다. 정윤환은 순식간에 꼭대기까지 올라섰다. 지켜보고 있던 누군가가 다소 뻣뻣하게 소리쳤다.

"저기, 선배님! 회복제 필요하시면 말씀하세요!"

그러나 정윤환은 부상자를 향해 몸을 굽히거나 호흡기를 꺼내지 않았다. 그는 귀찮기 짝이 없다는 표정으로 한쪽 발을 들어 부상자의 배 밑으로 밀어 넣었다. 그리고 걷어찼다. 지켜보던 학생들의 낮은 비명과 숨 들이켜는 소리를 찢고 부상자는 바닥으로 떨어졌다. 머리가 덜컥 분해되더니 딱딱한 소리를 내면서 저만치 굴러갔다. 교복을 입은 몸뚱이는 힘차게 굴러 유은우 앞에서 멈추어 섰다. 유은우는 고개를 숙여 마네킹이 걸친 교복에 붙어 있는 명찰을 확인했다. 백일서.

정윤환이 총을 무너진 천장으로 겨누었다. 시선을 위로 향한 채 말했다.

"야, 차예원."

차예원이 빠른 걸음으로 이쪽으로 들어오고 있었다. 아무도 제지하지 않아 여전히 데굴데굴 굴러가는 마네킹 머리를 피해서, 차예원은 정윤환이 올라선 콘크리트 더미 밑에 멈춰 섰다. 차예원은 홀스터의 총을 꾹 쥔 채 사위를 둘러보았다. 그녀의 시선이 유은우 밑에 널브러져 있는 마네킹 몸뚱이에 멎더니, 이어 유은우에게 올라와 붙었다. 차예원의 낮은 희어 표정을 읽을 수 없었다.

탕!

차예원이 위를 올려다보았다. 유은우도 고개를 들어 정윤환을 보았다. 정윤환은 공중에 제 청록색 학생 배지를 띄워 놓고 거기에 대고 총을 연사하고 있었다. 주위에서 엷은 레이스 같은 것들이 희끗 떠오르더니 배지로 거칠게 빨려 들어갔다. 지켜보던 이들 중 누군가가, 정윤환이 배지에 설계의 흔적을 수집하는 거라고 말했다. 누군지는 몰라도 이 지독한 장난을 친 장본인은 이제 정윤환한테 딱 걸려서 뼈도 못 추릴 거라고.

"고사라도 지내자. 학교 돌아가는 꼴이 이게 뭐냐? 학생 하나 병원 갔다고 마네킹에 교복 입혀 놓고 장난을 치질 않나. 멀쩡한 천장을 부수질 않나."

정윤환은 혀를 찼다. 그는 총을 홀스터에 꽂고 공중에서 달달 떠는 배지를 낚아채 옷깃에 달았다. 그대로 한 번에 뛰어내렸다. 차예원의 바로 옆이었다. 신체 강화된 발이 대리석 바닥을 부수었다. 파편이 튀자 차예원이 인상을 찌푸렸다. 그러거나 말거나 정윤환이 한쪽 손을 허리에 짚으며 차예원의 코앞으로 얼굴을 디밀었다.

"존나 피곤하지 않냐? 현 학생회장이 잘 좀 하라고."

정윤환이 차예원의 어깨를 내리치듯 툭툭 두드렸다. 그리고 지나가려는 그를, 차예원이 붙잡아 세웠다. 그녀는 정윤환을 바짝 잡아당기며 단호하게 무언가를 속삭였다. 정윤환이 인상을 쓰더니 차예원의 팔을 쳐서 떨어뜨렸다.

그때였다. 기이한 소리가 났다. 현악기를 지옥에 담갔다가 꺼내어 켜듯 높고 거친 소음이었다. 차예원이 기겁하며 귀를 막았다. 반면에 정윤환은 한심하다는 표정으로 한쪽을 바라보았다. 구석에 마네킹의 머리가 덩그러니 놓여 있었다. 아무리 진짜 시체가 아니라지만 그 끔찍한 몰골에 학생들이 차마 가까이 가지 못하고 주위를 비워 두었기에 아주 잘 보였다. 마네킹은 입이 벌어지도록 하관이 따로 만들어져 결합된 상태였는데 그 틈이 덜덜 떨리고 있었다. 이내 소음은 지지직거리며 가라앉았다. 그리고 마네킹의 턱이 덜걱덜걱 움직였다. 성별도 나이도 가늠할 수 없는 기계음이 새어 나왔다.

낙원의 이론은 세 개의 기둥이 지탱할 것이다.
셋은 동시에 재학할 것이며
같은 꿈을 꾸고 감각을 공유하니
반드시 서로를 알아볼 것이다.
셋은 오래된 것들을 재현하고
때로는 삶과 죽음의 경계에 서며
끊임없이 세계를 의심할 것이다.
셋은 서로를 탐하고 해치고 구원하며
마지막에 이르러서는 온전치 못할 것이나

그들이 타고남은 재는 땅을 기름지게 하고
흘린 피눈물은 비가 되어 강을 이루니!
그동안 도시는 건재하나
영원하지 않을 수도 있다.
새로우나 어린 시대는
하나가 둘의 지지를 받아
셋을 최약으로 끌어야만
비로소 용의 죽음으로 도래할 것이다.
그러니 도시를 유지하고 싶다면
셋의 혀에 꿀을 발라 길들이고
혹은 날개 꺾고 고립시켜
영원히 후보로 머물게 하라.

머리는 입을 다물었다. 어설프게 다물린 틈으로 한숨 소리가 났다. 잠시 뒤 다시 턱이 덜걱거렸다. 기계음이 처음부터 반복되었다.

낙원의 이론은 세 개의 기둥이 지탱할 것이다.

유은우는 제 뺨에 머무는 시선을 느꼈다. 천천히 고개를 돌려 옆을 보았다. 정윤환이 자신을 보고 있었다.

셋은 동시에 재학할 것이며…….

정윤환이 옅은 눈동자를 나른하게 깜박이며 유은우에게서 시선을 거두었다. 그가 총을 뽑았다. 겨누고 가늠할 시간도 없이 총구가 튀어 올랐다. 마네킹의 머리가 산산조각 났다. 그 안에서 녹색 설계가 지글거리며 기어 나왔다. 유은우는 눈을 가늘게 뜨고 그 설계를 읽었다. 단순하고 기본적인, 반복 재생 설계였다. 그 아래 설계자의 서명은 의도적으로 새까맣게 칠해져 알아볼 수 없었다. 정윤환이 옷깃에서 떼어 낸 배지를 공중으로 가볍게 튕겨 올렸다. 그리고 총을 쏘자 반복 재생 설계가 쏜살같이 날아와 배지에 달라붙어 흡수되었다. 정윤환은 총을 쥔 왼손으로 배지를 낚아챘다. 차예원이 다시 한번 정윤환의 팔을 잡아당기더니 어린애 야단치듯 제 손바닥을 펼쳐 내밀었다. 배지를 달라고 하는 것 같았다. 정윤환이 짜증스럽게 차예원을 밀어냈다. 그리고 이쪽으로 성큼성큼 다가왔다.

정윤환을 본 순간부터 그냥 넘어가지는 않을 거라 예상했기에, 유은우는 반쯤은 체념하고 반쯤은 긴장한 채 정윤환에게 손목을 붙잡혀 본관에서 끌려 나왔다. 정전되어 어두컴컴하던 안에서 밖으로 나오니 눈이 부셨다.

"제가 안 했어요. 저 설계 난독증이잖아요."

본관 마당에서 유은우는 다리에 힘을 주고 버티고 섰다. 정윤환이 피식 웃었다.

"내가 언제 네가 했대?"

"그런데 왜 날 끌고 가요."

정윤환이 웃던 그대로 딱 굳었다. 유은우는 그의 시선이 뺨을 타고 따갑게 미끄러짐을 느꼈다. 정윤환이 낯을 확 구겼다.

"너 얼굴이 왜 그래?"

"맞았어요."

"네가?"

정윤환이 기가 찬다는 듯 반문해, 유은우는 눈을 부라려 보았다.

"저 많이 맞는데요. 선배도 저 때리잖아요."

"와 봐, 이리."

정윤환이 눈을 찌푸린 채 유은우의 손목을 잡고 있는 그대로 훅 당겼다. 유은우는 하마터면 정윤환의 가슴에 코를 박을 뻔했다. 가까스로 지척에 멈춰 섰다. 정윤환의 오른손이 다가왔다. 왼손으로는 남의 손목을 부서져라 잡고 있으면서, 오른손은 강아지풀처럼 다가왔다. 정윤환의 손가락 끝이 뺨에 막 닿았을 때, 유은우는 일부러 볼에 바람을 넣었다. 차예원에게 대차게 얻어맞은 왼쪽 뺨이 팡 부풀었다. 정윤환은 눈이 동그래져서 화들짝 손을 떼어 냈다. 유은우가 딱딱하게 말했다.

"만지지 마요."

정윤환의 속눈썹이 예쁘게 내려앉았다. 그가 웃었다.

"장난치는 걸 보니 멀쩡한가 보네."

"당연하죠."

"그 기세를 몰아서 모의 전투도 우승하나?"

"그렇겠죠."

"그래? 떨지 않을 자신 있어?"

"당연⋯⋯."

"김서혁 앞에서."

몸에서 힘이 우수수 쓸려 나갔다. 정윤환에게 손목을 잡히기 전부터 시작된 줄다리기는 폭삭 무너져, 유은우는 정윤환이 이 끄는 대로 걸었다. 인적이 드문 곳에서 정윤환은 유은우의 손 목을 놔주었다. 김서혁이란 미끼를 걸었으니 더 이상 완력으로 잡아 둘 필요가 없음을, 그도 유은우도 잘 알았다. 정윤환이 그 늘을 드리운 별관 벽에 비스듬히 기대고 섰다. 표정이 없어도 화려한 얼굴로 재킷 안주머니를 뒤지는 그에게, 유은우는 작게 물었다.

"……대장이 와요?"

"신경 쓰여?"

정윤환은 입꼬리를 끌어올렸으나 웃음은 그려지기도 전에 스러졌다. 그가 꺼낸 호흡기를 물었다. 약물 케이스는 이미 끼 워져 있었다. 정윤환은 유은우가 아닌 유은우의 그림자를 보면 서 중얼거렸다.

"이번 모의 전투 참관하러 온다던데."

유은우는 필사적으로 기억을 더듬었다. 김서혁의 집무실 책 상엔 늘 일정표가 띄워져 있었다. 널리 알려진 대로, 김서혁은 꼭 필요한 행사가 아니면 거의 참석하지 않았다. 그럼에도 어 떤 날은 숨 쉴 틈도 없이 일정이 빡빡하여 이동 시간에도 화상 통화가 잡혀 있곤 했다. 유은우는 김서혁이 오늘은 자신의 훈 련을 보러 올지, 온다면 몇 시쯤 올지 가늠해 보느라고 아침마 다 집무실로 찾아가서 일정표를 보는 습관이 있었다. 어서 나 가서 아침이나 먹으라며 손을 젓는 김서혁에게 야단을 맞는 것 도 감수하고 기어코 확인해야 직성이 풀리던 그 일정표에서,

도시연합 중앙학교 모의 전투 참관, 혹은 그 비슷한 단어는 단한 번도 본 적 없었다.

"이거 흔한가요?"

"처음이지. 처음이자…….'

줄곧 늘어뜨려져 있던 정윤환의 시선이 유은우에게 올라붙었다.

"……마지막 아닐까?"

정윤환의 입술 틈 사이로 수증기가 흩어져 달무리가 되었으나 그 뒤의 시선은 한층 선명해졌다. 유은우를 빤히 보며 정윤환이 호흡기를 입에서 빼내었다. 그 손끝이 간헐적으로 떨렸다.

"학교 그만 흔들어."

유은우는 대답하지 않았다.

"이번엔 정학 일곱으로 끝났지? 다음엔 누가 죽을 수도 있어. 너 때문에. 물론 평소에 평화롭다는 건 아니야. 하지만 너때문에 희생자가 늘어날 수 있다는 말이지. 사람 목숨 쓸어다가 무덤에 퍼붓는 게 취미라면 계속 그딴 식으로 행동하든가."

정윤환이 손 안에서 호흡기를 능숙하게 굴렸다. 깨끗하게 빈약물 케이스가 미끄러지듯 분리되더니 찰랑 바닥에 떨어졌다.

"아까 그 마네킹에 걸린 설계, 네가 한 게 아니라고 했지? 아니, 그거 네가 한 거야. 네가 학생회실에서 훔친 정보로 학생들의 의심에 불을 붙였기 때문에 차예원이 움직였어. 전례가 없던 일이니 수습이 매끄럽지 못해 티가 났을 거야. 죽은 백일서의 친구들이 광분하여 나름대로 추모식을 치를 만큼. 그래서?"

정윤환이 들고 있던 호흡기로 제 옷깃에 달린 배지를 딱 쳤다.

"유머 감각은 좀 떨어지긴 해도 용감한 친구들이 꼬리를 잡혀 버렸으니 어떤 식으로든 처리되겠지. 물론 내가 핑계를 대며 정보의 일부만 전하겠지만 모두가 행복한 결말은 없어. 차예원이 주는 단물 넙죽넙죽 받아먹고 기꺼이 답안지 새로 쓰는 놈들 위한답시고 오지랖 떨지 말고 네 앞가림이나 하라는 소리야."

"원하는 게 뭐예요?"

"모의 전투 때 임유현이, 너랑 김서혁이 단둘이 있도록 기회를 제공할 거야."

유은우는 삽시간에 긴장했다. 정윤환이 몸을 삐딱하게 기울이면서 한쪽 손을 허벅지의 홀스터에 걸쳤다. 그가 유은우를 비낀 시선으로 보며 건조하게 말했다.

"동선 외울 필요 없어. 미리 맞춰 볼 필요도 없고. 임유현이 나노 드론으로 지켜보고, 상황에 따라 인터컴으로 네게 직접 지시할 거야. 짐작컨대 아마 독을 쓸 것 같아. 고통 없이 깨끗하게가. 처음은 아니야. 수년에 걸쳐 검증이 끝났어. 여럿 죽었지."

정윤환의 옅은 눈동자가 미끄러져 올라왔다. 이어 그의 손이 홀스터에서 인터컴을 딸깍 뽑아냈다. 여전히 홀스터에 인터컴 하나가 장착되어 있는 걸로 봐서, 정윤환이 손에 쥔 것은 여유분이었다. 그가 손을 내밀었다. 손끝에서 작은 금속이 희끄무레 빛났다.

"할 거야, 말 거야?"

유은우는 김서혁을 생각했다. 그를 미워해도 될 수많은 이유와, 미워할 수 없는 유일한 이유를 생각했다. 김서혁이 유은우를 버리고 또 버린다 하여도, 다름 아닌 바로 그가 유은우를 사해에서 건져 온 사람이라는 사실은 결코 변하지 않았다. 김서혁은 유은우에게 삶의 시작이었다.

"지금 결정해."

유은우는 손을 내밀어 펼쳤다. 정윤환의 손끝에서 인터컴이 떨어져 유은우의 손바닥에 내리꽂혔다. 섬뜩하게 차가웠다.

"각서 써야 하나요?"

"아니."

"그럼 제가 김서혁을 죽이겠다고 약조한 것을 임유현이 어떻게 믿나요."

"내가 보증해."

쉬이 납득이 되지 않았다. 유은우는 정윤환을 그저 바라보았다.

"임유현이 날 믿고, 난 널 믿어. 그럼 된 거지. 우린 항상 이렇게 일했어. 역사가 깊지. 궁금한 건 그게 끝이야?"

"왜 날 믿는 거예요? 내가 김서혁과 단둘이 만나서 임유현의 계획을 말하고, 선배가 스파이인 거 말하고, 내가 선배 배신하면 그땐 어떡할 건데요."

"유은우."

정윤환이 허탈하게 웃었다. 이어지는 말마디는 싸늘했다.

"배신도 합이 맞아야 하는 거야. 난 네가 아니라 김서혁을 믿어. 김서혁은 네게 다시 호기심이 생길지언정 받아 주진 않을 거야. 절대로."

"대장과의 개인적인 접촉은 모의 전투가 끝난 다음인가요?"

"그건 상황에 따라 달라져. 임유현이 정하니 내가 장담 못 해."

정윤환이 목을 하늘을 향해 미끈히 젖혔다가 다시 유은우를 보았다.

"네가 무엇을 원하는지 알아. 모의 전투에서 두각을 드러내서 김서혁의 마음을 돌리고 싶겠지. 군으로 돌아가고 싶겠지. 그렇게 되지도 않겠지만 만에 하나 군으로 돌아간다고 쳐. 그럼 그대로 해피 엔딩인가? 아무 걱정 없이 살 수 있나? 김서혁은 적이 많고 넌 동조율이 100임에도 인권이 없지. 이런 상황은 끊임없이 반복될 테고, 결국 넌 현 시대 최고 권력자 밑으로 흡수될 수밖에 없어. 빠르냐 늦느냐, 달라지는 건 그것뿐이야."

"실패하면 어떻게 되는 거죠."

"너랑 나랑 좆 되는 거지."

정윤환이 한 걸음 다가왔다. 그의 구두 밑에서 텅 빈 약물 케이스가 부서졌다. 유은우는 물러서지 않았다. 정윤환이 속삭였다.

"김서혁은 널 버렸어. 그래 놓고 그가 참관을 오는 이유가 뭐겠어? 도태되길 바라고 학교로 치워 버렸던 폐품이 서재희와 페어 맺고 여태 살아 있으니 다시 가질 만한가 싶어 기웃대는 거 아니겠어? 만에 하나 그럴 일도 없겠지만, 혹여나 김서혁의 눈에 잘 보여서 다시 군으로 돌아간다면 그것도 그것대로 우습지 않아? 김서혁이 자존심은 가르친 적 없나 보지?"

452

"남이 배신하더라도 나는 배신하지 않는 것. 그게 제 자존심인데요. 하지만 선택지가 없으니⋯⋯."

유은우는 받은 인터컴을 재킷 안주머니에 집어넣었다.

"⋯⋯자존심은 버려 보도록 하죠. 그렇지만 별개로 모의 전투는 최선을 다할 거예요."

유은우는 정윤환이 빈정거릴 거라고 생각했다. 그러나 그는 말이 없었다. 빛바랜 갈색 눈동자가 낙엽 같았다.

"네가 얼마나 노력하는지엔 아무도 관심 없어."

정윤환이 말을 이었다. 물기 없는 표정.

"네가 어느 편에 붙느냐가 중요할 뿐이야."

유은우는 그날 쉬이 잠들지 못하고 내내 뒤척거렸다. 겨우 선잠이 들면, 군에서의 기억과 까만 용이 엉망으로 뒤섞여 꿈으로 번쩍거렸다. 놀라 깨어나기를 반복했다. 김서혁이 포장을 까서 내미는 박하맛 보호칩이 순식간에 부풀어 심장으로 변해서 피를 뚝뚝 흘리는 꿈을 마지막으로, 유은우는 수면을 포기했다. 몸을 일으켜 앉았다. 이불을 둘둘 말고 두 무릎을 모아 가만히 끌어안았다. 문득 위 침대가 흔들리더니 머리가 불쑥 내려왔다.

"올라올래?"

손도연이 굽슬굽슬한 단발머리를 거꾸로 늘어뜨린 채 속삭였다. 유은우는 이프를 보았다. 은색 밴드의 스크린은 새벽 3시 반을 가리키고 있었다. 건너 침대에서는 이은혜가 곤한 숨소리를 냈다. 그 아래 침대는 비어 있었다. 유은우는 소리 죽여 말했다.

"또 나 때문에 깼구나. 미안해."

손도연이 고개를 저었다. 그녀가 작게 말했다.

"올라와. 같이 자면 악몽 안 꿀 수도 있잖아."

유은우는 잠깐 망설였다. 그러나 손도연이 머리를 거꾸로 하고 빤히 쳐다보고 있었기 때문에 옆구리에 베개를 끼고 침대의 위층으로 올라갔다. 유은우는 손도연과 한이불을 덮고 나란히 누웠다. 1인용 침대라 자연스럽게 꼭 붙게 되었다. 손도연이 뒤척이자 그녀의 단발머리가 얼굴에 닿는 게 느껴졌다.

"이거 안고 자."

손도연이 머리맡에 줄줄이 놓여 있는 용 인형 중 하나를 집어다가 내밀었다. 유은우는 그것을 받아 끌어안았다. 턱 밑에 인형 머리가 닿자 익숙하게 시원한 냄새가 났다. 유은우는 인형에 코를 대고 킁킁거렸다. 달랐다. 파랗게 시원한데, 햇빛이 없었다.

"왜? 아, 냄새 좋지? 재희 선배 냄새라더라."

손도연이 단조롭게 말했다. 유은우는 용 인형을 끌어안으며 손도연 쪽으로 돌아누웠다. 속삭이듯 말했다.

"비슷하긴 한데, 똑같지는 않아."

손도연이 눈을 동그랗게 떴다.

"진짜? 은우 너도 느껴? 난 구분 못 하겠어."

손도연이 유은우가 안고 있는 용 인형 꼬리를 만지작거리면서 말을 이었다.

"이거 아일에서 나온 섬유유연제인데, 재희 선배 냄새라고 작년에 우리 입학하기 전에 엄청 유행했대. 너도나도 사서 물처럼 쓰다가, 하루는 예원 선배가 이거 재희 선배 냄새 아니라고 애들 바보 같다고 뭐라고 했나 봐. 그 뒤로 세탁실에 이거 남아돌아서 아직도 막 쌓여 있어. 너도 봤지? 아무도 안 쓰길래 이번에 인형 빨 때 실컷 썼지. 솔직히 나는 구분 못 하겠더라. 다른 애들한테도 물어봤는데 재희 선배 냄새랑 다른 거 모르겠대. 그런데 재희 선배랑 제일 친한 사람이 아니라고 하니까 쓰기 좀 그런가 봐. 난 상관없어. 유통기한도 길겠다, 졸업할 때까지 나 혼자 다 쓰려고. 덕분에 돈도 굳고 잘됐지, 뭐."

손도연의 이프에 무언가 묻어 있었다. 불그스레한 자국. 유은우는 손톱으로 손도연의 이프를 살살 긁었다. 금세 깨끗해졌다.

"그냥 물어보면 되잖아, 재희 선배한테. 뭐 쓰냐고."

손도연이 어깨를 으쓱했다.

"애들이 물어봤는데 재희 선배가 자기 아일 하나 쓰는 거 맞다면서 로션이나 핸드크림 냄새 때문에 좀 다르게 느껴지는 거 아니냐고 했대. 로션 같은 건 늘 바꿔 쓴다면서 자기도 잘 모른다는 식으로 대충 대답했나 봐. 애들은 체취니 뭐니 하는데, 내 생각엔 그냥 가르쳐 주기 싫은 거야. 그 사람 원래 좀 그렇잖아."

"어?"

유은우는 멍해졌다. 손도연이 용 꼬리를 꼭 잡은 채 하품을 했다. 유은우는 조심스레 물었다.

"원래 좀 그렇다는 게 무슨 뜻이야?"

손도연이 눈을 비비며 대답했다.

"그 사람 무녀리 같아."

"무⋯⋯, 뭐라고?"

"무녀리. 월초에 처음 태어나는 알 말이야. 용 연구소에서 자궁을 한 달에 한 번씩 리셋하잖아. 월초에 리셋하고 처음으로 나오는 알이 무녀리야. 문을 열고 나온다고 무녀리. 무녀리는 텅 빈 알이야. 나오고 나서 껍질이 자연스럽게 깨지는데 안엔 아무것도 없어. 서재희 선배 웃을 때 보면 무녀리 같아. 불쌍해."

유은우는 정신없이 손도연을 바라보았다.

"⋯⋯왜?"

"서재희 선배 부모님, 중앙병원에 입원해 계시잖아. 우리 할머니가 일주일 정도 거기 입원하신 적 있어서 여러 번 마주쳤거든. 선배 평소엔 병원에 잘 안 간다고 들었는데, 그때는 부모님 상태가 갑자기 악화돼서 자주 갔을 거야. 로비에 혼자 앉아 있는 거 몇 번 봤는데 표정이 없더라고. 그런데 사람들이 오다가다 알은체하면 깔끔하게 웃으며 대응하는데 그게 참 쓸쓸해 보이더라."

손도연이 크게 하품했다. 가물가물 감기는 눈으로, 그녀가 천천히 말했다.

"사실 체취 같은 거 없는 사람일지도 몰라. 무녀리처럼 알맹이가 없어서. 그 사람한테서 그 인공적인 냄새를 걷어 내면, 이렇게⋯⋯."

손도연이 손을 공중으로 뻗은 뒤 나른히 저어 보였다.

"……사라질 것 같아. 유령처럼."

유은우는 한기를 느꼈다. 손도연의 막연한 말에, 무슨 소리냐고 웃으며 넘어가고 싶었으나 그럴 수 없었다.

곧 손도연은 색색거리며 잠들었다. 그러나 유은우는 또렷하게 맑은 정신으로 서재희를 생각했다. 까만 눈. 까만 머리카락. 나무랄 데 없이 단정한 선. 먼지 한 톨 없이 깨끗한 소지품. 좋아하는 게 없는 사람. 시험 등수가 아니라 사람 등수를 매기던 명단 옆에 작게 그려 놓은 거북이. 세제와 향수의 이름을 일러주던, 이런 건 비밀도 아니라는 듯. 유은우의 어깨에 이마를 얹던, 불행을 옮길까 주저하면서, 그러나 외로워서.

까무룩 잠이 들었을 때, 유은우는 서재희 꿈을 꾸었다.

학교에 들어오고 나서 처음으로 꾼, 용이 안 나오는 꿈이었다. 꿈속에서 서재희는 아이였다. 목마에서 보았던. 사방으로 뛰어다니느라 엉망으로 흐트러진 머리칼. 앳된 입매. 젖살이 오른 뺨. 만들다 만 떡처럼 희고 작은 손은 어린이용 보급판 총을 서툴게 움켜쥐고 있었다. 겨울에도 파란 보리밭. 설계보다 몸싸움으로 또래와 강아지처럼 엉겨 뒹구는 서재희 주위로, 반쯤 기계화된 보리 줄기에서 떨어진 자잘한 금속 부스러기가 홀씨처럼 날아올랐다.

잠에서 깨어났을 땐 얼굴이 눈물로 흠뻑 젖어 있었다. 유은우는 흠씬 두들겨 맞은 사람처럼 비틀거리며 일어나 앉았다. 눈물은 닦아 낼 수 있었지만, 뻐근한 가슴은 도리가 없었다.

유은우는, 손도연이 어떤 느낌으로 서재희를 불쌍하다고 표현하는지 알 것 같았다. 반듯한 공허. 태생부터 허허벌판이 아니라, 아주 예쁜 것이 있었던 흔적. 그 표백된 껍질 아래 마른 눈물을 길어 내고 싶은 이 충동이, 납작한 연민인가, 혹은 다각도로 부풀기 시작한 감정의 한쪽 면인가 알 수 없었다.

칫솔을 입에 물면서도 유은우는 꿈처럼 서재희의 순간순간을 되짚었다. 질문은 봄철 벚꽃처럼 일시에 만개했다. 선배, 세제랑 향수 이름, 나한테만 말해 준 거예요? 세수를 하면서, 묻고 싶다고 생각했다. 그러나 셔츠 단추를 채우면서, 묻고 싶지 않다고 생각했다. 서재희는 그때 취해 있었다. 허벅지에 홀스터를 차고 나서 심호흡했다. 그 사람 생각은 이제 그만. 홀스터에 인터컴을 꽂는데 이프가 진동했다. 메시지가 떴다. 서재희였다.

[10시까지 파견부실.]

파견부실은 열려 있었고 아무도 없었다. 어수선했지만 활기가 돌던 학생회실과는 달리, 파견부실은 서재희가 신경을 쓰는지 항상 정돈이 잘되어 차분했다. 자신과 관련된 온갖 장소를 말끔히 닦아 치우고, 전교생의 사건 사고를 정리하면서, 따로 유은우의 기록까지 분석한 것이 새삼 놀라웠다. 이렇게 많은 일을 동시에 해내는데, 잠잘 시간은 있나 싶었다.

유은우는 뒷짐을 지고 느린 걸음으로 파견부실을 한 바퀴 천천히 돌았다. 먼지 한 톨 없었다. 간이침대에 팽팽하게 씌운 침대보엔 주름 하나 없어, 유은우는 신기한 마음에 손으로 슬쩍 쓸어 보았다. 부드러운 면에서 온기가 느껴졌다. 그리고 보니 가까운 협탁에 스팀다리미가 있었다. 전원은 꺼져 있었으나 손을 가까이 대어 보니 역시 열기가 느껴졌다. 누군가 침대보를 다려 놓은 모양이었다.

"왔어?"

서재희가 막 파견부실로 들어왔다. 눈이 마주치기도 전에 그는 이미 미소 짓고 있었다. 유은우는 얼른 침대에서 멀어졌다. 하필이면 발을 헛디뎌 넘어질 뻔했다. 짐짓 태연하게 중심을 잡았다. 지나가는 말처럼 물었다.

"저, 선배. 온디딤 학교에서 보관하죠?"

"응. 전시관에……."

서재희가 말끝을 삼켰다. 까만 눈에 이채가 돌았다. 서재희가 팔짱을 끼고 한 걸음 뒤로 물러섰다.

"온디딤?"

그가 되물었다. 유은우는 고개를 끄덕였다. 또박또박 말했다.

"제국시대 때는 온디딤 공방도 있어서 무기도 제작했다던데요? 저 그거 한번 써 보고 싶습니다. 부탁드려요."

"……가만 보자. 네 시간표가, 도시의 역사? 황 교수님이 또 계약자 얘길 했나 보네. 유은우, 온디딤 때문에 사고가 너무 많이 일어나서, 도시연합이 정규교육 과정에서 온디딤을 뺀 지 오래야. 황 교수님 징계 많이 먹었어. 월급이 반 토막 나다 못해 생활고 겪는다는 말이 돌 정도로."

"딱 한 번만요. 그냥 보기만, 아니, 만지기만 할게요. 저 선배 목마로 기억 봐도 멀쩡하잖아요."

"자연 발현된 온디딤과 제국시대 때 공방에서 만든 온디딤은 달라. 공방에선 무기를 제작했어. 목적이 살상이었지. 주인이 아닌 자가 만지기만 해도 침식될 수 있어. 온에 침식되면 죽음보다 끔찍해. 군에 있었으면 침식이 무엇을 뜻하는지 잘 알 텐데. 당장 너만 해도 죽다 살아났어."

"저 온디딤 잡을 때, 선배랑 페어 잠깐 해제할게요. 그럼 상관없죠?"

"너 무슨 말을 그렇게……."

서재희가 얼굴을 일그러뜨려 유은우는 깜짝 놀랐다. 서재희가 화를 참는 듯 이를 한 차례 악물었다가 다시 입을 열었다.

"너 대체 사람을 뭘로 보고……."

"선배, 제발. 할 수 있을 것 같아서 그래요."

"무슨 자신감이야?"

"저 동조율 100이잖아요."

"그래서 더 위험할 거라는 생각은 안 하는 거야? 온디딤 사용은 불법이야."

"시민이 사용하면 불법이지만, 저는 시민이 아니잖아요. 전전리품으로 등록되어 있으니까, 제가 온디딤을 사용한다고 해서 법을 위반하는 건 아니에요. 애초에 적용 범위에 들어가지도 않으니까."

서재희가 얼굴을 차갑게 구겼다. 그는 단단히 화가 난 것 같았다. 여태 서재희에게 매달리며 무언가를 부탁한 적이 없었고,

또 그리고 싶지도 않았기 때문에, 유은우 역시 이 상황이 달갑지 않았다. 그러나 달리 방법이 없었다.

"부탁드릴게요."

유은우는 절박한 심정에, 저도 모르게 두 손을 뻗어 서재희의 오른손을 꽉 붙들었다. 서재희의 눈이 커졌다. 그가 목을 가다듬으며 시선을 피했다. 유은우는 간절한 바람을 담아, 그를 잡은 손에 힘을 주었다.

"온디딤 잡기 전에 페어 해제해서, 선배한테 피해 안 가게 하겠습니다. 저 모의 전투에서 점수 따서 유급 피해야 돼요. 점수 따지 못한다면 제 효용가치라도 부각해야 해요. 김서혁 총사령관님께서 참관하러 오신대요. 저한테 마지막 기회입니다. 어차피 죽을 목숨이면, 하는 데까지 해 보고 싶어요. 저 이래 봬도 군에서 구른 짬밥이 있어서, 몸으로 참고 때우는 거 잘합니다. 부탁드려요. 어차피 페어 해제하면 선배도 상관없잖아요."

서재희의 눈가가 싸늘하게 굳었다. 그는 유은우의 손을 쳐냈다. 손길이 사나워 유은우는 흠칫했다. 서재희가 날카롭게 말했다.

"왜 상관이 없어? 너 그러다 죽으면, 그럼 내가 보기로 한 기억은?"

맞다, 기억. 하지만 없는데. 유은우는 가슴이 덜컹했다. 애초부터 없는 기억을 담보로 페어를 맺은 걸 서재희가 알게 되면. 그럼 어떻게 될까. 됐어. 그런 최악의 경우는 생각하지 마. 살려면 어쩔 수 없었다. 유은우는 이를 악물었다.

"그, 기억은, 제가……."

죄책감으로 말이 자꾸 끊겨 나왔다. 그마저도 길게 잇지 못했다. 잠시 정적. 서재희가 주머니에서 지갑을 꺼냈다. 그가 은색 카드를 뽑아 유은우의 눈앞에 내밀었다.

"온디딤은 전시관에 보관해. 이건 전시관 카드키."

유은우가 그것을 잡으려고 하자 서재희가 카드키를 다시 지갑으로 쏙 넣어 버렸다.

"전시관? 열어 줄게. 단, 나랑 같이 간다. 페어는? 해제 안해. 왜냐하면 네 목숨에 내 목숨까지 묶여 있어야 네가 조금이라도 더 조심할 것 같으니까."

"하지만 페어는 해제하는 게……."

"됐어. 네가 알아서 잘하겠지."

"선배까지 죽을 수도……."

"네가 그깟 온디딤 잡다가 죽을 거라고 생각했으면, 애초에 카드키 보여 주지도 않았어."

"그래도 전 처음인데……."

"반드시 해내겠다는 각오로 부탁한 거 아니었어?"

"그건 맞는데……."

"그럼 됐어. 대신 딱 한 번만이다. 아주 살짝이야. 1초만 만져 보고 바로 손 떼고 돌아오는 거야. 그 이상은 안 돼."

"감사합니다."

유은우는 꾸벅 인사를 했다. 서재희는 복잡한 표정으로 한숨을 푹 쉬더니, 간이침대를 가리켰다.

"눕자."

"왜요?"

"기억 봐야지."

"그러니까 왜 굳이……."

"서서 하니까 다리에 힘 풀리고 위험해. 처음부터 누우면 안전하니까."

"아, 그거 좋은 생각이네요."

유은우는 즉각 수긍했다.

처음 기억을 뒤진 직후, 차가운 바닥에 쓰러졌던 걸 떠올리면 절로 등골이 오싹했다. 서재희가 뒤통수를 받쳐 주지 않았더라면, 정윤환한테 걸리기도 전에 뇌진탕으로 먼저 갈 뻔했다.

그다음도 마찬가지였다. 서재희와 만나 목마를 잡을 때마다 과거에 풍덩 들어갔다가 예비 없이 건져졌다. 현실로 돌아올 때마다 그들은 바닥으로 쓰러지고, 때로는 의자에 앉은 채 뒤로 넘어가기도 했다. 유은우가 서재희 위로 겹쳐질 때도 있었고 그 반대일 때도 있었다. 대부분 서재희가 기민하게 유은우를 감싸 보호했기 때문에 유은우가 다치는 일은 없었지만, 그렇다고 마음까지 편하지는 않았다. 가장 마음에 걸리는 것은 거짓말이었다. 서재희는 유은우의 안위를 보장하겠다는 약속을 지키고 있었다. 그러나 유은우는 서재희에게 줄 기억이 없었다. 처음은 건조했으나 날이 갈수록 죄책감이 쌓여 마음을 짓눌렀다.

유은우는 서재희의 목마를 쥔 채 느릿느릿 침대로 올라갔다.

서재희도 올라왔다. 서재희는 유은우의 등을 둘러 안고 유은우는 서재희의 어깨와 가슴 사이에 코를 묻었다. 둘은 누가 먼저랄 것도 없이 익숙하게 붙어 멈추었다. 그러나 심장은 처음처럼 뛰었다. 머리 위로 서재희의 숨이 닿았다.

"내가 너를 저며 수백 개의 계단을 만들 것이다……."

서재희가 어디서 연습이라도 해 왔는지, 과거로 진입하는 데 지난번보다 한결 구역질이 덜했다. 하늘이 빙 도는 현기증이 지나가고, 눈앞에 거대한 책이 있었다. 파라라락 종이 소리를 내면서 책이 뒤쪽에서 앞쪽으로 수없이 넘어갔다. 살아온 나날들을 거슬러 올라가고 있었다. 입학했던 날. 김서혁에게 야단맞았던 날. 처음으로 전투 나갔던 날. 인큐베이터에서 나와 두 발로 섰던 날…….

〈낙원의 이론〉 2권에서 계속